À la merci d'Alejandro Martinez

★

Une brûlante proposition

★

La vengeance d'un milliardaire

NATALIE ANDERSON

À la merci d'Alejandro Martinez

Traduction française de
CATHERINE BENAZERAF

HARLEQUIN

Titre original :
CLAIMING HIS CONVENIENT FIANCÉE

Ce roman a déjà été publié en 2018

HARPERCOLLINS FRANCE
83-85, boulevard Vincent-Auriol, 75646 PARIS CEDEX 13
Service Lectrices — Tél. : 01 45 82 47 47 - www.harlequin.fr
ISBN 978-2-2804-8532-6

Composé et édité par HarperCollins France.
Imprimé en janvier 2023 par CPI Black Print (Barcelone)
en utilisant 100% d'électricité renouvelable.
Dépôt légal : février 2023.

FSC www.fsc.org
MIXTE
Papier issu de sources responsables
FSC® C159065

Pour limiter l'empreinte environnementale de ses livres, HarperCollins France s'engage à n'utiliser que du papier fabriqué à partir de bois provenant de forêts gérées durablement et de manière responsable.

1

Dans l'obscurité de la rue, les vibrations sourdes de la musique faisaient écho aux battements de cœur de Kitty Parkes-Wilson.

Inutile d'espérer que les voisins protestent pour tapage nocturne. Tous devaient mourir d'envie d'être invités à la réception donnée par le richissime nouveau venu dans le quartier.

Alejandro Martinez. Investisseur de haut vol. Milliardaire. Play-boy international. Séducteur patenté.

Et accessoirement heureux propriétaire, depuis trois jours, de la superbe bâtisse au cœur de Londres qui avait été la demeure familiale de Kitty.

C'était là qu'elle avait grandi. Dans ce lieu qui appartenait à sa famille maternelle depuis des temps immémoriaux. Ce qui n'avait pas empêché son père d'empocher l'argent qu'Alejandro Martinez lui agitait sous le nez avant de s'enfuir vers sa villa corse pour y rejoindre sa troisième et très décorative jeune épouse.

En abandonnant derrière lui son entreprise en faillite. Et ses enfants, tous deux frappés de stupeur.

Kitty n'avait été informée de la vente qu'après sa conclusion. Or, une chose importante avait été oubliée dans l'hôtel particulier. Une chose qui n'appartenait pas à son père, et qu'il n'avait nul droit de vendre.

Cela, elle ne l'acceptait pas.

Kitty Parkes-Wilson avait décidé de récupérer son bien, et rien ni personne ne l'arrêterait.

Ce n'était pas tant la valeur marchande de ce collier qui lui importait. Quand bien même sa perte ne serait pas sans conséquence pour Teddy, le frère jumeau de Kitty. En ce qui la concernait, c'était la valeur sentimentale de l'objet qui était inestimable.

— Tu ne peux pas faire une chose pareille ! C'est de la folie.

Kitty sourit en entendant la voix de son frère, à la fois excitée et atterrée.

Ralentissant le pas, comme elle approchait de la maison, elle murmura dans le téléphone vissé à son oreille :

— Je ne vois pas comment tu m'en empêcherais. J'y suis déjà. Et plus tôt je récupérerai ce collier, mieux ce sera. Cette réception est une occasion rêvée.

— Et s'il te surprend ?

— Cela n'arrivera pas. Il est certainement trop occupé à faire la fête, avec sa kyrielle de top-modèles.

Alejandro Martinez avait la réputation de ne fréquenter que des mannequins et starlettes. Lesquelles se succédaient à son bras avec une régularité de métronome.

À en croire les ragots qui circulaient dans l'antichambre des théâtres, où Teddy avait ses entrées, l'heureuse élue du moment se prénommait Saskia. La jeune femme était l'égérie d'une marque américaine de maillots de bain.

— Le collier est bien dans la bibliothèque, tu en es sûr ? reprit Kitty.

— Absolument. Mais, Kitty, je ne crois pas que…

— Arrête de stresser ! Je t'appelle dès que c'est réglé.

Elle raccrocha sans laisser le temps à Teddy de répondre. Ce n'était pas le moment de se laisser ébranler. Il lui fallait toute sa concentration. Elle lança un bref coup d'œil de chaque côté de la rue, puis sauta lestement par-dessus la barrière entourant le jardinet, devant la maison.

Il n'était pas question qu'Alejandro Martinez mette la main sur le tour de cou en diamants qui avait appartenu à la grand-tante de Teddy et Kitty. Encore moins que le bijou vienne orner le décolleté de quelque bimbo de passage dans le lit du play-boy. Kitty préférerait aller croupir en prison plutôt que de tolérer un tel sacrilège !

La clé de la porte de service de l'hôtel particulier était toujours à l'endroit où elle l'avait dissimulée autrefois. Seuls elle-même et Teddy connaissaient cette cachette. En moins de temps qu'il n'en faut pour le dire, elle récupéra l'objet.

Étape un : achevée.

Levant les yeux vers la façade brillamment illuminée, Kitty songea que l'extérieur de la demeure donnait une impression de luxe qui ne reflétait nullement la situation de son ancien propriétaire.

Elle n'eut aucun mal à enjamber de nouveau la barrière, puis se dirigea vers la ruelle qui passait derrière la propriété. Le cœur battant, elle s'immobilisa devant la façade.

À travers les vitres, elle apercevait un homme penché sur l'évier.

Elle redressa les épaules, et pointa le menton en avant.

La serrure ne lui résista pas, et Kitty pénétra dans la cuisine d'un pas assuré. L'homme tourna vers elle un regard étonné. Agitant la clé dans sa direction, elle posa l'index en travers de ses lèvres peintes de rouge vermillon.

— Ne lui dites pas que je suis là, souffla-t-elle. C'est une surprise.

Cela suffit pour qu'il retourne à sa vaisselle.

Décidément, songea Kitty, elle n'avait pas perdu son temps en accompagnant son frère à ses cours d'art dramatique.

Étape deux : achevée.

Tout ce qu'il lui restait à faire, c'était gagner en hâte la bibliothèque, récupérer le collier, et rejoindre la rue.

Néanmoins, la curiosité fut la plus forte. Et la nostalgie, aussi. Cela faisait des mois qu'elle n'était pas revenue dans cette maison. Alejandro Martinez avait-il eu le temps d'opérer des changements, en l'espace de quelques jours, au décor qui lui était familier ?

Leur père n'avait pas seulement cédé le lieu, mais aussi tout ce qu'il contenait, se contentant d'emporter quelques papiers personnels.

Certains objets de famille pouvaient avoir une valeur sentimentale pour son frère et elle. Toutefois, ni l'un ni l'autre n'avait jamais pensé tirer bénéfice d'une éventuelle succession.

Kitty n'ignorait pas que seul son jumeau aurait droit à quelque héritage que ce soit — il était son aîné de quelques minutes, et avait le suprême avantage d'être un mâle. Quant à Teddy, il préférait ne rien garder qui puisse lui rappeler combien il avait peu satisfait aux ambitions paternelles.

Cependant, il n'en allait pas de même du legs de leur grand-tante Margot !

C'était de Margot que Kitty avait hérité sa flamboyante crinière. C'était d'elle qu'elle avait reçu le peu de hardiesse qu'elle possédât. Grand-tante Margot était son modèle.

Kitty s'aventura avec précaution le long du couloir qui menait au vaste hall d'entrée, d'où provenait un brouhaha joyeux de voix, de rires et de musique.

L'éclairage avait été tamisé, probablement à dessein pour dissimuler l'état de vétusté des peintures. Alejandro Martinez avait remisé à l'écart tout ce qui avait fait l'extravagance du décor. Le mobilier d'époque, les vases et bibelots de porcelaine avaient été remplacés par quelques dizaines de ravissantes jeunes femmes, plantées là comme des ornements précieux. Elles devaient toutes graviter dans les milieux de la mode, songea Kitty, le cœur serré. Comme il était étrange de les voir dans un lieu où elle-même n'avait plus sa place !

Mieux valait ne pas s'attarder. Aussi se glissa-t-elle vers le grand escalier menant aux étages. La tête haute, les épaules bien droites, elle en entreprit l'ascension sans hâte excessive.

Au second, la musique n'était plus qu'un bruit de fond indistinct. Il n'y avait personne en vue.

Kitty se félicita d'avoir parfaitement choisi le moment de son intrusion. La soirée était assez avancée pour qu'elle passe inaperçue parmi la foule ; pas assez, cependant, pour que des convives éméchés n'aient envahi les étages.

Oubliant la déception ressentie en découvrant la pièce dénudée au rez-de-chaussée, elle ne put résister à l'envie de marquer une pause devant la chambre principale. La porte en était entrouverte. Néanmoins, elle n'aurait pu y entrer, tant le sol était encombré de caisses et de meubles entassés.

Ainsi, c'était là qu'avait été stocké tout ce que l'on avait ôté des étages inférieurs. L'amertume de Kitty monta d'un cran.

D'un pas pressé, elle gagna la bibliothèque et s'arrêta pour tendre l'oreille devant la porte close. Pas un bruit. Lentement, elle tourna la poignée. La pièce était plongée dans la pénombre, mais la lumière venant de l'extérieur lui suffirait à s'orienter.

Sur la pointe des pieds, elle avança jusqu'aux rayonnages montant jusqu'au plafond et tendit la main, sans hésiter, vers la cinquième étagère en partant du sol.

Elle avait un sérieux avantage sur Alejandro Martinez, se réjouit-elle avec un petit sourire. Personne ne l'avait mis au courant des secrets de la demeure. Derrière le quatrième ouvrage en partant de la gauche, il y avait un levier qu'elle actionna. Le tiroir qu'il dégagea, dans un faible grincement, était minuscule. Tout juste assez grand pour contenir quelques carnets, gribouillés par des enfants désœuvrés. Et un collier de diamants, enroulé sur lui-même, oublié là par la négligence de son nigaud de frère chéri.

Avec un soupir de soulagement, Kitty prit le bijou et le mit autour de son cou. Une fois qu'elle se fut assurée que le fermoir était solidement fixé, elle passa la main sur les pierreries. Le contact froid contre sa gorge était familier. De nouveau, son cœur se serra. Au moins, elle n'avait pas laissé tomber cette chère Margot, quand bien même celle-ci n'existait plus que dans son souvenir.

Défaisant le haut chignon dans lequel elle avait noué ses cheveux, elle secoua la tête pour ébouriffer sa crinière rousse. Quitter les lieux avec une autre apparence que lorsqu'elle y était entrée faisait partie de son plan. Et puis, cela aiderait à dissimuler les brillants.

Une nouvelle fois, elle appuya sur le levier, et le compartiment se referma.

Étape trois : achevée.

Arborant une mine satisfaite, Kitty fit volte-face.

Ce fut à cet instant qu'elle le vit.

Un homme se tenait dans l'encadrement de la porte. Elle se figea. Le peu de lumière ne lui permettait pas de discerner ses traits. Mais elle distinguait clairement le téléphone portable qu'il avait en main. Quant à sa haute stature, et son impressionnante carrure, elles interdisaient tout espoir de fuite.

— Salut ! lança-t-elle d'une voix qu'elle aurait souhaité plus assurée.

Comment était-il possible qu'elle ne l'ait pas entendu

approcher sur le parquet ? Manifestement, il maîtrisait à la perfection le déplacement en mode furtif.

Était-ce un garde du corps du nouveau propriétaire ? Depuis combien de temps l'observait-il ? Avait-il vu ce qu'elle venait de faire ?

L'angoisse fit naître des picotements dans l'estomac de Kitty.

— Elle ne portait pas de collier quand elle est arrivée, lâcha le géant dans le téléphone, d'une voix dangereusement suave. Or, maintenant, elle en a un…

Le ton nonchalant, le léger accent anglais… Elle s'était fourrée dans un beau pétrin !

— Appelez votre patron, je peux tout expliquer, bluffa-t-elle avec arrogance.

— C'est moi, le patron. Je suis Alejandro Martinez.

Bon sang ! Le diable en personne !

Kitty sentit son cœur s'emballer. De plus, les chaudes inflexions de la voix de velours avaient fait courir sur son corps un frisson qui refusait de s'éteindre.

Avançant dans la pièce, Alejandro Martinez claqua la porte derrière lui et actionna l'interrupteur. Le flot de lumière aveugla Kitty, qui battit des paupières. Lorsque les taches sombres cessèrent de danser devant ses yeux, elle vit qu'il se tenait à moins d'un mètre d'elle et que le téléphone avait disparu.

Elle déglutit avec peine.

Seigneur, qu'il était grand ! Elle-même était d'une taille au-dessus de la moyenne. Pourtant, il lui fallait redresser le menton pour le regarder en face.

Avec son épaisse chevelure brune, ses traits finement ciselés, son teint basané, et ses yeux sombres, il était d'une beauté à couper le souffle.

D'un geste nerveux, Kitty ramena ses cheveux vers

l'avant dans l'espoir de dissimuler un peu mieux le tour de cou.

— Inutile ! fit Alejandro Martinez, en avançant la main vers elle, pour repousser négligemment une boucle de cheveux derrière son oreille.

Ses pupilles brillaient comme deux billes d'onyx poli. Il laissa errer un regard scrutateur le long de son cou, puis la détailla de la tête aux pieds — s'attardant sur sa poitrine, sa taille, ses jambes.

C'était comme s'il avait effleuré chaque parcelle de son corps.

— Un collier de diamants pour une charmante monte-en-l'air, aussi rusée et furtive qu'un matou, dit-il d'un air songeur.

À sa grande horreur, Kitty ne put ignorer les réactions instinctives que cet examen et la profonde voix de basse faisaient naître en elle.

Soudain une onde de chaleur avait envahi son ventre. Ce fut avec peine qu'elle se retint de reculer.

Que diable lui prenait-il ? Alejandro Martinez n'était-il pas exactement le genre d'homme qu'elle détestait ? Il était bien trop sûr de lui, trop impérieux. Trop... *tout* !

— Ou pour mieux dire, reprit-il en la dévisageant, une ravissante chatte. Rousse, qui plus est. Une rareté !

La remarque hérissa Kitty. Elle avait toujours détesté sa couleur de cheveux. À une époque, elle les avait même teints en noir, ce qui n'avait fait qu'accentuer encore sa pâleur et révéler les taches de rousseur qui constellaient son visage. Au bout du compte, elle avait fini par s'accepter telle qu'elle était. Elle ne serait jamais une beauté classique.

— Désormais vous connaissez le secret de ces rayonnages, dit-elle pour changer de sujet.

— Effectivement. Mais je suppose qu'il y en a bien d'autres, dans cette vieille bâtisse...

S'il s'imaginait qu'elle allait les lui révéler, il se berçait d'illusions ! Kitty se contenta de le fixer en silence, attendant ce qu'il allait faire.

L'expression d'Alejandro se durcit.

— Donnez-moi ce collier, ordonna-t-il.

Elle secoua la tête.

— Possession vaut titre, marmonna-t-elle.

— Possession, dites-vous ?

Soudain Alejandro Martinez la fixait avec une intensité dérangeante. Il y avait quelque chose de prédateur dans ses mâchoires serrées et l'éclat de ses prunelles rivées aux siennes.

Au tréfonds d'elle-même, Kitty sentit déferler une houle brûlante. Un feu dévorant, inconvenant, tout à fait inopportun.

— Ce bijou est d'une grande valeur, reprit Alejandro sans cesser de planter son regard dans le sien.

Il se tenait bien trop près de Kitty pour que la situation ne soit pas des plus inconfortables. À quel moment s'était-il approché de la sorte ? Elle n'en avait pas eu conscience. Surtout, garder son sang-froid !

— Il ne vous appartient nullement, lança-t-elle.

Soutenant le regard arrogant, elle prit bien garde à ne pas reculer. Pas question de montrer qu'il l'intimidait !

— À mon avis, il ne vous appartient pas davantage.

L'expression était impitoyable. La posture implacable.

Cela ne fit qu'attiser en Kitty la tentation de défier cet homme. Ne s'était-il pas emparé de tout ce à quoi elle tenait ? Hors de question qu'il mette aussi la main sur ce bijou ! Sauf qu'elle ne parvenait pas à endiguer la rougeur révélatrice qui lui montait au visage.

Légalement, elle n'avait aucun droit sur les diamants. Mais, affectivement, elle pouvait tout à fait les considérer comme siens. Personne n'avait aimé leur propriétaire autant qu'elle. Et Teddy ne s'était-il pas révélé incapable d'aller chercher ce qui lui revenait de droit ?

— Il était de mon devoir de le récupérer, protesta-t-elle.

Alejandro secoua doucement la tête. Une ombre de sourire flotta sur ses lèvres.

— Tout ce que contient cette demeure est désormais ma propriété, dit-il. Comme vous semblez tenir à y rester, je suppose que vous faites également partie du lot de mes possessions…

Quelle insolence ! Elle n'appartenait à personne, et encore moins à ce monstre d'arrogance.

— De toute façon, je partais…

— Certainement pas !

Le sourire provocant s'était évanoui, et Alejandro l'avait agrippée au poignet. Il la fusilla du regard.

— Le collier reste en ma possession tant que nous ne saurons pas à qui il appartient réellement, reprit-il. Il en va de même pour vous.

L'indignation dévorait Kitty. Néanmoins, il semblait difficile de faire entendre raison à cet homme, manifestement habitué à commander. Et il était inutile de lui raconter l'histoire des diamants, dans l'espoir de faire vibrer sa corde sensible. Ce prétentieux devait en être dépourvu !

Elle sentit l'étau se resserrer autour de son poignet. Inexorablement, Alejandro Martinez l'attirait à lui.

— Que faites-vous ? hoqueta Kitty lorsqu'il glissa son autre main autour de sa taille.

Alejandro ne se donna pas la peine de répondre, et poursuivit son exploration. La jeune femme était mince comme une sylphide. Rien à voir avec les courbes sensuelles de celles qu'il avait pour habitude de fréquenter. Pourtant, elle n'en était pas moins étonnamment séduisante. Vêtue de noir de la tête aux pieds — pantalon, et pull-over épousant sa silhouette gracile — elle n'en paraissait que plus longiligne.

Elle lui décocha un regard furibond, et Alejandro s'amusa de la sentir se raidir. Cela aussi, c'était nouveau pour lui. Cette résistance. Cette attitude de défi.

— C'est une agression physique !

— Je ne fais que m'assurer que vous n'êtes pas armée.

Bien qu'il ait rectifié d'une voix posée, Alejandro n'avait pu s'empêcher d'être affecté par l'accusation.

Jamais, au grand jamais, il n'agresserait une femme. Il n'avait rien de commun avec celui… *Non !*

Reportant son attention sur sa jolie prisonnière, il refoula des souvenirs toujours prêts à l'assaillir. Mieux valait oublier le passé, et se concentrer sur l'éclat ravissant des prunelles émeraude qui le fixaient. En souriant, il sortit un téléphone portable de la poche revolver du pantalon de la jeune femme.

Il la relâcha pour mieux étudier sa prise de guerre. L'appareil était protégé par un étui qui comprenait une petite poche. Deux cartes y étaient rangées. Une carte bancaire, et un permis de conduire. Parfait.

— Catriona Parkes-Wilson, lut-il à haute voix, tout en observant la réaction de l'imprudente.

Le délicat visage se colora de rose, et les yeux d'aigue-marine lancèrent des éclairs. Décidément, elle était ravissante.

— Kitty, corrigea-t-elle d'un ton sec.

Ainsi, il s'agissait de la fille de l'ancien propriétaire des lieux…

Sans aucun doute, les diamants — véritables — appartenaient à sa famille. Alors pourquoi avait-elle eu cette mine coupable lorsqu'il l'avait surprise ? Mieux valait s'assurer de leur provenance avant de les lui restituer.

La jeune beauté était l'archétype de l'héritière habituée

à n'en faire qu'à sa tête au point de se croire autorisée à entrer où que ce soit pour y prendre ce qu'elle voulait. Y compris ce qui ne lui appartenait pas tout à fait !

N'aurait-elle pas pu agir normalement, et demander ?

Elle méritait bien une leçon de politesse ! Voire davantage…

— Eh bien, Catriona, susurra-t-il en se réjouissant de constater qu'elle cillait à l'entendre employer son prénom plutôt que le diminutif, je suis ravi de vous accueillir dans votre ancienne demeure. Soyez la bienvenue !

Alejandro avait été informé de l'intrusion par le service de sécurité, mais avait déjà repéré la jeune femme de son poste d'observation, sur le palier du premier étage, où il s'était écarté un moment de la foule des invités.

Il l'avait vue gravir les marches avec l'air de se croire invisible. Comme si sa crinière de feu — même rassemblée en un chignon serré sur le haut du crâne — pouvait passer inaperçue !

Maintenant que ses boucles se répandaient librement sur ses épaules, Alejandro rêvait d'y emmêler ses doigts et d'attirer Kitty à lui…

Ce n'était pas le moment de se laisser aller à cette soudaine bouffée de désir.

Le sexe tenait une place importante dans la vie d'Alejandro, et il n'était pas en manque de bonnes fortunes. Cependant, il y avait fort longtemps qu'il n'avait pas ressenti quelque chose d'aussi intense face à une femme. Ni d'aussi fulgurant.

Cela ne laissait pas de l'agacer. Habituellement, il pouvait se targuer de maîtriser ses pulsions. Aussi, pour en faire la preuve à ses propres yeux, attendrait-il un peu avant d'explorer cette incroyable alchimie sexuelle qui créait comme un arc électrique entre eux.

Tout d'abord, il allait donner une bonne leçon à cette

ombrageuse princesse. Ce n'était pas la première fois qu'Alejandro était confronté à ce genre d'enfant gâté — des nantis qui, comme elle, n'avaient jamais eu besoin de travailler, et ne savaient pas ce qu'étaient les épreuves.

Catriona Parkes-Wilson aurait tout à gagner à se frotter aux réalités de la vie.

Tout à coup une idée s'imposa à Alejandro, accompagnée d'un frémissement d'impatience.

— J'ai une proposition à vous faire, pour vous épargner l'humiliation de la police, dit-il. Acceptez d'être ma cavalière pour la soirée, et je renonce à vous remettre entre leurs mains.

— Votre « cavalière » ?

La surprise écarquillait les yeux de la jeune femme.

Pas plus que lui, elle ne pouvait ignorer ce courant qui allait de l'un à l'autre, songea Alejandro, et elle semblait en être agacée. Curieusement, cela le mettait d'excellente humeur.

Il obtiendrait ses excuses. Puis, quand il en aurait tiré toute la satisfaction qu'il en attendait, il installerait Catriona dans son lit. Pour un temps.

— Vous envisagez vraiment d'appeler la police ? questionna-t-elle tout à trac, avec quelque chose qui ressemblait à du soulagement.

Voyait-elle dans cette option une porte de sortie ? Alejandro résolut de lui faire un peu peur.

— Ils trouveront vos empreintes partout dans cette pièce, affirma-t-il.

— Le contraire serait étonnant. J'ai vécu dans cette maison jusque très récemment.

— Votre intrusion a été filmée par les caméras de sécurité.

Cela suffit à la faire taire.

— Bon, reprit Alejandro, je ne peux pas laisser mes

invités seuls jusqu'à ce que je sache quoi faire de vous. Donc, vous n'avez pas le choix. Vous m'accompagnez. Pas question que vous filiez à l'anglaise !

Dans les prunelles émeraude, il vit briller une étrange lueur qui mit ses sens à feu et à sang.

— Je compte sur vous pour vous tenir tranquille, ajouta-t-il.

Kitty ne pouvait détacher son regard de son geôlier improvisé. La perspective de passer pour la dernière en date des conquêtes d'Alejandro Martinez aurait dû l'horrifier, or, il n'en était rien.

Que lui arrivait-il ? Perdait-elle la tête ?

Il s'inclina vers elle, affichant ce sourire provocant dont il semblait avoir le secret.

— Catriona…

Il la dominait de toute sa taille. Kitty était incapable de détourner le regard des profondeurs insondables de ses prunelles noir de jais. Son cœur tambourinait dans sa poitrine, et elle entrouvrit la bouche pour essayer de prendre un peu d'air. Une fébrilité impatiente faisait vibrer toutes les cellules de son corps. Allait-il l'embrasser ? Le laisserait-elle faire ?

Alejandro était si près qu'elle sentait son souffle sur son visage. Comme hypnotisée, elle restait pétrifiée. La caresse des doigts chauds sur sa nuque lui coupa le souffle, et elle n'eut pas le temps de réagir : déjà il avait défait le fermoir, et se reculait pour glisser la cascade de brillants dans la poche poitrine de sa veste.

Juste sur son cœur, si tant est qu'il en fût doté.

Fallait-il qu'elle soit stupide ! se morigéna intérieurement Kitty.

Privée de toute capacité de raisonnement par le magnétisme qui émanait de cet homme, elle s'était laissé dépouiller sans coup férir.

— Vous n'avez nul besoin que je vous serve de cavalière, lâcha-t-elle d'un ton sec. Vous avez déjà une petite amie.

— Ah bon ?

— Une certaine Saskia, paraît-il. Ne comptez pas sur moi pour laisser croire que j'ai pris sa place. Appelez plutôt la police.

Au grand étonnement de Kitty, Alejandro sembla obtempérer, car il sortit son portable de sa poche.

Il pouvait bien la soumettre à cette humiliation supplémentaire, si cela lui chantait. Le risque n'était pas bien grand. Tout au plus aurait-elle droit à une admonestation de principe, au vu de son histoire familiale...

Sans la quitter des yeux, Alejandro vissa le téléphone à son oreille.

— Saskia, ma chérie, dit-il d'un ton ferme. Je tenais à te mettre au courant, avant que tu ne l'apprennes par des potins. J'ai rencontré une autre femme.

Bouche bée, Kitty le fixa sans parvenir à en croire ses oreilles. Il ne venait quand même pas de rompre par téléphone avec la splendide top-modèle qu'il fréquentait !

— Je sais que cela peut te paraître brutal, l'entendit-elle poursuivre, mais je préférais être honnête avec toi. C'est la vie, comme on dit.

Pendant tout le temps, il n'avait pas cessé de la regarder en souriant. Quel immonde goujat !

— Vous venez vraiment de quitter votre compagne comme cela ? Par téléphone ?

Alejandro haussa les épaules, et remit le portable dans sa poche.

— Une femme avec qui je suis sorti quatre ou cinq fois peut difficilement être qualifiée de « compagne ». Bon, *vous* voyez que vous n'avez plus besoin d'entretenir le moindre scrupule à me tenir compagnie ce soir.

— Pas question ! Vous n'êtes qu'un monstre sans cœur.

— Si cela peut vous rassurer, Saskia est certainement moins bouleversée que vous ne l'êtes. Les conditions de notre relation étaient claires pour elle comme pour moi. Cela dit, si c'est ce que vous souhaitez, j'appelle la police. Bien sûr, je déposerai plainte en bonne et due forme.

— Vous êtes vraiment prêt à tout pour parvenir à vos fins, n'est-ce pas ?

— Toujours ! Alors, Catriona, que choisissez-vous ? Une nuit en ma compagnie, ou une nuit au poste ?

Décidément, ce malotru méritait une bonne leçon !

Peu importaient les véritables intentions qu'il pouvait avoir, en l'obligeant à cette mascarade, il ne s'en tirerait pas comme cela. Kitty était fermement décidée à lui mener la vie dure, tout au long de la soirée. Ensuite, elle lui dirait la vérité au sujet des diamants de Margot, et exigerait qu'il les lui restitue.

— D'accord, dit-elle. J'accepte d'être votre cavalière.

Plissant les yeux, Alejandro lui décocha un sourire irrésistible. Puis il tendit la main pour nouer ses doigts à ceux de Kitty.

— Je n'ai pas douté une seconde que vous y consentiez, dit-il.

2

— Vous êtes toujours aussi sûr de vous ? lança Kitty, tout en s'efforçant d'ignorer les battements endiablés de son cœur.

Alejandro eut une mimique condescendante.

— C'est juste que les gens sont très prévisibles, dit-il.

Eh bien, songea Kitty, il allait voir si elle était aussi « prévisible » qu'il le supposait !

— Qu'attendez-vous de moi ? interrogea-t-elle, tout en essayant vainement de libérer sa main.

— Rien d'extravagant. Que vous me consacriez un peu de votre temps. Ensuite, lorsque les invités seront partis, nous aurons une petite… *discussion*.

— Que voulez-vous dire ?

— Comme si vous ne le saviez pas, rétorqua-t-il avec un sourire machiavélique.

Cramoisie, elle s'indigna :

— Jamais !

Dans un grand éclat de rire, Alejandro lâcha sa main et leva les bras au ciel.

— Qu'est-ce que je vous disais ? s'exclama-t-il. Tout le monde est affreusement prévisible.

Voilà qu'il se moquait, maintenant ! Malgré elle, Kitty en fut passablement contrariée.

— Vous ne m'intéressez pas *du tout*, sur ce plan-là, affirma-t-elle d'un ton qu'elle espérait sans appel.

— Bien sûr que non.

Avec une moue complaisante, Alejandro se dirigea vers la porte.

— Je suis très sérieuse. Si jamais vous tentiez quoi que ce soit…

Il poussa un soupir théâtral.

— Je ferai tout mon possible pour contenir mes pulsions animales.

Cette fois, elle s'était couverte de ridicule, se désola Kitty. Comment avait-elle pu imaginer qu'il nourrisse ce genre d'intentions à son égard ? Le contingent de ravissantes lianes qu'il avait invitées à la réception lui fournirait tout ce dont il avait besoin.

Le regard furibond dont elle fusilla Alejandro fit naître une lueur amusée dans les yeux sombres.

— Vous êtes très belle quand vous êtes en colère, lança-t-il d'un air provocant. Cette chevelure flamboyante s'accompagnerait-elle d'un tempérament volcanique ?

Se refusant à répondre, Kitty se reprocha de ne pas avoir écouté Teddy, au lieu de se lancer tête baissée dans cette mission insensée.

Surtout, elle aurait dû prendre le temps de manger quelque chose. Au moins, elle ne serait pas au bord du vertige, comme en cet instant.

— Allons, reprit Alejandro, si vous êtes sage, vous aurez peut-être droit à une récompense.

— Tout ce que je veux, c'est le collier.

Ainsi que quelque chose à manger, si possible.

Sans autre commentaire, Alejandro reprit sa main pour l'entraîner vers la porte.

— Qu'allez-vous dire à vos amis, à mon sujet ?

Alejandro tourna vers elle un visage imperturbable.

— Rien du tout.

Il était clair qu'il faisait peu de cas de l'opinion d'autrui.

C'était une forme de sagesse à laquelle Kitty s'efforçait d'atteindre. Malheureusement, elle ne parvenait pas à se départir du besoin de satisfaire tout le monde. Les hommes surtout. Au premier rang desquels son père. Et James, son éphémère fiancé...

Elle marqua un temps d'hésitation en haut de l'escalier. Alejandro avait déjà franchi la première marche. Lorsqu'il se tourna vers elle, ses yeux étaient à hauteur des siens.

— Allons, venez, ma farouche cavalière, la défia-t-il. Suivez-moi, telle une martyre silencieuse.

Était-ce là ce qu'il attendait d'elle ? En un éclair, Kitty se sentit galvanisée. Elle allait montrer à ce goujat de quoi elle était capable !

Prenant Alejandro par le bras, elle s'inclina docilement vers lui, tout en s'efforçant de ne pas trop prêter attention au jeu de la musculature qu'elle percevait sous l'étoffe de l'impeccable costume.

— Vous devez beaucoup vous ennuyer dans la vie, pour être ainsi obligé d'y ajouter un peu de piment, murmura-t-elle.

Contrairement à ce qu'elle avait espéré, Alejandro ne s'écarta pas, se contentant de pouffer.

— Pour l'instant, répliqua-t-il, je n'ai pas le temps de m'occuper de vous, et de votre insolence, comme je le souhaiterais. Mais vous ne perdez rien pour attendre.

Était-ce une menace ? s'interrogea Kitty, agacée d'être émoustillée par ce qu'il y avait aussi de promesse dans cette affirmation.

Les invités qu'ils croisèrent dans le hall ne lui manifestèrent qu'un intérêt limité. De toute évidence, ils avaient l'habitude de voir Alejandro paraître chaque soir avec une nouvelle compagne à son bras.

— Laissez-moi vous présenter Catriona, dit celui-ci

en s'adressant au premier groupe qu'ils rencontrèrent dans le grand salon.

— Kitty, corrigea-t-elle de nouveau, d'un ton aimable, en tendant la main. Je suis sa partenaire occasionnelle. Juste pour ce soir.

Trois paires de sourcils furent haussées à l'unisson.

— *Occasionnelle* ? fit écho une femme, au regard aussi aiguisé que ses épaules étaient décharnées.

— Oui, j'ai dû lui promettre qu'il en serait ainsi, rétorqua Alejandro d'une voix suave. Sinon, j'aurais dû lui passer les menottes pour la contraindre à me suivre.

Ces sous-entendus firent courir un irrépressible frisson le long du dos de Kitty. Apparemment, elle n'était pas la seule à les avoir perçus, car le groupe braqua sur eux des yeux ronds.

Néanmoins, il n'y avait qu'elle qui était en mesure de savoir qu'Alejandro ne faisait pas référence à des accessoires érotiques doublés de fourrure. C'était véritablement à des instruments de contrainte qu'il pensait. Pourtant, même ainsi, Kitty était étrangement émoustillée à l'idée d'être menottée par ses soins.

Le regard dont Alejandro la gratifia, tandis qu'il l'entraînait plus loin, était provocant. Comme s'il avait deviné le tour qu'avaient pris ses pensées.

Kitty se força à garder un sourire immuable. Elle était bien décidée à tenir son rôle à la perfection, quoi qu'il puisse lui en coûter.

Cependant, elle ne tarda pas à se rendre compte que la tâche n'était pas aussi ardue que cela. Alejandro faisait assaut de charme avec elle, et la faisait rire très facilement.

Très vite, Kitty comprit pourquoi il avait un tel succès auprès des femmes. Il avait une manière de fixer son interlocutrice qui laissait supposer que rien ni personne n'avait plus d'importance qu'elle, à ses yeux. C'était un talent dangereux, dont il n'était pas avare.

Peu à peu, elle s'aperçut qu'on les regardait avec de plus en plus d'insistance. Il n'échappait à personne que les mains d'Alejandro étaient constamment posées sur elle — sur sa taille, son bras, sa nuque.

Tandis qu'ils allaient de pièce en pièce, elle devint l'objet de toutes les curiosités. Sur leur passage, on s'interrogeait sur son nom. Les regards se firent ouvertement scrutateurs.

Alejandro finit par l'attirer un peu à l'écart, se plaçant de manière à faire écran entre elle et les invités.

— Il semble que vous fassiez sensation, dit-il en plantant dans le sien son regard de jais.

— Ce n'est certainement pas moi !

N'était-ce pas, plutôt, la manière dont il ne cessait de promener ses mains sur elle, qui suscitait l'attention de tous ?

— Bien sûr que si, c'est vous !

— Cela vous amuse donc tant, de mettre la pagaille dans la vie des gens ?

Sa question fit hausser les sourcils à Alejandro.

— Je ne vois pas en quoi je mets la pagaille dans votre vie ! protesta-t-il. Je vous ai juste demandé de passer la soirée avec moi. Il n'y a pas de quoi en faire tout un drame. Cela ne devrait pas bouleverser votre petit univers.

Kitty afficha une moue faussement dépitée.

— Ah bon ? Moi qui croyais qu'une seule soirée en compagnie du fabuleux Alejandro Martinez suffisait à mettre sens dessus dessous le petit monde d'une faible femme.

Alejandro partit d'un grand rire.

— Diablesse ! s'exclama-t-il. Allons, ne laissons pas languir nos invités.

— Comme tu veux, *chéri* ? murmura-t-elle en lui emboîtant le pas.

Le coup d'œil dont il la gratifia promettait un châtiment sans merci, mais Kitty n'en redressa pas moins fièrement le menton.

— Alejandro, très cher ?

Une femme les interpellait depuis le milieu de la pièce. Elle se dirigea vers eux d'un pas décidé, faisant claquer ses talons sur le parquet.

— Je viens de recevoir de Saskia un SMS stupéfiant, dit-elle en fixant Kitty d'un regard appuyé.

— Ah bon ?

Alejandro n'aurait pu afficher plus parfaite indifférence.

— Elle dit que vous avez une nouvelle petite amie, renchérit la femme.

L'affirmation tomba dans un silence lourd. Avant qu'Alejandro ne retrouve la parole, Kitty s'interposa.

— Oh oui, c'est certainement de moi qu'elle parlait. Mais dites-lui bien que je lui rendrai ce cher Alejandro, dès que je m'en serai lassée.

À ses côtés, Alejandro se raidit, et Kitty se prépara à s'entendre congédier sans autre forme de procès. Mais, au contraire, il l'étreignit plus étroitement.

— Voyons, ma chérie, murmura-t-il, tu sais bien que je ferai tout ce qui est en mon pouvoir pour que cela n'arrive jamais.

Puis, se tournant vers la femme, il ajouta :

— Maintenant, si vous voulez bien nous excuser, je pense que Catriona a besoin d'un petit remontant.

— Combien de fois faudra-t-il que je vous répète qu'on m'appelle Kitty ? marmonna-t-elle tandis qu'il l'entraînait à travers les groupes d'invités.

Alejandro tourna vers elle un sourire enjoué.

— Je pense que nous devrions passer au tutoiement,

susurra-t-il. Cela donnerait plus de crédibilité à notre… *coup de foudre.*

— Maintenant, que veux-tu boire, chérie ? Du champagne ?

— Oui. Si possible sans cyanure !

— D'accord. Mais j'en mettrai un peu de côté pour que tu puisses en faire usage quand nous nous retrouverons seuls. Pour échapper… Comment dit-on, déjà ? Ah, oui ! À un sort pire que la mort…

— Je n'en aurai pas besoin, puisque rien de tel n'arrivera.

Tous les regards étaient braqués sur eux, pourtant cela ne dissuada pas Alejandro de s'arrêter au milieu de la pièce et de l'attirer dans ses bras d'un geste impérieux.

— Quoi ? Tu ne consentirais même pas à m'accorder un petit baiser ?

Lentement, il caressa du pouce la lèvre inférieure de Kitty.

— Voilà une demoiselle un peu rebelle, ce me semble, reprit-il avec un petit sourire en coin.

— Voilà bien un insupportable mufle à l'ego boursouflé, ce me semble.

Alejandro la contempla avec une expression absolument ravie. Il n'aurait pas pu avoir l'air plus possessif. Ni davantage épris.

Elle s'écarta brusquement, et il n'eut d'autre choix que de la suivre en direction du buffet.

Désormais, les invités les dévoraient littéralement des yeux et Kitty sentait peser sur elle une myriade de regards insistants.

Ce fut à cet instant qu'elle les aperçut, à l'autre extrémité du grand salon. Trois ou quatre amis de James, son ex-fiancé, auprès desquels elle n'avait jamais été en odeur de sainteté. Son cœur se serra en reconnaissant, parmi eux, Sarah, grande amie d'enfance de James, et vipère accomplie.

Hélas ! Eux aussi l'avaient repérée, et ils se rapprochaient, pareils à un banc de requins entourant leur proie.

— Kitty Parkes-Wilson ! s'écria la harpie en chef.

— Salut, Sarah, rétorqua Kitty en s'efforçant de ne pas perdre son inaltérable sourire.

Préférant laisser Alejandro à l'écart de leur échange, elle se tourna vers le groupe, sans malgré tout lui lâcher la main. Kitty espérait qu'absorbé par sa conversation, il n'entendrait pas un échange dont elle n'attendait rien de bon.

— Qui aurait cru te rencontrer ici, précisément cette semaine ?

Comme prévu, Sarah venait de lancer sa première attaque. Kitty accentua son sourire.

— Tu veux dire dans ma maison de famille, juste la semaine où nous l'avons perdue ? C'est curieux, les surprises que la vie nous réserve.

Le regard perçant de Sarah se posa sur la main d'Alejandro, toujours nouée à celle de Kitty.

— Tu peux le dire ! lança-t-elle avec des mines de conspiratrice. Je n'aurais jamais imaginé qu'Alejandro t'épingle un jour à son tableau de chasse.

— Ah, mais ce n'est pas ce que tu crois, répliqua Kitty du tac au tac. Si je suis là, c'est parce qu'Alejandro m'a forcée à l'accompagner à cette soirée.

Haussant les sourcils, Sarah eut un petit rire de gorge.

— Forcée, vraiment ? Ça en a tout l'air…

Était-ce une illusion, ou Kitty venait-elle de sentir Alejandro se raidir ?

— Cela fait si longtemps que nous ne t'avions pas vue, reprit Sarah comme Kitty ne réagissait pas. Tu as quitté Londres du jour au lendemain, non ?

Fallait-il vraiment que cette rosse évoque de tels souvenirs ? Bien sûr que Kitty avait quitté Londres en toute hâte. Comment n'aurait-elle pas cherché à fuir aussi loin que possible, après que James l'eut humiliée comme il l'avait fait ? Lorsqu'il s'était rendu compte que la fortune des Parkes-Wilson — seule raison pour laquelle, apparemment, il avait demandé Kitty en mariage — s'était évaporée, il ne s'était même pas donné la peine de rompre en bonne et due forme. Il l'avait trompée avec toutes les jeunes filles à marier de la place. C'était par des ragots que Kitty avait découvert la chose.

Dire qu'elle avait été assez stupide pour ne pas voir clair dans le jeu de ce coureur de dot ! Tout ça parce qu'elle était tellement privée d'affection qu'elle était prête à accorder sa confiance au premier blanc-bec faisant mine de lui manifester de l'intérêt.

— Si je comprends bien, insista Sarah, tu as définitivement tiré un trait sur James.

Kitty avait encore du mal à repenser à tout cela. Mais elle n'allait pas se laisser déstabiliser aussi facilement !

Redressant les épaules, elle fit appel à tout ce que lui avait transmis sa grand-tante Margot.

Avec un sourire radieux, elle s'inclina vers Sarah et déclara, aussi *discrètement* que celle-ci :

— Oh oui ! En fait, je ne voulais pas rendre la chose publique tout de suite, mais…

Les pupilles de Sarah s'écarquillèrent, et elle la coupa.

— De quoi parles-tu ?

— De notre… relation, bien sûr.

D'un léger signe de tête, Kitty avait désigné Alejandro.

Cette fois, la jeune femme demeura bouche bée quelques secondes, avant de glapir :

— Tu veux dire que c'est sérieux ? Avec Alejandro ?

Oh ! mon Dieu ! Alors, c'est pour toi qu'il a acheté cette maison ?

C'était comme si Sarah avait été frappée par la foudre, et Kitty sentit la moutarde lui monter au nez.

Était-il à ce point inconcevable qu'un homme aussi séduisant qu'Alejandro Martinez puisse vouloir d'elle ? Tout à coup, elle fut submergée par l'envie d'effacer définitivement du visage de cette cruche l'expression d'arrogance suffisante qui s'y peignait.

— En fait, nous sommes...

Elle n'eut pas le temps de terminer sa phrase.

— Ne me dis pas que vous êtes... *fiancés* !

Ce fut à cet instant qu'Alejandro leur fit face. Juste au moment où Kitty prenait conscience qu'elle venait de se mettre dans un sacré pétrin.

Si seulement le sol avait pu s'ouvrir sous ses pieds, et l'engloutir !

Trop tard ! Sarah posait une main possessive sur le bras d'Alejandro.

— Félicitations, dit-elle. Je viens de découvrir le pot aux roses !

3

Kitty sentit les doigts d'Alejandro serrer les siens comme un étau. Pourtant, elle ne cilla pas. Autour d'eux, tous semblaient suspendus à leurs lèvres.

Elle retint son souffle, se préparant à subir la pire humiliation de sa vie.

Puis elle se reprit et osa lever les yeux vers Alejandro, avant de se risquer à rompre le silence qui n'avait que trop duré.

— Sarah a deviné, murmura-t-elle, affectant une mine confuse. C'est une femme perspicace.

Le regard qu'Alejandro posait sur Kitty la retenait prisonnière. Tout ce qui les entourait lui sembla disparaître dans un brouillard confus. Les yeux sombres étincelaient. Dans leurs profondeurs insondables, elle décelait une étrange émotion sur laquelle elle n'aurait su mettre un nom.

Seigneur ! Sa seule option était de prendre ses jambes à son cou !

À croire qu'il avait lu dans ses pensées, Alejandro resserra son étreinte sur ses doigts — presque à lui faire mal. Pour l'empêcher de fuir ? Pourtant, que pouvait-elle faire d'autre ? Comment se justifier ?

— Il semble que vous ayez pris Catriona au dépourvu, Sarah, dit-il d'une voix douce. Elle était réticente à annoncer la nouvelle aussi tôt…

Pour un peu, la mâchoire de Sarah se serait décrochée. Et si Kitty ne s'était pas ressaisie, il en aurait été de même pour elle.

Passant la langue sur ses lèvres soudain sèches, le cœur battant la chamade, elle leva les yeux vers Alejandro.

Il souriait ! Était-ce vraiment une expression satisfaite qui se peignait sur son beau visage ?

Reportant son attention sur l'ennemie de Kitty, il fixa sur elle un regard déterminé.

— J'espère que nous pouvons compter sur votre discrétion, dit-il.

— Bien sûr... Mais la surprise m'a peut-être fait parler un peu trop fort...

Alejandro la rassura d'un sourire.

— Pas d'importance. Nous sommes entre amis, n'est-ce pas ?

Avait-il appuyé sur le mot « amis » ? Alejandro avait beau sourire, il n'en continuait pas moins à tenir les doigts de Kitty d'une poigne de fer.

— Félicitations, répéta une Sarah hébétée.

Portant sa main libre à ses lèvres, Alejandro y posa un doigt, et adressa un clin d'œil à la mégère.

— Chut ! C'est un secret, n'oubliez pas.

Puis il se tourna vers Kitty.

— Viens, ma chérie, dit-il, je pense que tu as besoin de prendre l'air.

Nouant un bras autour de sa taille, il l'entraîna au pas de course vers l'arrière de la maison. Kitty aurait certainement trébuché s'il ne l'avait pas soutenue.

Ce ne fut que lorsqu'ils eurent atteint la petite cour, sur laquelle ouvrait l'entrée de service, qu'il la relâcha.

— Ainsi, nous voilà fiancés ? lança-t-il à Kitty qui s'était éloignée de quelques pas chancelants.

Grâce à la lumière se déversant par toutes les fenêtres

de la maison, il faisait suffisamment clair pour qu'elle n'ait aucun doute sur ce que disait son regard.

Il s'amusait comme un fou !

— Tout cet imbroglio est entièrement ta faute ! rétorqua Kitty, sur la défensive.

Curieusement, elle persistait dans le tutoiement de façon naturelle.

Alejandro se rapprocha.

— Ah bon ? Alors, tu pénètres chez moi par effraction, tu me dérobes un objet de valeur, et tu n'aurais aucune responsabilité dans ce qu'il s'est passé ce soir ?

— Je ne suis pas entrée par effraction, j'avais ma clé. Et je n'ai rien volé qui t'appartienne.

Tout en la dévisageant, il retrouva son sourire charmeur.

— Catriona, dit-il, tu vas devoir payer pour ce que tu as fait.

— Peut-être, mais pas de la façon que tu imagines.

Éclatant de rire, il s'avança jusqu'à envahir son espace vital.

— Oh ! que si ! Tu ne crois quand même pas que je vais faire fi de cette alchimie qu'il y a entre nous.

Pourquoi fallait-il que la pointe d'accent chantant, qui mettait une étrange note d'exotisme dans son anglais, efface ce que son propos avait d'insupportablement macho ?

Quant aux sonorités profondes de son rire, elles faisaient naître un vol de papillons au tréfonds de son être, et même la fraîcheur de l'air ne parvenait pas à apaiser la fièvre qui la dévorait.

Si au moins il cessait de la regarder de cette manière ! Le pire, c'était qu'Alejandro était parfaitement conscient de l'effet qu'il lui faisait.

Kitty avait beau être certaine de n'être pas *raisonnablement* attirée par cet homme, son corps réagissait au sex-appeal évident de cet arrogant individu.

— Aurions-nous atteint l'épisode où tu tentes de me soumettre ? maugréa-t-elle, comme Alejandro se rapprochait encore davantage.

Dans un grand éclat de rire, il lui prit les deux mains qu'il rassembla de force dans son dos, en un geste terriblement dominateur.

— Ce serait plutôt celui où je t'empêche de continuer à proférer des sottises en public, corrigea-t-il.

— Tu n'as aucun droit de me censurer !

Où diable trouvait-elle une telle audace ? C'était bien la première fois de sa vie qu'elle s'adressait ainsi à quiconque. Habituellement, elle baissait la tête, et laissait Teddy se mettre en avant.

— Qui parle de te censurer ? Je veux juste t'embrasser, pour te faire taire.

— Non, mais... Tu es vraiment incroyable !

— Je sais. Et j'aime ça.

— Tu ferais mieux de cesser de crâner ! Sinon, je vais m'attendre à quelque chose de si extraordinaire que je pourrais être déçue...

— Je suis prêt à prendre le risque.

— C'est une habitude, chez toi.

— Peut-être. Quoi qu'il en soit, tu es chez moi, et je n'admettrai pas que tu y mettes la pagaille quand je reçois autant de monde.

— Alors, c'est très simple. Laisse-moi partir. Avec mon collier, bien sûr !

Relevant la tête, Kitty gratifia Alejandro d'un sourire éblouissant, heureuse qu'elle était de reprendre l'avantage.

— Pas question ! De plus, toute ineptie mérite châtiment. Tu sembles oublier que tu en as débité un certain nombre.

Kitty n'eut pas le temps de rétorquer quoi que ce soit. Ni même de respirer. Car Alejandro s'était déjà incliné vers elle, et ses lèvres caressaient les siennes. C'était le plus doux, le plus léger des baisers. Pas du tout ce qu'elle aurait pu attendre de lui. Muette, pétrifiée, elle demeura sans réaction. Il y eut une autre caresse, tout aussi délicate — lèvres contre lèvres. Puis une autre encore.

Alejandro, comprit-elle alors, était le genre d'amant qui savait prendre son temps. Il mettrait tout le soin possible à faire monter en elle le désir. Sauf que c'était inutile. Déjà, elle ne put retenir un gémissement, alors même que s'entrouvrait sa bouche, presque malgré elle. Pourtant, il n'approfondit pas son baiser. Bien au contraire. Il garda la même retenue. Comme pour bien montrer qu'il contrôlait ses pulsions.

Déconcertée par tant de douceur langoureuse, elle s'écarta pour lever les yeux vers Alejandro. Il eut un demi-sourire, comme s'il savait pertinemment qu'elle s'était imaginé bien autre chose — un baiser exigeant, par mesure de représailles.

— Cela ne t'a pas suffi ? la taquina-t-il. Tu en veux davantage ?

Haussant les épaules, Kitty préféra mentir.

— Rassure-toi, j'ai eu plus que mon compte. Je suppose que tu vas dire que les Anglaises ne savent pas ce qu'est la passion.

— Je n'ai pas encore rencontré de femme qui ne connaisse pas la passion avec moi…

— Tout dépend de ce que tu entends par là. La colère, peut-être ? La fureur ?

Alejandro laissa échapper un petit rire, puis caressa du pouce les lèvres de Kitty.

— Ne me provoque pas, murmura-t-il.

Kitty sentit un frisson de désir glisser le long de sa colonne vertébrale, comme un filet de transpiration brûlante.

Comment était-il possible qu'elle soit à ce point attirée par cet homme ? Ce n'était qu'un coureur de jupons. L'incarnation même du play-boy, avec plus de maîtresses à son tableau de chasse qu'elle n'avait de taches de rousseur. Et Dieu sait si elle en avait !

— Ne compte pas que je devienne ta prochaine passade ! déclara-t-elle avec force, autant comme une exhortation qu'elle s'adressait à elle-même que pour l'en persuader.

— Voyons, tu es bien plus que cela… Tu es ma *fiancée.*

La honte submergea Kitty. Dans le feu de l'action, elle avait oublié ce cauchemar.

— Pourquoi ne m'as-tu pas démentie ?

— Je n'aime pas voir quelqu'un se faire malmener par plus fort que lui. Il n'était pas difficile de comprendre ce qu'il se passait entre toi et cette femme.

Comment un homme à qui tout réussissait pouvait-il comprendre quelque chose à ce genre d'humiliation ? Et qu'était-ce donc que ce trouble fugitif qu'elle voyait passer sur son visage ?

Déjà il se reprenait, affichant une maîtrise de soi pleine de suavité et lui tendant la main.

Ainsi, c'était par pure compassion qu'il ne l'avait pas désavouée devant Sarah. Kitty était encore plus mortifiée !

— Rentrons, proposa-t-il d'une voix douce.

Avec un léger soupir, Kitty posa sa main dans celle d'Alejandro, et se laissa guider à l'intérieur de la maison.

À sa grande surprise, il ne l'entraîna pas vers les salons de réception, mais reprit le chemin de la bibliothèque.

— Attends-moi là, dit-il en l'y introduisant. Fais comme chez toi.

Que voulait dire ce sourire carnassier ? s'alarma Kitty en dévisageant Alejandro d'un regard soupçonneux. Quant à l'énorme clé qu'il tenait dans sa paume, Kitty la reconnaissait sans peine.

— Tu ne vas quand même pas m'enfermer !

— Je n'en ai pas pour très longtemps. Juste le temps de me débarrasser de mes invités.

— Et s'il y a le feu ?

— Je serai héroïque, et viendrai t'arracher aux flammes.

— Tu m'as plus l'air d'un bandit que d'un héros !

Le sourire narquois dont la gratifiait obstinément Alejandro était exaspérant. Pour un peu, Kitty l'aurait bombardé avec les coussins du canapé.

— Les femmes ont toujours un faible pour les mauvais garçons, non ? lança Alejandro depuis le seuil de la porte. Sois tranquille, je ne serai pas long.

Sur ce, il sortit, et verrouilla derrière lui.

Contrairement à ce qu'il avait promis, Alejandro ne reparut pas de sitôt.

Kitty était à bout de forces. La lumière qui tombait du lustre l'aveuglait, et elle préféra se contenter de la lampe de lecture placée à côté du sofa. Se débarrassant de ses chaussures, elle se pelotonna sur les coussins en cuir. Là où elle avait si souvent attendu, en vain, son père.

Toutes ses tentatives pour susciter l'intérêt de celui-ci s'étaient toujours soldées par des échecs cuisants. Il était bien trop accaparé par les créatures sophistiquées qui se succédaient dans son lit, pour ne jeter davantage qu'un coup d'œil distrait aux sculptures que Kitty, enfant, réalisait pour lui avec amour.

Jamais il ne lui avait accordé l'affection qu'elle espérait. Jamais il n'avait reconnu ses qualités.

Mais si, au moins, il les avait tenus informés — Teddy et elle — de son projet de vente !

Repliant les jambes, elle essaya de se persuader qu'elle

finirait par oublier le chagrin qu'elle ressentait à ne plus être chez elle dans cette vieille demeure.

Une fois qu'elle se serait débarrassée d'Alejandro Martinez, elle irait rejoindre Teddy chez ses amis, où elle passerait la nuit.

En attendant, elle s'enfonça dans les coussins moelleux.

Mettre dehors ses invités fut plus difficile qu'Alejandro ne l'avait imaginé. La soi-disant « amie » de Catriona n'avait pas tenu sa langue — comme de bien entendu ! — et tout le monde mourait d'envie d'en apprendre un peu plus sur la beauté rousse qu'il était censé épouser.

Enfin, il referma la porte sur les derniers curieux.

Catriona devait être furieuse d'avoir attendu si longtemps.

À sa grande surprise, Alejandro fut accueilli par un silence écrasant — et non par la bordée d'imprécations à laquelle il s'était préparé — lorsqu'il pénétra dans la bibliothèque.

Un instant, il se figea. Catriona avait-elle trouvé moyen de s'enfuir ?

Puis son regard se posa sur la longue silhouette gracile, allongée sur le canapé, et il demeura bouche bée.

Dans la douce lumière qui tombait de la lampe, la belle endormie avait un teint d'une pâleur presque translucide. Sa chevelure était une cascade de flammes encadrant son visage.

Seigneur, comme elle était belle ! Différente de toutes les femmes qu'Alejandro avait connues. Mais incroyablement sexy !

Le désir le transperça. Au fond de lui s'alluma un besoin primaire — presque animal — de réveiller Kitty, de la couvrir de baisers, de la posséder sur-le-champ. Une envie farouche de sentir ce corps souple sous le sien s'empara de lui. Serrant les poings, Alejandro se contraignit à prendre une profonde inspiration afin de se calmer.

Jamais il n'avait éprouvé un désir aussi violent pour une femme. À vrai dire, il n'avait jamais ressenti une émotion aussi intense. Pourtant, il savait qu'il avait toutes les meilleures raisons d'y résister.

En dépit de l'amusement qu'il trouvait à leurs escarmouches, et surtout de l'incroyable plaisir pris à embrasser Kitty, il n'avait eu aucune intention de l'obliger à passer la nuit chez lui. Une fois qu'il aurait réglé cette histoire de collier, il n'aurait pas hésité à la mettre dehors.

Qu'allait-il faire, maintenant qu'elle était profondément endormie sur ce canapé où elle avait dû bien souvent faire un somme ?

S'approchant, il remarqua les cernes profonds qui soulignaient ses yeux. Elle semblait épuisée.

— Catriona ? appela-t-il doucement. Kitty ?

En vain. Elle ne broncha même pas.

Comme elle avait l'air vulnérable !

Prendre soin d'autrui n'était pas son fort. Néanmoins, il alla chercher une couverture pour qu'elle soit plus confortablement installée.

Se laissant tomber dans un vaste fauteuil, face au canapé, il extirpa le collier de sa poche. À la lumière de la lampe, il ne faisait aucun doute qu'il s'agissait d'un objet de valeur. Suffisamment, en tout cas, pour que Kitty prenne les plus grands risques pour le récupérer.

Au fil des années, Alejandro avait à maintes reprises rencontré de ces privilégiés, inconscients de leur chance dans la vie. Il s'en irritait, lui qui avait dû travailler d'arrache-pied pour se hisser jusqu'à la réussite, en partant du plus bas. Peu à peu, obtenant des bourses d'étude, réussissant les examens d'entrée aux meilleures écoles, il avait échappé à la misère et au désespoir.

Même aujourd'hui, la vie frivole qu'on lui voyait mener à la une des magazines n'était qu'une infime partie de son activité. Le plus clair de son temps était consacré au travail.

Et voilà qu'une enfant gâtée faisait irruption dans son monde pour lui réclamer, quoi ? Son héritage ? En tous les cas, un trésor qui lui était échu sans qu'elle n'ait besoin de travailler pour l'obtenir.

Alejandro se remémora sa volonté initiale de lui donner une bonne leçon. Sauf que cette résolution s'était émoussée, lorsqu'il avait entendu le ton sur lequel lui avait parlé cette harpie, pendant la réception. Il détestait qu'on s'en prenne à plus faible que soi. Aussi bien en paroles qu'en actes, comme il en avait fait lui-même l'amère expérience. Aussi s'était-il refusé à infliger une humiliation publique à la jeune femme, et il n'avait pu ignorer le soulagement qui illuminait son regard.

Jetant un coup d'œil à la Belle au bois dormant, il se rappela la douceur de ses lèvres, la manière dont elle avait frissonné dans ses bras, plus tard, dans la cour…

Cette *étincelle*, entre eux. Autant de choses qu'il ne saurait regretter, quelles que soient les complications à venir.

Car, maintenant, il lui appartenait de décider comment gérer cette histoire abracadabrante de fiançailles. C'était par des sourires évasifs qu'il avait répondu aux félicitations enthousiastes de ses invités. Pourquoi diable n'avait-il pas rétabli la vérité ? À croire que la vulnérabilité qu'il avait perçue dans le regard de Kitty, la fêlure qu'elle révélait, l'avait ému.

Dans sa poche, Alejandro sentit la vibration du téléphone confisqué à Kitty. Sur l'écran s'afficha le prénom « Teddy ». La photo qui l'accompagnait ne laissait aucun doute quant à l'identité de la personne. La ressemblance était frappante. L'homme était blond, et non roux, mais il avait le même sourire, les mêmes yeux. Ce ne pouvait être que son frère.

Au lieu de répondre, Alejandro posa l'appareil, et prit le sien. Il ne lui fallut que quelques secondes, pour trouver les renseignements qu'il cherchait.

Teddy et Kitty Parkes-Wilson, Edward et Catriona, étaient les jumeaux de l'homme auquel il venait de racheter l'hôtel particulier. Une autre recherche fit apparaître la photo d'une femme âgée — Margot Parkes — portant le collier en diamants que Kitty était venue récupérer.

À en croire les détails concernant Kitty, elle menait une carrière d'artiste. La sculpture était son domaine. Il était aussi fait mention de fiançailles éphémères avec un individu prénommé James. L'histoire semblait terminée depuis quelques mois.

Le téléphone de Kitty vibra au moins pour la dixième fois. Cette fois, Alejandro céda, bien qu'il n'éprouvât que peu de sympathie pour l'homme qui avait laissé sa sœur courir de tels risques. Il prit l'appel, et Teddy parla aussitôt :

— Kitty ? Pour l'amour du ciel, tout va bien ? Tu as les diamants ?

— Désolé de vous décevoir, Teddy, répliqua Alejandro posément, mais votre sœur et les diamants sont en ma possession.

4

Kitty cligna des yeux, aveuglée par le soleil qui se déversait à flots dans la pièce, entre les rideaux de lourd brocart.

Que faisait-elle dans la bibliothèque de son père ? La mémoire lui revint, et elle se figea.

Alejandro Martinez !

C'était *chez lui*, qu'elle se trouvait.

— Bonjour !

Cramponnée à la couverture, Kitty se redressa. En un éclair, elle prit conscience d'être entièrement vêtue. *Heureusement !*

Bouche bée, elle regarda Alejandro qui prenait place dans un fauteuil en face d'elle. À la lumière du jour, il était encore plus impressionnant.

Reprenant ses esprits, Kitty repoussa ses cheveux d'un geste hésitant et se redressa.

— Que s'est-il passé ?

— Tu t'es endormie pendant que je renvoyais mes invités. Cela fait des heures que tu dors profondément. Je commençais même à m'inquiéter.

Le pouls capricieux de Kitty ne parvenait pas à retrouver un rythme normal.

Alejandro devait sortir de la douche, car ses cheveux étaient humides. Il avait passé un blue-jean et un T-shirt, mais n'en paraissait pas moins dangereusement séduisant que la veille, dans son costume de prix. Pas moins prédateur.

Fallait-il qu'elle soit stupide, pour être ainsi fascinée par de hautes pommettes, un corps d'athlète, et une arrogance insolente ! Elle détestait la façon dont elle réagissait à la présence de cet homme.

Au même instant, Alejandro la gratifia d'un sourire qui aurait pu laisser penser qu'il lisait dans ses pensées.

— J'ai une proposition à te faire, dit-il.

— C'est non ! Et c'est non négociable.

D'un geste de la main, Alejandro désigna un mug de café sur la table basse devant elle. De la fumée dansait dans la lumière.

— Je suis certain que tu l'aimes très fort, et sans sucre, déclara-t-il.

— Qu'est-ce que tu en sais ?

— Tu es une artiste débutante. Par conséquent, j'en déduis que tu as forcément besoin de tirer la substantifique moelle de tout ce qui t'est offert.

Sans mot dire, Kitty prit la tasse. Selon toute évidence, Alejandro s'était livré à quelques recherches sur son compte.

Il la regarda boire, avant d'enchaîner :

— J'ai fait une offre à ton père qu'il n'a pas pu refuser. C'est à ton tour, maintenant.

— Mon père n'aimait pas cette maison. Il la trouvait glaciale.

— Toi, par contre, tu es très attachée à ces lieux. Cela se lit dans ton regard. Aussi, tu ferais mieux d'écouter ce que j'ai à te proposer.

— Tu perds ton temps ! Je n'accepterai rien de toi.

Qu'est-ce qu'il imaginait ? Qu'elle se laisserait acheter aussi facilement que son père ? Il allait être déçu !

Soudain Kitty revécut le moment où, la veille, elle

avait réagi à l'humiliation que lui infligeait Sarah, en inventant toute cette lamentable histoire de fiançailles.

Seigneur, plus tôt elle regagnerait sa chère Cornouailles, mieux ce serait !

— Pourquoi refuser sans savoir de quoi il s'agit ? demanda Alejandro.

Sans attendre sa réponse, il se leva et alla chercher sur le bureau un plateau chargé de pâtisseries et de fruits frais.

— Sers-toi. Tu te sentiras mieux quand tu auras mangé.

Il ne la quitta pas des yeux, tandis qu'elle engloutissait une pêche mûre à point, attendant qu'elle ait terminé pour sortir le collier de sa poche, et l'interroger :

— Qu'as-tu à me dire sur ce bijou ? Il appartient à ton frère, c'est cela ?

Décidément, il était bien renseigné !

— Oui.

— Mais tu y tiens davantage que lui.

— J'aimais beaucoup sa propriétaire. C'était ma grand-tante, Margot. Ce qui compte pour moi, ce n'est pas tant la valeur matérielle de ces joyaux que leur valeur sentimentale. Elle est inestimable !

— Alors, pourquoi est-ce à ton frère qu'ils ont été transmis ?

Kitty soupira.

— Parce qu'il est né quelques instants avant moi, et que c'est un garçon.

Cette fois, c'était une expression de profonde perplexité qui se peignait sur les traits d'Alejandro.

— À t'entendre, on se croirait au Moyen Âge, s'étonna-t-il.

— Ça te va bien de te moquer, maugréa Kitty. Tu oublies que tu m'as *obligée* à t'accompagner à ta réception, hier soir. Plutôt des pratiques d'homme des cavernes, non ?

— Pauvre petite chose !

Avec un sourire radieux, Alejandro se cala dans le fauteuil.

— Eh bien, renchérit-il, que serais-tu prête à faire pour récupérer ce bijou ?

— Certainement pas ce à quoi tu penses !

Rageusement, Kitty mordit dans un pain au chocolat.

— Je ne suis pas aussi grossier que tu l'imagines, lui opposa Alejandro. J'attendrai, pour coucher avec toi, que tu montres suffisamment de maturité pour admettre que tu en meurs d'envie.

L'air furibond avec lequel Kitty accueillit cette forfanterie déclencha l'hilarité d'Alejandro. Reprenant son souffle, il demanda :

— Pourquoi n'êtes-vous pas passés par mon avocat, ton frère et toi ? Suis-je un tel monstre que tu n'aies pu concevoir d'autre manière de reprendre votre bien qu'en enfreignant la loi ?

Avec peine, Kitty avala la bouchée de viennoiserie.

— Tu as la réputation d'être plutôt dur en affaires, non ? Alors, j'ai vu dans cette démarche le moyen le plus rapide, et le plus efficace, d'arriver à mes fins.

— Je comprends. Mais tu n'ignores pas que toute action à des conséquences.

— Est-ce à dire que tu vas appeler la police ?

En cet instant, le sourire d'Alejandro avait perdu toute jovialité.

— Tu n'auras pas cette chance, répliqua-t-il. Non, si tu veux rentrer en possession de ce collier, il va te falloir faire amende honorable.

— Qu'entends-tu par-là ?

— Que tu remplisses le rôle que tu t'es attribué hier soir. Autant dire, que tu deviennes ma fiancée.

— *Quoi ?*

Avec le plus grand calme, Alejandro remit le tour de cou dans sa poche. Puis il fixa Kitty d'un regard impitoyable.

— Pour quelques semaines seulement. Tu t'installeras ici, avec moi, comme si nous étions réellement fiancés. Ensuite, nous nous séparerons à l'amiable, et tu pourras partir.

— Cela n'a pas de sens ! Pourquoi me demander cela ?

— Parce que cela m'arrange. Et aussi parce que c'est le moins que tu puisses faire, après avoir répandu de telles sornettes auprès de mes amis. À vrai dire, je suis sur le point d'ouvrir des bureaux à Londres. Je ne voudrais pas que le succès de mon entreprise soit entaché d'un parfum de scandale à cause de cette ridicule histoire. Cela ne durera pas bien longtemps. Une fois mon affaire lancée, l'attention se détournera de moi, et nous pourrons nous séparer.

— Mais c'est impossible ! Je ne peux pas rester ici. J'ai un emploi en Cornouailles.

— Tu as un travail à mi-temps dans une galerie d'art au bord de la faillite. Tu n'es même pas payée. Tout ce que ça te rapporte, c'est d'être hébergée gratuitement.

Il était de plus en plus clair qu'Alejandro avait pris tous les renseignements nécessaires à son sujet.

Cela faisait six mois que Kitty s'était réfugiée dans le sud de l'Angleterre, sur un coup de tête. Cela lui avait permis d'échapper à l'humiliation de sa rupture avec James, et de se faire oublier. Elle y était heureuse malgré sa solitude.

— La galerie se porte très bien, maugréa-t-elle. C'est un endroit tout à fait agréable.

— Ce que je te propose, c'est de profiter de ta présence ici pour faire l'inventaire des objets que contient le mausolée qu'est cette maison. Tout a été remisé dans des cartons, et je n'aurai jamais le temps d'en passer le contenu au crible.

— Pourquoi ne confies-tu pas cette tâche à l'une de tes nombreuses secrétaires ? Qu'est-ce qui te garantit que je ne te déroberai rien ?

— Encore un risque auquel je suis prêt. Et mon assistante a bien mieux à faire ailleurs. De plus, il semble judicieux que ce travail soit accompli par quelqu'un qui connaît bien la maison. Qu'en penses-tu ?

Ce n'était qu'un prétexte dérisoire pour la garder auprès de lui, Kitty en était persuadée. Tout ça, parce qu'il voulait la mettre dans son lit. Néanmoins, elle était tentée d'accepter ce plan. Elle avait adoré cette demeure, et il ne lui était pas indifférent de sauver de l'oubli certains des objets qui l'avaient peuplée.

Mais non, c'était impossible ! L'idée était déraisonnable. Elle secoua la tête.

— Je ne peux pas passer comme cela d'un fiancé à un autre. Même si ce n'est qu'une mystification.

D'un geste paresseux, Alejandro choisit une grappe de raisin, avant d'observer :

— Cela fait pourtant déjà six mois que tu as rompu avec ce James.

— Mais qui est-ce qui t'a fourni tous ces renseignements ?

Kitty était mortifiée de voir qu'aucun des détails de son passé n'échappait à Alejandro.

— Peu importe, répondit-il, retrouvant son air railleur. Je suis certain qu'une nouvelle histoire d'amour aurait un effet très positif sur ton mauvais caractère.

Pourquoi avait-elle soudain aussi chaud ?

— Tu te fais des illusions, lança-t-elle d'une voix rageuse. Il n'y aura jamais d'histoire d'amour entre nous !

Manifestement, Alejandro s'amusait beaucoup.

— J'essayais juste de présenter les choses sous un jour un peu moins… inconvenant, dit-il.

— Tu veux dire moins obscène, oui !

Car Kitty savait pertinemment que tout ce qu'Alejandro lui proposait, c'était une relation physique.

Il jeta les mains en l'air, en une posture tellement cocasse qu'elle faillit tirer un sourire à Kitty.

— Voyons, Kitty, protesta-t-il, je t'offre seulement la possibilité de t'amuser un peu, sans que cela prête à conséquence. Ce serait certainement la meilleure façon de reprendre confiance en toi.

— Comme c'est généreux !

— Parfaitement. Tu ne devrais pas hésiter à saisir la perche que je te tends. Pour autant que je sache, ton frère n'a pas d'appartement à Londres, pour l'instant. Donc, tu ne sais même pas où être hébergée. Je me trompe ?

Seigneur ! Y avait-il une seule circonstance de sa vie qui échappât à la connaissance d'Alejandro ?

En toute honnêteté, elle se devait d'admettre que la perspective d'occuper un canapé-lit chez l'un des partenaires de théâtre de son frère ne lui souriait guère. Leur père n'avait même pas jugé nécessaire de s'assurer que Teddy et elle avaient un toit. Après tout, il n'avait pas tort. À vingt-quatre ans, ils étaient tout à fait capables de prendre soin d'eux-mêmes. Sauf que Kitty ne pouvait s'empêcher d'éprouver un épouvantable sentiment d'abandon.

— Je me demande si tu ignores quoi que ce soit me concernant, maugréa-t-elle.

— Oh ! il me reste bien des choses à découvrir sur toi. *Pour l'instant…*

Le regard lourd de sous-entendus qu'Alejandro posait sur elle fit monter le rouge aux joues de Kitty. Pendant quelques secondes, il la dévisagea sans mot dire. Puis il reprit :

— Quoi qu'il en soit, c'est grâce au travail que tu accompliras dans cette maison que tu rentreras en possession des diamants. Notre relation n'entre aucunement en ligne de compte dans l'affaire.

— Évidemment, puisqu'elle n'existe pas, martela Kitty.

— *Pour l'instant*... C'est juste une question de temps, Catriona.

Kitty prit une brève inspiration, avant de demander :

— Et que se passera-t-il si je refuse de travailler pour toi ?

— Pas de collier.

— Tu sais bien qu'il ne t'appartient pas. Il n'était pas inclus dans la vente.

— Comme tu l'as dit toi-même : possession vaut titre. Or, pour l'instant, il se trouve dans ma poche. Je ne me priverai pas de raconter comment tu es entrée chez moi, par effraction, pour me le voler. Je dirai que, dans un premier temps, j'ai voulu t'épargner un affront public, mais que cela ne te dispense pas d'une mise en accusation méritée.

— Est-ce que cela ne déclencherait pas le « scandale » que tu semblais si soucieux d'éviter ?

Alejandro haussa les épaules.

— Il est évident que j'aimerais mieux y échapper. Mais j'ai traversé des épreuves bien pires. De plus, en l'occurrence, ce ne serait pas *moi* que l'on blâmerait. C'est *toi,* qui serais la déséquilibrée de service.

C'était incontestable. Kitty ne doutait pas de passer, aux yeux de tous, pour celle qui se serait inventé un richissime fiancé afin de sauver la face. Elle serait exposée à un abominable déshonneur. Alejandro lui donnait l'occasion de sortir la tête haute de toute cette histoire.

Certes, cette offre n'était pas désintéressée et Kitty n'ignorait rien de ses intentions. Ce qui, d'ailleurs, la laissait stupéfaite — et stupidement flattée. Car elle savait n'avoir aucune ressemblance avec les top-modèles aux courbes sensuelles qu'il fréquentait d'ordinaire.

La sonnerie d'un téléphone la fit sursauter. D'autant qu'il semblait bien qu'il s'agisse du sien…

Avec un regard circonspect, Alejandro le sortit de sa poche et le lui lança.

— Tu ferais mieux de répondre, dit-il. Je ne sais pas combien de fois il a appelé…

Teddy ! Il devait être au bord de la crise de nerfs.

— Kitty ? Tu es toujours chez ce type ? hurla son frère dans l'écouteur.

Ainsi, Teddy et Alejandro s'étaient parlé. Pas étonnant que ce dernier sache tout de leur histoire. Teddy n'avait jamais pu tenir sa langue.

— Comment t'es-tu fait prendre ? poursuivit-il. Tu es rentrée et sortie des dizaines de fois par cette porte, sans que personne ne te remarque.

— Eh bien, lui, il m'a vue.

— Les bruits les plus hallucinants courent à votre sujet à tous les deux, reprit Teddy. Mon téléphone n'arrête pas de sonner. Tout le monde pense que vous avez entretenu une liaison secrète. On dit que vous êtes… *fiancés*.

— Oh ! bon sang…

Kitty dissimula son visage de sa main libre. Elle s'était vraiment couverte de ridicule.

Entre ses doigts écartés, elle observa Alejandro à la dérobée. Confortablement installé dans son fauteuil, il affichait un petit sourire qui laissait supposer qu'il se divertissait grandement.

— C'est vrai, ou pas ? insista Teddy. On dit même que s'il a sauvé la mise à papa, c'était par amour pour toi.

Kitty laissa échapper un petit rire nerveux.

— Oh ! Teddy, les choses ne sont pas aussi simples.

— Kitty... Est-ce que tout va bien ? Quand je lui ai parlé, cette nuit, il a été plutôt expéditif avec moi.

S'arrachant au regard pénétrant d'Alejandro, Kitty redressa les épaules, et se força à sourire.

— Tout va pour le mieux, Teddy, dit-elle. Écoute, je passerai te voir dans quelques jours. Je t'expliquerai tout. Pour l'instant, je reste ici.

— Avec *lui* ? Tu vas vraiment habiter *chez lui* ?

— Oui.

Il s'écoula presque une minute entre le moment où Kitty raccrocha et celui où elle se risqua à lever la tête pour affronter le regard d'Alejandro. Contrairement à ce qu'elle avait imaginé, il se dispensa de tout commentaire triomphant, se contentant de la fixer avec un très léger sourire.

— Au moins, tu dormiras dans un lit, avança-t-il d'un ton affable.

— Toute seule ?

— Exactement. Jusqu'à ce que tu me supplies de t'accepter dans le mien.

— Tu peux toujours courir !

Alejandro partit d'un grand rire.

— Quelle naïve tu fais ! Je suppose que tu prends pour argent comptant les contes de fées que l'on raconte aux petites filles ?

— Oui. Et alors ? Tu ne crois pas aux histoires d'amour, peut-être ?

— Je ne pense pas qu'elles puissent durer toujours.

Il gratifia Kitty d'un sourire éblouissant.

— Donc, tu te méfies comme de la peste du mariage, j'imagine, dit-elle. Quelle tristesse !

— Ce qui est triste, c'est de voir des couples mal assortis rester ensemble par pure convenance. J'aime prendre du bon temps. Puis, quand le plaisir s'estompe, je préfère tirer aimablement ma révérence. Je ne vois pas ce qu'il y a de mal à cela. Mes maîtresses ont droit à tout mon respect. Je les traite avec une extrême courtoisie. Elles m'en sont, d'ailleurs, on ne peut plus reconnaissantes.

Kitty ne put s'empêcher de songer que la malheureuse Saskia ne devait pas éprouver beaucoup de reconnaissance pour la manière dont elle avait été brutalement congédiée.

— Cependant, tu ne juges pas nécessaire de leur être fidèle, si j'ai bien compris, avança-t-elle.

Les yeux d'Alejandro s'agrandirent.

— Je ne mène jamais plusieurs histoires en même temps, corrigea-t-il. Ce n'est que lorsque j'ai clairement mis un terme à une relation que j'en amorce une nouvelle.

Comme il l'avait fait avec Saskia, se remémora Kitty.

— Est-ce ainsi que tu procéderas avec moi, si nous avons une liaison ? Tu te contenteras de rompre par un bref SMS, avant de coucher avec une autre sans plus tarder ?

— Nous mettrons un point final à nos fiançailles, sans atermoiements inutiles. Sans risque de malentendu.

— Mais, pour l'instant, tu penses que le mieux que j'ai à faire, c'est de me précipiter dans ton lit.

— Je pense que si tu étais honnête avec ton propre désir, c'est ce que tu ferais. Il n'y a rien de mal à s'abandonner au plaisir charnel, Kitty.

Peut-être n'avait-il pas tort, admit Kitty en son for intérieur. Cependant, elle n'était pas prête à cela. Et surtout pas avec Alejandro.

— C'est entendu, acquiesça-t-elle, tu es un homme très séduisant, et tu le sais. Mais nous ne fonctionnons pas de la même manière. Je n'ai aucun goût pour ce genre de plaisirs superficiels. J'attends davantage de la vie. J'accepte d'inventorier le contenu de cette maison, jusqu'à ce que cette stupide histoire soit oubliée. Ensuite, je partirai.

— Parce que tu crois que tu vas pouvoir résister à

l'alchimie qu'il y a entre nous ? ironisa Alejandro. Ferais-tu partie de ces femmes qui ont besoin de s'imaginer amoureuses pour coucher avec un homme ?

— Amoureuse, pas nécessairement. Néanmoins, l'antipathie ne me semble pas être le meilleur fondement d'une relation, même purement physique.

Alejandro se leva en riant.

— N'attends pas de moi que je complique les choses par de fausses déclarations, ou des promesses mensongères. Quand tu seras prête, fais-le-moi savoir.

Du bout des doigts, Kitty lui envoya un baiser.

— Je t'enverrai un télégramme. En attendant, *très cher*, tu peux vaquer à tes affaires. Comme cela, je vais pouvoir me livrer tranquillement au pillage de tes biens.

Alejandro ne doutait pas qu'il saurait sans tarder faire plier la jeune femme. Il suffirait de quelques baisers pour qu'elle s'abandonne entre ses bras, avec dans le regard ce trouble qu'il y avait vu la veille.

Cependant, il était décidé à attendre que ce soit Kitty qui prenne l'initiative de leur relation. Lorsqu'elle ne pourrait plus faire fi de ce courant de sensualité qui allait de l'un à l'autre, inexorablement.

— Je suis heureux que tu acceptes d'être ma fiancée, au moins pour un temps, dit-il, ravi de l'issue de l'affaire.

C'était parfait ! Il disposait de la personne idéale pour réaliser le tri adéquat dans les objets et les meubles qui lui étaient échus dans la vente. Et il ne tarderait pas à mettre dans son lit cette délicieuse impertinente, à la beauté peut-être hors normes mais sexy en diable.

Kitty leva vers lui un visage où se lisait, tout à coup, un malaise confus. Allait-elle faire marche arrière ? Redoutait-elle la défaite ?

— Ne crois pas que tu vas pouvoir en faire exactement

à ta guise, dit-elle avec un regard entendu. Par exemple, tant que je vivrai ici, il n'est plus question de réceptions.

— *Pardon* ?

Kitty n'allait quand même pas lui dicter des conditions ! Oubliait-elle qu'elle n'était pas en position de négocier ?

Alejandro étouffa un petit rire.

— J'aurais imaginé que les artistes bohèmes, dans ton genre, aimaient faire la fête, dit-il.

— Certes ! Mais je n'ai pas la même conception que toi de ce qu'est une « fête ». Pour toi, il s'agit seulement d'être entouré d'un bataillon de jolies femmes qui flattent ton ego.

Ainsi, Kitty ne cherchait même pas à dissimuler la pointe de jalousie qu'elle ressentait à l'idée qu'on tourne autour de son pseudo-fiancé…

Voilà qui était parfait ! De plus, il ne détesterait pas quelques semaines de tête-à-tête avec elle. D'autant, qu'entre eux, la situation pouvait s'embraser d'une minute à l'autre. Mieux valait qu'ils restent seuls.

— C'est d'accord, concéda-t-il. Néanmoins, nous sortirons pour dîner. Autre chose ?

Cette fois, Kitty devint écarlate.

— Pas… Pas de…, balbutia-t-elle.

Décidément, elle était bien plus vulnérable qu'il n'y paraissait, songea Alejandro.

— Tu n'as pas à t'inquiéter, la rassura-t-il. Ne t'ai-je pas dit que je ne mène jamais plusieurs relations de front ?

— Je n'ai pas l'intention d'être trompée deux fois de suite, laissa échapper Kitty. Je me refuse à revivre ce genre d'humiliation. Même dans une histoire fictive.

Alejandro avait confirmation de ce qu'il pensait : Kitty avait été profondément blessée par la rupture avec ce James.

— Pas de souci, répliqua-t-il. Aux yeux de tous, c'est

moi qui aurai le cœur brisé. On dira que tu n'as pas réussi à me pardonner mon passé tumultueux. Ta fierté n'aura pas à souffrir.

Kitty secoua la tête, et son ravissant minois se crispa.

— Ce n'est pas une question de fierté, se défendit-elle. Mais tu ne comprendrais pas. Nous ne sommes pas animés par les mêmes émotions.

À sa grande surprise, Alejandro fut atteint par cette remarque. Contrairement à ce que semblait croire Kitty, lui aussi éprouvait des émotions intenses. Sauf qu'il s'employait à les enfouir au plus profond de son cœur.

Piqué au vif, il se dirigea vers la porte.

— Il faut que j'aille travailler, dit-il. Tiens-toi prête à 19 heures. Je viendrai te chercher pour dîner.

— Tu oublies que je n'ai rien de correct à me mettre sur le dos, lui lança Kitty d'un ton boudeur.

Alejandro fit volte-face.

— Eh bien, va acheter ce qu'il te faut.

— Avec quoi ? Ignorerais-tu que ma famille est sans le sou ?

Kitty semblait prendre un malin plaisir à se montrer aussi agaçante qu'il était possible, mais Alejandro était fermement décidé à ne pas sortir de ses gonds. Il la gratifia d'un sourire qui se voulait bienveillant.

— N'hésite pas à faire l'emplette des vêtements qui te sembleront nécessaires, déclara-t-il. C'est moi qui régale !

Persuadé qu'elle allait lui envoyer sa proposition au visage, Alejandro se prépara à affronter son courroux. Au lieu de quoi, Kitty se contenta de demander d'une voix sensuelle :

— Puis-je savoir quel est mon budget ?

Seuls les éclairs qui incendiaient ses prunelles émeraude trahissaient sa fureur.

— Dix mille… Vingt mille livres… Plus, si nécessaire.

Il n'avait pas résisté à l'envie de faire monter les enchères. Mais Kitty ne cilla même pas.

Lentement, Alejandro revint vers le canapé où elle était toujours assise. Il y avait longtemps qu'il ne s'était pas amusé de la sorte.

— Il faudra aussi que nous te trouvions une bague de fiançailles, fit-il observer.

Lui prenant la main, il caressa ses longs doigts fins.

— Juste pour donner plus de crédibilité à notre histoire, ajouta-t-il.

Relevant le menton, Kitty le fusilla du regard.

— Ce ne sera pas nécessaire. On m'en a déjà offert une, et cela ne m'a pas porté chance.

Elle essaya de dégager sa main, mais Alejandro ne la laissa pas faire. Au lieu de cela, il l'obligea à se mettre debout.

— Pauvre petite Catriona, murmura-t-il, en glissant son autre main dans l'épaisseur de sa somptueuse chevelure. Va donc faire une petite séance de shopping. Fais-toi plaisir !

Une nouvelle fois, Kitty darda sur lui un regard farouche.

— Qui te dit que je ne vais pas prendre la fuite, avec tout cet argent ?

— Tu es trop bien élevée pour cela. De plus, tu n'ignores pas que je te traquerais, où que tu sois.

C'était une plaisanterie. Alejandro espérait que Kitty ne le prenait pas au sérieux.

— Je n'ai pas peur de toi, protesta-t-elle.

Néanmoins, ils étaient suffisamment proches l'un de l'autre pour qu'Alejandro l'ait sentie frémir. Ce fut à grand-peine qu'il se retint de la prendre dans ses bras, et de la serrer contre lui dans un élan de possessivité qu'il s'interdisait farouchement. N'avait-il pas été témoin des ravages auxquels pouvait mener une telle passion ?

Non, il saurait se maîtriser, et s'en tenir à un badinage sans conséquence.

— Peut-être. Ce que tu redoutes, c'est que je t'entraîne vers des emportements que tu ne maîtriserais pas…

Kitty roula des yeux d'un air excédé.

— Oh ! je t'en prie !

Néanmoins, elle n'avait pu s'empêcher de rougir.

Enserrant de ses mains la taille souple de la jeune femme, Alejandro se sentit envahi par le désir.

— Je ne nie pas que j'aie terriblement envie de toi, petite Cat, confessa-t-il d'une voix haletante. Ou bien devrais-je dire, mon petit chat ? Car je suis impatient de t'entendre…

Kitty lui coupa la parole en posant une main sur ses lèvres — à la grande surprise d'Alejandro.

— Ça va ! J'ai déjà entendu ce genre de remarque répugnante. Tu es impatient de m'entendre ronronner sous tes caresses, c'est ça ? Comme si tu étais le premier à faire remarquer que mon surnom, Kitty, évoque un chaton ! Si vraiment tu veux me faire succomber, il va falloir que tu te montres un peu plus habile.

Habile ?

Avec un rire sonore, Alejandro serra étroitement Kitty contre lui. Au lieu de résister, elle réagit avec la même passion que celle qu'il mettait dans cette étreinte.

L'espace de quelques secondes, ils restèrent soudés l'un à l'autre, lèvres contre lèvres, poitrine contre poitrine, hanches contre hanches. Puis Alejandro se contraignit à relâcher la pression. Très doucement, il déposa une pluie de baisers fugaces sur la bouche boudeuse, jusqu'à ce qu'elle s'entrouvre dans un soupir à peine perceptible.

Elle avait un goût de fruits mûrs, et de pâtisseries.

Appliquant largement ses paumes dans le bas du dos

de Kitty, Alejandro la plaqua contre lui. Exactement à l'endroit où le tourmentait une délicieuse morsure.

Les mains de Kitty remontèrent le long de son torse, pour aller se nouer autour de ses épaules. Le dos arqué, la nuque ployant en arrière, elle céda voluptueusement à cette langue insatiable qui explorait sa bouche.

C'était si bon ce corps souple, soudé au sien !

Plus Kitty lui rendait fougueusement ses baisers, plus Alejandro sentait s'évanouir sa légendaire maîtrise de lui-même. Il en voulait davantage. Tout de suite.

Comment aurait-il pu en être autrement, quand Kitty haletait contre sa bouche ? Quand elle gémissait follement ? Quand ses lèvres s'offraient à lui avec avidité ? Quand elle ondulait des hanches contre les siennes, presque à le rendre fou ?

Il s'en fallut de peu qu'il ne la renverse sur le canapé, et lui arrache ses vêtements, pour la prendre immédiatement.

Résistant à cette envie folle, il s'écarta d'elle.

— Je ne crois pas qu'il me soit nécessaire de faire preuve de davantage d'habileté, dit-il en lui coulant une œillade langoureuse.

5

— On peut très facilement résister à la simple attirance sexuelle, protesta Kitty en se redressant pour s'écarter d'Alejandro.

Comment pouvait-elle prétendre sous-estimer l'hallucinant magnétisme de cet homme, quand elle venait d'y succomber une nouvelle fois ?

— Je ne vois pas l'intérêt de s'imposer un tel effort !

C'était avec une perplexité manifeste qu'Alejandro venait de lancer cette repartie.

Kitty s'éloigna. Il était impératif qu'elle mette un peu d'espace entre eux.

— Tu dois t'ennuyer ferme, dans la vie, lança-t-elle d'un ton acerbe.

— Et toi, tu manques cruellement de confiance en toi ! Mais, trêve de discussion, va te préparer. Nous devons passer à la banque, avant que j'aille au bureau.

Décidée à montrer qu'elle ne s'en laissait pas conter, Kitty pointa vers Alejandro un menton combatif, et sortit la tête haute.

Sous le jet vivifiant de la douche, elle essaya de faire abstraction de ses jambes flageolantes, et du fait que le moindre centimètre carré de sa peau lui semblait à vif.

Fallait-il qu'elle soit complètement insensée, pour avoir accepté cet arrangement quand Alejandro était capable de la mettre dans un tel état ?

Néanmoins, Kitty était certaine de parvenir à lui résister. Et rester une semaine ou deux dans cette maison serait la meilleure manière de faire le deuil de son passé.

Le tout était qu'elle garde ses distances avec le nouveau maître des lieux. Plus question qu'il la touche. Et encore moins qu'il l'embrasse.

Lorsque Kitty rejoignit Alejandro dans la bibliothèque, il s'était changé pour un costume bleu marine accompagné d'une chemise immaculée. Devant une telle élégance, Kitty battit des paupières. Allait-elle vraiment résister bien longtemps à tant de séduction ?

Ce fut avec dans l'œil une lueur malicieuse qu'Alejandro la regarda approcher.

Kitty se redressa.

Allons ! Elle ne craquerait pas. Elle n'était pas un *animal*.

Une voiture les attendait à la porte. Le genre de limousine d'un luxe ostentatoire conduite par un chauffeur titanesque, au regard dissimulé derrière des verres fumés.

— Un tel étalage de richesse est peut-être tolérable à New York, déclara Kitty lorsqu'ils furent installés à l'arrière, mais à Londres, ça passe très mal. Tu ferais mieux de te rabattre sur un simple taxi.

Alejandro ne releva pas cette pique, se contentant de maugréer :

— Je n'ai pas confiance en d'autre chauffeur que le mien.

Ce ne fut pas long avant que le véhicule ne s'immobilise devant la superbe façade d'un immeuble ancien. Alejandro insista pour que Kitty y pénètre avec lui.

Seul un sobre logo, à côté de la lourde porte d'entrée en bois sculpté, indiquait où l'on se trouvait. Ce n'était pas l'établissement bancaire de Monsieur Tout-le-Monde.

Ici, pas de queue devant un guichet. Tout n'était que luxe, et discrétion.

Le banquier ne broncha pas, lorsque Alejandro demanda qu'une carte soit établie sur-le-champ au nom de Kitty, et que lui soit alloué un crédit faramineux.

— Frimeur ! murmura-t-elle, tandis qu'ils retournaient à la voiture.

Alejandro sourit, mais Kitty eut l'impression que son attention était distraite. Quelques instants plus tard, le véhicule fit une nouvelle halte. Alejandro se tourna vers elle.

— Ce sont mes bureaux, dit-il. Je te laisse. Paolo est à ta disposition pour la journée. Sois prête quand je viendrai te chercher. À ce soir, ma charmante fiancée.

Allait-il l'embrasser ? Kitty se raidit, prête à regimber, mais fut presque déçue lorsqu'il n'en fit rien.

Du bord du trottoir, il prit congé d'elle avec un signe de la main, auquel elle se refusa à répondre, exaspérée qu'elle était par l'expression narquoise dont s'était accompagné son geste. À croire qu'il lisait dans ses pensées…

— Où dois-je conduire mademoiselle ? s'enquit poliment le dénommé Paolo.

En cet instant, tout ce que Kitty aurait souhaité était qu'il la conduise directement sur Mars.

— Roulez devant vous, le temps que je réfléchisse, répondit-elle.

Initialement, Kitty n'avait pas eu la moindre intention de dépenser l'argent d'Alejandro. Cependant, l'idée lui vint qu'il mériterait bien de payer pour son insupportable arrogance.

Après tout, peut-être devrait-elle acheter quelque extravagante création de haute couture ? Une tenue excentrique qu'on ne s'attendait pas à la voir porter. Et qui serait susceptible de laisser Alejandro bouche bée.

Cette perspective la réjouit prodigieusement, aussi demanda-t-elle à Paolo de la conduire à la boutique d'une maison de couture parmi les plus renommées.

À peine y était-elle entrée que son regard fut attiré par une petite robe noire des plus simples, mais à la coupe parfaite. Elle s'en approcha pour l'examiner de plus près.

— Voudriez-vous l'essayer, madame ?

Un vendeur, à l'impeccable élégance, s'était avancé.

— Mmm... Pourquoi pas ?

Kitty était tellement habituée à son sempiternel uniforme d'artiste bohème et sans le sou, pantalon trois-quarts et pull-over à manches longues, immanquablement noirs, qu'elle était certaine d'être mal à l'aise dans tout autre vêtement. Elle se laissa toutefois guider jusqu'au salon d'essayage, en essayant de copier l'assurance dont faisait preuve le vendeur.

— Il va me falloir quelques toilettes raffinées, indiqua-t-elle avant de rentrer dans la spacieuse cabine. Le genre de robes qui font de l'effet, si vous voyez ce que je veux dire...

— Très bien, madame. Mais, croyez-moi, rien ne fait autant d'effet que la sobriété.

L'homme savait de quoi il parlait, songea Kitty en contemplant son reflet dans le miroir en pied. La perfection de la coupe mettait en valeur sa silhouette et, en dépit de sa simplicité, le vêtement était éblouissant. De plus, il ne révélait pas davantage de peau qu'il n'était nécessaire.

— Madame...

Les bras chargés, son sauveur était de retour. Avant d'accrocher sa moisson au portemanteau, il la détailla d'un regard critique.

— Admirable ! lâcha-t-il avec un hochement de tête approbateur. Et vous verrez que nos créations ne se démodent jamais. Leur valeur demeure immuable.

Voilà qui était parfait ! Une fois qu'elle en aurait fini avec toute cette mascarade, elle vendrait ces effets aux enchères, et donnerait les sommes récoltées à une œuvre de charité. Cela la dégageait de toute mauvaise conscience à l'égard d'Alejandro.

Kitty termina ses emplettes en succombant à la tentation de s'offrir quelques pièces de lingerie fine. Certes, elle ne pourrait pas les inclure dans son projet philanthropique, mais il était impossible de porter des toilettes aussi recherchées avec des dessous ordinaires.

Deux paires de chaussures vinrent compléter l'ensemble.

Tout cela avait pris l'essentiel de la journée, et ce fut avec un léger sentiment de culpabilité qu'elle se fit raccompagner à Parkes House, consciente de n'avoir guère consacré de temps à la tâche qui lui avait été confiée.

— À ce que je vois, tu es loin d'être prête, lui lança Alejandro, deux heures plus tard, depuis l'entrée de la pièce où elle s'affairait. Tu oublies que nous sortons.

Kitty leva un regard hébété.

— Vraiment ?

Pour un peu, elle serait volontiers restée à l'abri du rempart protecteur de caisses et cartons qui la séparait de la sortie. Un fourmillement la parcourait à l'idée qu'il allait lui falloir paraître en public.

Alejandro était mort de faim. Cependant, songea-t-il, mieux vaudrait qu'ils ne tardent pas à gagner le restaurant, où son assistante avait réservé, car sinon il ne répondrait plus de rien.

Debout au milieu de la pièce en désordre, Kitty le dévisageait d'un regard qui montrait bien qu'elle était sur la défensive.

— Tu ne manges jamais chez toi ?

— Je ne vois aucun intérêt à dîner seul.

— Ah, tu admets donc que ta compagnie n'est pas particulièrement distrayante.

Un instant Alejandro demeura interdit, puis il éclata de rire.

— Petite peste !

Le sourire ravi dont Kitty le gratifia faillit avoir raison du sang-froid d'Alejandro. Il choisit de poursuivre l'escarmouche.

— Et toi ? Tu te concoctes de bons petits plats chaque soir, peut-être ?

— Des nouilles instantanées, tu veux dire ? Tu oublies que je suis une artiste sans le sou…

— Eh bien, ce soir, je t'emmène dîner dans l'un des meilleurs restaurants de Londres. À condition que tu te dépêches un peu.

— Rassure-toi, je ne serai pas longue.

En quelques enjambées, Kitty s'extirpa du désordre qui l'entourait, et sortit en relevant la tête d'un air de défi.

Alejandro descendit l'attendre dans la bibliothèque, pour répondre à quelques e-mails. Contrairement à ce qu'il avait supposé, il fallut moins d'un quart d'heure à Kitty pour être prête. Ce fut en l'entendant toussoter qu'il leva les yeux de son écran.

Aussitôt, il oublia ce qu'il venait d'écrire.

— Je suis d'accord pour que tu dépenses jusqu'à mon dernier sou, lâcha-t-il, si c'est pour te transformer en cette éblouissante beauté !

Kitty le foudroya d'un regard assassin, mais il enchaîna :

— Quand bien même tu n'as pas renoncé à ton goût immodéré pour le noir.

— Je porte le deuil de ma liberté, commenta-t-elle, affectant une moue boudeuse.

Pouffant à cette boutade, Alejandro se dit qu'il allait

finir par annuler la réservation au restaurant, si Kitty continuait à le regarder de la sorte.

Certes, les femmes avec lesquelles il sortait habituellement avaient des formes plus harmonieuses que Kitty, mais aucune n'avait son charme anguleux. Ni son humour et cet orgueil farouche qu'il trouvait terriblement attirants.

C'était bien la première fois qu'il quittait son bureau plus tôt que de coutume pour retrouver une compagne. Il avait beau avoir été informé par Paolo du moindre des faits et gestes de Kitty, il n'avait pu résister au désir de s'assurer qu'elle l'attendait au bercail, comme convenu.

Catriona Parkes-Wilson se révélait imprévisible…

Par exemple, Alejandro avait été passablement étonné d'apprendre, de la bouche du même Paolo, combien elle avait dépensé au cours de sa virée shopping.

À vrai dire, il semblait bien qu'il ne soit pas au bout de ses surprises, et il était impatient de voir comment la jeune impertinente allait se livrer à leur petite mystification.

— On y va ?

— Où est-ce que tu m'emmènes ?

Lorsqu'il cita le nom du restaurant, Kitty fronça les sourcils.

— L'endroit sera plein de célébrités, dit-elle en baissant les yeux vers sa robe.

— Ne t'inquiète pas, tu es superbe ! Maintenant, il faut y aller.

À vrai dire, c'était maintenant ou jamais, songea Alejandro.

Paolo les attendait dans la limousine.

— Tu ne conduis jamais, non plus ? s'enquit Kitty tandis qu'il lui tenait la portière ouverte.

— Je ne vois pas pourquoi je conduirais, quand je peux m'installer tranquillement à l'arrière avec toi.

S'asseyant à côté de Kitty, Alejandro lui prit la main et sentit qu'elle serrait le poing.

Il y avait entre eux une tension qui faisait presque crépiter l'air confiné de l'habitacle. Alejandro avait besoin de toute sa volonté pour ne pas céder à l'envie d'attirer la jeune femme à lui, pour l'embrasser jusqu'à ce qu'elle soit prête à lui céder. Au lieu de cela, il mit un peu plus de distance entre eux. Il était impératif qu'il garde le contrôle de la situation.

— Excusez notre retard, dit-il lorsqu'ils approchèrent des deux places qui leur avaient été réservées à la table où les attendaient ses invités.

Il sentit Kitty se raidir, tandis qu'il l'aidait à prendre place.

— Je croyais que tu t'étais engagé à éviter toute forme de soirée mondaine ? lui glissa-t-elle à mi-voix.

— C'est juste un dîner, protesta Alejandro.

— Peut-être, mais un dîner à… *quinze* convives !

Qu'y avait-il de mal à cela ? Le but de ce genre de sortie n'était-il pas de rencontrer des gens ? Pourquoi Catriona semblait-elle à ce point mal à l'aise ?

— Tu vas bien ? demanda-t-il, en s'inclinant vers elle pour l'observer de plus près.

— Autant prendre mon mal en patience, j'imagine, marmonna-t-elle.

Alejandro n'était même pas certain que cette repartie lui soit destinée, mais la franchise qu'elle contenait le toucha au cœur. Mû par un étrange instinct de protection, il posa la main sur celle de Catriona.

Doutait-elle véritablement de sa beauté ? Était-elle à ce point intimidée par cette assistance ou seulement déçue de ne pas dîner seule avec lui ?

À cette pensée, le pouls d'Alejandro battit plus vite. Il ne savait même plus à quand remontait la dernière fois où il avait partagé un repas en tête à tête avec une femme. C'était pour lui une règle, d'être entouré par autant de monde qu'il était possible — des amis, des collègues de travail, ou même de simples connaissances.

Passer trop de temps en la seule compagnie d'une femme, c'était prendre le risque de complications inutiles. Or, la seule chose qu'il attendait des femmes avec lesquelles il avait une liaison, c'était du plaisir. Un plaisir partagé, bien sûr.

Lorsqu'il invitait l'une de ses conquêtes chez lui, il s'arrangeait pour la raccompagner après l'amour. Ou bien, si elle s'endormait dans son lit, c'était lui qui se levait pour travailler jusqu'à l'aube. Il avait impérativement besoin de protéger son espace vital.

— Cela ira mieux quand tu auras mangé, dit-il. Tu n'as même pas déjeuné. Tu dois être morte de faim.

— Et comment le sais-tu ?

— Paolo m'en a informé.

— Oh ! si je comprends bien, le moindre de mes mouvements donne lieu à un rapport circonstancié ?

— Évidemment ! Tout ce qui concerne ma délicieuse fiancée me concerne aussi.

Le regard que Kitty darda sur le menu aurait pu le transpercer. Alejandro se retint de sourire.

— Quelque chose ne va pas ?

— Il se trouve que je suis végétarienne. Alors, tout ce foie gras, et ces tournedos, cela ne me convient pas du tout. Et ne va pas t'imaginer que c'est un caprice, je ne mange plus de viande depuis l'âge de sept ans.

— Cela t'a pris comme ça, un beau jour ?

— Exactement. Mes parents n'étaient pas d'accord, alors j'ai fait la grève de la faim pendant une semaine.

— Tu ne fais jamais les choses à moitié, pas vrai ?

— Avec moi, c'est tout ou rien. Je ne vois pas l'intérêt des demi-mesures.

— Alors, quand tu te trompes, c'est jusqu'au bout, c'est cela ? Espérons pour toi que ta troisième histoire amoureuse sera la bonne.

— Il n'y aura pas d'autre « histoire », comme tu dis. Une fois que je serai débarrassée de toi, je rentre au couvent.

L'éclat de rire d'Alejandro fit se tourner toutes les têtes.

— Qu'est-ce qui vous amuse autant, tous les deux ? interrogea une femme à l'autre bout de la table.

— Alejandro adore me taquiner, répondit Kitty.

Oh ! oui ! songea Alejandro. Il prenait un immense plaisir à la faire enrager.

Lorsqu'elle eut fini de dévorer d'un bel appétit le plat végétarien que le chef avait préparé tout spécialement à son intention, Kitty se recula sur sa chaise avec un petit sourire satisfait.

— Eh bien, Catriona, lui lança Alejandro, cela semble t'avoir convenu, non ?

— Mmm, mmm…

Encore une fois, Alejandro s'émerveilla de ce teint translucide, rendu encore plus lumineux par le rouge de sa chevelure.

Il n'aurait su dire si c'était intentionnel, mais une lueur de défi illuminait les beaux yeux émeraude. Résister plus longtemps à tant de provocation, à peine déguisée, était impossible.

— Viens, dit-il en repoussant sa chaise. Je veux te montrer quelque chose. Ce ne sera pas long. Suis-moi.

S'excusant d'un sourire auprès de ses invités, Alejandro prit Kitty par la main, l'entraînant jusqu'à l'extrémité d'un couloir isolé. Se plantant devant un tableau qui ornait le mur, il se tourna vers elle.

— Je tenais à te montrer cette œuvre, expliqua-t-il pour répondre à l'expression intriguée qu'elle lui opposait.

— Vraiment ? s'étonna Kitty en fronçant les sourcils. Je ne m'y connais pas plus que cela en peinture.

— À vrai dire, avoua Alejandro, je ne voulais rien d'autre qu'être seul avec toi un moment.

À quoi bon mentir ? Catriona lui saurait gré de se montrer honnête, il en était certain. De plus, la seule chose qui importait à Alejandro, était qu'elle le regarde avec la même attention qu'elle prêtait à ce stupide tableau.

Elle lui fit face, avec un sourire espiègle.

— Je croyais que tu avais besoin d'être entouré de monde...

— Chut !

Cela faisait trop longtemps qu'Alejandro n'avait pas touché Catriona, et il n'y tenait plus. Il lui fallait presser ses lèvres contre cette moue délicieuse, sentir la douceur de ce corps souple, s'en emparer avec fougue, et la voir se cambrer sous le plaisir qu'il savait pouvoir lui donner...

— Alejandro..., murmura-t-elle en le contemplant de ses grands yeux écarquillés.

Sans plus attendre, il s'empara de sa bouche, laissant échapper un gémissement rauque quand il la sentit répondre à sa demande. Oubliant toute prudence, toute velléité de contrôle, il enlaça étroitement Catriona, afin de mieux plaquer contre elle son membre durci jusqu'à en être douloureux.

C'était à croire que jamais il ne l'étreindrait avec suffisamment de force. Jamais il ne se lasserait d'explorer la finesse de sa silhouette. Malgré tous les efforts qu'il faisait pour ne pas laisser la passion l'emporter, il ne cessait d'approfondir son baiser.

Toutefois, peu à peu, Alejandro sentit monter en lui la frustration. Il aurait voulu être seul avec Catriona. Que tous deux soient nus, peau contre peau. Qu'il dispose de tout le temps nécessaire pour jouir des endroits les plus secrets de sa féminité.

Kitty avait perdu toute notion du temps, et toute capacité de raisonnement. Jamais on ne l'avait embrassée avec une telle frénésie. Jamais elle n'avait eu cette impression enivrante d'être près de sombrer dans d'insondables abysses. Plus rien n'existait, hormis Alejandro, sa chaleur, ce plaisir qui montait en elle…

Et ce besoin irrépressible de se blottir encore plus étroitement contre lui, de sentir ses mains brûlantes sur tout son corps. Ses baisers la grisaient, allumant en elle un brasier incandescent. Jamais elle n'avait désiré un homme avec une telle violence, transportée qu'elle était par la façon dont sa langue la titillait, dont il mordillait sa lèvre inférieure, dont il alternait douceur et agaceries, dont chacune de ses caresses promettait d'indicibles délices…

Incapable de se contenir, Kitty ondula du bassin contre Alejandro, sidérée par sa propre audace. Elle aurait donné n'importe quoi pour que cette folie ne s'arrête plus. Sauf que c'était exactement cela : une folie !

Ils ne pouvaient pas continuer. Pas dans ce couloir. Pas quand on les attendait dans la salle de restaurant.

Elle s'arracha à la pression des lèvres d'Alejandro.

— Alejandro…, supplia-t-elle en le repoussant de ses deux mains appuyées sur son torse. On va nous voir…

— Et alors ? Nous sommes fiancés, non ? Qui croirait que je m'interdis d'embrasser la femme que j'aime ?

Comment Alejandro parvenait-il à recouvrer si vite son sang-froid, après de tels baisers ? Serrant les genoux pour s'empêcher de chanceler, Kitty le fusilla du regard.

— Je n'ai pas l'intention d'être arrêtée pour outrage à la pudeur ! répliqua-t-elle. C'est justement pour échapper à la prison que j'ai accepté de me plier à cette comédie.

Alejandro la contempla avec amusement.

— Ce ne sont pas quelques baisers qui vont te conduire en prison. À moins que tu n'aies l'intention de m'arracher mes vêtements et d'exiger que je te prenne contre ce mur.

— Cesse de me provoquer, veux-tu !

— Pourquoi ? Je ne me suis jamais autant amusé. Et j'adore la façon prodigieuse dont tu réagis. Un vrai feu d'artifice ! Tu dois avoir des orgasmes flamboyants.

L'onde de chaleur qui parcourut Kitty, à ces mots, aurait pu la réduire en cendres. Heureusement que la semi-obscurité du couloir devait masquer l'embrasement de son visage.

— Arrête de parler comme ça !

Alejandro effleura furtivement ses lèvres gonflées, avant de murmurer à son oreille :

— Je sais, ça t'excite.

Il était temps que tout cela cesse, résolut Kitty en son for intérieur, ou elle ne répondrait plus d'elle-même. Et il n'était pas question qu'elle accorde aussi facilement la victoire à son tourmenteur. Elle le poussa avec force.

— Je suis fatiguée. Il y a longtemps que je devrais être au lit.

— Tu veux aller te coucher ?

— Oui, mais seule ! mentit Kitty.

— À tes ordres, ma *chérie*.

6

— Quelle chambre as-tu choisie ? interrogea Alejandro tandis qu'ils montaient l'escalier. Celle contiguë à la mienne ?

— Certainement pas !

Kitty avait été surprise de constater que le nouveau propriétaire de Parkes House n'avait pas choisi la plus vaste des huit chambres — chacune avec salle de bains attenante — pour s'y installer.

— Alors, tu sais laquelle est la mienne, observa Alejandro avec un large sourire. Est-ce que tu l'as soumise à une exploration en règle ?

— Absolument ! Plus on en sait au sujet de l'ennemi, plus on a de chances de le vaincre.

L'insouciance de Kitty n'était que feinte. C'était à grand-peine qu'elle avait réussi à dissimuler son embarras.

— L'ennemi ! Tu ne crois pas que tu exagères ?

Lui prenant la main d'un air enjoué, Alejandro ajouta :

— Et qu'as-tu appris d'utile ?

— Que tu es un épouvantable frimeur. Tu ne vas pas me faire croire que tu es capable de lire autant de bouquins en même temps.

La table de nuit croulait sous les piles d'essais traitant des sujets les plus variés.

— J'apprécie la lecture. En attendant, ne va pas t'imaginer que tu pourrais trouver les diamants. Je les garde toujours sur moi. Ils sont bien trop précieux.

Dans le long couloir du troisième étage, Alejandro marqua un temps d'arrêt et planta dans celui de Kitty un regard qui fit battre son cœur plus vite.

— Alors, insista-t-il, sur quelle chambre as-tu jeté ton dévolu ?

— La mienne, tout simplement.

— Où est-elle ?

— Suis-moi, répondit Kitty en s'engageant vers le quatrième étage.

— Tu logeais avec les domestiques ?

— Ne va pas t'imaginer que j'étais une sorte de Cendrillon. D'une certaine façon, j'ai été très gâtée.

— Le contraire m'aurait étonné…

L'intonation traînante d'Alejandro fit tourner la tête à Kitty. Pourtant, il souriait.

Dans le couloir bien plus étroit que celui des étages inférieurs, elle se dirigea vers une porte qu'elle ouvrit à la volée, s'écartant pour laisser entrer Alejandro, après avoir actionné l'interrupteur.

— Oh…, murmura-t-il en s'immobilisant au milieu de la pièce.

— Qu'est-ce qu'il y a ?

— C'est incroyablement clair, ici, s'étonna Alejandro.

Kitty laissa son regard errer sur les murs peints en blanc — comme tout le mobilier —, et la multiplicité de fenêtres, de tailles différentes, qui ouvraient sur le ciel. Elle ne put retenir un sourire, car Alejandro avait vu juste. C'était précisément à son étonnante clarté que cet espace devait tout son charme.

À l'adolescence, elle avait demandé à son père de faire réunir plusieurs chambres de domestiques, pour y installer son univers — et son premier atelier. Il ne s'était pas fait prier, trop content de savoir que sa fille ne croiserait plus les maîtresses qu'il ramenait chez lui.

Alejandro fixait le lit une place disposé dans un angle. Il se tourna vers elle avec un air intrigué.

— Est-ce ici que tu emmenais en douce tes petits copains ?

— Pas du tout ! Tu ne penses vraiment qu'à ça !

L'éclat de rire d'Alejandro fit s'emballer le cœur de Kitty. Elle n'imaginait que trop bien l'adolescent noceur qu'il avait dû être.

— J'étais très sage, ajouta-t-elle en espérant qu'il cesse de vriller au sien ce regard lourd de sous-entendus. D'ailleurs, ce n'est qu'à l'université que j'ai eu mon premier amant. Un camarade d'études.

— As-tu vécu avec lui une expérience inoubliable, au moins ?

Kitty se détourna pour échapper à l'expression narquoise d'Alejandro.

— Pauvre petite Catriona, pouffa-t-il dans son dos. Et après cela, il y a eu l'infâme fiancé, je suppose…

Pourquoi fallait-il qu'il ait percé à jour, aussi facilement, son manque d'expérience ?

— Tout le monde ne peut pas avoir autant de chance que toi !

Posant les mains sur ses épaules, Alejandro l'obligea à lui faire face.

— Avec moi, ce sera inoubliable, je te le promets, dit-il.

Alejandro portait sur elle un sourire enjôleur, mais c'était avant tout la lueur qui brillait dans ses beaux yeux sombres qui envoûtait Kitty.

— Des promesses…, dit-elle d'un ton boudeur, tout occupée qu'elle était à essayer de calmer les palpitations désordonnées de son cœur.

— Est-ce à dire que tu souhaites des preuves ?

Ce qu'elle souhaitait vraiment, Kitty n'en savait rien.

— Est-ce que tu arrives toujours à tes fins ? interrogea-t-elle.

— Oui. Lorsque j'ai décidé quelque chose, je me donne les moyens de parvenir à mon but. C'est aussi simple que ça.

Lentement, un sourire amusé se peignit sur le visage d'Alejandro, et il attira Kitty un peu plus près. Puis il inclina la tête et posa ses lèvres sur les siennes.

Elle ne protesta pas. Ne recula pas. Simplement, elle se laissa envelopper dans la chaleur de son étreinte.

En gémissant, elle accepta la pluie de baisers qu'il déposait sur sa bouche et son visage. Des baisers tour à tour très doux, joueurs, tendres, aguicheurs…

Lorsque la main d'Alejandro descendit le long de son dos, puis se posa sur sa hanche, Kitty se serra contre lui, réclamant tacitement qu'il s'enhardisse.

Elle voulait davantage. Rien de tout cela ne lui suffisait.

Ses jambes tremblaient sous elle, la portant à peine.

Elle n'eut pas besoin de quémander bien longtemps. Déjà, les bras d'Alejandro l'enserraient étroitement. Sans qu'elle comprenne comment, ses mollets heurtèrent le bord du lit. Très délicatement, il la fit s'allonger sur l'étroit matelas, et vint la couvrir de son grand corps.

Retenant son souffle, Kitty songea qu'elle n'avait attendu que cela : le sentir là, si proche. Si lourd.

Il marmonna quelque chose qu'elle ne comprit pas, car elle ne pouvait faire attention qu'à ces doigts qui remontaient très lentement — divine torture ! — de sa taille jusqu'à sa poitrine, pour aller se refermer sur un sein.

Tout son corps vibrait de désir.

Elle avait si chaud !

Pendant quelques secondes, Alejandro vrilla son regard au sien, sans mot dire. L'exaltation assombrissait ses pupilles, et Kitty eut l'impression de se noyer dans leur profondeur. Jamais elle ne l'avait trouvé aussi beau qu'avec ce teint légèrement coloré par la passion. Jamais, non plus, il ne lui avait paru aussi dangereux.

Alejandro lui sourit, et Kitty fut irrémédiablement perdue.

D'une main posée sur sa joue, il la maintint immobile, comme pour s'assurer de pouvoir continuer à butiner ses lèvres, de la pointe de sa langue, en toute tranquillité. Sans relâche, il caressait, titillait, agaçait... Puis il ne fut plus question de délicatesse. Une faim sauvage s'y substitua, trahissant la montée irrépressible du désir.

C'était à croire qu'il n'en aurait jamais assez de l'embrasser. Et c'était tant mieux, car Kitty n'aurait su être rassasiée de ses baisers. Elle se cabra pour mieux sentir le corps d'Alejandro épouser le sien et fit place à sa superbe virilité, laissant échapper une plainte rauque lorsqu'il vint la presser contre son intimité secrète.

Son soutien-gorge emprisonnait sa poitrine gonflée dans un carcan douloureux qui irritait ses mamelons durcis.

Délaissant ses lèvres, Alejandro fit descendre sa bouche le long de son cou, jusqu'à la lisière de son décolleté. Puis — *enfin !* — il aspira un téton à travers le tissu de la robe, arrachant à Kitty un cri de volupté, tandis que le désir la transperçait comme une dague.

Alejandro s'immobilisa au-dessus d'elle, reprenant possession de sa bouche. De nouveau Kitty gémit sous l'assaut du plaisir, à bout de souffle.

— Je veux te voir nue, marmonna Alejandro avec fièvre.

De ses deux mains, il agrippa l'ourlet de la robe, avant d'ajouter :

— Je veux découvrir chaque centimètre carré de ton corps.

Cette exhortation farouche ramena brutalement

Kitty à la réalité. Ouvrant les yeux, elle fut éblouie par la lumière crue qui tombait du plafond.

Il faisait bien trop clair. Comment accepterait-elle qu'Alejandro la voie dans cette lumière impitoyable ? Que lui soit révélé ce corps qu'elle avait toujours jugé imparfait ?

En un éclair, elle se compara à toutes ces femmes splendides avec lesquelles il était sorti. Agrippant sa main, elle l'empêcha de relever davantage la robe sur ses cuisses.

Soudain, elle prit conscience de l'endroit où elle se trouvait, de ce qu'elle était en train de faire.

Que lui arrivait-il ?

Un tel comportement lui ressemblait si peu. Jamais elle n'avait éprouvé un désir aussi violent pour un homme.

C'en était presque terrifiant.

Lorsqu'elle se figea, Alejandro releva la tête et darda sur elle un regard pénétrant. Il avait beau sourire, Kitty avait conscience de l'amertume qui se lisait sur son visage.

— Je crois que tu n'es pas encore prête, petite Catriona, dit-il.

Le serait-elle jamais ? se demanda Kitty, en le dévisageant avec une sorte de stupeur.

Le sourire d'Alejandro — bien qu'un peu crispé — se fit plus indulgent.

— Tu ferais mieux de dormir, ajouta-t-il en se levant. La nuit porte conseil, dit-on.

— Tu… Tu t'en vas ?

Alejandro s'inclina et déposa un rapide baiser sur ses lèvres.

— Peut-être suis-je capable de plus de patience que tu ne l'imagines, Catriona. Je ne ferai jamais rien sans ton entière approbation. Que cela soit bien clair entre nous.

Avant qu'elle n'ait le temps de réagir, il gagna la porte

et sortit sans se retourner. Au comble de la confusion, Kitty n'aurait su dire si elle était soulagée ou anéantie.

Se laissant retomber sur le lit, elle ne put s'empêcher de regretter qu'Alejandro ait fait preuve de tant de retenue. Elle s'accabla de reproches : eût-elle été moins timorée, moins complexée, qu'elle aurait pu vivre une expérience prodigieuse.

Fallait-il qu'elle soit stupide !

Elle enfouit son visage dans l'oreiller, en proie à un tumulte de sentiments contradictoires.

Ce qu'elle éprouvait pour cet homme n'était rien d'autre que du désir, à n'en pas douter. Alors, il ne devrait pas lui être si difficile de le dominer ! Le problème, c'était qu'Alejandro n'ignorait rien de ce qu'il lui inspirait. Pouvait-elle prendre le risque de se contenter du peu qu'il avait à lui offrir ?

Kitty n'avait jamais connu ce type de relation. D'un autre côté, elle n'avait jamais éprouvé un plaisir aussi fabuleux que celui auquel Alejandro l'avait initiée en quelques brèves caresses.

Le sommeil la fuit pendant la majeure partie de la nuit, et elle se leva de très bonne heure le lendemain matin. De méchante humeur, elle se dirigea vers le rez-de-chaussée dans l'espoir de trouver quelques fruits avec lesquels se rafraîchir.

Mais à peine avait-elle atteint le palier du deuxième étage qu'elle faillit se heurter à Alejandro. Vêtu d'un short et d'un simple T-shirt, il était en sueur et avait tout l'air de rentrer d'une séance de jogging.

Pendant quelques secondes, ils se mesurèrent du regard, sans échanger un mot. Puis Alejandro, l'air bougon, pointa le menton vers le pyjama de Kitty.

— Si je comprends bien, maugréa-t-il, le jour tu portes du noir, et la nuit du blanc. Cela te ressemble tellement !

Interdite, Kitty ne savait que répondre, mais Alejandro ne lui laissa pas le temps de s'interroger bien longtemps car il ajouta :

— Je compte que tu sois prête à mon retour, ce soir. Mes journées sont longues. Quand je rentre, je suis en général affamé.

Kitty se redressa.

— Ne t'inquiète pas, lança-t-elle. Je ne te ferai pas attendre.

— Seigneur ! grommela Alejandro d'une voix rauque. Si seulement tu pouvais dire vrai.

Alejandro se jeta dans le travail, bien décidé qu'il était à ne plus penser à Catriona de toute la journée. Malheureusement, il lui était bien difficile de chasser les images d'elle qui l'obsédaient.

C'était la première fois de sa vie qu'il rencontrait une femme si fascinante. Si contrariante aussi, et parfois même terriblement agaçante.

Elle avait un don inné de le faire rire. Et il ne pouvait oublier ni la sensation de ce corps, à la fois souple et vigoureux, cambré comme pour se fondre dans le sien, ni ses gémissements haletants tandis que le désir montait en elle.

Exhalant un long soupir de découragement, Alejandro se détourna de son écran d'ordinateur. Il n'arrivait à rien !

Dans la poche de sa veste, il prit le collier de diamants qui ne le quittait jamais. Il rêvait de le voir au cou de Catriona, entièrement nue. Mais n'était-ce pas ce qui l'avait paralysée, la veille au soir ? L'idée de paraître devant lui dans le plus simple appareil ? Manifestement, elle souffrait d'une forme de complexe dont il faudrait qu'il la débarrasse.

Pour se prouver à lui-même qu'il était capable de se tenir à distance de Catriona, Alejandro travailla particulièrement tard. Il avait besoin de se convaincre qu'il gardait toujours un contrôle souverain sur ses émotions et sur ses pulsions physiques.

Toute cette histoire n'était rien de plus qu'une passade, qui ne saurait le mettre en danger de quelque manière que ce soit.

Néanmoins, lorsqu'il se décida enfin à rentrer chez lui, ce fut à grand-peine qu'il se retint de grimper les marches de l'escalier quatre à quatre pour prendre Catriona dans ses bras.

Au lieu de quoi, il s'obligea à monter lentement, quand bien même son pouls s'affolait.

Il la trouva dans l'une des chambres, au milieu de boîtes de diverses tailles. Alejandro sentit son sang bouillonner dans ses veines, tant le simple fait de la voir le remplissait de joie.

Comme à son habitude, Catriona était vêtue de noir, de pied en cap. La seule touche de couleur, sur sa silhouette, était le feu de sa somptueuse chevelure retombant librement sur ses épaules. Penchée sur un énorme carton, elle affichait une moue sévère. Posé à côté d'elle, un bloc-notes attestait de son travail de recensement.

— Que regardes-tu aussi attentivement ? lança-t-il depuis la porte.

Kitty sursauta, levant vers lui un visage rosissant.

— Oh ! ce sont les cadeaux de Noël que je confectionnais chaque année pour mon père, depuis l'âge de huit ans. Mes toutes premières sculptures, qu'il ne jugeait pas utile d'exposer.

Elle haussa les épaules d'un air désabusé.

Pour autant qu'Alejandro en ait connaissance, le père de Catriona semblait s'être montré peu attentif à ses enfants. Ce dont, de toute évidence, la jeune femme avait souffert. Cependant, lui-même était bien placé pour savoir que certains pères étaient pires que d'autres. Le sien n'avait-il pas été le plus ignoble qui puisse se concevoir ?

Cherchant à échapper à des souvenirs funestes, il s'avança pour examiner quelques-unes des pièces de poterie. Certaines, bien que parfois ébréchées, montraient l'ébauche d'un indéniable talent.

— Tes œuvres de jeunesse sont…

Catriona l'interrompit d'un petit rire amer.

— Épouvantables, je sais, fit-elle. D'ailleurs, j'ai eu du mal à convaincre mon père de me laisser faire des études artistiques. Il ne me trouvait pas très douée pour ça, et préférait que j'apprenne un vrai métier. Quelque chose de lucratif. L'argent était la seule chose qui comptait à ses yeux. Lui qui avait réussi à dilapider toute la fortune de sa femme !

Elle tourna vers Alejandro un regard plein de tristesse, puis ajouta :

— J'imagine que tes parents sont très fiers de toi…

Alejandro eut l'impression de recevoir un coup de poing en pleine poitrine. Pendant quelques secondes, il demeura bouche bée avant de se reprendre. Ainsi, Catriona ne connaissait rien de son passé…

Il empêcha son esprit de s'emballer. Se confier n'était pas dans ses habitudes. Jamais il n'abordait de sujets intimes avec ses conquêtes.

Se détournant, il lança d'un ton sec :

— Tu es prête à sortir ?

— Je n'ai pas vu passer le temps, excuse-moi. Mais je n'en ai que pour cinq minutes.

Adressant à Alejandro un sourire timide, Kitty se hâta hors de la pièce.

Que diable s'était-il passé pour qu'il rentre ainsi dans

sa coquille ? À la seconde où elle avait mentionné ses parents, il s'était fermé comme une huître. Il n'avait même pas tenté l'une de ces reparties goguenardes dont il était coutumier, lorsqu'il voulait détourner la conversation.

Une myriade de questions assaillait l'esprit de Kitty. Alejandro la fascinait, et elle mourait d'envie d'en apprendre davantage sur lui.

Cependant, elle comprit bien vite que ce ne serait pas au cours du dîner. Les discussions, joyeusement animées, roulaient sur les thèmes les plus variés, sans qu'aucune question privée ne soit soulevée.

Mais elle n'était pas la seule à être taraudée par la curiosité. La femme assise en face d'eux ne cessait de les dévisager avec insistance. Elle finit par poser les yeux sur la main de Kitty.

— Pas de bague de fiançailles ? Est-ce à dire qu'il reste encore une parcelle d'espoir à toutes les autres malheureuses que nous sommes ?

S'il y avait bien quelque chose qui indisposait Kitty, c'était de devoir faire semblant de se mesurer avec une prétendue rivale.

— Je vous laisse volontiers la place, déclara-t-elle avec un grand sourire. J'ai beau essayer de décourager Alejandro, il continue à s'accrocher.

Le silence se fit autour de la table, et Kitty réalisa qu'elle avait parlé plus fort qu'elle n'en avait l'intention.

— Catriona a été profondément blessée par l'échec de ses fiançailles précédentes, intervint Alejandro, très à l'aise. Aussi a-t-elle décidé qu'elle ne voulait pas de bague, de peur que cela ne lui porte malheur. La pauvre enfant a du mal à accorder sa confiance, mais je m'emploie à lui faire réviser son jugement.

Médusée, Kitty regarda Alejandro avec des yeux ronds, incapable de trouver que dire. Elle vit une lueur amusée danser dans les prunelles sombres. Curieusement, elle y discerna autre chose qu'elle n'aurait su définir. Préférant se dérober à ce que cela avait de troublant, elle fit face à la femme qui la fusilla du regard. Kitty n'en avait cure. Tout son corps s'était embrasé. Elle était, à la fois, morte de confusion, et emplie d'une étonnante gratitude à l'égard d'Alejandro.

Tout cela était insensé ! Ils étaient aussi déraisonnables l'un que l'autre.

Une fois que les conversations eurent repris leur cours, elle s'inclina vers Alejandro, dans une attitude volontairement provocante, et murmura à son oreille :

— Tu es un affreux menteur. Bien pire que moi. Mais que dirais-tu si je t'annonçais que j'ai changé d'avis ? Que je veux la bague la plus tape-à-l'œil que tu puisses trouver ?

Se reculant, elle le gratifia d'un sourire réjoui.

Prenant son visage entre ses mains, Alejandro l'attira à lui et répliqua en un murmure égal au sien :

— Je te répondrais que c'est trop tard. Mon offre est annulée. En fait, je préfère ma version, au sujet de ta crainte d'être poursuivie par la malchance. Tu ne trouves pas que ça sonne vrai ? C'est tellement touchant !

Il était si proche que Kitty avait l'impression de se dissoudre dans les profondeurs de ses prunelles brun foncé.

— Tu es sans cœur !

Il eut un rire ravi ; son souffle chaud fit voleter les petits cheveux sur le front de Kitty. Pendant un bref instant, ce fut comme si tous deux étaient isolés dans une bulle de gaieté et de chaleur.

— Qu'aurais-je à faire d'un cœur ? susurra Alejandro.

Cette insolente cruauté fit l'effet d'une douche glacée à Kitty. Elle s'écarta, se rendant compte que les autres convives les observaient sans plus de retenue. S'efforçant d'afficher un sourire épanoui, elle se servit un verre d'eau.

— Tu as gagné, murmura-t-elle. Désormais, je renonce à toute impertinence à ton égard !

Cette fois, Alejandro éclata d'un rire sonore, terriblement sexy.

— Ne promets pas ce que tu ne pourras pas tenir, dit-il. Tu es bien trop spontanée pour ne pas trahir ce serment.

La vérité, c'était que Kitty mettait l'énergie du désespoir à maintenir Alejandro à distance.

Elle n'ignorait pas que dès qu'elle lui aurait cédé, il irait voir ailleurs. Ce qui l'excitait, c'était le plaisir de la chasse.

Aussi, de retour à Parkes House, ne lui permit-elle pas de la suivre jusqu'à sa chambre sous les toits.

— Non, non, dit-elle en se précipitant devant lui dans l'escalier, les bras levés comme pour faire barrage.

— Quoi ? protesta-t-il, le pied sur la première marche. Même pas un petit baiser pour se souhaiter bonne nuit ?

— Rien du tout !

— Tu as donc tellement peur de craquer ? Cela veut dire que je suis près du but…

Le rire arrogant d'Alejandro poursuivit Kitty tandis qu'elle montait, presque en courant.

Il ne se trompait pas, hélas.

Elle ne lui résisterait plus bien longtemps.

7

— Je suis prête, cria Kitty depuis la bibliothèque, dès qu'Alejandro claqua la porte d'entrée.

Assise sur le canapé, elle leva les yeux vers lui.

Il avait eu une journée des plus frustrantes, et sentit sa bouche devenir sèche à la vision qu'elle offrait.

Les jambes sagement croisées, elle était vêtue d'une nouvelle robe noire, moulant sa silhouette mince d'une manière particulièrement suggestive, tout en dissimulant bien plus qu'Alejandro ne l'aurait souhaité.

À quoi diable se disait-elle prête ? À lui céder enfin ?

La veille, il avait consenti à la laisser partir sans même qu'ils n'échangent un baiser. Cette comédie avait assez duré ! Espérait-elle lui faire croire qu'elle n'avait pas passé la journée à penser à lui ?

— Alejandro ? lança-t-elle en le regardant d'un air inquiet, tandis qu'il s'avançait vers elle d'un pas décidé.

Sans un mot, il lui prit la main pour l'attirer dans ses bras et l'embrasser comme il en avait rêvé tout le jour durant. Longuement, avidement. Le désir le submergea quand Catriona lui rendit ses baisers, avec une fougue égale à la sienne.

Oh oui, elle était prête ! Fin prête !

Se redressant, Alejandro chercha dans les yeux de Kitty l'assentiment qu'il espérait tant. Au lieu de quoi, elle le repoussa brutalement.

— Arrête ! lança-t-elle, le souffle court. Tu me décoiffes. Cela a pris des heures pour lisser mes cheveux.

— Et cela te va à ravir.

Alejandro tendit la main vers Kitty. Il lui fallait absolument la toucher.

— Viens, lança-t-il. Que je te voie de plus près.

Elle recula d'un pas.

— Non ! Ce n'est pas pour toi que j'ai pris toute cette peine.

— Ah bon ?

— Bien sûr que non. C'est pour en mettre plein la vue à toutes ces femmes suspendues à tes lèvres.

Laissant retomber sa main, Alejandro demeura silencieux un instant. C'était ridicule ! Catriona n'avait rien à prouver à personne.

— Mais elles te prennent pour ma fiancée ! protesta-t-il.

— Comme si cela les dérangeait ! Ou même toi, d'ailleurs. Je suis sûre que si l'envie t'en prenait, tu n'hésiterais pas à me laisser en plan pour partir avec l'une d'entre elles.

Alejandro sentit la moutarde lui monter au nez, et il fronça les sourcils. La dernière chose dont il avait envie, c'était de laisser Catriona en plan. À vrai dire, il n'avait plus du tout envie, tout à coup, de la partager avec une bande de pique-assiettes.

— Est-ce qu'au moins tu te souviens de leurs prénoms ?

Déconcerté, Alejandro contempla Kitty avec des yeux ronds. De quoi diable parlait-elle ?

— Toutes tes ex, je veux dire…

Il leva les yeux au ciel.

— Parce que tu crois qu'elles se souviennent du mien ? Quelle importance ? Je ne vois pas ce qu'il y a de mal à vivre l'instant présent, sans se poser de questions.

— C'est juste tellement… superficiel.

— Oh ! pour l'amour du ciel, Catriona ! Est-il vraiment

indispensable de chercher un sens profond à tous les événements de la vie ?

Ce qu'Alejandro ne comprenait pas, c'était pourquoi Catriona refusait aussi obstinément ce qu'ils pourraient partager de si agréable.

— Comme je te l'ai dit, reprit-il, je travaille dur et j'aime profiter de la vie sans entraves. Je ne cherche ni à me marier ni à avoir des enfants.

— Pourquoi ? Tu ne les aimes pas ?

— Ils ne m'intéressent pas, c'est tout.

Les ravissantes prunelles émeraude dardées sur lui le mettaient mal à l'aise, et Alejandro se détourna.

— Comme c'est dommage ! À qui laisseras-tu tous tes millions, alors ?

À entendre le ton goguenard de Kitty, Alejandro eut un petit rire soulagé. Elle avait retrouvé son mordant.

— Je léguerai tout à des œuvres caritatives, répliqua-t-il.

— Parfait ! J'espère que tu dispenseras tes legs avec autant de largesse que tu sais en montrer dans ta vie amoureuse.

Aïe ! Alejandro fit mine de se frotter la poitrine.

— Comment ? s'étonna-t-il. Tu n'essaies pas de me convaincre que je serais un père formidable ?

— Si tu ne veux pas d'enfants, cela te regarde.

— Et toi ? Tu en voudras ?

Curieusement, à imaginer Catriona berçant un nourrisson, Alejandro avait soudain du mal à respirer.

— Je suppose que oui, répondit-elle, l'air hésitant. Mais il faudrait, d'abord, que je trouve un type bien. Ça ne court pas les rues !

Alejandro s'esclaffa, cherchant à reprendre son aplomb.

— Pauvre petite princesse ! lança-t-il. Tu n'as fait que tomber de... Comment dit-on déjà ? Ah oui, de Charybde, en Scylla.

Avec une mimique théâtrale, Kitty opina du chef.

— Tu l'as dit ! J'ai échappé aux griffes d'un mufle, pour me précipiter dans la gueule d'un gredin.

— Allons, tu survivras. Crois-moi, tu pourrais même trouver la deuxième expérience assez divertissante.

Sans mot dire, Kitty planta un regard pétillant de malice dans celui d'Alejandro.

— Combien y aura-t-il de convives au dîner, ce soir ? J'espère que j'aurai l'occasion de flirter avec quelques hommes présentables.

— Nous ne serons que tous les deux.

C'était une décision qu'Alejandro venait de prendre sur-le-champ.

— Vraiment ? Où allons-nous ?

Alejandro n'en avait pas la moindre idée. Il s'empressa d'envoyer un texto à son assistante, lui demandant d'annuler le repas prévu, puis se tourna vers Kitty.

— C'est toi, la Londonienne, lança-t-il. À ton tour de choisir.

Kitty balaya du regard le costume Armani que portait Alejandro, puis baissa les yeux sur sa robe de couturier.

— Je n'ai pas l'habitude de fréquenter les restaurants chics que tu affectionnes, dit-elle.

Alejandro haussa les épaules.

— Aucune importance. Trouve-nous quelque chose dans le quartier.

Tout ce qui comptait, c'était qu'ils ne s'éloignent pas trop, car il avait la ferme intention de mettre Catriona dans son lit ce soir même.

Ils se retrouvèrent dans un petit restaurant thaï préparant des plats à emporter. En riant, Kitty s'accouda au comptoir en formica pour lire le menu.

— Tu aimes les nourritures épicées ? s'enquit-elle, en le gratifiant d'un coup d'œil polisson.

— Quelle question ? Et toi ?

— Je n'aime pas les choses trop relevées, répondit-elle sur un ton faussement pincé.

— Je ne te crois pas. Tu ne peux pas me tromper. Je t'ai percée à jour.

Kitty se tourna vers la vitre, observant les passants pendant quelques secondes, puis elle dit sans regarder Alejandro :

— Qui te dit que je ne t'ai pas percé à jour, moi aussi ?

Alejandro se pencha vers elle.

— Et que vois-tu en moi ?

— Quelqu'un qui a bien davantage à offrir qu'il n'y laisse paraître. Alejandro Martinez n'est pas seulement un bon parti, agrémenté d'un physique attirant, et d'indéniables talents d'amant.

— Et qu'ai-je donc à offrir d'autre ?

— Beaucoup d'esprit, tout d'abord.

Prenant les sacs en papier que lui tendait le serveur, Kitty marqua un temps d'arrêt, puis risqua un coup d'œil en direction d'Alejandro.

— Et une vraie gentillesse, ajouta-t-elle.

— Là, je crains que tu te méprennes sérieusement sur mon compte.

— Oh ! je n'ignore pas que tu es tout à fait capable de te montrer cruel, mais il y a en toi un fond de bienveillance que tu ne parviens pas à cacher. Par exemple, tu ne m'as pas laissée tomber devant tous ces gens, à ta soirée. Et tu me donnes l'occasion de trier tous ces objets qui ont appartenu à ma famille, juste parce que tu sais que ça compte pour moi.

— Je ne voudrais pas te chagriner, mais ce n'est pas réellement ma « gentillesse », qui m'a poussé à tout cela.

Le précédant sur le trottoir, Kitty lança par-dessus son épaule :

— Tu es un type bien, mais ça t'ennuie de le reconnaître, c'est tout. Bon, maintenant, si tu es d'accord, nous pourrions dîner dans le parc. À condition que tu saches te débrouiller avec des couverts en plastique.

— Je crois que oui…

Manifestement, Catriona n'avait aucune idée du dénuement dans lequel il avait vécu, enfant, songea Alejandro en lui emboîtant le pas. Il n'était pas né avec une cuillère en argent dans la bouche, lui. Bien souvent il lui avait manqué jusqu'au moindre morceau de pain.

Elle se trompait tout autant sur la réalité de sa vie que sur ce qu'il était.

De la « gentillesse » ! Ce n'était pas vraiment ce qu'il ressentait à l'égard de Catriona !

Lorsqu'il s'allongea sur la pelouse, à côté d'elle, Alejandro n'avait plus particulièrement faim. Mais il prit plaisir à la regarder manger et à l'écouter babiller sur tout et n'importe quoi, se contentant de la relancer par une question lorsqu'elle se taisait. Car il avait besoin qu'elle le distraie du désir qui nouait ses muscles.

Dans les derniers rayons du soleil, la chevelure de Catriona s'illuminait de reflets de feu. Elle-même rayonnait d'une vitalité qu'il avait envie de capturer. Comme il avait envie de la posséder, *elle*.

À cet instant, elle lui décocha un sourire qui le fit fondre.

— Viens, rentrons à la maison, dit-il avant même de prendre conscience des mots qu'il employait.

Seigneur ! Depuis quand pensait-il à Parkes House — et à Catriona — en ces termes ?

Alejandro se figea, tandis qu'il sentait l'effroi sourdre en lui. Non ! Il ne se laisserait pas prendre à ce piège.

Catriona était une femme comme une autre. Une femme qu'il cherchait à conquérir. Rien de plus.

Juste une nouvelle maîtresse, qu'il prendrait puis jetterait à sa guise.

8

Bien que travaillant d'arrache-pied, Kitty ne parvenait pas à penser à autre chose qu'à la manière dont Alejandro s'était comporté la veille.

Cet homme avait le chic pour souffler le chaud et le froid !

Étrangement, pendant le court trajet entre le parc où ils avaient pique-niqué et Parkes House, il s'était enfermé dans un silence buté. Puis il avait disparu dans sa chambre, sans même lui dire bonsoir.

Lorsque Kitty s'était levée, il était déjà parti à son bureau.

Elle eut beau se répéter qu'elle n'était pas déçue le moins du monde, et qu'il pouvait bien lui battre froid si cela l'amusait, elle passa la journée à s'interroger.

Pourquoi un homme aussi privilégié qu'Alejandro semblait-il parfois aussi triste ? Par moments, elle voyait passer sur son visage une expression proche du désespoir. Cela avait été le cas la veille, alors qu'ils regagnaient Parkes House. Tout à coup, Alejandro s'était transformé en un véritable bloc de glace. Sans que Kitty ne comprenne pourquoi.

Poussant un profond soupir, elle scotcha un carton.

Le claquement sourd de la porte d'entrée lui fit lever la tête. Il n'était que 4 heures de l'après-midi. Bien trop tôt pour qu'Alejandro ait terminé sa journée de travail.

— Ça avance ? lui lança-t-il depuis la porte de la bibliothèque, à peine quelques secondes plus tard.

Dans son impeccable costume bleu marine, il affichait une mine sévère. Tout, en lui, trahissait une tension extrême. Il était clair qu'il n'avait pas dû dormir beaucoup la nuit précédente.

Mais ce n'était pas son problème ! Elle n'en avait que faire.

Néanmoins, incapable de détourner les yeux du beau visage sombre d'Alejandro, Kitty sentit son cœur s'emballer.

Qu'était-ce donc que cette lueur farouche dans le regard qu'il posait sur elle ?

Que croyait-il ? Qu'elle allait accepter de le voir surgir, comme cela, sans crier gare, l'air sombre, pour se jeter sur elle avec passion, puis la repousser sans autre forme de procès ? Non ! Elle n'allait pas réitérer les erreurs de sa mère, qui s'était laissé séduire par un play-boy. Elle-même n'avait-elle pas déjà failli en faire autant avec James ?

— Tu rentres déjà ? Que se passe-t-il ? Ne risques-tu pas de mettre en péril ton fabuleux empire ?

Toujours aussi morose, Alejandro s'absorba dans l'examen du contenu de la caisse la plus proche, avant de lancer d'un ton rogue :

— Mon empire peut très bien se passer de moi. Et il m'est venu à l'esprit que tu avais probablement raison.

Kitty demeura interdite un instant. Avant qu'elle n'ait le temps de se reprendre, Alejandro lui sourit.

— Que je devrais, peut-être, m'imprégner davantage de l'âme de cette maison, ajouta-t-il. Et que, pour cela, j'aurais tout intérêt à profiter de ta présence. Qui mieux que toi peut me guider dans cette démarche ?

Que se cachait-il derrière cette requête en apparence innocente ?

— Par quoi voudrais-tu commencer ? s'enquit-elle, tandis qu'il allait nerveusement d'une caisse à l'autre.

— Montre-moi tes objets favoris.

Kitty le fixait obstinément, mais il continuait à fuir son regard.

— Ce ne sont pas les objets qui comptent le plus pour moi, fit-elle observer. J'ai plutôt des endroits favoris.

— Comme la bibliothèque ?

Elle plissa le nez.

— J'y attendais le retour de mon père pendant des heures. Pour me distraire, mon frère laissait des petits messages dans le compartiment caché des rayonnages…

— Il y avait aussi ta chambre, sous les toits, je suppose.

— Plus tard, oui. Mais l'endroit que je préférais entre tous, c'était la chambre secrète.

Haussant les sourcils, Alejandro fit volte-face.

— La maison recèle une chambre secrète ?

— Ce n'est pas vraiment une chambre. Plutôt, une sorte de placard. Viens, c'est au rez-de-chaussée.

Le précédant dans l'escalier, Kitty le guida à travers la cuisine, jusqu'à un angle du cellier attenant. La plinthe dissimulait une petite manette. Lorsque Kitty l'actionna, une partie du mur s'effaça dans un grincement, révélant une étroite ouverture.

— Bon sang, c'est…

— Je sais, l'interrompit Kitty, c'est terriblement excitant.

Elle se glissa dans la fente, retrouvant le plaisir de l'époque où elle s'était constitué là un petit refuge. Alejandro l'avait suivie, et elle se tourna vers lui, se rappelant soudain une consigne essentielle.

— Surtout, fais attention à…

Trop tard ! Il avait refermé la porte derrière eux.

— Attention à quoi ?

L'obscurité était totale.

— Oh ! souffla-t-il, comprenant son erreur. Est-ce qu'on va pouvoir trouver la poignée à tâtons ?

— À vrai dire, il y a un léger défaut de conception, marmonna Kitty. Deux, même ! Il n'y a ni éclairage ni poignée intérieure.

— J'aurais dû m'en douter, soupira Alejandro. Allons-nous mourir asphyxiés ?

— Non. Heureusement, il y a un conduit d'aération.

— Dieu merci ! Je peux toujours enfoncer la porte, non ?

— Ce serait dommage. Et difficile. Tu peux plutôt appeler un de tes assistants pour qu'il vienne nous délivrer.

— Encore faudrait-il que j'aie mon téléphone !

— Mince ! Moi non plus, je n'ai pas pris le mien.

Une onde de chaleur submergea Kitty à l'idée qu'elle était bel et bien enfermée dans le noir, avec un homme au magnétisme absolument ravageur.

Elle entendit Alejandro marcher de long en large.

— Il n'y a vraiment aucune possibilité de sortir d'ici par nos propres moyens ? questionna-t-il sur un ton où perçait une pointe d'agacement.

— Non.

Ce n'était pas faute d'avoir essayé quand elle était gamine.

— Paolo devrait venir nous chercher dans un peu plus d'une heure. Il passe toujours par la cuisine. Est-ce qu'il entendra, si nous appelons assez fort ?

— Oui.

Cela aussi, Kitty en avait fait maintes fois l'expérience.

— Eh bien, je suppose que nous n'avons plus qu'à patienter…

Kitty se laissa glisser au sol, dans l'angle, comme elle en avait l'habitude enfant. Mieux valait éviter de penser à tout ce qu'ils pourraient faire en un peu plus d'une heure.

— Que faisais-tu, toute seule, là-dedans, dans le noir ?

— Je rêvais. Je dessinais, en m'éclairant avec une lampe torche. Je préférais être là. Ça m'évitait de croiser les femmes que mon père ramenait à la maison, chaque fois que ma mère s'absentait.

Il y eut un bref silence, pendant lequel Kitty sentit qu'Alejandro venait s'asseoir à ses côtés.

— Ta mère voyageait beaucoup pour son travail ? enchaîna-t-il.

Kitty ne put retenir un petit rire amer.

— Non, corrigea-t-elle. Pour faire bref, elle allait de retraite spirituelle en séminaire de méditation. Puis, un jour, elle n'a même plus pris la peine de rentrer. Elle a tout laissé à papa, quand ils ont divorcé. Y compris ses enfants.

Alejandro ne fit pas le moindre commentaire, et Kitty se réjouit qu'il lui évite les platitudes habituelles.

— Est-ce tout ce temps passé à dessiner ici qui t'a amenée à des études d'art ? dit-il, arrachant Kitty à ses pensées.

— Je ne sais pas, dit-elle, pensive. Et toi, qu'as-tu étudié ?

— Des choses bien plus utiles, répondit-il en la poussant du coude. Le droit, l'économie, le commerce…

— Il n'y a pas que l'argent, dans la vie !

— Cela te va bien de dire ça, toi qui n'as jamais dû batailler pour gagner ton pain.

— Peut-être ! Mais moi, au moins, je ne fais pas passer la réussite matérielle avant toute chose. Et il ne me viendrait jamais à l'idée de chercher à écraser mon prochain. Les autodidactes dans ton genre se réjouissent toujours de la ruine des hommes comme mon père.

— Pas du tout ! s'indigna Alejandro. La chute d'un homme ne me fait jamais plaisir. Quel qu'il soit.

— Il a travaillé dur, tu sais. Sauf qu'il a commis pas mal d'erreurs. Et puis, il espérait que Teddy prendrait sa suite, mais les affaires n'intéressent pas mon frère.

— Tu aimes ton père, même s'il t'a laissée tomber, pas vrai ?

— Il a ses points faibles, comme nous tous.

— Pas moi. Je n'en ai aucun.

L'aplomb, teinté de malice, avec lequel Alejandro avait réagi du tac au tac fit sourire Kitty.

— Bien sûr que si, protesta-t-elle. Tu es arrogant, et obstiné. Et tu n'as qu'une seule idée en tête…

Une idée qui commençait à faire son chemin dans l'esprit de Kitty, aussi. Elle en avait assez de lutter contre l'attirance qu'elle éprouvait pour Alejandro. Elle frissonna, trop consciente des possibilités qu'offrait la situation.

— Il fait vraiment noir comme dans un four, dit-elle pour penser à autre chose.

— Tu as peur ?

À vrai dire, songea Kitty, elle avait toujours peur quand Alejandro était dans les parages. Pas de lui, mais de ses propres réactions.

— Petite, j'avais peur du noir, confessa-t-elle distraitement. Et toi ? Tu n'as jamais eu peur de rien, je suppose.

— Pas du noir, en tout cas. Au contraire, enfant, j'aimais à me cacher dans l'obscurité. On s'y sent à l'abri.

Cet aveu plongea Kitty dans la perplexité. Pourquoi avait-il eu ce besoin de se dissimuler. Que fuyait-il ? Ou plutôt, qui fuyait-il ?

Incapable de résister à l'envie de le réconforter, Kitty tendit la main pour chercher la joue d'Alejandro, éprouvant du bout des doigts la rudesse de son ombre de barbe.

— Catriona ?

— Chut !

Elle voulait seulement explorer son visage.

Et puis, après tout, ici, dans le noir, cela resterait un secret entre eux. Un moment hors du monde. Magique.

— Catriona, est-ce que tu as conscience de ce que tu es en train de faire ?

Dans l'obscurité, Kitty esquissa un sourire. Lorsqu'elle se pencha pour poser ses lèvres sur la joue d'Alejandro, elle le sentit se raidir.

— N'amorce pas quelque chose que nous ne pourrons plus endiguer, dit-il à mi-voix. Pas à moins d'être complètement sûre de le vouloir.

Kitty n'était sûre de rien. Hormis qu'elle était tentée de profiter de ces ténèbres protectrices.

Avec une infinie douceur, Alejandro lui prit le menton, puis lui caressa les lèvres d'un doigt.

— Je ne crois pas que ce soit une bonne idée, dit-il d'un ton rogue.

Pourtant, avant qu'elle n'ait le temps de réagir à sa remarque, il l'embrassa très délicatement.

— Oui, murmura-t-elle lorsqu'il s'écarta.

— Oui, quoi ? Oui, ce n'est pas une bonne idée. Ou bien oui, c'est...

— Simplement, oui.

Et Kitty avança le buste pour chercher, à l'aveuglette, les lèvres d'Alejandro.

Ce fut sans la moindre retenue qu'elle dévora sa bouche, se perdant dans l'ivresse de ce baiser, savourant la liberté qu'elle s'accordait. Protégée par l'obscurité, elle lâcha les rênes à son désir qui s'embrasa comme une traînée de poudre.

Elle ne pensait plus à rien qu'à ce besoin qui la taraudait de découvrir la moindre parcelle du corps d'Alejandro, d'éprouver la griserie du contact de leurs deux peaux.

Lâchant une plainte rauque, il la prit par la taille

d'une main ferme, pour la soulever du sol et l'asseoir à califourchon sur ses genoux.

— Alejandro..., souffla-t-elle d'une voix implorante.

Pour toute réponse, il écrasa sa bouche sur celle de Kitty, tandis qu'il glissait les mains sous son T-shirt. Elle gémit quand il dégrafa son soutien-gorge, libérant ses seins gonflés.

Pendant quelques instants, il les caressa voluptueusement. Kitty ne put se retenir de presser son bassin contre son érection.

Oh ! oui, c'était vraiment ce qu'elle voulait !

Elle leva les bras pour l'aider à la débarrasser du T-shirt et du sous-vêtement, dans un même mouvement. Les paumes brûlantes d'Alejandro balayèrent son dos, et il l'attira à lui pour laisser ses lèvres errer sur sa peau nue, jusqu'à ce qu'il en vienne à happer la pointe frémissante de l'un de ses seins. Kitty cria lorsque le plaisir alluma un incendie au creux de son bas-ventre.

— Je te veux tout entière, marmonna-t-il d'une voix âpre.

La hissant à bout de bras, il l'allongea sur le sol, à côté de lui. En un tournemain, il lui ôta ses chaussures et la déshabilla.

Bien qu'elle soit entièrement nue dans le réduit non chauffé, Kitty sentait son corps brûler de fièvre.

— Je veux te voir, maugréa Alejandro.

Kitty se réjouit que cela fût impossible. L'obscurité la libérait de ses inhibitions.

Les mains chaudes et les lèvres incandescentes d'Alejandro remontèrent lentement le long de ses jambes. D'elle-même elle les écarta, mais il les repoussa encore davantage pour mieux souder sa bouche au cœur de sa féminité, la tenant dans une position d'une lascivité telle que Kitty n'en avait jamais connue.

Incapable de retenir des sanglots de plaisir, elle se livra aux caresses de cette langue audacieuse qui titillait le bourgeon sensible caché entre les pétales de sa fleur intime, y dessinant des volutes qui la menèrent au bord de l'extase.

— *Viens*, supplia-t-elle. J'ai trop envie de toi...

S'arrachant à son œuvre diabolique, il s'arc-bouta au-dessus d'elle.

— Est-ce qu'il fallait vraiment que ça se passe ici, et maintenant ? Nous n'avons même pas de préservatif.

À mi-voix, il lâcha une bordée de jurons, avant de conclure :

— Tu me fais perdre les pédales !

Haletante, Kitty ondula contre lui.

— On peut juste... Laisse-moi te toucher, je t'en prie.

Alejandro resta en appui sur ses avant-bras un instant, ce qui laissa le temps à Kitty de s'attaquer aux boutons de sa chemise. Lorsqu'elle en eut écarté les pans, elle promena une main sur le satin de ses pectoraux, glissant les doigts sous la toison qui les parsemait.

Une fois qu'il se fut débarrassé du vêtement, elle redressa la tête, pour suivre avec la pointe de la langue le même chemin que ses doigts. Les pectoraux d'Alejandro étaient légèrement salés, et Kitty mourait d'envie d'en goûter davantage.

Insinuant une main entre eux, Alejandro lui arracha des gémissements éperdus quand il écarta ses pétales humides pour trouver le cœur de sa féminité. Pantelante, elle parvenait à peine à supporter la tension qu'il faisait monter en elle.

Car cela n'aurait su la satisfaire. Ses doigts, sa langue, rien de tout cela ne lui suffisait. Ce qu'elle voulait, c'était le sentir en elle.

— Je n'en peux plus. *S'il te plaît...*

— S'il te plaît, quoi ?

À l'abri de l'ombre providentielle qui les enveloppait, au cœur de cette folie dans laquelle seul Alejandro semblait avoir le pouvoir de l'entraîner, Kitty ne redoutait plus d'exprimer ses désirs.

— Prends-moi, implora-t-elle dans un abandon impudique. Fort. Aussi fort que tu peux...

— Bon sang, Catriona, lâcha-t-il entre ses dents serrées, je vais craquer... Mais tu n'as rien à craindre, je n'ai jamais fait l'amour sans préservatif.

— Oui, murmura-t-elle.

Qu'il fasse comme il voudrait, pourvu qu'il la possède, ne serait-ce qu'un court moment. Sinon, elle allait mourir de frustration, c'était certain.

Alejandro marqua un temps d'arrêt, puis il la pénétra d'un mouvement fluide.

— *Alejandro...*

Un juron fut la seule réponse à sa supplique. Mais Kitty n'en avait cure. Tout son corps tendu comme un arc, les jambes nouées autour de la taille d'Alejandro, elle se cambra pour l'accueillir plus profondément en elle, écartant les cuisses afin de s'offrir encore davantage, dans un besoin enragé de l'attirer plus loin, alors même qu'il l'emplissait totalement.

— Je ne peux pas m'arrêter, dit-il dans un râle. C'est impossible...

— *Oh ! oui !*

C'était presque un sanglot qui avait jailli de la gorge de Kitty, car un orgasme vertigineux l'ébranlait tout entière, la faisant vibrer sous le corps lourd d'Alejandro.

Soudain, il entama un va-et-vient acharné, plongeant en elle encore et encore, de plus en plus vite, de plus en plus fort.

— Oh ! oui, hoqueta Kitty, le souffle court.

Elle accompagnait ses coups de boutoir, l'incitant à accélérer le rythme, promenant ses mains sur lui avec avidité. C'était torride, moite, presque bestial. Alejandro était aussi vigoureux qu'il était directif, et il allait la faire jouir une nouvelle fois.

— *Oh ! oui.*

Elle ne voulait pas qu'il s'arrête. Jamais.

Comme dans un torrent tumultueux, Kitty fut emportée vers un autre orgasme, alors que les frissons du précédent ne s'étaient pas encore éteints. Ses lèvres s'entrouvrirent pour laisser échapper des gémissements de plaisir. C'était *si* bon. Merveilleusement bon.

Sauf qu'à l'instant ultime, où ils allaient basculer ensemble dans une autre dimension, Alejandro se retira d'un seul coup. Kitty se cambra pour essayer de le retenir, mais c'était trop tard.

Elle le sentit se déverser sur son ventre, tandis qu'il demeurait arc-bouté au-dessus d'elle, et qu'une plainte déchirante montait du tréfonds de son être.

Ce fut aussi un gémissement qui monta de la gorge de Kitty. Mais de frustration, celui-là. En s'arrachant à son étreinte, il l'avait privée du plaisir d'atteindre le septième ciel avec lui.

— Cela n'aurait pas dû se passer ainsi, marmonna-t-il en s'écartant.

Toujours allongée sur le sol, Kitty eut soudain froid, privée de la chaleur du corps d'Alejandro.

— Que veux-tu dire ? questionna-t-elle en se redressant, troublée de sentir s'accroître la distance qui les séparait tout à coup.

— C'est allé trop vite. Bien trop vite.

Elle ne voulait surtout pas qu'Alejandro se rende compte qu'elle était au bord des larmes. Ce qu'elle venait de vivre était la plus extraordinaire expérience qu'elle eût jamais connue.

Pourtant, le bonheur prodigieux qu'elle avait ressenti lui avait été brutalement soustrait. Tout à coup, elle se sentit très vulnérable. Alejandro avait obtenu ce qu'il attendait d'elle. Et maintenant, tout était terminé.

Il lui avait fait éprouver des émotions totalement inconnues d'elle. Jamais elle n'avait pris tant de plaisir. Mais cela ne représentait rien pour lui. Comment pouvait-il rester aussi indifférent ?

— Bon sang, maugréa-t-il, on ne va quand même pas passer des heures ici !

À sa grande surprise, Kitty réalisa qu'elle voyait le visage fermé d'Alejandro. Qu'était-ce donc que cette faible lueur qui l'éclairait ?

Elle se figea, en comprenant à quoi il était occupé. Tout simplement, il pianotait sur le cadran de la montre connectée, à son poignet, et envoyait un *message*.

Lorsqu'il se tourna vers elle, un petit sourire satisfait flottait sur ses lèvres. À croire qu'il était content de lui !

— Ne me dis pas que c'est seulement maintenant que tu envoies un message avec ta montre, pour qu'on vienne nous sortir de là ?

— Je l'avais oubliée. Jusqu'à cet instant, j'ai été un peu… absorbé par autre chose.

— Mais tu aurais pu appeler au secours, avant… Avant que…

Le petit rire qu'Alejandro laissa échapper mit Kitty au supplice. À tâtons, elle ramassa ses effets et entreprit de se rhabiller, négligeant ses sous-vêtements. Dans le noir, elle dut batailler pour enfiler son jean entortillé, détestant l'idée qu'Alejandro devait l'entendre se débattre, et s'en amuser.

— Alejandro ? appela une voix, de l'autre côté de la paroi.

Évidemment, Paolo n'avait pas mis plus de dix minutes à arriver.

— Ici ! cria Alejandro, en cognant sur la porte. Le mécanisme est sur la plinthe, à ta droite.

Un rai de lumière pénétra dans la petite pièce, mais Paolo resta à l'extérieur.

— Merci, lança Alejandro. Tu peux nous laisser, maintenant.

Il sortit sans se retourner. De là où elle était, Kitty voyait distinctement son dos nu, à la musculature d'athlète. Elle frissonna, ne se risquant à l'extérieur que lorsqu'elle fut certaine qu'il s'était éloigné. Elle l'entendit converser à voix basse, dans la pièce voisine. Le rire satisfait dont Alejandro conclut sa conversation l'irrita au plus haut point.

— Paolo est parti, lui lança-t-il, avec toujours une pointe d'amusement dans la voix. Tu es hors de danger.

Hors de danger ! C'était vite dit…

Serrant contre elle le reste de ses vêtements — comme un bouclier —, Kitty passa la tête haute devant Alejandro qui l'attendait dans le hall d'entrée.

Sans lui accorder un seul regard, elle monta l'escalier.

— Catriona !

Faisant volte-face, Kitty s'efforça de ne pas prêter attention au charme ravageur d'Alejandro. Il était si beau, avec son pantalon sur les hanches, sans chemise, les cheveux en bataille…

— Je n'ai plus rien à te dire ! Tu as lâchement profité de la situation.

— Ah bon ? Dois-je te rappeler que tu m'as supplié ? Cesse de te comporter comme une adolescente, veux-tu ? Nous avions envie l'un de l'autre, un point c'est tout. Ce qui s'est passé était inévitable. Et ne me dis pas que tu le regrettes !

Malgré tous les efforts qu'elle faisait pour ne pas laisser son regard errer sur sa fabuleuse plastique, Kitty ne parvenait pas à faire abstraction des muscles d'Alejandro jouant sous sa peau délicieusement cuivrée. On aurait dit quelque formidable dieu païen.

Mais qu'était-ce donc que cette boîte qu'il tenait dans la main ?

Soudain, l'évidence lui sauta aux yeux.

— Je rêve, s'écria-t-elle, ou tu as demandé à Paolo de t'apporter des *préservatifs* ?

Alejandro haussa les épaules.

— Eh bien, quoi ? C'était la solution la plus pratique. Je n'en avais plus.

— Tu n'as aucune pudeur ! lui lança-t-elle, furieuse, en continuant de monter l'escalier.

Derrière elle, le rire moqueur d'Alejandro résonna.

— Ce n'est pas grave. Tu en as suffisamment pour deux.

La rattrapant, il l'agrippa par le bras, l'obligeant à lui faire face.

— Vraiment, Catriona, enchaîna-t-il d'une voix douce, il n'y a pas de quoi avoir honte, tu ne crois pas ? Tu me désires autant que je te désire. Où est le problème ?

Trois marches en dessous d'elle, il affichait un demi-sourire, terriblement sexy.

— Justement, lâcha-t-elle d'une voix âpre, je n'accepte pas d'éprouver autant de désir pour toi. C'est impossible ! Je m'en vais.

Alejandro la regarda en plissant les yeux.

— Parce que tu crois vraiment que tu peux déguerpir comme ça ?

— Et pourquoi pas ? Tu as obtenu ce que tu voulais. Tout est fini.

— C'est loin d'être fini, si tu veux le savoir.

— Une fois, ça suffit bien !

— Vraiment ? Alors, pourquoi es-tu encore sur la défensive ?

Kitty demeura silencieuse quelques secondes. Après tout, songea-t-elle, quel mal y avait-il à profiter de ce qu'Alejandro était prêt à lui offrir ? Une relation sans complications, sans lendemain.

— C'est juste que je déteste te laisser gagner, finit-elle par admettre.

Gagner quoi, d'ailleurs ? En matière de récompense, il y avait bien mieux qu'elle ! Une fois qu'il l'aurait vue entièrement nue, il s'en rendrait compte...

Alejandro grimpa deux marches, jusqu'à être exactement en face d'elle.

— C'est en ça que tu te trompes, Catriona, dit-il. C'est tous les deux, que nous sommes gagnants.

— Ah oui ? Et tu tiens vraiment à gagner *ça* ?

D'un geste, Kitty venait de faire passer son T-shirt par-dessus sa tête, et elle offrait son buste dénudé au regard médusé d'Alejandro.

Jamais elle ne s'était exposée de la sorte, à la lumière du jour, devant quiconque.

Bouche bée, Alejandro dévorait des yeux son corps pâle et anguleux, constellé de taches de rousseur.

— *Catriona...*

Kitty n'eut ni le temps de répondre ni celui de tourner les talons. Déjà elle était dans ses bras, et Alejandro prenait sa bouche en un baiser exigeant, dominateur.

Alors, elle s'abandonna totalement. Ses jambes se dérobèrent, et Alejandro la fit s'allonger, à plat ventre, en travers des marches. Debout à côté d'elle, il se débarrassa de son pantalon en deux temps trois mouvements.

Ce fut à cet instant que Kitty cessa de se soucier de sa

propre apparence, pour ne se concentrer que sur le corps sculptural qu'il lui révélait — le jeu des muscles sous le satin de la peau hâlée ; la toison brune qui piquetait son torse, puis allait se perdre plus bas, bien plus bas, en pointe, vers... Elle déglutit péniblement, car la vision de tant de splendeur masculine faisait naître une pulsation sourde au creux de ses entrailles.

Voilà qu'elle était à nouveau précipitée au cœur de ce maelström de passion, d'urgence avide, de désir irrépressible.

— Viens ! Viens...

Ce n'était plus une supplique, mais bien une injonction. Un ordre.

Il lui fallait le sentir en elle. Ce besoin qui la dévorait était tellement intense qu'il la mettait au bord des larmes.

S'écartant un instant, Alejandro batailla pour ouvrir la boîte de préservatifs. Enfin, il s'agenouilla derrière elle et agrippa ses hanches...

Kitty tourna la tête vers Alejandro et, l'espace de quelques secondes, leurs regards se vrillèrent l'un à l'autre. Dans les profondeurs insondables des prunelles sombres, Kitty vit briller un désir qui lui coupa le souffle, la laissant subjuguée. Jamais elle n'avait contemplé l'expression d'une passion aussi insatiable. Jamais elle ne l'avait éprouvée elle-même, comme en cet instant. Elle en tremblait de tout son être, électrisée comme elle ne l'avait été de toute sa vie.

— Je vais...

Il n'en dit pas davantage. Resserrant son étreinte sur ses hanches, il s'arc-bouta et entra en elle d'un seul et impérieux élan.

— *Oui*, gémit Kitty.

— Cette fois, gronda-t-il en s'enfonçant plus profondément, je veux prendre mon temps.

Hélas, Kitty ne put résister bien longtemps aux vagues de plaisir que faisaient déferler en elle ses assauts frénétiques.

— *Alejandro !*

Elle cria, en toute impudeur, quand un orgasme d'une fabuleuse intensité la ravagea.

Cédant au plaisir à son tour, Alejandro laissa échapper un rugissement guttural. Pas plus que Kitty, il n'avait pu lutter davantage.

En exultant, contractant ses muscles internes, elle le sentit exploser en elle dans un ultime coup de reins.

Une profonde satisfaction, mêlée de sérénité, l'envahit lorsque Alejandro retomba lourdement entre ses bras.

Puis, peu à peu, la réalité s'imposa à elle. Kitty ferma les yeux, s'efforçant de rassembler les derniers vestiges de sa lucidité.

Cette alchimie des sens qui les réunissait avait quelque chose de déstabilisant. Ne venaient-ils pas de se comporter comme des bêtes sauvages, s'accouplant en plein milieu de l'escalier, dans une urgence incontrôlable ?

Lentement, Alejandro se retira et se mit à genoux sur une marche à côté d'elle, qui demeurait allongée, incapable du moindre mouvement. Tournant la tête vers lui, Kitty vit une lueur étrange briller dans ses yeux.

Avait-il lu dans ses pensées ? se demanda-t-elle, quand il s'accroupit pour la prendre dans ses bras et la soulever du sol, en lui murmurant :

— Ne te fais pas d'illusions. Nous n'en avons pas terminé.

9

Alejandro se laissa rouler sur le dos, appréciant le moelleux du matelas, tandis qu'il attirait Kitty contre lui. Le lit avait beau être étroit, c'était cependant plus confortable que la dureté des marches de l'escalier.

Il laissa échapper un long soupir de satisfaction. Enfin, il était parvenu à la prendre comme il le voulait — tout à loisir, la faisant jouir à maintes reprises avant qu'il ne s'autorise à trouver l'assouvissement à son tour.

C'était le moins qu'il puisse faire, après l'impétuosité dont il avait fait preuve lorsqu'il l'avait possédée pour la première fois, dans ce réduit obscur.

Sentir son corps de rêve se contorsionner sous le sien lui avait fait perdre la tête, et il n'avait pas su se maîtriser. Grommelant sous cape, il se reprocha sa précipitation. Tout comme son imprudence, car c'était bien la première fois de sa vie qu'il faisait l'amour sans protection. C'était pure folie, pourtant il ne pouvait s'empêcher de revivre cet instant avec délectation. Il ne comprenait toujours pas comment il avait trouvé la force de se retirer au dernier moment. Cela avait failli le tuer.

La deuxième fois, dans l'escalier, ne s'était pas révélée une plus grande réussite. De nouveau, il s'était laissé emporter. L'incroyable sensualité dont Kitty faisait preuve avait eu raison de son sang-froid.

N'était-elle pas irrésistible, avec ses petits seins dressés aux larges aréoles brunes, sa taille fine, et ce triangle de boucles fauves couronnant le cœur de sa féminité ?

Une fois hors de la pièce obscure, Alejandro avait découvert qu'elle avait la peau aussi pâle qu'un rayon de lune et saupoudrée de taches de rousseur d'une teinte hésitant entre le rose et le cuivre. Elles recouvraient tout son corps — épaules, bras, seins, cuisses —, et il avait suivi leur tracé de la pointe de la langue, avide de savourer la moindre parcelle de ce corps ravissant. *Fasciné.*

Malgré ses réticences à se montrer nue, et à admettre qu'elle n'était pas rassasiée de lui, Kitty avait fini par baisser la garde et par laisser libre cours à la passion la plus débridée, se montrant aussi impudiquement vorace qu'il l'était lui-même.

Dans son petit lit, sous les toits, ils avaient connu des heures torrides. Pourtant, bien que tous ses muscles soient endoloris de la fougue de leurs ébats, Alejandro sentait déjà se réveiller son désir.

Contre lui, Kitty s'agita, essayant de mettre un peu d'espace entre eux — pour autant que le permettait cette couche décidément trop exiguë. Se tournant vers elle, Alejandro constata qu'elle gardait le regard rivé au plafond.

— Tu peux partir, maintenant, dit-elle. On manque un peu de place, tu ne trouves pas ?

Alejandro sentit son sang se glacer dans ses veines.

Non mais, elle était en train de le congédier, purement et simplement !

— Je n'ai pas l'intention d'aller où que ce soit, protesta-t-il en roulant sur elle.

Dans ses grands yeux écarquillés, il vit passer une myriade d'émotions. Sans lui laisser le temps de répondre, il s'empara de sa bouche, avant de se laisser glisser de plus en plus bas, sur son ventre…

Le lendemain matin au réveil, le soleil qui entrait à flots dans la chambre tira Alejandro d'un sommeil peu reconstituant. En définitive, il avait fini la nuit dans la modeste couchette, et il en était tout courbaturé.

Son corps doux et chaud blotti contre le sien, Kitty dormait profondément, et sa somptueuse chevelure était comme un buisson-ardent sur son épaule. Très délicatement, il prit entre ses doigts une mèche au frais parfum, et la souleva pour la voir briller dans un rayon de soleil. Curieusement, son cœur se serra, et sa respiration devint oppressée.

Il aurait volontiers tiré Kitty du sommeil, cependant il ne voulait pas troubler son repos. À plusieurs reprises, au cours de la nuit, il s'était réveillé et elle l'avait accueilli avec la même fougue insatiable à chaque fois qu'il s'était tourné vers elle.

On aurait dit qu'un sixième sens la mettait en éveil dès qu'Alejandro ne dormait plus, car elle ouvrit les yeux. Il vit deux émeraudes lancer des éclairs dans sa direction.

— Tu es toujours là ? lâcha-t-elle d'un air réprobateur.

— Comme tu peux le constater.

La méfiance qu'il lut dans le regard tourné vers lui fit se raidir Alejandro. Il n'en avait pas fini avec Kitty, et aurait détesté qu'elle éprouve des regrets au souvenir de leur nuit.

Lorsqu'elle chercha à s'écarter, il la maintint fermement en place d'une main plaquée dans son dos. La crispation qu'il avait éprouvée dans la poitrine se déplaça bien plus bas — mais celle-ci lui était familière.

— Est-ce comme cela que tu dis bonjour à ton fiancé ? Peut-être devrais-je essayer de te mettre de meilleure humeur, non ?

À la grande satisfaction d'Alejandro, Kitty se détendit quand il laissa descendre ses lèvres le long de son ventre crémeux. Il adorait faire monter en elle une fièvre irrépressible ; la titiller jusqu'à la mener au comble de l'excitation, et qu'elle se démène sous lui comme une possédée, en le suppliant.

Serait-il jamais lassé de l'entendre implorer et gémir ? De la rendre folle de désir ? Réprimant un sourire, il posa sa bouche contre la moiteur de son intimité secrète. Cette fois, il ne la pénétrerait pas, car il imaginait trop bien comme elle devait être endolorie. Il ne l'avait pas ménagée, quand il l'avait prise dans l'escalier. Ni même après…

Bon sang, même lui était perclus de douleur en des endroits qu'il n'aurait jamais crus aussi sensibles !

Aussi se contenta-t-il d'user de sa langue pour la faire jouir.

— Oh… *Oui !*

L'orgasme arracha un sanglot extatique à Kitty, tandis qu'elle se cramponnait à ses épaules, dans des spasmes violents.

Avec un râle étouffé, Alejandro s'interdit de succomber à l'envie de la posséder une nouvelle fois. Tendrement, il accompagna d'une pluie de baisers sur son visage les dernières convulsions qui la secouaient, attendant de la sentir se relâcher entre ses bras. Très doucement, il lui caressa les cheveux, jusqu'à ce que les paupières de Kitty s'abaissent sur ses beaux yeux verts. Ce fut seulement alors qu'il se décida à l'abandonner.

La matinée était déjà bien avancée, quand Kitty émergea d'un sommeil plus réparateur qu'elle n'en avait connu depuis des mois. Sauf qu'elle ne put s'empêcher de grimacer lorsqu'elle s'étira. Comment était-il possible que les endroits les plus secrets de son anatomie la fassent aussi épouvantablement souffrir ?

Et ce n'était pas là, le pire !

Car son cœur ne sortait pas indemne des événements de la nuit.

Pourtant, elle ne regrettait rien. Quand bien même Alejandro avait remporté une éclatante et complète victoire.

Néanmoins, elle ne laisserait pas les choses aller plus loin. Dès qu'elle aurait fini de trier les dépouilles de son histoire familiale, elle partirait. Avant d'être irrémédiablement prise dans les rets d'une histoire qui ne pourrait que mal se terminer pour elle.

Les jets puissants de la douche ne suffirent pas à dénouer ses muscles, ni à apaiser le feu qui continuait à embraser sa peau.

Il lui suffisait de penser à Alejandro pour sentir se réveiller son désir. Jamais Kitty n'aurait imaginé que le sexe pût être une telle drogue. C'était stupéfiant, et quelque peu alarmant.

S'obligeant à reprendre le contrôle d'elle-même, elle s'habilla, et gagna le rez-de-chaussée où du travail l'attendait.

Kitty était absorbée dans sa tâche, lorsqu'elle fut interrompue par des coups frappés à la porte d'entrée.

À peine quelques secondes s'écoulèrent, avant que Paolo ne surgisse sur le seuil de la pièce.

— Excusez-moi, mademoiselle Parkes-Wilson, mais il y a une livraison pour vous.

Mortifiée à l'idée que l'homme avait ravitaillé Alejandro en préservatifs, pas plus tard que la veille, Kitty le suivit jusqu'au perron où attendait une femme à l'élégance raffinée. Deux livreurs — véritables armoires à glace — déchargeaient un immense lit d'une camionnette.

— Monsieur Martinez a demandé que ce lit soit installé dans la chambre sous les toits, expliqua la femme. Je suis également chargé de mettre en place toute la literie.

Incapable de la moindre réaction, Kitty s'écarta pour laisser entrer l'équipage. Après tout, qu'aurait-elle pu dire ? La maison appartenait à Alejandro, désormais. S'il avait décidé de faire installer un lit aux dimensions colossales dans ce qui avait été autrefois son domaine, elle n'avait pas son mot à dire. En tout cas, il ne manquait pas de culot !

Une heure plus tard, Paolo vint l'informer que la petite équipe se retirait, sa mission accomplie. Kitty attendit qu'il eût tourné les talons pour se précipiter dans l'escalier, partagée entre curiosité et indignation.

Elle se figea sur le seuil de sa chambre.

Contrairement à ce qu'elle avait redouté, l'objet n'avait pas la vulgarité d'un lit de courtisane. Tendu de blanc, recouvert de coussins soyeux, on aurait dit un énorme cumulus posé au milieu de la pièce, qu'il ne déparait nullement.

Mais ce qui irritait Kitty par-dessus tout, c'était qu'il lui suffisait de regarder cette somptueuse couche pour sentir monter le désir…

Retournant à ses cartons, elle résolut de quitter les lieux le plus rapidement possible. Plus tôt elle s'éloignerait d'Alejandro Martinez, mieux cela vaudrait pour son équilibre émotionnel !

— Chérie, je suis là !

Kitty sentit un frisson d'impatience la parcourir. Car malgré la pointe de sarcasme dans la voix d'Alejandro, elle ne pouvait ignorer l'excitation qui la faisait vibrer.

De plus, il était clair qu'il avait quitté son bureau bien trop tôt pour un homme d'affaires de son envergure.

Il s'avança vers elle avec un petit sourire conquérant.

— Je suppose que le lit a été livré, dit-il. Viens, allons l'étrenner.

Sans plus attendre, il la prit par la main et l'entraîna dans l'escalier.

Ainsi, c'était comme cela qu'il concevait désormais les choses ! Il n'était plus question de sorties au restaurant, ni de soirées en société. À la seconde où il passait la porte d'entrée, ils étaient censés se précipiter dans un lit. Pour autant qu'elle désire Alejandro, elle n'allait pas se laisser traiter de la sorte !

— Ce lit est beaucoup trop grand, maugréa-t-elle lorsqu'ils eurent atteint le dernier étage.

Au coup d'œil qu'il lui lança, Kitty comprit qu'Alejandro n'était pas dupe.

— Il m'a semblé que nous avions besoin d'un peu d'espace pour laisser libre cours à notre créativité, rétorqua-t-il.

S'il se figurait qu'il allait réveiller son appétit sexuel avec de telles remarques, il se faisait des illusions !

— Au moins, cela me permettra de dormir sans être obligée de te toucher, marmonna-t-elle.

Manifestement pas décontenancé, Alejandro commençait déjà à défaire un à un les boutons de sa chemise.

— Bien sûr ! lança-t-il avec un petit sourire en coin. Parce que, la nuit dernière, j'ai bien vu que tu détestais te servir de moi comme oreiller…

Kitty releva fièrement le menton, s'efforçant de ne pas prêter attention au fait que le superbe torse d'Alejandro était de plus en plus visible entre les pans de tissu.

Au fur à mesure qu'elle le voyait se dévêtir, Kitty avait l'impression que toutes ses terminaisons nerveuses entraient en ébullition. Il émanait de ce corps d'athlète un magnétisme impérieux.

Mais s'il voulait jouer à ce petit jeu, elle saurait se montrer à la hauteur.

Prenant son corsage à deux mains, elle le fit passer par-dessus sa tête d'un seul mouvement. Elle ne portait pas de soutien-gorge. Aujourd'hui, le contact de la plus fine dentelle contre ses tétons aurait été une torture.

Alejandro se débarrassa en un rien de temps du reste de ses vêtements. Kitty sentit sa bouche devenir sèche devant sa glorieuse virilité, et elle se hâta d'ôter son blue-jean et sa culotte.

Nue, tremblante, elle l'affronta du regard, à travers la pièce, en un duel silencieux mais incendiaire.

— Viens ici, lui intima Alejandro dans un souffle.

Pas à pas, Kitty s'approcha, jusqu'à être suffisamment près pour qu'Alejandro l'agrippe par la taille, et la plaque d'un geste brusque contre lui. Elle s'inclina en arrière, lui exposant sa gorge tout en l'affrontant du regard.

— Est-ce que tu exiges la même totale soumission de toutes tes maîtresses ? Ou suis-je la seule à avoir droit à un tel traitement ?

Les dents serrées, Alejandro ne put faire autrement qu'avouer la vérité :

— Jamais aucune femme ne m'a mis dans un tel état.

Car il y avait quelque chose en Kitty qui lui faisait prendre feu et flamme en un éclair. Quelque chose qui éveillait en lui une faim inextinguible, inouïe. Comme lorsqu'elle s'offrait à lui, avec cette impudeur à la fois naïve et provocante.

Or, plus tôt cette faim serait apaisée, mieux ce serait, Alejandro en était certain. Car, en cet instant, c'était presque une douleur insupportable de se retenir de la posséder sans même s'embarrasser de préliminaires.

Étrangement, il avait conscience que c'était malgré elle que Kitty avait sans cesse besoin de croiser le fer avec lui.

Mais n'était-il pas animé par le même instinct ? Il adorait se mesurer à elle, contrer ses arguments, attendant avec impatience le moment où elle capitulerait et l'accueillerait dans la chaude moiteur de son corps.

— Alors, si je comprends bien, tu attends de moi que je me soumette, c'est cela ? déclara-t-elle.

C'est ce qu'elle fit sans plus tergiverser. Reculant jusqu'au lit, elle s'y laissa tomber de tout son long, bras et jambes écartés. Dans une apparence d'abandon que démentait la lueur belliqueuse dans ses magnifiques yeux d'aigue-marine.

— Est-ce cela que tu veux ? fit-elle d'un air bravache.

Avec une hâte fébrile, Alejandro enfila un préservatif.

— N'est-ce pas plutôt ton fantasme préféré ? Tu aimes ça, pas vrai, que je te cloue sur un lit, et que j'embrasse chaque centimètre carré de ton corps ?

À la seconde où il avait posé les yeux sur Kitty, Alejandro avait pressenti qu'il y aurait entre eux cet embrasement des sens. Avec une infinie lenteur, il la caressa jusqu'à la faire sangloter de plaisir. Jamais il ne s'était à ce point délecté de faire jouir une femme.

— Oui ! s'écria-t-elle. *Oh ! oui !*

Électrisé par cet aveu impudique, il se redressa d'un bond.

— Tu es un véritable obsédé, murmura Kitty en écartant les jambes pour l'attirer là où elle l'attendait.

Était-ce la vérité ? Ce besoin impérieux de la posséder, qui ne le quittait pas, était-il anormal ? Poussait-il les choses trop loin ?

Sauf qu'il lui était impossible de refréner ses pulsions, au point où ils en étaient. Avec un rugissement guttural, il s'introduisit au plus profond de sa touffeur soyeuse. Pendant une fraction de seconde, il s'enivra de ce délice, demeurant immobile juste pour se prouver à lui-même qu'il en était capable.

— Oui, murmura Kitty à son oreille.

Comment résister à une telle supplique ? Comment aurait-il pu se refuser à elle ? Se refuser à lui-même le plaisir qu'il sentait monter ? Alors, à son tour, il lâcha prise et entama une folle danse d'amour entre ses reins, plongeant loin, fort.

Kitty répondit coup pour coup à ses assauts endiablés. Jusqu'au moment où elle cria son prénom.

— *Alejandro !*

Dans l'abandon qui suit la jouissance, à bout de forces, Alejandro gisait à côté de Kitty. Il avait beau être rompu de fatigue, il ne parvenait pas à la rejoindre dans le sommeil.

Jamais il n'avait connu une telle communion des sens avec une femme. Jusqu'à présent, faire l'amour ne lui avait apporté qu'un plaisant dérivatif au stress de trop longues heures de travail.

Mais ce qu'il ressentait pour Kitty n'avait rien de commun. Ce besoin toujours renouvelé de la posséder, encore et encore, était quelque chose d'incompréhensible. Cela ne durerait certainement pas. D'ordinaire, il ne lui fallait que quelques jours pour se lasser d'une conquête. Sauf qu'il lui semblait que jamais il n'étancherait la soif qu'il avait de Kitty.

Cela tournait à l'idée fixe, ce qui ne saurait être une bonne chose. Kitty avait sur lui l'effet d'une drogue. Et cela dépassait largement les moments où ils faisaient l'amour. Alejandro ne pouvait plus se passer de la façon dont elle le faisait rire, lui tenait tête, lui donnait l'impression d'être bien davantage vivant qu'il ne l'avait jamais été.

Seigneur ! Tout s'embrouillait dans son esprit…

Il se refusait à éprouver de tels sentiments. Ne savait-il pas à quelles extrémités pouvait mener ce genre d'obsession ? Et ce, pour avoir vu quelqu'un qui lui ressemblait terriblement se perdre dans ces émotions funestes.

C'était un risque qu'il ne saurait prendre avec quiconque. Et surtout pas avec la douce et vulnérable Kitty.

Une seule chose était susceptible de le sauver : le travail. Il exhala un long soupir, trouvant enfin le repos.

Le travail était la seule réponse !

10

— Je pars à New York pour la semaine. Tu te débrouilleras, seule ici ?

Kitty leva les yeux de la liste qu'elle complétait, espérant avoir réussi à dissimuler le choc ressenti à cette nouvelle.

— Tout à fait, répondit-elle. Cela me fera des vacances !

Alejandro l'attira dans ses bras, et l'embrassa jusqu'à ce qu'elle s'alanguisse contre lui.

— Je ne vais pas te manquer ? demanda-t-il, l'air boudeur.

— Cela va me permettre de rattraper un peu de sommeil.

Franchement, songea-t-elle avec irritation, Alejandro ne manquait pas de culot en réclamant un aveu que lui-même aurait été bien incapable de faire.

Comme si, avec lui, ce n'était pas loin des yeux, loin du cœur !

— Je t'appellerai, et…

— Surtout pas !

Il sembla déstabilisé.

— Tu ne veux pas que je t'appelle ?

— Pour me congédier comme Saskia, l'autre soir ? J'imagine que tu ne vas pas mener une vie d'ascète, aussi je préfère ne rien savoir de toi. À ton retour, tu pourras m'annoncer, face à face, que tu en as fini avec moi.

— Mais enfin, Catriona, je pars pour affaires !

— Pas de sorties au restaurant en galante compagnie, peut-être ?

— Je prendrai tous mes repas au bureau, je te le promets. Mes journées seront entièrement consacrées au travail. J'attendrai de te retrouver, pour prendre un peu de bon temps.

Voilà bien tout ce qu'elle était pour lui ! Une distraction, dont il ne tarderait pas à se lasser. Mieux valait qu'elle s'en souvienne.

— À bientôt, lui lança-t-il en gagnant la porte.

— Tu pars tout de suite ?

— Oui. Je suis juste passé prendre quelques affaires.

Un instant, Alejandro la regarda comme s'il allait ajouter quelque chose, puis il secoua la tête.

— Eh bien, fais bon voyage, répliqua-t-elle.

Lui jetant un regard morose, Alejandro pivota sur ses talons, et sortit.

Pendant quelques secondes, Kitty demeura figée au milieu de la pièce, le regard braqué sur le vide qu'il laissait derrière lui. Elle avait peine à croire qu'Alejandro était parti comme cela, sans un mot de plus.

Mieux valait s'y faire. Ce serait certainement ainsi lorsqu'ils se quitteraient pour de bon.

En attendant, elle n'allait pas se torturer l'esprit en l'imaginant dans les bras d'une autre. Plus vite elle aurait terminé son travail, mieux ce serait. S'absorber dans ses occupations serait le moyen idéal de ne pas penser à lui.

Sauf que Kitty ne tarda pas à se rendre compte qu'elle ne s'était jamais sentie aussi seule de toute sa vie. La maison était bien trop vide, le lit trop vaste, la tristesse qui broyait son cœur bien trop persistante. Elle avait grand besoin de se changer les idées !

— Non mais, sérieusement, qu'est-ce qu'il y a entre vous deux ? Ne me dis pas que tu es tombée amoureuse de ce type !

Teddy laissait planer sur Kitty un regard égaré, tout en lui versant un café.

Haussant les épaules, Kitty se risqua à un petit sourire ironique. Tous deux étaient assis dans le foyer du théâtre, et elle ne voyait pas pourquoi elle s'obstinerait à dissimuler plus longtemps la vérité à son jumeau.

— Malheureusement, oui. Le contraire serait impossible ! Mais il s'est absenté pour une semaine, et j'ai vraiment besoin d'être occupée à quelque chose.

Teddy réagit aussitôt avec enthousiasme.

— Ça tombe bien ! Nous avons besoin d'une accessoiriste de talent. Bénévole, bien sûr. Tu feras parfaitement l'affaire.

Kitty éclata de rire, ravie de la perche qu'il lui tendait.

Alejandro tint parole en ne cherchant pas à la joindre. Cependant, le soir même, il lui envoya une photo. Celle d'un bol de soupe, posé sur son bureau. Son dîner. Kitty répondit par un selfie où elle lui tirait la langue.

Le jour suivant, elle eut droit à la photo d'un carton de pizza. Le lendemain, ce fut un sachet de nouilles instantanées. Vide.

La moitié de la semaine était à peine écoulée qu'Alejandro se rongeait les sangs, se demandant où était Kitty, à quoi elle passait ses journées, qui elle rencontrait.

Les jours se traînaient. Les nuits étaient encore pires. Son sommeil était affreusement agité. À deux reprises, il se réveilla en nage. Le désespoir, qui lui avait été si familier autrefois, lui nouait de nouveau la gorge.

Au cours de la quatrième nuit sans repos, il céda à

la tentation d'appeler Kitty. En vain. Et le bref message enregistré sur son portable ne suffit pas à calmer son envie d'entendre sa voix. Il essaya la ligne fixe de Parkes House. Sans plus de succès.

Faisant les cent pas dans son appartement de Manhattan, Alejandro sentit s'insinuer en lui un malaise sourd. Son obsession pour la jeune femme le rongeait.

Il lui fallait crever l'abcès. Revoir Kitty le guérirait certainement. N'y tenant plus, il appela Paolo, l'informant qu'il rentrait par le premier avion.

Il était déjà tard dans la nuit, lorsque l'avion se posa sur le tarmac de l'aéroport de Londres. Paolo attendait avec la limousine.

À peine eût-il pénétré dans Parkes House qu'Alejandro eut confirmation de ce qu'il redoutait : Kitty n'était pas là. Ce fut deux interminables heures plus tard qu'il entendit une clé tourner dans la serrure.

Dans sa sempiternelle tenue noire — et sa somptueuse chevelure dissimulée par un bonnet assorti ! —, elle affichait une mine radieuse. Au moins, elle ne rentrait pas de quelque rendez-vous galant, se rassura Alejandro. L'émotion qui le submergea à la voir était tellement intense qu'il ne put proférer autre chose qu'un sommaire :

— Salut !

Kitty sursauta — elle n'avait pas décelé sa présence, dans la pénombre — puis son sourire s'élargit.

— Alejandro ! s'exclama-t-elle joyeusement. Tu es rentré plus tôt que prévu.

Cette réaction apaisa quelque peu les angoisses d'Alejandro, mais pas complètement. Il mentit pour donner le change :

— J'ai terminé mon travail plus rapidement que je

ne l'imaginais. Où étais-tu ? Je t'ai appelée, tu n'as pas répondu.

— C'était la première de la pièce de Teddy. J'avais éteint mon portable. Avant que tu ne poses la question, j'ai passé la semaine à créer des accessoires, pour aider la troupe.

— Mais, je n'allais rien te demander.

Kitty s'approcha avec un petit sourire moqueur.

— Vraiment ? Tu ne serais pas un peu jaloux, par hasard ?

— Pas le moins du monde. Je ne sais pas ce que c'est que la jalousie.

— Alors, pourquoi est-ce que tu fais cette tête ?

— Je t'ai manqué, au moins un petit peu ?

Kitty eut une moue désabusée.

— Toi et ta mauvaise humeur ? Certainement pas. Le *sexe*, oui, peut-être…

Brusquement, Alejandro attrapa Kitty par la taille et l'attira tout contre lui. Bon sang, *oui*, c'était là qu'il avait besoin d'elle. Tout près.

— Quand vas-tu cesser de nier l'attirance que tu ressens pour moi ? Tu refuses de l'admettre même quand tu te tords de plaisir dans mon lit.

— Est-ce que tu sais qu'il y a des moments où je te déteste ? lança Kitty, en le fusillant du regard. Mais comme je suis coincée dans cette situation, autant que je profite du peu que tu as à m'offrir.

— C'est-à-dire ?

— Des orgasmes.

Alejandro se raidit sous l'affront, et resserra son étreinte.

— Arrête d'essayer de me pousser à bout. Tu pourrais t'en mordre les doigts.

Kitty retira son bonnet, et sa chevelure de feu se répandit sur ses épaules.

— Tes menaces ne me font pas peur, répliqua-t-elle fièrement.

Cela suffit à ce que la colère qui assaillait Alejandro laisse place au désir de prouver que c'était lui, en définitive, qui menait la barque. Lentement, il abaissa la tête vers Kitty. La fougue avec laquelle elle répondit à son baiser ralluma le brasier auquel Alejandro semblait condamné. La soulevant du sol, il l'emporta vers les étages, sans cesser de l'embrasser.

La passion le disputant à la colère, ce fut avec une impatience frénétique qu'il lui arracha ses vêtements. Cependant, lui-même ne se déshabilla pas entièrement. Le plan qui s'était formé dans son esprit nécessitait qu'il garde le contrôle de la situation. Au moins en partie.

Se contraignant à ralentir le rythme, Alejandro entreprit de caresser Kitty de toutes les manières possibles — du bout des doigts, tout d'abord ; puis avec les lèvres, et enfin la langue. Il sentit le sang bouillonner dans ses veines, quand la respiration de Kitty se fit haletante. Une décharge de volupté le transperça. Il mourait d'envie d'éprouver à nouveau la douceur de sa peau contre la sienne. Mais c'était trop tôt. Il recula.

Elle creusa les reins, tout son corps tendu vers lui.

— Pas encore, Kitty. Je n'ai pas envie de te faire jouir tout de suite.

Sauf qu'en disant cela il lui mentait. Autant qu'il se mentait à lui-même.

D'une main, il lui tint les bras relevés au-dessus de la tête. De l'autre, il entreprit de caresser le satin de sa peau brûlante, suivant du bout des doigts l'entrelacs de ses délicieuses taches de rousseur. Alejandro savait qu'il s'en faudrait d'un rien pour que Kitty ne jouisse. Mais il se refusait à lui donner ce plaisir. Un plaisir qu'il s'interdisait aussi à lui-même.

Rivant ses yeux aux prunelles sombres d'Alejandro, Kitty ne pouvait s'empêcher d'arquer le dos pour se plaquer contre lui. Certes, il était de retour auprès d'elle, mais il gardait un contrôle implacable sur ses pulsions, et paraissait farouchement décidé à obtenir d'elle la plus totale reddition.

Le visage empourpré, un voile de transpiration miroitant sur ses pectoraux nus, il semblait avoir toutes les peines du monde à contenir son énergie, et elle voyait ses muscles trembler sous l'effort. Ce qu'il y avait de carnassier dans le regard qu'il braquait sur elle ne faisait que l'exciter davantage. Pourtant, elle avait beau le provoquer, elle ne venait pas à bout de sa résistance.

Soudain, elle fut submergée par une bouffée de colère — contre elle-même pour avoir autant souffert de l'absence d'Alejandro ; contre lui, qui ne cessait de se réfugier derrière des plaisanteries plutôt que d'épancher son cœur. Et surtout parce qu'il se refusait à admettre que ce qu'il y avait entre eux était bien plus profond que... *tout ça*.

N'y tenant plus, elle explosa :

— Tu crois vraiment que tu occupes suffisamment mes pensées pour que je ne puisse pas me passer de toi, peut-être ?

Alejandro la fusilla d'un regard farouche, puis se leva d'un bond. En appui sur ses avant-bras, Kitty le regarda ôter rageusement son pantalon et enfiler un préservatif avec des gestes maladroits. Sa brusquerie révélait qu'elle avait au moins su le mettre en fureur.

Revenant vers elle, Alejandro saisit sa taille à pleines mains, l'attirant jusqu'au bord du lit. De sorte qu'elle se retrouva à plat dos, la partie inférieure des jambes dans le vide. Kitty comprit qu'il s'agenouillait au pied du lit, devant elle.

— Ouvre les yeux, Catriona, lui intima-t-il. Regarde-moi.

Lorsqu'elle sentit ses lèvres fiévreuses se refermer sur la perle engorgée, au cœur de sa féminité, il s'en fallut de peu qu'elle ne s'embrase comme une poignée d'étoupe. Mais Alejandro s'écarta, lui arrachant un cri de frustration.

— Ouvre les yeux !

Cette fois, Kitty obtempéra. Le cœur battant à tout rompre, tandis que de la lave en fusion coulait dans ses veines, elle vit qu'Alejandro la dominait de toute sa hauteur, muscles saillants, le visage en feu.

— Je veux t'entendre prononcer mon prénom, lui ordonna-t-il, lui écartant davantage les genoux.

Il s'inclina pour se mettre en position au-dessus d'elle, s'appuyant sur ses deux poings posés de part et d'autre de sa tête.

— Alejandro..., murmura Kitty balayée par cet ouragan de rage et de passion charnelle.

— Plus fort, exigea-t-il. Et regarde-moi. Je veux pouvoir lire dans tes yeux ce que tu penses. Sois honnête !

D'un seul mouvement impérieux, il plongea en elle.

— Alors, s'écria Kitty, sois honnête, toi aussi ! Reconnais que tu étais *jaloux*. Que je t'ai manqué.

Elle étreignit Alejandro, partagée entre félicité et insatisfaction. Car elle voulait qu'il lui donne beaucoup plus. Qu'il lui donne *tout*.

— C'est *ça*, qui m'a manqué, rugit-il, tandis qu'il perdait le contrôle de lui-même.

Dans l'emportement de la passion, il allait et venait en elle à grands coups de reins, qui les faisaient reculer sur le lit.

— Non, corrigea-t-il dans un gémissement d'abdication, c'est *toi* qui m'as manqué. Oh ! Seigneur, comme tu m'as manqué !

— *Oui !* gémit Kitty, plantant les ongles dans les muscles contractés d'Alejandro.

Car il lui avait tant manqué, à elle aussi. Elle ne pouvait se lasser de l'enlacer, savourant le bonheur de le sentir en elle. *Avec* elle ! Pas seulement physiquement.

Ensemble ils sombrèrent dans un abîme de délices.

C'était encore plus fabuleux que les fois précédentes.

Alejandro pesait sur elle de tout son poids. Sa respiration était haletante, et des torrents d'émotion continuaient à sourdre de son grand corps inerte. De la main, Kitty repoussa les cheveux sur son front. Il était brûlant, et son visage était encore écarlate de l'effort qu'il venait de produire. Refoulant les larmes qui lui montaient aux yeux, elle déglutit pour affermir sa voix.

— Je ne comprends pas comment tu parviens à me mettre à ce point hors de moi, murmura-t-elle. Pardonne-moi d'avoir été aussi chipie.

— Je ne me suis pas mieux comporté, admit Alejandro, d'une voix étranglée. Je suis désolé. J'étais... jaloux.

Il roula sur lui-même pour s'allonger à côté de Kitty. Apaisée par cet aveu, elle lui sourit paresseusement, avant de glisser dans le sommeil.

Mais Alejandro ne lui retourna pas son sourire.

Quelques heures plus tard, Alejandro s'éveilla en sursaut. Kitty dormait profondément, blottie contre lui. Il ne voulait pas la réveiller, cette fois. Pas tant qu'il ne parviendrait pas à calmer les battements affolés de son cœur, et à surmonter la nausée qui montait en lui. Un voile de transpiration glacée couvrait tout son corps.

Déglutissant avec peine, il s'efforça de repousser les images effroyables que le cauchemar avait fait naître à son esprit. Les souvenirs l'assaillirent. Des échos haineux résonnèrent à son oreille.

Tu l'aimes plus que tu ne m'aimes.

Des récriminations tyranniques.

Je t'interdis de partir ! Tu ne me quitteras jamais !

Cela faisait des années qu'Alejandro n'avait pas fait ces rêves terrifiants. Qu'il n'avait plus revécu le passé.

Ses émotions échappaient à son contrôle. Il ne se maîtrisait plus *lui-même.*

Dire qu'il était même jaloux de Teddy !

Son pire cauchemar était en train de devenir réalité.

11

À son réveil, Alejandro découvrit que Kitty avait déjà quitté le lit. Il était encore très tôt, comme le lui révéla un coup d'œil à sa montre. Pourquoi diable était-elle si matinale ?

Repoussant les draps, il s'efforça de faire taire sa déception. Bon sang, ce n'était pas dans ses habitudes d'être à ce point en manque !

Il se contraignit à prendre une douche, et à s'habiller, avant de partir à sa recherche.

Ce fut dans la cuisine qu'il finit par trouver Kitty. Penchée sur la table à repasser, elle donnait des petits coups de fer à un objet des plus étranges.

— J'espère que je ne t'ai pas réveillé, dit-elle en lui souriant. J'ai promis à Teddy de finir ça pour leur répétition de demain.

Alejandro s'avança jusqu'à la table.

— Qu'est-ce que c'est ?

Un petit rire embarrassé monta de la gorge de Kitty.

— Un bouclier pour armée intergalactique. La prochaine production du théâtre sera un *space opera*. Si ça leur plaît, il est possible qu'ils me payent pour réaliser leurs décors. Je pourrai m'y consacrer quand j'aurai fini ici.

Elle semblait tout excitée à cette idée, et Alejandro s'en voulut d'être heurté de constater qu'elle attendait avec impatience le moment de quitter Parkes House. Au regard appuyé qu'il darda sur elle, Kitty réagit en rougissant.

— Tu devrais venir voir la pièce de Teddy, dit-elle précipitamment. Il fait vraiment du bon boulot.

— Tu lui es très dévouée, à ce que je vois.

Levant les yeux au ciel, Kitty pouffa de rire.

— Ce serait triste que je ne sois pas sa plus grande supportrice ! C'est mon frère jumeau, après tout. Tu n'as pas de frères et sœurs ?

— Non.

La réponse d'Alejandro avait claqué comme un coup de fouet, et il se rendit compte sur-le-champ d'avoir éveillé la curiosité de Kitty. Comment en aurait-il été autrement ?

S'écartant pour échapper au regard scrutateur des beaux yeux d'aigue-marine, il songea qu'il était probablement temps de tout avouer. Elle finirait bien par découvrir la vérité sur son passé.

De plus, les nombreux cauchemars qu'il avait faits récemment à ce sujet lui avaient laissé une vague impression de malaise qui le rendait irritable. Se confier lui ferait peut-être du bien.

— Mes parents sont morts quand j'étais très jeune, lâcha-t-il brusquement. Mon père a tué ma mère dans un accès de jalousie. Il était fou de rage parce qu'elle voulait le quitter. Lui, c'est la police qui l'a abattu.

Soudain, Alejandro sentit la pièce tourner autour de lui, et il dut s'appuyer au mur pour ne pas chanceler. Cela faisait si longtemps qu'il n'avait pas eu à prononcer ces phrases terribles. Il avait oublié l'effet que cela avait sur lui.

— Quoi ? murmura Kitty d'une voix étranglée. Alejandro…

— Tout le monde sait cela, la coupa-t-il. Je ne vois pas pourquoi je le cacherais. J'étais gamin. Nous vivions en Argentine. Ensuite, on m'a envoyé aux États-Unis. D'une certaine façon, j'ai eu de la chance.

Oui, il l'avait échappé belle. La police avait tiré sur son père au moment où celui-ci pointait le revolver vers lui. Le corps de sa mère gisait entre eux deux. C'étaient des images qui ne s'effaceraient jamais de son esprit.

Mais il ne serait jamais l'homme qu'avait été son père !

— Tu étais présent ?

— Oui. Mon père était sur le point de me tuer quand les policiers sont arrivés…

Alejandro se tourna vers Kitty, et il vit deux grosses larmes rouler sur ses joues. La compassion simple et vraie qu'exprimait cette réaction le toucha plus que n'importe quelles paroles.

— J'ai surmonté tout ça, marmonna-t-il en hâte. On m'a placé dans une famille. L'école m'a sauvé. Je réussissais bien, et j'ai obtenu des bourses qui m'ont permis de faire des études.

Sans qu'il ne réalise ce qu'il faisait, Alejandro s'était approché de Kitty et l'avait prise dans ses bras. Elle se serra contre lui.

— Ce n'est pas toi qui devrais me consoler, souffla-t-elle. C'est tout le contraire.

Kitty étreignit Alejandro aussi étroitement qu'elle le pouvait. Elle aurait tant voulu le soulager — ne serait-ce qu'un peu — de la souffrance atroce qu'il portait en lui.

Il n'était guère étonnant qu'il s'emploie à traverser la vie en n'acceptant que ce qu'elle pouvait apporter de plaisirs superficiels.

— Je comprends que tu ne veuilles ni te marier ni avoir des enfants, murmura Kitty en levant son regard vers Alejandro.

— N'essaie pas de me faire changer d'avis, répliqua-t-il d'une voix voilée. Je n'attends rien d'autre de la vie, que du plaisir.

Le fixant longuement, Kitty opina du chef.

— Alors, c'est ce que nous allons faire, dit-elle. Prendre du plaisir.

Quelques jours plus tard. Alejandro se réveilla en sursaut. Il devait regagner New York dès le lendemain, et il redoutait cette perspective. Il avait cru que s'accorder quelques jours de plus en compagnie de Kitty suffirait à lui remettre les idées en place, mais il en était tout autrement.

Envisager d'être à nouveau privé d'elle lui était insupportable. Il était au-dessus de ses forces de revivre le sentiment de manque de son précédent voyage. Tout comme cette jalousie sournoise qui l'avait taraudé. Au moins, si elle l'accompagnait, cela lui serait épargné. Très doucement, il réveilla Kitty.

— Viens avec moi à New York, murmura-t-il. Je n'ai pas envie de passer d'autres nuits loin de toi.

Kitty se figea. Elle semblait hésitante, et Alejandro détesta qu'elle ne lui fasse pas plus confiance.

— Allez, insista-t-il en souriant, viens donner une leçon d'élégance aux Américains !

Alejandro s'obligea à travailler un moment dans l'avion. Juste pour se prouver à lui-même qu'il en était capable.

Puis, le reste du temps, il se contenta de contempler Kitty, lovée dans son fauteuil à côté de lui, absorbée par le film qu'elle avait choisi.

Il était tard lorsque la limousine les déposa à son appartement. Ce fut seulement lorsqu'il actionna l'interrupteur du hall d'entrée qu'il se rendit compte de l'extrême pâleur de Kitty.

— Ça va ? lui demanda-t-il en la prenant aux épaules.

On aurait pu croire qu'elle était sur le point de tourner de l'œil.

— Je suis juste très fatiguée, répondit-elle avec un sourire contrit.

— Alors, au lit ! lança Alejandro en la conduisant jusqu'à la chambre d'amis.

Ce n'était pas sa chambre personnelle. Juste celle qu'il utilisait lorsqu'il... *recevait*.

— Oh ! s'exclama Kitty. C'est très chic.

Alejandro laissa son regard errer sur la décoration minimaliste, mais du goût le plus sûr.

Pour la première fois, il prenait conscience que tout cela avait quelque chose de terriblement impersonnel. Terriblement ennuyeux.

Se tournant vers Kitty, il constata qu'elle était livide. Soudain, il n'eut plus envie de la faire dormir dans cette chambre. Les fantômes de toutes les femmes qui s'y étaient succédé étaient trop nombreux.

— Viens, dit-il en la prenant par la main.

En haut de l'escalier en colimaçon qui montait à l'étage, il ouvrit une porte et la laissa passer devant lui.

— Voilà, c'est là que je dors, annonça-t-il.

Ouvrant de grands yeux, Kitty contempla la pièce de dimensions bien plus modestes et à l'atmosphère plus chaleureuse.

— Quand tu es seul, tu veux dire ?

— Oui. Tu t'y reposeras mieux. Les rideaux sont plus opaques. Elle est plus...

Il cherchait des justifications, mais la seule véritable raison était qu'il ne voulait pas l'installer là où il recevait ses maîtresses.

— D'accord, dit-elle. Merci. Je suis vraiment crevée. Désolée !

Alejandro lui aussi était navré. Non à la perspective qu'il n'allait pas pouvoir lui faire l'amour, mais parce qu'il n'aimait pas la voir aussi défaite.

— Ne t'inquiète pas. Dors, c'est tout.

S'installant à ses côtés, il l'attira à lui de façon à ce que la tête de Kitty repose sur son épaule. Puis, peu à peu, il la sentit glisser dans le sommeil, et une douce quiétude s'insinua en lui. Le sentiment d'angoisse diffuse qui ne l'avait pas quitté depuis quelques jours s'estompa, et il s'endormit.

— Alejandro ?

Il ouvrit brusquement les yeux, le cœur battant à tout rompre. Penchée sur lui, Kitty affichait une mine soucieuse. Elle avait allumé la lampe de chevet, et un coup d'œil à sa montre permit à Alejandro de constater qu'il n'était que 2 heures du matin.

— Qu'est-ce qui ne va pas ?

Kitty s'écarta, s'allongeant près de lui.

— Rien… C'est juste que… Je suis morte de faim.

D'un bond, elle se leva et le gratifia d'un sourire éblouissant.

— Je vais préparer quelque chose, lui lança-t-elle.

— Tout ce que tu veux, sauf des nouilles instantanées, marmonna Alejandro.

— Qui t'a dit que j'allais cuisiner pour toi aussi ? fit mine de s'indigner Kitty. Franchement, quel culot !

En éclatant de rire, Alejandro se leva à son tour.

— Laisse, je m'occupe de tout.

À son grand soulagement, le congélateur et le cellier recelaient quelques réserves. Quelques instants plus tard, il déposait un plat fumant devant Kitty. Du riz accompagné de légumes.

— Mmm, c'est délicieux, dit-elle après la première bouchée. Franchement, c'est à se demander s'il y a des choses pour lesquelles tu n'es pas doué !

— Oh ! des quantités, rétorqua Alejandro d'un air désinvolte. La liste serait trop longue pour que je te l'inflige.

À peine quelques heures plus tard, lorsqu'il se leva pour partir à son bureau, Alejandro prit grand soin de ne pas déranger Kitty. Néanmoins, elle s'assit dans le lit. Des cernes sombres marquaient encore ses yeux, et il se reprocha de l'avoir, une nouvelle fois, privée d'un sommeil dont elle semblait avoir fort besoin.

— Repose-toi encore quelques heures, lui dit-il.

— Alors que j'ai la chance d'être à New York ? Pas question !

— On se retrouvera pour déjeuner. J'enverrai la voiture te chercher.

— Je peux me débrouiller seule, tu sais.

Cette manifestation d'indépendance agaça Alejandro, mais il savait qu'il ne servirait à rien de discuter.

En fin de compte, Kitty lui fit faux bond pour le déjeuner, lui envoyant juste un SMS pour s'excuser.

Malgré la déconvenue, Alejandro se réjouit qu'elle se sente mieux. Il prévoyait de l'emmener dans le meilleur restaurant végétarien de la ville, où il avait réussi à retenir une table au prix de multiples négociations.

Lorsqu'il la retrouva à l'appartement, Kitty était fin prête.

— Où allons-nous ? lui lança-t-elle, à peine avait-il passé le seuil.

Pendant quelques secondes, Alejandro fut incapable de répondre, tant il était fasciné par le spectacle qui s'offrait à lui.

Il comprenait mieux pourquoi Kitty n'avait pas eu le temps de déjeuner avec lui. La robe qu'elle portait venait manifestement de chez un grand couturier. Pour une fois, elle n'était pas noire. D'un vert soutenu, du plus bel effet, elle épousait à la perfection la taille fine de Kitty.

Alejandro s'avança jusqu'à elle, et lui prit le visage entre les mains.

— Il vaut mieux que je ne t'embrasse pas, dit-il d'une voix rauque. Tu t'es donné trop de peine pour que nous restions ici. Ce serait dommage. Tu es splendide !

Cette fois, c'était pour lui — et lui seul — que Kitty s'était donné tant de mal. Il en était touché jusqu'à l'âme.

Pourtant, elle lui opposa une moue désabusée.

— Certainement pas autant que les beautés que tu as l'habitude de mettre dans ton lit, fit-elle.

— Ah bon ? Alors, pourquoi est-ce avec toi que je couche depuis quelque temps ?

— C'est juste une phase. Ça te passera…

Éclatant de rire, Alejandro s'écarta.

— Libre à toi de te dévaloriser, dit-il. Mais tu as tort.

Kitty secoua la tête, et pouffa de rire à son tour. Soudain, elle rayonnait. Alejandro la dévisagea, surpris de ce changement d'humeur.

— C'est toi qui as raison, admit-elle. Je suis stupide.

De nouveau Alejandro prit son visage entre ses mains.

— Pas stupide, juste adorable ! Maintenant, allons-y. Mais, d'abord…

Alejandro sortit de sa poche le tour de cou en diamants.

Bouche bée, Kitty le contempla quelques secondes, puis reporta son attention sur lui.

— Tu l'as toujours avec toi ?

— Oui, et je veux que tu le portes ce soir. Tu as pris de tels risques pour le récupérer.

— N'y a-t-il personne, dans ta vie, pour qui tu serais prêt à prendre tous les risques ?

Alejandro se força à continuer à sourire. Mais un vide immense s'était creusé dans sa poitrine. Kitty aimait comme jamais lui-même ne pourrait s'y autoriser.

Car le coût d'un tel amour était bien trop grand.

12

— Kitty ?

Laissant échapper un grognement de protestation, Kitty ouvrit les yeux avec difficulté.

Debout près du lit, vêtu de pied en cap, Alejandro lui tendait un mug.

— Tu veux un café ?

— Oh ! non merci.

S'efforçant de transformer en un sourire maladroit la grimace que lui arrachait l'odeur du breuvage, Kitty se tourna de côté pour qu'Alejandro ne voie pas qu'elle était au bord du malaise. La veille, elle s'était sentie en meilleure forme. Mais voilà qu'elle s'éveillait à nouveau avec cette impression d'extrême fatigue et ces nausées…

Des nausées ?

Elle ouvrit grand les yeux et fixa le mur de la chambre. Quand aurait-elle dû avoir ses dernières règles ? Un rapide calcul lui fit prendre conscience, avec horreur, que cela aurait dû tomber au moment du précédent voyage d'Alejandro à New York.

— Je pense que je vais m'accorder une journée de détente avec toi, déclara Alejandro en s'asseyant au bord du lit. Que dirais-tu de faire un peu de tourisme ensemble ?

En un autre moment, le cœur de Kitty aurait bondi de joie. Pour l'instant, il était trop occupé à galoper.

— Oh…

Non. Pas aujourd'hui. Pas ça.

Kitty se pelotonna entre les draps. Elle avait besoin d'un peu de temps à elle, pour y voir clair. Pour se persuader que ces quelques semaines de retard n'avaient aucune importance.

— Je me sens un peu fatiguée, avança-t-elle. Je ne suis pas aussi habituée que toi à tous ces... ébats nocturnes. Un peu plus de sommeil me fera du bien. On peut se rejoindre plus tard, si tu veux ?

Elle sentit la déception d'Alejandro mais ne se laissa pas fléchir. La solitude lui était indispensable.

— Comme tu voudras, conclut-il en se mettant debout. Je t'appellerai en fin de matinée. Repose-toi bien.

S'inclinant, Alejandro pressa ses lèvres sur les siennes.

À l'instant même où Kitty entendit se refermer la porte d'entrée, elle bondit hors du lit. En un éclair, elle fut prête à sortir, et gagna l'ascenseur.

Trouver une pharmacie ne fut pas chose aisée, et elle demanda son chemin à un garçon de café. Enfin, elle eut en main le précieux test de grossesse, et se hâta de prendre le chemin du retour.

Quand même, songea-t-elle en pressant le pas, les risques étaient des plus limités. Hormis cette première fois, dans la petite pièce secrète, Alejandro avait toujours utilisé des préservatifs. Et ce jour-là, il s'était retiré avant de jouir. Ce serait vraiment jouer de malchance, si cela avait suffi pour qu'ils conçoivent un bébé.

Mais quelques minutes après qu'elle eut regagné l'appartement, le verdict du test tomba, sans appel.

Positif.

Elle était enceinte. Submergée par un flot d'émotions, elle faillit défaillir, et dut s'asseoir sur le carrelage de la somptueuse salle de bains. C'était *impossible* !

Passant la main sur son ventre encore plat, Kitty prit

conscience qu'il abritait une minuscule vie. L'enfant d'Alejandro. Tout à coup, son cœur se gonfla à exploser d'un amour inconditionnel, absolu. Elle ne se sentait plus du tout malchanceuse. Bien au contraire.

Sauf que la réaction d'Alejandro ne faisait aucun doute. C'était la dernière chose qu'il puisse vouloir. Et la dernière chose qu'elle était prête à lui imposer.

Les larmes lui montèrent aux yeux, quand elle prit conscience que le bonheur des quelques semaines passées était bel et bien derrière elle.

Toutefois, Kitty n'avait pas de temps à perdre en larmes inutiles.

Galvanisée, elle fit son sac en un rien de temps, et quitta l'immeuble en prenant bien garde de ne pas passer devant le portier. Elle ne tenait pas à ce qu'il informe Alejandro de sa fuite. Ce fut seulement au coin de la rue qu'elle héla un taxi. Il lui restait assez d'argent sur la carte de crédit que lui avait donnée Alejandro pour prendre le premier avion pour Londres.

Elle avait éteint son téléphone portable, et ne le ralluma que lorsqu'elle fut à destination, pour appeler Teddy.

L'appareil sonna immédiatement. C'était Alejandro. Elle ne répondit pas. Avant de lui parler, il fallait qu'elle mette au point un scénario qui le dissuade de faire face à la situation avec l'esprit chevaleresque et la générosité qui étaient les siens.

Elle appela Teddy.

— Kitty ? Où es-tu ? Alejandro n'a pas cessé de me bombarder d'appels pour savoir où tu étais passée. Tu vas bien ?

L'affolement dans la voix de son frère était clairement perceptible.

— Teddy, j'ai besoin que tu m'aides. J'arrive.

Ce fut seulement dans le train qui l'emmenait vers l'Écosse que Kitty trouva la force d'appeler Alejandro.

— Où diable es-tu passée ? tonna Alejandro dès qu'il décrocha. Kitty, qu'est-ce qui se passe ?

— Rien. J'ai juste compris que tout ça, c'était une regrettable erreur, et qu'il valait mieux que je rentre.

— Une erreur ? Quel genre d'erreur ?

— Notre relation… Ce voyage à New York…

Il y eut un bref silence.

— Il y a quelqu'un d'autre dans ta vie, c'est cela ?

Kitty ferma les yeux. Autant saisir la perche qui venait de lui être tendue.

— Oui.

— Je ne te crois pas. Que s'est-il passé ?

Déglutissant avec peine, Kitty décida de tenir bon. C'était le seul moyen d'écarter définitivement Alejandro.

— J'ai rencontré quelqu'un d'autre. Je tenais à te mettre au courant, avant que tu ne l'apprennes par toi-même…

Alejandro cessa de faire les cent pas dans son appartement. La froideur implacable de ces paroles lui rappelait quelque chose. Mais oui ! C'était à peu près ce qu'il avait dit à Saskia quelques semaines auparavant.

Kitty essayait-elle de lui donner la leçon que, selon elle, il méritait ?

— Je prends le premier avion, lança-t-il.

— Non ! s'écria Kitty. C'est inutile. Accepte les choses telles qu'elles sont. Tout est fini entre nous.

Et elle raccrocha.

Pendant quelques secondes une rage insurmontable aveugla Alejandro. Puis la colère laissa place à la souffrance. Et à la conscience qu'il y avait dans la voix de Kitty un écho à cette souffrance.

Or, il ne l'ignorait pas, quand Kitty souffrait, elle

fuyait se cacher quelque part. En Cornouailles. Dans le cagibi secret de Parkes House.

Quand il refit son numéro, elle ne répondit pas.

Il la retrouverait.

13

Teddy Parkes-Wilson se redressa en secouant la tête.

— Il n'est pas question que je vous dise où elle est, lança-t-il avant qu'Alejandro n'ait le temps de dire un mot. Vous pouvez faire ce que vous voulez, je ne la trahirai pas !

— Détendez-vous, répliqua Alejandro. Je ne vais pas vous frapper. Je me doutais bien que vous resteriez muet. Je sais que vous lui êtes tout dévoué, même si vous avez tendance à vous servir d'elle.

Teddy eut l'air agacé, mais il n'essaya pas de nier.

— C'est justement pour ça que je ne vous dirai rien. Je lui suis redevable de bien trop de choses.

— De toute façon, je n'ai pas besoin de vous. Je la trouverai.

Alejandro avait besoin de revoir Kitty une dernière fois. Ne serait-ce que pour comprendre. Et pour l'assurer qu'elle n'avait aucune raison de le fuir. Son pire cauchemar serait qu'elle se méfie de lui.

— Je pense que ceci vous appartient, dit-il en sortant le collier de sa poche.

Lorsqu'il le tendit à Teddy, le visage de ce dernier s'empourpra. Comme cela arrivait si souvent à sa sœur.

— Oui, dit-il en le prenant. Mais je ne mérite pas de l'avoir. Je compte le donner à Kitty.

Alejandro quitta le petit studio de répétition sans plus d'indications sur l'endroit où se cachait la jeune femme.

Cependant, il ne s'avoua pas vaincu.

Il s'écoula un long mois, un mois d'enfer quotidien, entre son retour de New York et le moment où son téléphone vibra, affichant le numéro du détective privé qu'il avait embauché.

— L'un des amis du frère de la jeune femme possède un petit cottage en Écosse, l'informa l'homme. Je pense que c'est bien elle qui l'habite. Mais je vous envoie une photo pour en être certain. Ainsi que l'adresse.

Brûlant d'impatience, Alejandro attendit les yeux braqués sur l'appareil que la photo apparaisse.

Prise au téléobjectif, elle était un peu floue. Cependant il reconnut Kitty au premier regard. Vêtue d'un manteau noir — évidemment ! —, elle était encore plus pâle que d'habitude.

Alejandro rappela l'enquêteur.

— Est-ce qu'elle est seule dans cette maison ?

— Oui.

Laissant échapper un soupir de soulagement, Alejandro raccrocha. Ce fut au pas de course qu'il quitta son bureau.

Il gagna Glasgow en avion, et y loua une voiture. Le voyage lui parut ne devoir jamais finir — des heures interminables, passées à imaginer ce qu'il allait dire à Kitty.

Quand il se gara devant le petit cottage, le soir commençait à tomber. L'absence de lumière à l'intérieur laissait deviner que la maison était déserte.

En pestant, Alejandro alla regarder à travers les carreaux. Rien ne permettait de savoir si Kitty occupait les lieux. Les seules traces de vie étaient un livre posé à l'envers dans un fauteuil, près de la fenêtre, et une tasse à thé à moitié vide sur la table voisine.

Un aboiement lui parvint de derrière la maison, et il en fit le tour pour voir ce qu'il en était.

Un setter irlandais, au poil roux, bondit vers lui, précédant sur le chemin une silhouette mince, habillée de noir. Un bonnet ne cachait que partiellement sa chevelure de feu.

Kitty revenait d'une promenade, et l'air frais avait coloré ses joues. Toute couleur abandonna son visage à la seconde où elle le vit. Pendant un très bref instant, elle suspendit son pas, posant sur son ventre une main protectrice.

Un geste révélateur, qui rappela à Alejandro le titre du livre — tout aussi significatif — posé près de la fenêtre :

Guide de la grossesse, et des premiers mois de bébé.

Dans un premier temps, il n'y avait pas prêté attention.

— Comment m'as-tu trouvée ?

La voix de Kitty tremblait. Elle avait avancé suffisamment pour qu'il l'entende, mais se tenait à distance.

Alejandro était incapable de répondre. Il ne pouvait détacher son regard de ces infimes changements qu'il notait dans son physique — ces courbes toutes nouvelles que le noir ne suffisait pas à gommer : sa poitrine plus pleine ; son ventre très légèrement rebondi.

Kitty était enceinte. Il en était certain. Comme il ne doutait pas un instant d'être le père de son enfant.

C'était donc la raison de sa fuite !

Un seul coup d'œil à son expression déterminée suffit à Alejandro pour comprendre la décision qu'elle avait prise. Elle aurait cet enfant, et l'aimerait de toutes ses forces.

Pendant quelques secondes, la colère l'aveugla. Il ne voulait pas de *ça*. C'était exactement ce qu'il avait toujours redouté. Transmettre ces gènes... *dénaturés*. Il avait toujours souhaité que la lignée s'arrête avec lui.

— Alejandro...

Tendant les deux mains en avant, Alejandro empêcha Kitty d'avancer davantage. Il était trop furieux.

— J'ai besoin d'un peu de temps pour me faire à l'idée, lâcha-t-il d'un ton rogue. Toi, tu as eu plusieurs semaines.

Kitty se figea. Alejandro *savait*. Et il était furieux.

Elle ne lui en voulait pas. Il avait toutes les raisons de l'être. Pourquoi avait-elle été suffisamment lâche pour ne penser qu'à fuir ? Déglutissant avec peine, elle se força à parler.

— Je t'attends au cottage, dit-elle très doucement.

Un instant, elle pensa qu'il allait remonter dans sa voiture et disparaître pour toujours.

N'était-ce pas le but qu'elle avait cherché à atteindre ?

Cependant, elle laissa la porte de la petite maison ouverte, lui tournant le dos car elle ne pouvait se résoudre à regarder dans la direction d'Alejandro.

Ce furent les jappements du chien qui lui indiquèrent qu'il était entré. Elle fit volte-face et vit l'animal courir vers lui, en quête d'une caresse qu'Alejandro lui prodigua distraitement.

— Est-ce que tu vas bien ? dit-il.

— Oui, ça va, répondit Kitty en allant fermer la porte.

Alejandro restait planté au milieu de la pièce, trop grand pour ce petit espace. Trop grand pour le cœur de Kitty.

À voir son visage blême, le tourment qui habitait son regard, elle tendit la main pour la poser sur sa joue. Au grand désespoir de Kitty, il recula brusquement.

— Ainsi, il n'y a personne d'autre dans ta vie ? dit-il.

— Seulement le bébé. Mais je sais que tu n'en veux pas. C'est pour cela que je suis partie. Je n'attends rien de toi.

— Tu ne m'as laissé aucune chance. Tout ce que tu as fait, c'est m'abandonner sans un mot d'explication. Tu as pris ta décision sans moi. J'imagine qu'il n'y a plus rien à dire.

N'était-ce pas ce qu'elle avait souhaité ? Qu'il ne propose pas d'être le père et le mari qu'elle désirait tant en secret ? Pourquoi était-ce si douloureux de constater qu'il agissait comme elle l'avait voulu ?

— Tu ne veux pas de cet enfant, dit-elle, sur la défensive, mais moi, si.

— Pour de mauvaises raisons !

— Quelles mauvaises raisons ? Pour t'obliger à payer ? Je t'ai dit que je n'attendais rien de toi !

— Tu veux ce bébé, juste parce que tu as besoin de quelqu'un qui t'aime, lança-t-il d'un ton sec.

Bouche bée, Kitty le dévisagea avec l'impression de chuter dans un puits sans fond. Ne s'était-il pas targué, plusieurs semaines auparavant, de l'avoir percée à jour ?

— Je n'ai rien planifié de tout cela, protesta-t-elle d'une voix blanche. Et je ne vois pas ce qu'il y a de mal à souhaiter être aimé. Ni à aimer en retour. Au moins, *moi*, je n'ai pas peur de m'y risquer. Toi, tu préfères te contenter d'acheter la compagnie des gens avec ton succès et tes… *talents*.

Elle vit Alejandro tressaillir sous l'accusation et elle marqua une pause. Mais Kitty était trop ulcérée pour ne pas poursuivre.

— Tu t'interdis de vivre autre chose que des plaisirs superficiels. Tu vaux bien mieux que cela, Alejandro.

— Tu ne comprends rien ! À mon retour de New York, après t'avoir quittée seulement quelques jours, j'étais même jaloux de ton *frère*. Je ne veux pas devenir ce genre de monstre, Catriona.

Alejandro s'interrompit, se passant la main dans les cheveux d'un geste rageur. Il semblait au supplice.

D'un seul coup, Kitty découvrait dans quel enfer il vivait. C'était donc cela dont il avait si peur !

— L'enfant qui est là, dit-elle en posant la main sur

son ventre, est innocent de tout cela. Comme tu l'étais toi-même. Tu n'es pas ton père, Alejandro. Tu ne le seras jamais.

Il secoua la tête en un geste de dénégation opiniâtre.

— Je ne peux pas affronter un tel péril, Kitty, marmonna-t-il en fixant son ventre. Je ne peux pas... m'engager.

— Tu ne trouves pas que ce qu'il y a entre nous vaut la peine qu'on se donne une chance ? Moi, *si*. Parce que je *t'aime*, Alejandro.

Une nouvelle fois, Alejandro secoua la tête. Il était blême.

— Ce n'est pas possible, Catriona... Je ne veux pas exposer mon enfant aux mêmes dangers que moi. Mon père a détruit tout ce qui était mon univers. Il m'a brisé.

— Mais tu as su te reconstruire. Pourquoi accepter de le laisser te priver de ton avenir, de ton bonheur ? C'est en t'interdisant d'aimer que tu lui donnes la victoire.

— N'insiste pas, Catriona ! Je ne serai jamais l'homme qu'il te faut.

— Parce que tu ne m'aimes pas, c'est tout !

Kitty était anéantie. Encore une fois, elle se voyait refuser ce qu'elle désirait par-dessus tout : aimer et être aimée en retour. Pourquoi était-elle condamnée à l'échec ?

Alejandro était resté silencieux quelques secondes, et voilà qu'il s'approchait d'elle d'un air farouche.

— Mais c'est justement parce que je *t'aime*, Kitty, rugit-il, que je refuse de t'imposer ça !

Elle le fixa d'un regard hébété.

— Quoi ? Qu'est-ce que tu as dit ?

Dans les yeux sombres d'Alejandro, elle lut une douleur incommensurable.

— Je t'en prie, Kitty, murmura-t-il, n'insiste pas.

Les yeux de Kitty s'emplirent de larmes. Pourquoi

ne voulait-il pas essayer ? Pour elle ? Pour eux, et cet enfant ?

Elle avait l'impression que son cœur allait éclater tant sa tristesse était grande ; tant il débordait de désir, d'amour. S'approchant d'Alejandro, elle prit son visage entre ses mains et posa ses lèvres sur les siennes.

Il demeura pétrifié, tandis qu'elle l'embrassait très tendrement. Sans se décourager, elle mit plus d'insistance à capturer sa bouche, nouant les bras autour de son cou.

Continuer à argumenter ne servirait à rien. En cet instant, la seule chose dont Kitty avait envie, c'était de sentir sous ses mains la peau d'Alejandro. Tout ce dont elle avait besoin, c'était de retrouver ce contact physique qui lui avait tant manqué.

Il la prit par la taille, et elle se serra contre lui, plus que jamais avide d'éprouver la puissance de sa virilité.

Sans trop savoir comment y parvenir, elle mourait d'envie de le rassurer. D'insuffler à cet homme meurtri la foi en lui-même qui lui faisait si cruellement défaut.

Soudain, il la plaqua dos au mur, et se mit à lui rendre ses baisers avec fougue. S'il était prêt à lui donner au moins cela, alors, elle ne demandait rien de mieux.

Elle souda ses lèvres à celles d'Alejandro en un baiser qui disait *tout* de ce qu'elle ressentait : elle avait envie de lui, besoin de lui. Elle l'aimait.

— Je t'en prie..., murmura-t-elle contre sa bouche.

D'une main délicieusement dominatrice, Alejandro lui fit incliner le bassin pour qu'elle soit en position de l'accueillir. Il était dur comme le granit, et Kitty sentait le cœur de sa féminité inondé d'une chaleur liquide.

Ce fut d'un puissant coup de reins qu'il s'enfonça en elle. Kitty cria, autant sous l'effet du plaisir que de l'émotion. Elle le chevaucha en une étreinte torride, moite, et aussi naturelle que toujours entre eux.

Mais tandis qu'elle lui répondait coup pour coup, elle ne pouvait empêcher les larmes de ruisseler sur son visage. Alejandro avait beau les effacer de la main, elles ne cessaient de couler.

— Kitty..., implora-t-il, sans pour autant ralentir ses coups de reins puissants. Je suis désolé.

Fièrement, résolument, Kitty soutint son regard. Elle voulait qu'il puisse y lire la vérité de son âme, et de son cœur.

Elle l'aimait. Elle aimait partager cette intense communion physique avec lui. Elle ne regrettait rien, et aurait voulu que cela ne cesse jamais.

Mais ces émotions étaient tellement intenses qu'elle ne put se retenir plus longtemps de gémir éperdument, tandis que le plaisir montait en elle par vagues successives, délicieuses au-delà du supportable.

Alejandro enfoui son visage dans son cou, et fut secoué d'un incoercible frisson. La plainte sourde qui monta de sa gorge résonna aux oreilles de Kitty. Elle le retint en elle aussi longtemps que cela lui fut possible. Car c'était le dernier moment avec lui, elle en était persuadée.

Enfin, les spasmes de plaisir qui la secouaient eurent raison de sa détermination. Pantelante, à bout de forces, elle se laissa aller contre Alejandro.

— Je t'aime, Alejandro, murmura-t-elle. Et je t'aimerai toujours. Je t'aurais aimé, quoi que tu puisses être.

Il ne réagit pas — pas un regard, pas un mot, pas un geste.

Pendant une seconde encore, il fut à elle. Ensuite, il se retira. De son corps, de son étreinte.

Il ne fallut qu'un bref instant à Alejandro pour se rhabiller. Tête baissée, il évitait son regard.

Kitty, elle, n'avait pas peur de l'affronter. Elle n'avait plus peur de rien. Car le pire était en train d'advenir.

Elle ne le quitta pas des yeux, tandis que — sans un mot — il sortait de sa vie.

14

Moins d'une semaine plus tard, Kitty trouva une large enveloppe au courrier. Elle lui était adressée par le notaire d'Alejandro. Un important capital avait été constitué pour pourvoir à l'avenir de l'enfant à naître.

Par ailleurs, une rente mensuelle lui serait versée — ainsi qu'à l'enfant. La somme aurait suffi pour une nombreuse progéniture. Enfin, Alejandro lui faisait don — à elle seule — de Parkes House avec la totalité de ce que contenait la demeure.

Il était clair que ces dispositions partaient des meilleures intentions. Cependant, il était hors de question que Kitty accepte la moindre aide matérielle.

Un matin, une voiture s'arrêta devant le cottage.

Alejandro ? Kitty se précipita à la porte.

— Salut, frangine !

Teddy s'interrompit brutalement, les yeux écarquillés.

— Kitty… Tu ferais mieux de rentrer t'asseoir.

Il la suivit à l'intérieur, et l'obligea à se poser sur le canapé.

— Tu l'as revu, c'est ça ? questionna-t-il en levant les yeux au ciel.

— Oui. Tout est fini entre nous.

Fronçant les sourcils, Teddy fourragea dans la poche de son blouson.

— Alejandro m'a donné ça, dit-il en lui tendant le

collier. Soyons clairs, c'est plutôt à toi qu'il aurait dû revenir. Je venais réparer cette erreur.

Kitty enserra dans sa main le serpentin étincelant.

— Est-ce que tu m'en voudrais beaucoup si je le vendais ? Cela me permettrait de ne pas dépendre d'Alejandro, pour élever mon enfant.

— Ça m'est égal, Mais, tu es sûre que vous ne parviendrez pas à vous réconcilier, tous les deux ?

— C'est plus compliqué que ça, Teddy. Il ne... Il ne veut même pas *essayer.*

Sa voix se brisa, et soudain Kitty ne fut plus capable de retenir ses larmes.

Une demi-heure plus tard, épuisée d'avoir tant pleuré, elle regardait Teddy lui préparer quelque chose à manger, tout en réfléchissant à la situation.

Alejandro ne reviendrait pas. Il était grand temps qu'elle se reprenne.

— Est-ce que je peux rentrer à Londres avec toi ? demanda-t-elle, lorsque Teddy lui tendit une assiette de toasts beurrés.

— Bien sûr, petite sœur.

New York. La ville dans laquelle il était facile de tout oublier.

Alejandro quitta son bureau pour gagner l'un de ses restaurants préférés, où l'attendait un groupe d'amis.

Enfin, il allait pouvoir reprendre le cours de sa vie.

— Il y a longtemps que nous ne vous avions pas vu, monsieur Martinez, déclara le maître d'hôtel avec un grand sourire. Vos invités vous attendent, à votre table habituelle.

Ils l'accueillirent avec des mines réjouies, qui cachaient mal leur curiosité. Quant à leurs bavardages sans intérêt, ils ne tardèrent pas à paraître insupportables à Alejandro. En souriant à la ronde, il posa la carte qu'il étudiait.

— À vrai dire, je crois que je ne vais pas dîner avec vous, annonça-t-il. Je vous prie de m'excuser, mais j'ai changé d'avis.

La meilleure solution était de s'absorber dans le travail, décida-t-il. Et c'est ce qu'il fit, sans compter les heures qu'il y passait.

À qui laisseras-tu tous tes millions, alors ?

L'image d'un bébé aux cheveux couleur d'un feu de joie lui vint à l'esprit. Cela suffit à ouvrir les vannes, et les souvenirs qu'il refoulait depuis des jours affluèrent en masse.

La façon dont Kitty lui tenait tête, dont elle riait avec lui, dont elle le regardait, le tenait dans ses bras…

Non, il ne devait pas écouter la petite voix qui lui parlait d'espoir, de perspectives. Il avait fait ce qu'il fallait. Kitty vivrait beaucoup mieux sans lui. Elle surmonterait tout cela.

Un soir, tard, alors qu'il travaillait encore, le nom de Teddy Parkes-Wilson s'afficha sur la liste de ses e-mails.

Que se passait-il ? Si Kitty avait des problèmes, son frère aurait certainement pris la peine de l'appeler directement.

Le message ne contenait qu'un lien vers un site de vente en ligne — plus précisément, une liste détaillée d'objets offerts à l'achat.

Alejandro reconnut sans difficulté les robes haute couture dont Kitty avait fait l'emplette, à Londres et à New York. Sous chacune il était précisé que l'argent irait à une association luttant contre les violences domestiques.

Seul le dernier élément ne s'accompagnait pas de cette mention : le tour de cou en diamants. Il comprit aussitôt pourquoi.

Kitty était prête à sacrifier quelque chose qui lui était

incroyablement cher, pour pouvoir prendre soin de son enfant, sans avoir à faire appel à lui.

Elle faisait toujours passer les autres avant elle. Même quand ce n'était pas nécessaire.

Cette fois, il ne la laisserait pas faire.

15

— Comment cela, le site de vente est fermé ? Je ne peux même plus vérifier si mes objets y sont encore !

Les sourcils froncés, Kitty écouta les explications embarrassées de l'employé du service d'assistance téléphonique. Manifestement, il n'en savait pas beaucoup plus long qu'elle. Raccrochant d'un geste rageur, elle se remit à la construction du nouveau modèle de bouclier intergalactique, pour la troupe de Teddy. C'était une bénédiction qu'ils lui en aient commandé plusieurs exemplaires. Cela lui permettait de s'occuper l'esprit.

Lorsqu'on frappa à la porte de service, Kitty alla ouvrir en s'essuyant les mains sur son pantalon.

— Alejandro ?

Elle recula d'un bond.

— Je peux entrer ?

Il avait meilleure mine que la dernière fois qu'ils s'étaient vus. Le regard brillant, il émanait de lui cette vitalité qui lui était coutumière. Manifestement, il se portait comme un charme. Ce qui était une bonne chose, mais broyait le cœur de Kitty.

— Bien sûr. C'est encore ta maison.

Alejandro ne releva pas cette remarque, et la suivit dans la cuisine.

— Tu fabriques d'autres accessoires ? fit-il observer en s'approchant de la table.

— Oui. Ils ont aimé le bouclier, et ils m'en ont commandé d'autres.

Il lui décocha un sourire qui la fit fondre.

— Cela ne m'étonne pas, commenta-t-il. Mais ce n'est pas pour te complimenter sur tes talents que je suis là.

Lorsque Alejandro sortit la main de sa poche, Kitty demeura bouche bée, en voyant ce qu'il tenait. Le collier de Margot.

— Comment as-tu eu ça ?

— Je l'ai acheté. Ça, et quelques robes très chics.

— Tu as *tout* racheté ?

Il opina du chef, avec un sourire en coin.

— Je ne supportais pas l'idée qu'une autre femme les porte.

— Mais c'est ridicule, tu les as payées deux fois !

— Cela m'est égal.

Kitty sentit les larmes lui monter aux yeux.

— Oh ! Alejandro ! Tu n'avais pas besoin de faire ça.

Alejandro alla s'asseoir à l'extrémité de la table, aussi loin qu'il le pouvait de Kitty. Il ne parviendrait pas au bout de ce qu'il avait à dire, s'il restait trop près d'elle. Or, il fallait absolument qu'il se délivre du poids qui pesait sur son cœur.

— Si je suis ici, dit-il, c'est surtout pour parler de mon père. Vois-tu, c'était un homme possessif. Terriblement jaloux. Il était violent. Il battait ma mère, et me battait aussi.

Il s'interrompit, laissant échapper un long soupir. Tout cela n'était pas facile à formuler. Mais il avait travaillé avec son nouveau thérapeute, et il savait qu'il devait absolument s'acquitter de cette confession. Pour lui-même, et pour Kitty.

— Il était même devenu jaloux de moi, son fils,

reprit-il. Il accusait ma mère de m'aimer davantage qu'elle ne l'aimait.

Kitty ne dit rien. Elle se contenta de s'asseoir en face de lui.

Le regard perdu dans le vague, Alejandro reprenait déjà :

— Lorsque, pour me protéger, ma mère a décidé de partir avec moi, mon père a perdu la tête. C'est pour me sauver la vie qu'elle est morte, Kitty. Mon père confondait amour et désir de possession. Je me suis juré que je n'agirais jamais ainsi avec une femme. Cela ne m'a pas posé problème pendant de longues années. Et puis, tu as surgi, et je suis devenu un abominable tyran. J'ai utilisé tous les moyens à ma disposition pour te contraindre à rester avec moi.

Kitty haussa les épaules.

— Ça m'arrangeait bien, tu sais, dit-elle. J'ai eu envie de toi à la seconde où je t'ai vu. Sauf que je ne voulais pas me l'avouer. J'étais moins lucide, et moins honnête que toi, Alejandro. Tout simplement, parce que cela me faisait trop peur. Puis, peu à peu, j'ai appris à te connaître. Et c'est là que mes problèmes ont commencé. Quand j'ai compris que je t'aimais.

C'était à peine si Alejandro parvenait à croire ce qu'il entendait. Il s'était montré si arrogant avec Kitty. Il ne la méritait pas.

— Je ne veux pas te rendre malheureuse, dit-il. Je ne veux pas que tu te sentes prise au piège. La meilleure chose que je pourrais faire, ce serait de te laisser ta liberté. Parce que j'ai trop peur de moi-même.

Se passant nerveusement la main dans les cheveux, il leva les yeux vers elle.

— Mais j'ai encore plus peur de vivre sans toi, Kitty, lâcha-t-il.

Submergée par l'émotion, Kitty dut se pincer pour

être certaine qu'elle ne rêvait pas. Elle n'osait pas poser de questions, de peur que le mirage ne s'évanouisse. Elle n'aurait pas supporté d'avoir le cœur brisé à nouveau.

— J'ai quelque chose à te dire, déclara-t-elle précipitamment. J'ai fait la première échographie, hier. J'attends des jumeaux.

— Des jumeaux, répéta Alejandro en haussant les sourcils.

— Oui, c'est dans la famille. Enfin, je veux dire… L'hérédité, ce n'est pas…

Elle se serait giflée, pour avoir mis ce sujet sur la table. Mais Alejandro balaya d'un revers de main ses dénégations embarrassées.

— Ce n'est pas important, dit-il. Et je ne suis pas venu au sujet du bébé… Des bébés. Si je suis là, c'est pour toi, Kitty. C'est toi que je veux. Je t'aime. Je veux vivre avec toi. Même si je n'ai jamais eu de relation de plus d'un mois avec une femme. Comme l'horrible macho que j'étais…

Kitty s'approcha, et encadra le visage d'Alejandro de ses mains. Il était temps qu'il cesse de se flageller.

— Tu es quelqu'un de bien, Alejandro. Et je t'aime.

— C'est toi qui m'as fait changer, Kitty. Tu as transformé ma vie. Je veux être l'homme dont tu as besoin.

Il y avait dans le regard d'Alejandro la détermination farouche qu'elle aimait tant, s'émut Kitty.

— Tu l'es déjà, mon amour, murmura-t-elle.

Ce fut, cette fois, avec le petit sourire narquois qu'il maîtrisait si bien qu'il tira un écrin de sa poche. Lorsqu'il l'ouvrit, Kitty vit deux alliances briller sur le satin.

— J'ai pensé qu'on pourrait faire ça la semaine prochaine, dit-il. À moins que cela ne te paraisse trop tôt ?

— Oh ! Alejandro, s'exclama-t-elle en se serrant contre lui, j'ai tellement besoin de te toucher.

Il laissa échapper un rire d'exultation, et se mit debout

pour la prendre dans ses bras, la serrant à l'étouffer. Leurs baisers furent un déchaînement de passion. Avec frénésie, ils s'arrachèrent leurs vêtements. Puis Alejandro la prit avec une douceur infinie, comme s'il craignait de lui faire mal. Et ils se retrouvèrent de la plus intime façon qui soit.

— Tu crois qu'on va avoir deux bébés roux ? demanda-t-il lorsqu'il s'écarta d'elle. Ce serait merveilleux.

— Tu es fou ! répondit Kitty en éclatant de rire.

— Oh ! oui. Fou de toi. Pour toujours.

LYNNE GRAHAM

Une brûlante proposition

Traduction française de
CÉLIA VAL

HARLEQUIN

Titre original :
BOUGHT FOR THE GREEK'S REVENGE

Ce roman a déjà été publié en 2017

1

Nikolai scanna la photo et l'examina de près, sourcils froncés. Il ne pouvait s'agir de la même femme. Non, c'était impossible ! Comment Cyrus Makris, l'homme dont il avait fait sa cible, pouvait-il envisager d'épouser une femme d'un milieu social aussi humble ?

Sidéré par la ressemblance, Nikolai se pencha davantage pour mieux étudier la photo de la rousse pétillante. Impossible que ce soit la même jeune femme — une allumeuse, qu'il avait rencontrée alors qu'elle travaillait comme voiturière. Le monde n'était pas aussi petit… Toutefois, les coïncidences existaient, indéniablement. Le pli de son front s'accentua alors que son esprit le ramenait à son passé récent.

Petite de taille, cette femme n'en avait pas moins du caractère, et même un caractère affirmé, ce qui n'était pas le trait que Nikolai recherchait de prime abord chez les beautés qui se succédaient dans son lit. Mais elle avait aussi des yeux verts magnifiques et une bouche aussi douce, soyeuse et rose qu'un bouton de lotus à peine éclos. Et ce visage hors du commun, il avait mis longtemps à l'oublier. Bien trop longtemps, se dit-il en pinçant les lèvres avec mécontentement.

Après s'être vu rejeté, tout autre que lui aurait pu vouloir la récupérer ; or Nikolai n'était pas de cette étoffe-là. Il ne flattait pas les femmes, ne leur susurrait pas de mots doux, ne leur envoyait pas de fleurs — bref, ne leur faisait pas la cour. Jamais. Si ça n'allait pas, il partait et l'affaire s'arrêtait là. Son credo, c'était qu'aucune femme n'était irremplaçable ni aucune unique. D'ailleurs, il ne croyait pas à l'amour.

Cette rousse-ci avait capturé son imagination, ils avaient vécu quelques instants passionnés, mais il avait refusé de laisser le désir prendre le pas sur la raison. Il n'avait jamais été question qu'il lui coure après. Ce serait bien la première fois qu'il lui faudrait poursuivre une femme de ses avances !

Bien que le père de Cyrus, en prenant de l'âge, ait mis la pression sur son fils de quarante-cinq ans, seul héritier, pour qu'il prenne femme, personne ne pourrait croire que Cyrus envisage d'épouser cette petite rousse, qui avait rayé la peinture de la McLaren Spider de Nikolai en la garant. De toute façon, Cyrus n'aimait pas passer en second avec les femmes, comme la sœur de Nikolai l'avait appris à ses dépens. Et Nikolai n'imaginait pas une seconde que cette fille étincelante puisse encore être vierge.

Il se leva et rassembla le dossier dont il avait commencé l'étude. Le détective qu'il avait engagé était un professionnel exigeant ; son rapport n'omettrait aucun détail. Il jeta un nouveau coup d'œil sur les photos. La ressemblance entre les deux femmes était étonnante.

Piqué dans sa curiosité, il se mit à lire ce qui concernait Prunella Palmer, connue sous le diminutif d'Ella. Oui, cette nuit-là, il avait entendu ce prénom, se souvint-il avec agacement. Les coïncidences devenaient de fortes présomptions, on dirait…

Ella Palmer, âgée de vingt-trois ans, avait fait des études de vétérinaire et s'était fiancée au neveu de Cyrus, Paul, à présent décédé. Ce n'était pas suffisant pour motiver l'intérêt de Cyrus Makris : celui-ci s'inquiétait rarement des membres de sa famille. Nikolai continua sa lecture, à la recherche de nouveaux détails.

Cela faisait un an que Paul, le neveu de Cyrus, avait succombé à une leucémie et deux ans que le père d'Ella, George Palmer, avait eu une attaque. Celui-ci était noyé dans les dettes. Nikolai s'étonnait que Cyrus, qui en avait largement les moyens, ne se soit pas proposé pour aider la famille d'Ella — peut-être se réservait-il cette possibilité pour le jour où cela lui permettrait d'affirmer son pouvoir... D'autre part, il peinait à comprendre que Cyrus puisse épouser cette Ella Palmer. Qu'avait-elle donc de si spécial ? Pendant plus de deux ans, elle avait fait partie de son entourage, certes, mais en tant que fiancée de son neveu, elle était intouchable. C'était oublier le caractère pervers de Cyrus Makris : l'interdit était une tentation puissante pour un homme qui adorait enfreindre les règles.

Maintenant, Ella était seule, sans protection, et Cyrus semblait jouer avec elle au chat et à la souris. Il la faisait attendre et pouvait se le permettre, car bien qu'il soit assez vieux pour être son père, il avait une position sociale de premier plan : c'était un homme d'affaires riche et influent. Alors qu'il pourrait se trouver une fiancée plus clinquante, qu'est-ce qui pouvait bien lui plaire en cette Ella, à part le défi qu'elle représentait ? Elle était belle, mais n'avait ni argent ni relations. Sans compter qu'elle avait appartenu à un autre.

De son côté, Ella Palmer avait-elle vraiment envie de ce mariage ? Avait-elle la moindre idée du genre d'homme qu'était réellement Cyrus Makris ? Savait-elle que la violence sexuelle l'excitait ? S'il en entrevoyait la possibilité, il pourrait bien lui causer sans ciller un mal irréparable. Considérait-elle cela comme le prix à payer pour une alliance par ailleurs lucrative ?

Quoi qu'il en soit, l'objectif de Nikolai était de la sortir des pattes de Cyrus — pas tant par philanthropie que pour assouvir sa vengeance. Cyrus était un homme dangereux et Nikolai savait jusqu'où pouvait le conduire son côté sombre. En utilisant habilement pots-de-vin et intimidation, Cyrus avait jusqu'à présent pu échapper à la justice. Nikolai, à défaut de le voir condamné, avait dû rechercher une forme de vengeance plus subtile. Il avait suivi à la trace les manœuvres de sa proie dans le monde des affaires et ainsi, il était parvenu à contrecarrer certaines de ses manœuvres financières. Cela avait été facile, car Cyrus était plus doué pour se créer des ennemis que pour établir des relations solides. Mais cela ne procurait pas à Nikolai la même satisfaction que de le frapper à un niveau personnel. Perdre Ella Palmer, qu'elle lui préfère son plus grand rival, cela atteindrait Cyrus là où cela faisait mal.

Et tout ce qui le faisait souffrir rendait Nikolai heureux. Le désir brûlant de revanche qui l'animait était étayé par une résolution implacable, et par la certitude que les victimes de Cyrus avaient subi un cruel déni de justice.

Quant aux conséquences de sa vengeance sur Ella Palmer et sa famille... Ce seraient simplement des dommages collatéraux de la bataille qu'il menait, même si la famille d'Ella était alors délivrée de ses dettes et que la jeune femme serait à l'abri des violences de Cyrus.

Pourtant, depuis qu'il avait reconnu Ella sur la photo remise par son détective, son projet prenait une dimension presque *émotionnelle* qui le faisait grincer des dents. Il avait beau tenter de rester calme, de contrôler la situation et de ne pas s'impliquer, une fureur sans nom s'emparait de lui chaque fois qu'il imaginait Cyrus posant ses sales pattes sur Ella pour lui faire du mal…

2

— Ce n'est pas brillant, Ella, dit sa grand-mère d'une voix sourde.

— Vraiment pas brillant, renchérit Ella, la bouche sèche.

Elle était attablée avec son père et la mère de celui-ci, Suzie, dans la maison de cette dernière ; tous trois faisaient le point sur la situation familiale. George poussa un lourd soupir.

— Je suis un raté complet quand il s'agit d'aider ma famille, j'ai tout perdu...

— Il est sans doute trop tard pour sauver quoi que ce soit de tes affaires, concéda Ella d'une voix tremblante. Nous savions depuis longtemps que le magasin marchait mal, mais cela ne fait pas de toi un raté. La maison, au moins...

— Aucun espoir de ce côté, la coupa Suzie. La maison est perdue, elle aussi.

Ella posa les yeux sur sa grand-mère, petite femme sèche aux cheveux blancs et au visage ridé qui, malgré son énergie et son optimisme, faisait aujourd'hui ses soixante-dix ans.

— Mais comment est-ce possible ? s'exclama-t-elle, incrédule. C'est *toi* qui possèdes cette maison, grand-mère !

— Mon divorce d'avec Joy m'a coûté la moitié de mes ressources, lui rappela son père. Ta grand-mère m'a aidé.

— La maison était la seule propriété qui nous restait. Sans garantie, ton père n'aurait pu obtenir le prêt dont il avait besoin pour dédommager Joy. Donc j'ai accepté l'hypothèque en priant que tout aille bien. Mais les choses n'ont pas tourné ainsi.

— Oh ! Seigneur..., soupira Ella.

Pour se consoler, elle se répéta que le divorce d'avec la superficielle Joy avait rendu un peu de tranquillité à son père. C'était au moins ça... Car bien qu'il se soit remis de l'attaque qui l'avait paralysé deux ans plus tôt, son père ne se déplaçait plus sans canne, et la partie gauche de son corps demeurait faible.

Joy l'avait quitté alors qu'il était en convalescence, consciente que la confortable situation financière de George Palmer déclinait. Ce dernier n'avait d'ailleurs pas pu s'offrir les services d'un bon avocat pour le divorce et Joy avait obtenu la moitié de la valeur de son magasin de meubles. Ce qui avait plongé toute la famille dans des turbulences financières de plus en plus périlleuses, et l'état de santé de son père s'en était aggravé.

— Avoir risqué la maison ne nous a pas réussi, dit George d'une voix étranglée. Hélas, ce qui est fait est fait. Malheureusement, mes créanciers réclament leur dû.

Son père était un vrai gentleman, qui n'avait jamais un mot de reproche pour personne, toutefois Ella l'aurait aimé plus pugnace. Une lettre était restée ouverte sur la table et, son attention soudain attirée, elle s'en empara.

— C'est la réclamation de tes créanciers ?

— Oui. Mes dettes ont été reprises par une agence de recouvrement. Ils m'avertissent qu'ils veulent mettre la maison en vente.

— Eh bien, c'est ce qu'on verra ! s'écria Ella.

Elle se leva d'un bond et attrapa son téléphone,

heureuse d'agir enfin car rester assise à se lamenter lui minait le moral.

— Il s'agit d'affaires, Ella, intervint Suzie, et faire appel aux bons sentiments des agents de recouvrement, c'est perdre son temps. Tout ce qu'ils veulent, c'est un retour sur investissement.

— Mais ce sont nos vies qui sont en jeu ! s'exclama-t-elle.

Elle sortit de la pièce pour appeler l'agence et demander un rendez-vous. La vie pouvait se montrer si cruelle, se dit-elle. À de nombreuses reprises, malchance et déceptions avaient gâché son existence, au point qu'elle s'y était habituée, ayant appris à serrer les dents et à encaisser. Mais quand l'adversité touchait sa famille, son esprit combatif resurgissait. Son père ne pourrait jamais recouvrer la santé dont il jouissait auparavant, mais il méritait une vie paisible après l'orage de son divorce. Elle ne supportait pas qu'il doive perdre la maison familiale, en plus de tout le reste.

Et sa pauvre grand-mère… Les yeux d'Ella s'emplirent de larmes à l'idée que Suzie puisse perdre son foyer chéri. C'était son mari, à présent décédé, qui lui avait offert cette maison pour leur mariage, dans les années 1960. Leur fils y était né et jamais elle n'avait habité ailleurs. Pas plus que son père ni elle, songea Ella, le cœur brisé. La confortable villa avait vieilli, mais elle représentait pour eux l'idée même de sécurité.

George était tombé amoureux de la mère d'Ella, Lesley, alors qu'ils étaient à l'université. Il comptait l'épouser, d'autant qu'elle était tombée enceinte. Lesley, elle, s'était montrée moins enthousiaste et, après la naissance de leur fille, elle l'avait abandonnée aux bons soins de son père pour partir en Californie mener une carrière scientifique.

Elle était devenue depuis une chercheuse de renommée internationale.

Ella n'avait rencontré sa mère que le jour de ses dix-huit ans.

— Je n'ai visiblement pas l'instinct maternel ni le gène de la bonne épouse, car je n'ai jamais regretté ma vie de célibataire sans enfant, lui avait alors avoué Lesley. George t'adorait et, puisqu'il a ensuite épousé Joy, j'ai songé qu'il valait mieux te laisser au sein de cette parfaite petite famille, sans me mêler de vos affaires.

Ella n'avait pas été dupe : par ce petit discours, sa mère avait tenté de masquer le total manque d'intérêt qu'elle avait pour sa fille. Quant à son choix de l'avoir laissée au sein de sa « parfaite famille », c'était une chimère : dès que Joy avait été unie à George, elle ne s'était plus cachée de la gêne que lui causait la présence d'Ella. Sans l'amour que lui portaient George et Suzie, Ella aurait eu une enfance très malheureuse.

Mais l'heure n'était pas à ruminer de sombres pensées. Ella devait trouver une solution à la situation catastrophique de sa famille.

Elle appela donc l'agence de recouvrement et, ayant passé les barrières de plusieurs secrétaires, se trouva en ligne avec un jeune homme à la voix distinguée, à qui elle exposa sa requête. À son grand désappointement, elle se heurta à un mur d'incompréhension. Se réfugiant derrière la confidentialité due au client, son interlocuteur refusa de lui dire qui était le créancier de son père. Il promit néanmoins de transmettre sa demande.

Ella raccrocha, les yeux brûlants de larmes tant le résultat de son appel était frustrant. Mais il lui fallait se secouer et retourner au travail, car le peu qu'elle gagnait était le seul revenu du foyer, à part la maigre pension de sa grand-mère.

Au moment de partir, une idée lui traversa l'esprit :

— Avez-vous pensé à solliciter l'aide de Cyrus ? demanda-t-elle abruptement.

Le visage de son père se tendit et elle le sentit immédiatement sur la défensive.

— Ella… Je…

— Cyrus est un ami de la famille, l'interrompit Suzie. Ce serait déplacé de lui demander de l'aide simplement parce qu'il a de l'argent.

Ella s'empourpra et accepta les réticences de sa grand-mère d'un signe de tête respectueux. Pourtant, à son avis, l'affaire était assez sérieuse pour prendre le risque de vexer celui qui avait failli devenir un membre par alliance de la famille. Mais peut-être son père avait-il déjà demandé l'aide de Cyrus et se l'était vu refuser. De toute façon, le joindre était en ce moment impossible : Cyrus était en Chine pour affaires.

Ella grimpa dans la vieille camionnette qui était son seul moyen de transport et démarra. Une cacophonie d'aboiements retentit : elle comprit qu'elle avait oublié Butch, son petit chien, qui l'accompagnait toujours au travail. Elle pila, ouvrit la portière, et le minuscule animal, mélange de chihuahua et de Jack Russel, lui sauta dans les bras.

Butch avait le courage et la personnalité d'un chien beaucoup plus gros. Il était né avec trois pattes, et on l'aurait euthanasié si Ella ne s'était prise d'affection pour lui alors qu'elle travaillait comme remplaçante dans un cabinet vétérinaire. Le petit chien s'installa dans son panier : il savait que sa maîtresse n'aimait pas être dérangée lorsqu'elle conduisait.

Ella travaillait chez Compagnons des Animaux, un

refuge situé non loin de la maison. Adolescente, elle s'était portée volontaire pour y aider. Ensuite, elle avait commencé des études de vétérinaire, qu'elle avait dû abandonner à cause de la leucémie de Paul, l'homme qu'elle aimait, et de l'attaque de son père. Son projet de vie s'en était trouvé modifié, surtout lorsque Paul avait succombé à la maladie. Éprouvant beaucoup de réconfort à s'occuper des animaux, Ella avait trouvé un emploi d'assistante au refuge. Elle ne désespérait pas de finir un jour son cursus et d'obtenir son diplôme de vétérinaire, mais il fallait d'abord régler les problèmes de la famille Palmer.

Au moins, en travaillant au refuge, elle avait acquis de l'expérience et pouvait mettre en pratique ses connaissances universitaires. Ce n'était pas une si mauvaise chose, se disait-elle souvent pour se remonter le moral. De toute façon, elle n'avait pas le choix : elle devait subvenir aux besoins de ses proches. Sa présence auprès de sa grand-mère et de son père était indispensable ; et puis n'avaient-ils pas été là, eux aussi, affectueux et aimants, au moment du décès de Paul ?

Sa patronne, Rosie, une femme d'une quarantaine d'années aux cheveux blonds frisés et au cœur généreux, sortit sur le parking pour l'accueillir.

— Tu ne vas pas y croire : Samson a trouvé un foyer ! lança celle-ci, tout excitée.

Ella lui décocha un grand sourire.

— Je n'ai pas encore fait la visite à domicile pour vérifier les conditions d'accueil, reprit Rosie, mais ses futurs maîtres ont l'air super ! Ils ont perdu un vieux chien et je ne pensais pas qu'ils voudraient en reprendre un aussi âgé, mais ils craignent qu'un chiot soit trop difficile à élever.

— Samson mérite un foyer, dit gentiment Ella,

consciente que le vieux terrier n'aurait sans doute pas d'autre chance d'être adopté.

— Il est tellement affectueux ! renchérit Rosie, dont le sourire chaleureux s'évanouit soudain : j'ai su que le magasin de ton père avait fermé. Je suis désolée pour lui.

— Hélas, personne n'y peut rien.

Ella était peu désireuse de s'étendre sur le sujet. Rosie était une commère invétérée, et il n'était pas sage de discuter des finances de sa famille avec elle. Heureusement, celle-ci se contenta de quelques commentaires sur le développement des grandes chaînes qui condamnait les indépendants ; Ella, de son côté, s'en tint à deux ou trois onomatopées d'approbation tout en vérifiant que le personnel du chenil avait terminé le nettoyage matinal. Une fois cette tâche achevée, elle enfila une combinaison et s'occupa d'un chien errant amaigri qu'avait apporté la fourrière.

Elle entendit alors un bruit de voiture et présuma que Rosie partait faire sa visite aux futurs maîtres de Samson. Elle passa dans le bureau, où elle expédia un peu de travail administratif. L'équipe qu'elle formait avec sa patronne fonctionnait bien car elles avaient des qualités complémentaires. Rosie était imbattable en relations publiques : elle n'avait pas son pareil pour solliciter de généreux donateurs. Ella, de son côté, préférait travailler avec les animaux, loin de toute exposition publique.

Elle repensa à la très chic soirée caritative à laquelle Cyrus l'avait persuadée d'assister, un mois auparavant. Champagne, hauts talons et robes du soir, tout ce décorum n'était vraiment pas du goût d'Ella, qui avait été très mal à l'aise. Mais comment aurait-elle pu refuser alors que Cyrus avait été si bon pour Paul quand celui-ci était malade ? Être sa cavalière pour quelques soirées mondaines était la moindre des choses.

Ella se demanda une fois encore pourquoi Cyrus ne s'était jamais marié. Il avait quarante-cinq ans, était plutôt bel homme, réussissait en affaires... Elle s'était parfois posé la question de savoir s'il était gay ; quand elle en avait parlé à Paul, il en avait été agacé, affirmant qu'elle tirait de drôles de conclusions à partir de rien.

Rosie entra soudain dans le bureau, agitée, la tirant de ses pensées. Elle n'était donc pas partie ?

— Tu as de la visite ! annonça sa patronne.

Ella fronça les sourcils, se leva et fit le tour du bureau.

— De la visite ? Ici ?

— C'est un *étranger*, chuchota Rosie d'un ton théâtral, comme si le fait était inhabituel et mystérieux.

— Mais il est allé à l'école au Royaume-Uni et parle un excellent anglais, compléta une voix très masculine depuis le couloir.

Ella se figea, incrédule. Un frisson descendit le long de sa colonne vertébrale. Aussi incroyable que cela paraisse, elle reconnaissait cette voix, bien qu'elle ne l'ait entendue qu'une seule fois, presque un an auparavant...

Un homme à la stature imposante entra dans le bureau. Le souffle d'Ella se bloqua dans sa gorge. Cela paraissait impossible et pourtant, c'était bien lui, ce mâle superbe aux yeux noisette. Pourquoi donc venait-il la voir au refuge ? Est-ce qu'il l'avait pistée jusque-là ?

— Eh bien, je vous laisse, murmura Rosie.

Ella haussa un sourcil.

— Pourquoi faudrait-il que nous restions seuls ?

Mais son amie avait déjà disparu.

— Pourquoi ? Parce que j'en ai décidé ainsi, rétorqua son visiteur, refermant la porte d'un geste décidé.

Nikolai étudia longuement Prunella Palmer. Elle était vraiment petite et délicate, une vraie tanagra. Il s'en souvenait bien, ainsi que de sa chevelure bouclée, d'une couleur bronze que l'on voyait rarement, ni vraiment brune ni vraiment rousse, avec un éclat métallique qui lui conférait une brillance exceptionnelle. Elle ressemblait à une petite fée tout droit sortie d'un livre de contes, songea-t-il.

La bouche soudain sèche, il se sentait presque hypnotisé. Chaque détail de sa silhouette le fascinait. Certes, elle n'était pas parfaite, aucune femme ne l'était, tenta-t-il de se raisonner pour recouvrer un peu de lucidité. Pourtant, ce teint de porcelaine, ces magnifiques yeux verts et cette bouche pleine étaient inoubliables. Le souvenir qu'il avait de sa beauté n'avait donc pas été sublimé par le temps.

— Nous n'avons pas été présentés lors de notre première rencontre, déclara-t-il.

— Non, vous étiez bien trop occupé à vous énerver contre moi, lui rappela froidement Ella.

— Mon nom est Nikolai Drakos. Et vous êtes... ?

Comme il lui tendait la main, elle ne put que la serrer.

— Prunella Palmer, fit-elle à contrecœur. On m'appelle Ella. Que faites-vous ici, monsieur Drakos ? Est-ce que c'est au sujet de votre joujou à quatre roues ?

— Ce joujou à quatre roues, comme vous dites, est une élégante voiture de sport, que vous avez abîmée, fit remarquer Nikolai sans aucune note d'humour.

— J'ai légèrement éraflé une aile, c'était à peine visible. J'ai du mal à imaginer que vous en soyez encore à vous plaindre, il n'y a pas eu de véritables dégâts.

Nikolai fut tenté de lui dire combien cette petite éraflure lui avait coûté chez le garagiste. Il serra les dents. Il était bon pour sa santé mentale de se voir rappeler à quel point cette jeune femme pouvait être irritante. Quant à se plaindre, lui ? Elle le connaissait mal. Cela ne lui arrivait jamais. Pas même quand son père le rossait, pas plus quand il était harcelé à l'école, ni quand sa sœur, sa seule parente, avait disparu. Il avait appris très jeune que personne ne se souciait de son sort, ni ne s'intéressait assez à lui pour écouter le récit de ses malheurs. Rien dans la vie ne lui avait été facile.

Ella ne pouvait se retenir de dévisager l'Apollon qui lui faisait face. Il était tellement grand et imposant que le petit bureau semblait avoir rétréci. Tendue, elle avait l'impression d'être la proie sur laquelle le faucon allait fondre. Nikolai Drakos était un fantasme féminin fait homme : il avait la peau mate, les cheveux noirs et des yeux magnifiques. Son costume gris foncé, fait sur mesure à n'en pas douter, ne pouvait cacher sa musculature puissante et son allure athlétique ; cependant, il se mouvait avec souplesse, voire élégance.

Elle chercha à déterminer ce qui en lui retenait son attention. Il était très bel homme, mais il avait aussi beaucoup d'allure. À tel point qu'il tournerait sans doute encore toutes les têtes à soixante ans. Peut-être était-ce la virilité rare qu'il exsudait… Dix mois plus tôt, la puissance de son charisme l'avait déstabilisée et elle s'en était trouvée profondément humiliée.

— Je ne suis pas ici pour la voiture, précisa Nikolai d'un ton sec. Je suis ici parce que vous avez demandé à me voir.

Ella fut prise de court.

— Je ne comprends pas… Comment pourrais-je demander à vous voir alors que je ne sais même pas où vous contacter ? Et pourquoi vous contacterais-je alors que je n'ai jamais eu la moindre envie de vous revoir ?

Elle le défiait du regard. Sa posture et son expression suggéraient que l'assurance de Nikolai ne pouvait procéder que d'un égocentrisme monstre.

Nikolai retint un sourire amusé devant tant de hardiesse. Décidément, Ella Palmer avait un caractère bien trempé ! C'était bien elle, pourtant, qui l'avait sollicité. Pour une fois, le destin lui avait donné un coup de pouce bienvenu.

— Vous avez fait une démarche auprès de moi.

La stupéfaction envahit Ella, vite remplacée par une bouffée de colère. La journée avait plutôt mal commencé, et elle n'était pas d'humeur à jouer aux devinettes, encore moins avec l'homme arrogant qui l'avait offensée en lui proposant de passer une nuit avec lui avant même de connaître son nom ! Agir d'abord et réfléchir ensuite semblait être le fonctionnement de Nikolai Drakos avec les femmes, songea-t-elle avec mépris. Il avait réussi à la salir à ses propres yeux, ce qu'elle ne permettait à aucun homme. Pourtant, en notant la lueur déterminée qui animait son regard, la résolution peinte sur son beau visage, elle comprit qu'il n'était pas l'homme frivole et impulsif qu'elle avait imaginé de prime abord. Cette découverte la mit extrêmement mal à l'aise.

— J'en ai assez de ces absurdités, déclara-t-elle. Je veux que vous partiez.

Nikolai haussa un sourcil ironique, ce qui aggrava la colère d'Ella.

— Cela m'étonnerait fort que vous vouliez vous débarrasser de moi, fit-il posément.

Essayait-il de l'intimider ? À cette idée, Ella explosa :

— C'est pourtant mon souhait le plus cher ! Et si vous n'êtes pas dehors d'ici dix secondes, je me ferai un plaisir d'appeler la police.

— Je vous en prie, fit Nikolai.

Il s'adossa à la porte et croisa les bras avec une tranquille assurance. Ella fulminait, visiblement indignée. Elle évoquait à ses yeux un colibri fondant sur une fleur : minuscule, certes, mais coloré, intense et vibrant. Un éclair d'hostilité alluma son regard émeraude.

— Je ne plaisante pas !

Nikolai soupira ostensiblement.

— Vous pensez que vous voulez vous débarrasser de moi ? Je serais vous, je ne me montrerais pas aussi catégorique. Vous devriez être consciente que votre caractère emporté constitue l'une de vos faiblesses.

Ella prit une grande inspiration pour se calmer et se mit à compter les secondes :

— Un...

— Quand vous vous laissez aller, vous perdez tout contrôle.

— Deux...

— Et vous renoncez à toute faculté de pensée rationnelle.

— Trois...

— D'ailleurs, comment pourriez-vous réfléchir, continua-t-il, alors que votre visage me révèle toutes vos émotions ? Vous voudriez me sauter à la gorge, mais vous n'en avez pas physiquement les moyens ; du coup, vous agissez comme une enfant, de façon totalement illogique et inconsidérée...

— Quatre. Et taisez-vous pendant que je compte ! Cinq.

— Le spectacle que vous m'offrez est la raison même pour laquelle je ne m'autorise jamais à perdre mon sang-froid.

En son for intérieur, Nikolai s'amusait : sa proie était si facile à mettre en colère ! Ella serait simple à contrôler, comme un jouet mécanique qu'il pourrait remonter à volonté.

— Pourquoi vous conduisez-vous de façon aussi déraisonnable ? reprit-il. De mon côté, je ne vois pas ce que j'ai pu faire pour mériter une telle réception.

La voix de Nikolai restait calme et posée. Pourtant, nota Ella, les coins relevés de sa bouche trahissaient son amusement.

— Six ! lança-t-elle, se rappelant cette bouche sur la sienne, non pas joueuse et douce mais exigeante et passionnée.

Paul excepté, il était le seul homme à l'avoir embrassée. La farouche résolution d'Ella se muait en excitation. Son corps la trahissait : les pointes de ses seins durcissaient douloureusement et la chaleur qui irradiait son bas-ventre lui rappelait ce qu'elle n'avait plus senti depuis longtemps — qu'elle pouvait être femme. Que la cause de cet éveil de ses sens soit cet homme-là la mettait au supplice. Elle désespérait de le voir partir, aux prises avec de trop troublants souvenirs.

— Sept ! cria-t-elle presque, tendant la main vers le téléphone.

— Nos rapports s'annoncent houleux, rétorqua Nikolai avec une ironie mordante. Je tiens à vous prévenir que, bien que je contrôle mes émotions, je suis exigeant, têtu et impatient. Si vous me contrariez, vous aurez tout le loisir de le regretter.

— Dehors ! s'écria-t-elle d'une voix furieuse, humiliée de voir que ses menaces n'avaient pas le moindre effet. Sortez d'ici !

— Huit et peut-être même bien neuf, à présent, continua Nikolai à sa place. Quand vous saurez pourquoi je suis ici, vous me supplierez de rester.

— Ça m'étonnerait beaucoup… Dix ! lança Ella d'un ton définitif en se saisissant du téléphone.

— Je suis celui qui a racheté les dettes de votre père, déclara Nikolai.

Ella se figea, au bord du vertige. Lentement, elle reposa le combiné.

3

— C'est impossible, murmura Ella, abasourdie. Une coïncidence pareille, ça n'existe pas.

— On a déjà vu plus étrange, répondit Nikolai, qui comptait bien garder son plan machiavélique pour lui. Vous avez appelé l'agence avec laquelle je travaille et vous avez demandé à me voir. Me voilà.

— Je ne m'attendais pas à une visite… Un appel, un rendez-vous, à la limite…

La peur s'insinuait lentement en elle, à présent. Il fallait qu'elle se maîtrise. Il lui était impossible de s'en prendre à l'homme qui détenait les dettes de son père. Même furieuse, elle n'était pas stupide.

Le silence se fit dans la pièce. Elle regardait son tourmenteur, incapable de croire à la succession d'événements qui ramenaient Nikolai Drakos dans sa vie, dans des circonstances aussi spectaculaires. Elle qui espérait ne plus jamais le revoir ! Elle avait cru qu'elle pouvait enterrer cet épisode stupide. Être de nouveau confrontée à lui la choquait profondément.

— Excusez ma surprise, reprit-elle, je ne m'attendais pas à avoir déjà rencontré le créancier de mon père.

— Vous appelez ça une *rencontre* ? Un moment partagé dans un parking semble plus juste, riposta Nikolai avec un sourire moqueur.

Ella eut envie de le gifler. Son effronterie ne l'étonnait

pas, pourtant. Il était du genre à repousser les limites. C'était un joueur, et ce fameux soir, il aurait couché avec elle à l'arrière de la voiture si elle s'était laissé faire. Elle s'empourpra à ce souvenir. Drakos l'étudiait ; elle devinait qu'il tentait de déchiffrer ses expressions. Elle s'efforça de ne rien laisser transparaître.

— Donc, c'est vous qui détenez les dettes de mon père, reprit-elle d'un ton posé.

— Vous vouliez me parler, mais de quoi ? À part l'évidence : si vous comptez sortir le grand jeu avec larmes et violons, c'est peine perdue. Ma règle est simple : je ne fais pas dans le sentiment. Rien de personnel.

— Tout ce qui concerne ma famille est personnel.

— Votre famille ne m'est rien, déclara Nikolai avec une impitoyable assurance. Cela étant, j'ai une autre option à vous offrir.

— Une autre option ?

Nikolai plongea le regard dans les grands yeux verts de son interlocutrice. Il put y lire l'étincelle d'un espoir naissant. Étrangement, il s'en trouva mal à l'aise. Pourquoi réagissait-il ainsi ? Était-ce l'air vulnérable d'Ella ? Sa délicatesse physique ? Cette candeur qui la poussait à croire qu'il allait jouer les bons Samaritains ? Comment pouvait-elle encore faire confiance aux autres, à son âge ? Malheureusement pour elle, il n'avait rien d'un tendre. Il n'était proche de personne, ne créait de liens avec personne. Il avait établi ces règles tout jeune, et rien de ce qu'il voyait ne lui donnait envie d'en changer. Lorsque l'on cédait aux sentiments, on prenait des coups ; cela lui était arrivé si souvent dans l'enfance qu'il avait retenu la leçon.

— Sous certaines conditions, je serais prêt à tirer un trait sur l'intégralité des dettes de votre père.

Dans le silence inconfortable qui suivit, Ella sentit son estomac se nouer.

— Bien. Et ces conditions sont… ?

— Que vous emménagiez à Londres, chez moi, pour une période de trois mois.

Stupéfaite, Ella mit un instant à retrouver la voix.

— Emménager… Avec vous ? bredouilla-t-elle. Qu'est-ce que ça veut dire ?

— Vivre comme un couple, répondit Nikolai, surpris de ne pas avoir été aussi direct que d'habitude.

Il avait choisi ses mots avec soin. Peut-être parce que la réaction effarouchée d'Ella Palmer et son évidente timidité avaient fait naître en lui un soupçon. Une prémonition, plutôt : et si, aussi étonnant que cela soit, elle était toujours vierge ? Il l'aurait mise sans hésiter dans son lit, mais il n'avait pas particulièrement envie d'être l'homme qui prendrait sa virginité. Ni qu'aucun autre ne lui prenne, au fond, dut-il s'avouer…

Son cerveau l'emmenait dans des directions inattendues. Si une heure auparavant son plan était clair, de nombreuses objections se faisaient soudain jour dans son esprit. Et tout cela à cause d'Ella Palmer, debout devant lui. Il faisait face à un être de chair et de sang, et non plus simplement au moyen d'arriver à ses fins. Venait-il d'acquérir de la sensibilité, à son âge ? Ce serait étonnant… Ella n'avait rien à voir avec son type de femmes. Il les aimait grandes, blondes et pulpeuses ; Ella était petite, mince, avec peu de formes. Comment comprendre alors la réaction physique très claire qu'il avait eue lorsqu'un mouvement léger de son bras avait révélé la pointe de ses seins sous son T-shirt ? Les deux bourgeons tendaient le tissu, et il voulait soudain en voir plus…

Mais il ne s'agissait que de sexe. Or, dans ce domaine, il n'avait aucun mal à se satisfaire. Que lui arrivait-il, alors ? Il ne se laissait jamais distraire lorsqu'il avait un plan en tête.

— Vous voulez que je devienne votre... petite amie ? bégaya Ella, incapable de croire à ce qu'elle avançait.

Nikolai cilla.

— Je n'ai pas de petite amie. J'ai des relations sexuelles.

— Alors vous êtes comme une femme facile, répondit-elle, les mots lui échappant.

Son expérience lui avait appris qu'il n'y avait que deux types d'hommes : les premiers croyaient en l'amour et en l'engagement, alors que les seconds ne cherchaient qu'à coucher avec le plus grand nombre de femmes. Mais le regard flamboyant que lui lança Nikolai la cloua sur place.

— Je vous interdis de dire ça !

— Je ne cherchais pas à vous insulter. Je voulais simplement dire que vous ne recherchez que le sexe. Certaines femmes sont comme ça, mais je n'aurais pas dû dire cela, conclut Ella, se maudissant d'avoir déclenché sa colère. Si je ne suis pas votre petite amie, je serai...

— Ma maîtresse, trancha Nikolai, froid comme de la glace.

Ella se raidit. Sa *maîtresse* ? Il lui proposait un rôle aussi désuet, lui qui semblait si moderne, ancré dans son époque ? Mais après tout, qu'en savait-elle ? Qui était réellement Nikolai Drakos ?

Elle marcha jusqu'à la fenêtre et remarqua une énorme limousine garée dans la rue. Elle ne pouvait être qu'à lui. Nikolai était un homme riche et privilégié. Peut-être que le concept de maîtresse lui était plus familier qu'à elle.

Ainsi, il lui proposait de lui rendre des services sexuels... Seigneur, rien n'aurait pu la préparer à cette offre ! Alors qu'il avait le profil d'un don Juan, elle n'avait rien de remarquable. Les têtes ne pivotaient jamais sur son passage, parce qu'elle n'avait ni la longueur de jambes ni les formes nécessaires pour susciter l'admiration. Pourquoi diable Nikolai lui faisait-il cette proposition *à elle* ?

— Mais nous ne nous connaissons même pas, protesta-t-elle, déconcertée. Vous êtes un étranger...

— Si nous vivons ensemble, je ne le resterai pas longtemps, fit-il remarquer avec un calme olympien.

Elle pivota vers lui, les yeux écarquillés.

— Vous ne pouvez pas être sérieux...

— Je vous assure que je le suis. Emménagez avec moi et j'oublierai les dettes de votre famille.

— Mais cela n'a aucun sens ! s'exclama Ella, à bout d'arguments.

— Ça en a pour moi, répliqua Nikolai. Quand je veux quelque chose, je l'obtiens.

Ella rougit. Est-ce qu'il la désirait ? Au point de la retrouver, de racheter les dettes de son père avant d'essayer de l'acheter, elle ? L'idée même la fit chanceler.

— Ce n'est pas bien. C'est immoral, c'est un chantage.

— Cela n'a rien à voir avec du chantage. Je vous offre une option que vous n'aviez pas avant que je passe cette porte. C'est à vous de décider.

— Comme si j'avais le choix ! Vous n'avez aucun scrupule !

— Je n'ai jamais dit le contraire, continua Nikolai comme s'ils avaient une banale conversation. Je veux vous voir à Londres, à mes côtés, vous sortir et vous montrer, vous...

— Pourquoi moi ? l'interrompit Ella, cherchant à toute force une explication qui puisse faire sens. Je vous avais dit non, la dernière fois. C'est ce qu'il vous faut pour vous enflammer ? Un refus ?

— Je ne vais pas répondre à ces questions, répondit

Nikolai. Mes motivations ne concernent que moi. Soit vous étudiez ma proposition, soit vous la rejetez : c'est aussi simple que cela.

Un rire nerveux échappa à Ella.

— Votre maîtresse ? Même si je voulais accepter, cela me serait impossible !

Il fronça les sourcils.

— Pourquoi ?

— Mon père ne supporterait pas d'apprendre que je couche avec vous pour éponger ses dettes. Navrée, mais c'est non.

Nikolai déposa sa carte de visite sur le bureau.

— Voici mon numéro. Je serai à l'hôtel Wrother Links jusqu'à demain matin.

— J'ai déjà pris ma décision, insista Ella.

Il lui adressa un sourire aussi tranquille que dangereux.

— Donnez-vous le temps de la réflexion avant de refuser. Par contre, si vous en parlez à qui que ce soit, je retire ma proposition. C'est une offre strictement confidentielle.

— Vous savez que vous ne pouvez pas faire ça : demander à une femme que vous ne connaissez pas de vivre avec vous.

Nikolai haussa ses larges épaules. Ella était interdite devant une telle nonchalance.

— C'est pourtant ce que je viens de faire.

— Mais c'est barbare ! s'exclama-t-elle. Malhonnête !

Il lui coula un regard dubitatif.

— Ce qui est malhonnête, c'est de m'avoir embrassé comme vous l'avez fait l'an dernier avant de me rejeter comme si je vous avais insultée.

— Mais c'était le cas ! explosa Ella.

Nikolai s'immobilisa à la porte.

— Si vous vous offensez aussi vite, il est préférable que vous rejetiez ma proposition.

Sur ces mots, il sortit sans se retourner.

Ella resta interdite. Elle ne savait que penser : accepter était hors de question, mais elle n'avait pas apprécié que Nikolai lui conseille le refus avec un tel détachement. Par la fenêtre, elle regarda, perplexe, la grosse limousine s'éloigner et laissa les souvenirs l'envahir...

La meilleure amie de sa belle-mère, Ailsa, était organisatrice de mariages. Lorsqu'une de ses employées avait fait défaut, Joy avait insisté pour qu'Ella prenne sa place. Elle aurait pu décliner l'offre, mais elle connaissait Joy et savait qu'il était préférable d'obtempérer si on ne voulait pas voir l'enfer se déchaîner dans la famille — Ella avait toujours détesté les commentaires assassins de sa belle-mère, et son père en était le premier chagriné.

Lorsqu'elle était arrivée sur les lieux du mariage, une belle propriété à la campagne, on lui avait demandé de garer les voitures et non de s'occuper du service comme elle l'escomptait. Elle adorait les belles voitures, aussi garer les luxueux véhicules avait-il été plutôt amusant, jusqu'à ce que son pied dérape sur la pédale de frein d'une McLaren... Au final, l'aile de la voiture avait été éraflée sur un buisson épineux.

Subitement, Nikolai avait surgi dans son champ de vision, très énervé : c'était sa voiture... Ailsa avait tout de suite présenté ses excuses. Pour apaiser Nikolai, elle avait parlé de renvoyer Ella. Alors, il s'était subitement calmé, spécifiant qu'il refusait qu'on la punisse pour une telle peccadille. Puis, sans leur prêter plus d'attention, il avait rejoint les invités.

Au milieu de la nuit, Ella était sur la terrasse, dansant

distraitement sur la musique que passait le DJ, lorsqu'elle avait entendu un bruit derrière elle.

— Si vous voulez votre voiture, il faudra aller la chercher vous-même, avait-elle lancé d'une petite voix en reconnaissant celui qui la rejoignait.

— Entièrement d'accord. Je ne veux plus jamais vous voir derrière un volant de ma vie. À quelle heure finissez-vous ?

— J'ai terminé. J'attends que l'un des barmen me ramène chez moi.

— Cela pourrait prendre du temps, avait murmuré Nikolai.

— Effectivement...

Levant le menton, Ella avait écarté les mèches de cheveux que le vent ramenait sur son visage.

— Vous avez des cheveux magnifiques, avait-il déclaré.

— Merci.

Grâce à la lumière qui venait de l'intérieur, elle pouvait distinguer les contours du visage de son compagnon. Il était sans aucun doute l'homme le plus beau qu'elle ait jamais vu.

— Et vos yeux sont splendides, avait-il ajouté. Mais vous ne valez vraiment pas un clou en conduite.

— Ma chaussure a glissé sur la pédale. Je suis très bonne conductrice.

— Je ne vous crois pas, avait-il décrété en la fixant sans ciller.

Ella lui avait rendu son regard.

— C'est votre problème.

— Mon problème, c'est que je vous veux, avait répondu Nikolai abruptement. Je vous ai vue danser près de la vitre et j'ai eu envie de vous faire l'amour.

Déconcertée, Ella avait rougi.

— Oh...

— Oh ? avait-il répété, moqueur. C'est tout ce que vous avez à dire ?

— Que voulez-vous que je vous dise d'autre ? Je ne cherche pas d'homme pour le moment.

— Je ne cherche personne non plus. Ce que je veux, c'est vous. Pour une seule nuit.

Il s'était avancé. De la main, il lui avait caressé la base du cou, puis avait rapproché le visage d'Ella du sien. Lorsque son autre main était venue se placer dans son dos pour l'attirer à lui, Ella n'avait opposé aucune résistance. Elle avait ouvert à demi les lèvres lorsqu'il l'avait embrassée, puis avait accueilli avec ravissement les étincelles d'excitation que son long baiser faisait naître sur sa peau. Nikolai en voulait plus, sans doute aiguillonné par le contact de leurs deux corps et les mouvements instinctifs de ses hanches. Brusquement, Ella s'était souvenue de l'homme qu'il était et de la situation dans laquelle elle se trouvait.

— Merci, mais non merci, avait-elle dit en se dégageant brutalement de son étreinte.

— Sérieusement ? s'était-il exclamé, l'air abasourdi.

Il avait senti qu'elle était aussi excitée que lui, Ella en avait bien eu conscience. Mais ce qu'il ne pouvait savoir, c'était qu'elle n'avait jamais été confrontée au désir masculin. Elle s'était d'ailleurs étonnée d'y réagir aussi spontanément. Elle avait désiré Paul, mais celui-ci ne lui avait jamais montré la réciproque — elle en avait été durablement blessée. Même plusieurs semaines après l'avoir vu rejoindre sa dernière demeure, la comparaison entre les deux hommes lui avait fait si mal qu'elle lui avait arraché des larmes de fureur.

— Oui, sérieusement, avait-elle répété.

Elle était rentrée dans la maison et avait attendu qu'un des barmen soit libre et la dépose chez elle. Cela valait mille fois mieux que de se laisser raccompagner par celui qui l'avait embrassée — et qui, par son baiser, avait chassé sa tristesse et son deuil, d'un seul coup…

Heureusement qu'elle avait réussi à se reprendre avant de faire quelque chose qu'elle aurait pu regretter le lendemain, songea Ella en revenant au présent. Elle avait aguiché Nikolai en répondant à son baiser, avant de lui fermer brutalement la porte au nez. Mais après tout, une femme n'avait-elle pas le droit de changer d'avis ?

C'était d'ailleurs probablement cette fin de non-recevoir qui avait donné à Nikolai envie de la revoir. Combien de femmes lui avaient dit non ? Peut-être avait-elle mis à mal son ego masculin…

Elle ne put s'empêcher de se demander si le rachat des dettes de son père était réellement une coïncidence. Nikolai n'avait pas répondu à ses questions. La famille qu'elle adorait était sur le point de perdre le peu qu'il lui restait et cet homme, aussi cruel soit-il, lui avait offert une échappatoire. Comment pouvait-elle se dérober alors qu'il existait une issue à leur malheur… ?

Toute la journée du lendemain, son esprit frôla la surchauffe. Ella était prête à tout pour mettre sa famille à l'abri. Libéré de ses dettes et de Joy, son père pourrait de nouveau se consacrer à une vie professionnelle, modeste mais suffisante. Il était toujours comptable, et le fait de pouvoir retravailler lui rendrait un peu d'estime de lui-même.

Nikolai Drakos la mettait cependant dans une situation impossible. George en effet n'accepterait jamais pareil sacrifice de sa part. Alors comment contourner cet obstacle ?

Une possibilité serait d'offrir à Nikolai la nuit dont elle

l'avait privé la dernière fois. Elle frissonna à cette idée, avant de se reprendre. C'était la vie, avec ses choix et ses contraintes. Si cet homme voulait la posséder, alors soit ! Après tout, sa virginité était subie, non désirée. Elle avait attendu le jour miraculeux où Paul irait assez bien pour se tourner vers elle, mais ce jour n'était jamais arrivé. Aujourd'hui, elle regrettait l'obstination de son fiancé à vouloir que tout soit parfait avant qu'ils profitent l'un de l'autre : elle aurait été moins intimidée par Nikolai si elle avait eu un peu d'expérience.

Une nuit, pensa-t-elle. Elle pouvait en sacrifier une pour sa famille, non ? Y avait-il une autre option ?

Bien sûr, au lieu de faire d'elle sa maîtresse, il aurait pu songer à l'épouser, donnant à leur arrangement ce qu'il fallait de respectabilité pour que son père accepte sans sourciller. Un gendre faisait partie de la famille, contrairement à un amant de passage. Mais un homme qui ne cherchait que du sexe ne devait pas avoir un goût très prononcé pour les engagements matrimoniaux…

Ella se décida enfin à composer le numéro de Nikolai et, avant même qu'il puisse ouvrir la bouche, lui déclara :

— Je veux venir vous voir, ce soir.

— Vous avez changé d'avis ?

— Je veux parler, dans un premier temps.

Il resta silencieux. Ella avait-elle déjà accepté une demande en mariage de Cyrus ? Cela aurait pu expliquer son refus. Mais ne l'aurait-elle pas prévenu, dans ce cas ?

— Il n'y a rien à discuter, répondit-il enfin fermement.

Ella pénétra dans le hall spacieux du très sélect hôtel Wrother Links. Malheureusement, elle ne se rendit compte que trop tard de sa tenue : elle était en vêtements de travail, jean usé et bottines, qui ne correspondaient absolument pas aux standards de l'endroit. Peut-être aurait-il été préférable qu'elle se change avant de venir voir Nikolai...

Dans l'ascenseur, elle se souvint d'un fait incontestable dont toutes ses amies l'avaient prévenue : le sexe revêtait une importance cruciale chez les hommes. Et le challenge était d'autant plus important qu'il s'agissait d'un séducteur du calibre de Nikolai Drakos... Lorsqu'elle était entrée à l'université, elle avait été l'objet de tentatives maladroites. En ce sens, rencontrer Paul avait été un soulagement : il l'aimait non pas pour sa plastique mais pour la personne qu'elle était. Mais Paul était un cas à part, pensa-t-elle, une boule de chagrin dans la gorge.

Les portes de l'ascenseur s'ouvrirent sur l'employé de Nikolai qui lui avait répondu quand elle s'était annoncée à la réception de l'hôtel. Il invita Ella à le suivre. Poussant les battants d'une double porte, il la fit entrer dans une vaste suite. Dans la pièce trônait un bureau imposant, jonché de papiers autour d'un ordinateur portable.

— M. Drakos vous recevra sous peu, assura le jeune homme avant de quitter les lieux.

Ella se dirigea vers la fenêtre. Elle observait distraitement le terrain de golf, en contrebas, lorsqu'elle entendit des pas.

— Vous jouez au golf ? demanda-t-elle sans se retourner.

— Non, fit la voix de Nikolai derrière elle. Pourquoi êtes-vous ici, Ella ?

Elle pivota et resta muette d'admiration devant son hôte, cheveux noirs encore humides et T-shirt à la main, qui sortait visiblement de la douche. Il passa le T-shirt sur son torse aux abdominaux saillants. Les joues rouges, Ella détourna les yeux.

— Je vous dérange ? demanda-t-elle.

— Disons que je ne m'attendais pas à votre visite après ma réponse de tout à l'heure.

Nikolai détailla sa visiteuse de la tête aux pieds. Elle n'avait pas fait d'effort pour le séduire, remarqua-t-il. Étrangement, cette constatation l'irrita — le blessa, même : ne valait-il pas au moins qu'on prenne le soin d'enfiler une robe ? Après leur conversation au téléphone, il ne comptait pas renoncer à son projet, mais il se disait qu'il allait devoir modifier son approche tant faire tomber Ella Palmer dans ses filets se révélait ardu. Après tout, si elle avait déjà un homme riche à ses pieds, pourquoi accepter qu'un autre lui donne des ordres ? Mais Cyrus, parti pour un long voyage en Chine, ne viendrait pas au secours de sa possible future femme. Peut-être que l'information qu'on lui avait donnée était fausse, ou peut-être Cyrus jouait-il avec Ella, comme lui-même n'hésitait pas à le faire parfois avec les femmes…

— J'ai cru comprendre que vous connaissiez Cyrus Makris, reprit-il enfin, adoptant le ton le plus neutre possible.

— C'est vrai, répondit Ella, surprise. Cyrus est un ami de la famille. J'ai été fiancée à son neveu jusqu'à sa mort.

Elle se demanda un instant comment Nikolai avait pu entendre parler du lien qui l'unissait à Cyrus, avant de penser au nom de famille de Nikolai.

— Votre nom… Vous êtes grec, n'est-ce pas ?

— Effectivement. Et lui aussi. Vous voulez un verre ?

— Non merci. Je ne peux pas rester longtemps, de toute façon : mon chien est dans la voiture.

Ella voulait seulement dire à Nikolai ce pour quoi elle était venue, puis rentrer.

— Alors ? demanda Nikolai, les yeux rivés sur la gorge parfaite de la jeune femme. Je vous écoute.

Son teint de porcelaine rehaussait l'émeraude de ses

yeux et le rose de sa bouche. Il se raidit, tentant de contrôler sa libido avec un soupir exaspéré.

Ella prit une longue inspiration avant de se lancer :

— Je suis venue vous demander si une nuit vous suffirait.

— Une nuit de quoi ?

— Vous le savez très bien ! Une nuit de sexe, bon sang ! répliqua-t-elle, aussi furieuse qu'embarrassée. Si c'est tout ce qui vous intéresse, je ne vois pas pourquoi je devrais venir vivre avec vous à Londres.

Étonné par cette proposition, Nikolai lui lança un long regard. Il en fallait beaucoup plus pour le désarçonner, d'habitude.

— Si je comprends bien, vous vous offrez pour la nuit ?

— Vous rendez cela sordide ! répliqua Ella, cinglante.

— Ce n'est pas moi qui ai fait cette offre. Pour vous répondre : non, une nuit de sexe ne satisferait pas mes exigences. Dois-je en déduire que vous n'êtes plus vierge ?

— Vierge, à mon âge ? Qu'est-ce qui pourrait vous faire croire ça ? mentit Ella. À vrai dire, je… Je manque d'expérience, mais…

Ella s'interrompit, les yeux baissés. Cette conversation tournait au désastre, se dit Nikolai. La belle Anglaise avait cru qu'il ne la voulait que pour coucher avec elle. Qu'aurait-elle pu imaginer d'autre ? Mais il n'était pas Cyrus, qui traitait les femmes comme des jouets. La proposition que venait de formuler Ella avait dû lui demander un vrai courage, et il se maudit intérieurement. À quel moment avait-il perdu le contrôle du scénario ? La tournure qu'il prenait ne lui convenait absolument pas !

— Une nuit, ce n'est pas ce que je veux, répéta-t-il, focalisé sur son objectif.

Le cœur d'Ella battait à tout rompre, entre un soulagement certain et une étrange déception. Elle était heureuse de ne pas avoir à s'exécuter dès à présent, mais elle était déroutée par la rapidité du refus de Nikolai. Que désirait-il réellement ? Que pouvait-il bien vouloir de plus ?

— Alors je n'ai qu'une autre suggestion à faire, murmura-t-elle d'une voix sourde.

— Laquelle ?

— Vous m'épousez.

— Je… Pardon ? s'exclama Nikolai après une seconde d'incrédulité. Est-ce que vous êtes folle ?

Enfin, une réaction sincère, songea Ella. L'idée du mariage l'avait bousculé, colorant ses joues et amenant une lueur de colère dans ses yeux froids. Elle l'avait pris par surprise.

4

— C'était une simple suggestion pratique, de mon point de vue, avança Ella, embarrassée.

— Point de vue non partagé, rétorqua Nikolai avec un rictus sarcastique.

— Alors rien ne se fera. C'est le seul moyen de persuader mon père que l'annulation de ses dettes est honorable.

Ella avait décidé que si Nikolai ne pouvait être plus franc sur ses intentions il faudrait qu'il s'accommode de son refus.

— Je ne vous épouserai pas pour obtenir... ce que je cherche à obtenir ! affirma Nikolai, l'air exaspéré.

— Bien. Je crois que c'est la fin de cette conversation, constata posément Ella, désireuse de partir au plus tôt, à présent.

Au moins, elle aurait essayé...

— *Diavole*, Ella ! jura Nikolai en la voyant poser la main sur la poignée de la porte. Il doit y avoir un autre moyen !

Elle se retourna vers lui.

— Non, honnêtement, il n'y en a pas. Mon père ne pourrait survivre en sachant ce que fait sa fille pour annuler ses dettes.

— Avec vous, tout a l'air si sordide !

— C'est juste que vous n'aimez pas les discussions franches lorsque ce n'est pas vous qui les menez. Vous êtes incompréhensible : vous me proposez de devenir votre maîtresse mais vous refusez la chance de coucher avec moi.

Ella était horriblement frustrée de ne pas comprendre où Nikolai voulait en venir.

— Je désire plus que du sexe, figurez-vous ! Je peux coucher avec qui je veux, quand je veux, répondit-il impatiemment.

Nikolai réfléchissait à toute vitesse. Un mariage, même de convenance, était hors de question. Il n'avait jamais voulu se marier. Ses parents avaient passé leur vie de couple à se battre et à dépenser l'argent du ménage en drogue et en alcool, sans jamais prêter attention à leurs deux enfants. Il n'aurait probablement pas survécu à cette triste période sans l'amour de sa grande sœur, qui avait pris soin de lui comme une mère de son enfant. Nikolai serait parfaitement heureux de quitter ce monde sans descendance et sans attache.

— J'ai besoin de vous à Londres, reprit-il, allant droit au but.

— Vous ne pouvez m'avoir sans alliance, le contra Ella. Et vous savez, je n'ai pas très envie de vous épouser non plus. Mais si cela permet à ma famille de vivre en sécurité, alors je suis prête à le faire.

— C'est moi qui parlerai à votre famille, fit Nikolai.

— Que voulez-vous dire ?

Le prix de sa vengeance contre Cyrus semblait monter de seconde en seconde. L'image de sa sœur lui revint en mémoire et son sourire diaphane flotta dans l'air un instant avant de s'effacer. Non, il ne pouvait renoncer à ses représailles. Si d'autres étaient pris dans la tempête, tant pis pour eux. Il ne pouvait se permettre aucun sentiment. Ella n'était qu'un pion sur son échiquier, rien de plus.

— Je dirai à votre famille que nous nous fréquentons,

et que nous avons décidé de vivre ensemble à Londres, expliqua-t-il. Votre père n'aura plus à se débattre pour régler ses dettes. Le refus n'est pas un luxe qu'il peut se permettre.

— Et vous pensez que c'est un luxe pour moi de *choisir* de devenir votre maîtresse ? lança Ella, étranglée par la rage. J'ai déjà répondu non à cette proposition.

— Ce qui me fait perdre mon temps, autant que le vôtre. Vous ne pouvez négocier les termes du contrat à votre guise. Il n'y aura pas de nuit unique ni de mariage, trancha-t-il, froidement. Soit vous me suivez à Londres, soit je pars seul et votre père s'écroule sous le poids de ses dettes. C'est le seul choix que je vous donne.

La tension entre eux était palpable. Consternée, Ella constatait l'échec de ce qu'elle avait cru être une bonne stratégie. Aucun argument ne tenait devant le refus borné de Nikolai. Il fallait serrer les dents et accepter.

— Vous devriez simplement vous préoccuper des dettes de votre père, lui rappela cyniquement le Grec. Et apprendre à faire ce que l'on vous dit.

— J'ai du mal lorsqu'on me force, murmura Ella.

— Vous devrez en passer par là, pourtant. Et vous avez tout intérêt à respecter les termes de ce contrat.

— Peut-être pourriez-vous commencer par me dire comment respecter un homme qui veut me prendre contre mon gré ? répliqua-t-elle en levant le menton vers lui.

— Vous vous mentez toujours ainsi à vous-même ? demanda Nikolai avec un sourire.

Il se rapprocha d'elle. Il ne lui fallut que quelques pas pour l'acculer à la porte.

— Je ne me mens pas, je...

Nikolai posa une main sur le battant de chêne et plongea le regard dans celui d'Ella.

— Si, et vous le savez. Je ne joue pas à ce genre de jeux.

— Je veux partir.

— Vous partirez quand je le déciderai, assena Nikolai.

Il était si grand qu'il occupait tout le champ de vision d'Ella. Elle ancra le regard dans le sien sans se donner la peine de masquer sa colère.

— Un coup de genou bien placé pourrait vous persuader...

— Pourquoi endommager quelque chose dont vous avez si clairement envie ? lança-t-il du tac au tac.

— Votre arrogance est vraiment stupéfiante, vous savez ?

Nikolai ricana, fasciné par les éclairs que lançaient les beaux yeux verts d'Ella, assombris par la colère.

— Si j'étais quelqu'un de modeste, vous m'auriez déjà piétiné. Mais ce n'est pas ce que vous voulez, n'est-ce pas ? Vous voulez plutôt que je vous prive de tout choix, pour vous donner la possibilité d'être avec moi sans problème de conscience. Si vous êtes forcée, vous êtes tout excusée.

— Vous êtes fou ! s'exclama Ella, incrédule. Je n'ai pas besoin d'excuse pour assumer mes choix.

— Vous savez que j'ai raison, insista Nikolai, se rapprochant inexorablement. Mais ce n'est pas à moi de trouver des prétextes pour justifier ce dont vous mourez d'envie.

— Décidément, la seule chose qui vous intéresse, c'est le son de votre propre voix. Vous divaguez.

— C'est ce que nous allons voir.

D'un mouvement fluide, Nikolai la prit dans ses bras et l'amena jusque dans la chambre.

— Qu'est-ce que vous faites ? demanda-t-elle, paniquée.

— Je fête notre accord.

— Quel accord ?

Il la déposa sur le grand lit.

— Votre accord pour devenir ma maîtresse.

Ella tenta de se dégager, mais en un instant, il fut au-dessus d'elle, l'emprisonnant.

— Laissez-moi partir ! protesta-t-elle.

— Je déteste entendre crier, à part de plaisir.

Soudain, ses lèvres chaudes s'écrasèrent sur celles d'Ella.

Il ne fallut qu'une seconde pour que le monde d'Ella soit bouleversé de fond en comble. Prise de court, elle ne put qu'accepter les étincelles de désir qui l'embrasaient. Nikolai se décala sur le côté sans interrompre son étreinte. La pointe de sa langue avait fait son chemin entre ses lèvres, et elle frissonna violemment en l'accueillant. Elle en voulait plus, se maudissait pour cela, mais était bien incapable de contrôler le désir qui s'emparait d'elle. Les baisers de Nikolai n'avaient rien à voir avec ce qu'elle avait connu auparavant. L'une de ses grandes mains passa sous son T-shirt et se referma sur un sein, ses doigts venant en agacer la pointe. Sans même l'avoir décidé, Ella se colla à lui dans un gémissement rauque.

Nikolai ôta le haut d'Ella et posa la bouche où étaient précédemment ses doigts. Chacun de ses coups de langue provoquait chez elle un spasme ; la chaleur qu'elle avait sentie naître entre ses cuisses monta à une température intolérable. Instinctivement, ses hanches se mirent à onduler contre le bassin de son compagnon. À son grand dam, un premier orgasme la terrassa, qu'elle accueillit avec un cri libérateur et étonné. L'onde de choc fit son chemin en elle alors qu'elle reprenait son souffle.

Ella se libéra de Nikolai et chercha son vêtement d'une main tremblante. Elle était rouge comme une pivoine. Son corps tremblait encore, secoué par la déflagration de l'extase. Elle ferma les yeux un instant, tentant de reprendre le contrôle d'elle-même. Seigneur ! Cet homme avait le pouvoir de la rendre folle de désir. Il l'embrassait, et tout ce en quoi elle croyait basculait, toute protestation mourait instantanément sur ses lèvres. Et elle le haïssait pour cela.

La gorge sèche, Nikolai se délectait de voir Ella se battre contre sa libido. Lui-même était fou de désir. Il brûlait de la posséder, de la ramener au lit et la faire sienne sans attendre, pour replonger dans l'océan de luxure qui l'avait baigné à l'instant où ses lèvres avaient touché la jeune femme. Il n'était ni impulsif ni frustré, d'habitude. Les femmes n'occupaient jamais vraiment son esprit, alors comment une seule pouvait-elle lui faire un tel effet ? Il n'aimait pas l'exclusivité dans ses relations, et se tenait éloigné des complications. Le travail et la vengeance étaient ses seules motivations. Jamais il n'avait eu besoin d'autre chose. Et jamais il n'avait autant voulu une femme…

— Je m'en vais, fit Ella, tentant de reprendre contenance.

Nikolai sauta hors du lit. Il replaça les pans de sa chemise dans son pantalon.

— Je te suis, affirma-t-il dans un tutoiement inattendu.

— Où ça ? Qu'est-ce que tu comptes faire ?

— Accompagner ton déménagement à Londres, bien sûr !

— Ne t'approche pas de ma famille, le prévint Ella. Tu n'es rien d'autre qu'un étranger pour eux.

— Je ne le resterai pas longtemps, répondit-il en attrapant sa veste. Et je vais commencer par leur dire que nous nous fréquentons depuis plusieurs mois.

— Ils ne sont pas stupides : ils ne croiront jamais que j'aie pu leur cacher un homme tel que toi tout ce temps.

Nikolai haussa un sourcil.

— Les gens croient ce qui les arrange, et ils seront heureux de voir que tu es prête à vivre de nouveau.

— Je vis ! s'emporta Ella, vexée. Je ne vois pas de quoi tu veux parler.

— Je ne suis pas stupide non plus, figure-toi, et je suis sûr que tu as juré de ne plus jamais aimer après la mort de ton fiancé. Je suis prêt à parier que tu t'es servie de ton deuil pour éviter toute prise de risque.

Ella pâlit.

— Comment oses-tu mêler Paul à cela ? Et crois-tu me connaître assez pour émettre pareil jugement ?

— J'en sais assez pour faire une ou deux suppositions, rétorqua froidement Nikolai.

— Eh bien, tu as tort !

Même si elle mentait, Ella espérait avoir mis assez de conviction dans sa voix pour que Nikolai ne se doute pas qu'il avait raison. Après la mort de Paul, elle s'était juré qu'elle n'aimerait ni ne fréquenterait plus aucun homme. Sa douleur était si grande, alors, qu'elle s'était laissée aller à des sentiments autodestructeurs. Et la dernière chose qu'elle avait envie d'entendre, c'était à quel point cette résolution était stupide. Ne venait-elle pas de se le prouver en cédant si facilement aux étreintes de Nikolai ?

— Comme je le disais, reprit-il sans tenir compte de sa réponse, ta famille sera ravie de voir que tu as réussi à faire ton deuil. Leur soulagement les empêchera de s'attarder sur les incohérences de notre belle histoire. La seule chose que tu aies à faire, c'est avoir l'air heureuse de me rejoindre à Londres.

Un sentiment proche de la panique assaillit Ella, lui enserrant la poitrine. Avoir l'air *heureuse* ? Elle n'était pas sûre de savoir comment s'y prendre. La vie avait été trop difficile, ces dernières années, et ne lui avait pas vraiment donné l'occasion de sourire. Toutefois, elle avait appris à faire semblant, pour rassurer sa famille. Ce qui lui faisait réellement peur, c'était de partir à Londres, dans un environnement inconnu, et de partager l'intimité d'un homme comme Nikolai Drakos. Pourtant, si elle ne se pliait pas à ses désirs, il détruirait sa famille. Or, après tout ce que son père et sa grand-mère avaient traversé, elle n'envisageait pas de leur faire subir la moindre épreuve supplémentaire.

Nikolai et elle étaient arrivés dans la maison familiale juste après le dîner. Ils s'étaient assis au salon pour une part de gâteau. Lorsque Nikolai avait dit à George et Suzie qu'Ella et lui se voyaient depuis plusieurs mois, il lui avait attrapé la main, comme pour se donner du courage — ou lui en donner *à elle* ? Il avait été très persuasif, très convaincant, et Ella avait alors compris que son père n'objecterait pas longtemps.

Très vite, celui-ci entraîna Nikolai dans son bureau. Sa grand-mère se leva et se dirigea vers la cuisine. Ella la suivit, à contrecœur tant elle aurait aimé poser son oreille contre la porte de la pièce dans laquelle Nikolai et son père étaient en train de parler. Leurs voix filtraient : le ton apaisant de Nikolai semblait tuer dans l'œuf toutes les objections de George.

— Je veux qu'Ella soit heureuse, l'entendit-elle avancer, et elle ne le sera pas tant qu'elle se fera du souci pour sa famille.

La rhétorique de Nikolai était parfaitement au point. Il mentait comme il respirait, complètement à l'aise dans l'art de la manipulation.

— Tu sais ce qui me surprend le plus ? fit sa grand-mère alors qu'elles arrivaient dans la cuisine. C'est que Nikolai soit tellement différent de Paul. C'est un homme, ça se voit !

Ella lui retourna un sourire forcé. Sa grand-mère

était de la vieille école et préférait un homme qui puisse chasser l'ours et couper un stère de bois avant le dîner. Le manque d'intérêt de Paul pour les activités viriles l'avait toujours étonnée. Elle l'avait aimé et traité comme un fils, mais sans jamais le comprendre.

— Je ne pensais pas que tu choisirais quelqu'un comme Nikolai, continua Suzie. Bien sûr, il est très beau, et il réussit visiblement très bien, mais tu es sûre de ce que tu fais ? Je sais qu'il est habituel de s'installer ensemble de nos jours, néanmoins je n'ai pas pu m'empêcher de noter que Nikolai ne parlait d'aucun engagement futur…

— Nous verrons bien comment ça se passe, répondit Ella. Peut-être sommes-nous trop différents, peut-être que ça ne marchera pas. Nous n'avons pas encore pu passer beaucoup de temps ensemble, tu sais…

Elle se félicita d'avoir réussi à glisser dans la conversation l'éventualité d'une rupture.

— Pourquoi ne nous as-tu pas parlé de lui plus tôt ? demanda sa grand-mère. Est-il si difficile de communiquer avec nous ?

— J'ai dit beaucoup de choses après la mort de Paul. Dorénavant, je préfère attendre.

— Tu souffrais. Tu étais en deuil, c'était normal, la rassura Suzie. Je veux juste m'assurer que tu sais ce que tu fais en sautant le pas avec ton Nikolai. Toute ta vie va changer. À son crédit, j'ai aimé qu'il mentionne la reprise de tes études vétérinaire.

Nikolai Drakos est venu, il a vu et il a vaincu, pensa Ella, amère. Son père et sa grand-mère étaient tous deux impressionnés par son charisme. Le plus effrayant, c'étaient toutes ses petites attentions envers Ella, qui semblaient si naturelles, comme s'il l'aimait depuis longtemps et ne se souciait que de son bonheur. C'était révoltant de véracité.

— Tu sais, tu as probablement besoin de ce nouveau

départ, reprit sa grand-mère. Cependant, j'imagine que ce rebondissement fera un choc à Cyrus.

— Pourquoi ?

— Tu ne te doutes de rien ? Je ne pense pas que Cyrus te voie seulement comme l'ex-fiancée de son neveu. À mon avis, son intérêt va bien au-delà.

Ella ouvrit de grands yeux, troublée.

— Qu'est-ce qui a bien pu te donner cette horrible idée ?

— Je suis ravie que tu la juges horrible. Pendant un moment, j'ai eu peur que tu finisses par accepter ses attentions.

— Il ne m'a jamais manifesté quelque intérêt que ce soit, affirma Ella en secouant la tête.

— Les fleurs, les invitations à déjeuner, le gala de charité...

— Pour commencer, Cyrus ne m'a envoyé des fleurs que deux ou trois fois, et le gala était une faveur de sa part. Il n'y a eu que quelques déjeuners pour prendre des nouvelles, rien de plus. Franchement, Cyrus n'a jamais dit ou fait quoi que ce soit qui puisse montrer qu'il me considère autrement que comme une simple amie de la famille.

— Eh bien, je pense que tu es aveugle, ma petite fille. Je n'aime pas la manière dont il te regarde, et j'ai empêché ton père de lui demander un prêt parce que j'avais peur des conditions qu'il aurait pu imposer.

Si Ella avait été d'humeur à plaisanter, elle aurait éclaté de rire devant la méprise de sa grand-mère, qui suspectait Cyrus de manœuvrer en secret alors que le coupable s'était trouvé devant elle au salon quelques minutes plus tôt ! C'était Nikolai qui se montrait malhonnête, et on lui avait pourtant déroulé le tapis rouge.

— Ella ? appela soudain celui-ci depuis le couloir, la tirant de ses pensées.

Elle le rejoignit à la porte d'entrée.

— Je vais devoir partir, annonça-t-il. On m'attend. J'ai beaucoup de choses à organiser.

D'un signe de la tête, il désigna Butch, qui ne l'avait pas quitté depuis son arrivée.

— Cet animal est terriblement collant, non ?

Ella écarta son chien de leurs jambes, se demandant pourquoi il ne ressentait pas la même hostilité qu'elle à l'égard de son hôte.

— Qu'y a-t-il à organiser ? demanda-t-elle.

— Ton emménagement, répondit Nikolai en ouvrant la porte.

Ils sortirent dans l'air frais du soir. Ella referma derrière eux. De l'intérieur, Butch se mit à aboyer en guise de protestation.

— Tu penses avoir gagné, c'est ça ? murmura Ella, amère.

Le regard de Nikolai reflétait un feu intérieur menaçant ; il avait un demi-sourire aux lèvres.

— Je *sais* que j'ai gagné, et tu devrais t'en réjouir. Tout le monde est content.

— Tout le monde sauf moi !

— Je te rendrai heureuse. Tu auras des vêtements magnifiques et des bijoux étincelants, lança Nikolai en s'adossant à sa luxueuse voiture de sport.

Ella lui jeta un regard blessé ; ses yeux verts brillaient dans la nuit.

— Ce genre de babioles ne me rendra pas heureuse.

— Alors peut-être seras-tu contentée par la manière dont je m'occuperai de toi au lit, dit Nikolai en souriant, en refermant les bras autour d'elle.

Il ne pouvait s'empêcher de la toucher, de la regarder. En sa présence, ses facultés d'observation semblaient décupler. Elle rougissait fréquemment, le surprenait par son innocence. Comment avait-elle pu être fiancée et garder cette candeur ? Certes, Paul avait été malade, mais ils étaient déjà ensemble depuis des années. Leur relation devait être particulière, se dit Nikolai. Alors qu'avec lui, Ella était possédée par une telle passion… À l'hôtel, l'étincelle qu'il avait fait naître en elle s'était vite muée en un gigantesque incendie. Ella répondait à ses sollicitations d'une manière qui l'excitait extraordinairement. Cela faisait des années qu'il n'éprouvait plus de joie dans le simple fait de coucher avec quelqu'un. Avec elle, c'était différent, mais l'attirance qu'il éprouvait était dangereuse. L'image de ses frissons dans l'orgasme, de ses pupilles vertes dilatées par le plaisir, restait imprimée dans sa rétine. Il n'avait jamais désiré une femme à ce point, et c'était un problème. Ce problème était-il assez préoccupant pour qu'il arrête là leur relation ?

Nikolai lui promettait des nuits entières dédiées à son plaisir, ce qui n'étonnait pas Ella. L'ego de cet homme était complètement démesuré. À sa décharge, il avait de quoi se vanter tant il irradiait un fascinant charisme sexuel.

Il se pencha vers elle et l'embrassa. C'était un lent et long baiser, le sceau de sa possession apposé du bout de la langue. Un gémissement échappa à Ella alors qu'elle se lovait contre lui. Il lui caressait le dos. Ils s'embrassèrent longtemps avant que Nikolai la retourne pour la presser contre la voiture. Elle se retrouva coincée entre son corps puissant et le métal de la portière. Chacune des cellules d'Ella était un volcan en éruption. Elle ne pourrait jamais se rassasier de cette sensation. Elle aimait sentir l'intensité de son désir pulser contre sa hanche, preuve absolue que Nikolai la désirait et était incapable de s'en cacher.

Je veux cet homme, de tout mon être, réalisa-t-elle, secouée par le choc que représentait cette révélation. Celui qu'elle désirait n'était pas quelqu'un qu'elle aimait, respectait ou même appréciait. C'était Nikolai Drakos. Leur attirance était primitive, instinctive, évidente. Alors pourquoi sa raison ne cessait-elle de lui répéter qu'elle faisait une erreur ? Une magnifique et excitante erreur ?

Nikolai se dégagea, tâchant de calmer son excitation. Ella Palmer le ramenait à ses années d'adolescence. Cela le déstabilisait et déclenchait de nombreuses alarmes dans son cerveau. Plus que tout, il détestait perdre le contrôle, surtout en sa présence.

— Je t'appelle, lança-t-il d'une voix blanche avant de monter dans son véhicule.

Ella resta sur le seuil pour regarder la voiture s'éloigner. Nikolai s'était conduit comme si rien n'était arrivé. Son beau visage n'avait trahi aucune émotion. Alors à quoi devait-elle s'attendre, dorénavant ? Venait-elle de se lancer dans ce qui serait la pire erreur de sa vie, ou la plus belle découverte ? Au moins *elle* prendrait la décision, pas lui. Le fait qu'elle le désire ne lui ferait pas perdre ses moyens, et elle ne se laisserait pas manipuler. Si quelqu'un devait utiliser l'autre, ce serait elle. Et si Nikolai Drakos s'imaginait autre chose, il allait vite déchanter…

5

Ella réprima un bâillement : se faire manucurer était d'un ennui mortel. Une voiture était passée les chercher, Butch et elle, plus tôt dans la matinée pour les amener jusqu'à Londres. Se séparer de son père et de sa grand-mère avait été difficile, mais savoir sa famille à l'abri du danger et entendre son père évoquer ses projets professionnels était rassurant. Elle se répéta qu'elle avait pris la bonne décision.

Dès son arrivée à Londres, elle s'était rendu compte que toute sa journée avait été organisée pour elle. Elle avait quitté la voiture pour le salon de beauté, première étape de son programme. Pendant ce temps, Butch et les bagages seraient amenés dans la maison où Nikolai l'avait installée.

Dès qu'elle avait poussé la porte du salon, des esthéticiennes l'avaient prise en charge. Ella s'était retrouvée enveloppée dans une serviette pour une série de soins qui lui avaient donné l'impression d'être un animal pomponné pour la foire. Pas une seule partie de son corps n'avait été oubliée. Sa peau avait été humidifiée, épilée, gommée et revitalisée : le traitement n'en finissait plus.

Nikolai jubilait. Ella était à portée de main ; elle allait habiter chez lui. Il n'avait jamais vraiment vécu dans cette maison, héritée de son grand-père, et ne comptait pas s'y installer. La jeune femme y vivrait seule car il n'avait aucune envie de renoncer à la tranquillité de son appartement.

Son plan portait ses fruits : le soir même, Cyrus Makris serait de retour à Londres pour le dîner caritatif que Nikolai organisait chaque année. Son compatriote, qui avait toujours mis un point d'honneur à soutenir les victimes d'abus, en était l'un des plus généreux donateurs. C'était surtout une façon pour lui d'entretenir sa réputation et sa première ligne de défense. Il était inattaquable. Mais même si Cyrus avait le monde au creux de la main, une chose lui échapperait toujours, pensa Nikolai avec satisfaction : Ella.

Un homme âgé portant costume noir et nœud papillon ouvrit la porte de l'imposante maison de ville.

— Mademoiselle Palmer ? Je vous en prie, entrez. Je m'appelle Max, je suis le majordome de M. Drakos.

Ella fit quelques pas dans la vaste entrée de style victorien, étonnée de ce qu'elle découvrait. Le ton général de la pièce aux boiseries sombres ne correspondait pas à l'image d'homme moderne qu'elle s'était faite de Nikolai. La décoration était de type néogothique, très chargée, marquée par le XIXe siècle qui avait probablement vu naître la maison.

— Le grand-père de M. Drakos n'aimait pas le changement, expliqua Max. La maison lui venait de sa femme, il a tout laissé en l'état après sa mort. Il s'agissait de ne pas bouger le moindre meuble, cela le rendait furieux.

— Avec tout ce mobilier, comment aurait-il pu se rendre compte de quoi que ce soit ? s'exclama Ella.

Le hall était bordé de consoles, de commodes et de crédences qui réduisaient l'espace.

— Tout comme son petit-fils, c'était un homme très intelligent et très observateur, répondit Max. Mais laissez-moi vous montrer votre chambre.

— Où est Butch ? demanda Ella. Mon chien ?

Max la conduisit dans une pièce au sol carrelé, agrémentée d'une cheminée. Un grand terrier bouclé aux oreilles tombantes était allongé en travers d'un épais tapis à côté de Butch. Le terrier faisait deux fois la taille du chien d'Ella, mais celui-ci ne montrait aucun signe de peur. En apercevant sa maîtresse, il se leva d'un bond et sauta joyeusement sur elle. Son compagnon s'était à moitié redressé et émit une sorte d'aboiement paresseux avant de laisser retomber sa tête sur le tapis.

— C'est le chien de M. Drakos, Rory. Aurora en fait, une femelle. Elle semble apprécier votre chien, nota Max. Elle ne l'a pas quitté depuis son arrivée.

— Je ne savais pas que M. Drakos avait un animal.

— Rory voyage beaucoup avec lui. Je vais vous conduire à votre chambre maintenant, si vous le voulez bien.

Max la conduisit à l'étage par un imposant escalier. Dans la chambre, le lit était neuf, mais les autres meubles, aux sculptures ouvragées, correspondaient au style victorien de la maison. Max ouvrit une porte sur une salle de bains moderne et spacieuse.

Devant la mine surprise d'Ella, Max précisa :

— Lorsque l'électricité et la plomberie ont dû être rénovées, M. Drakos en a profité pour faire installer des salles de bains à l'étage et remplacer la cuisine. Le projet de restauration globale attend l'aval de la nouvelle maîtresse de maison.

Max lui glissa un regard entendu, et Ella se raidit en comprenant son allusion. Il semblait que le vieil homme ait mal interprété son rôle dans la vie de Nikolai. Il croyait avoir affaire à sa future femme, qui s'occuperait de la maison. C'était si loin de la vérité qu'Ella en fut blessée. Max monta ses affaires à l'étage, avant de réapparaître avec une robe rangée dans une housse de protection transparente et quelques paquets, dont des écrins à bijoux.

— De la part de M. Drakos, annonça-t-il. Il a appelé pour vous demander d'être prête à 7 heures.

Ella haussa un sourcil sans répondre. Fouillant dans sa poche après le départ du majordome, elle en sortit son portable et appela Nikolai.

— C'est Ella. Est-ce qu'on sort, ce soir ?

— Je t'emmène à un gala. J'ai envoyé tout ce qu'il fallait, tu l'as bien reçu ? Max a fait passer le message ?

— Oui, mais tu aurais pu m'en parler en personne.

Nikolai leva les yeux au ciel. Voilà pourquoi il n'aimait pas les relations avec la gent féminine. Il abhorrait ces petites chamailleries et ces conversations qui n'en finissaient jamais.

— Je suis très occupé, précisa-t-il, ce qui était la pure vérité.

— Depuis quand est-ce que tu achètes mes vêtements ?

— Tu commences une vie nouvelle, Ella. Il y aura des changements. Tu devras t'y habituer.

Ella raccrocha en bougonnant, puis ouvrit la housse. Elle en sortit une magnifique robe haute couture. Sans manches et pourtant presque sage, elle était coupée dans une soie blanche infiniment délicate, rehaussée d'un fil d'or qui étincelait à la lumière. Pour Ella, c'était ce qui se rapprochait le plus d'une robe de princesse, et elle s'étonna presque de ne pas voir des frous-frous roses. Était-ce vraiment ce que portaient les maîtresses de maison, cette saison ? Une belle robe noire au décolleté plongeant n'aurait-elle pas été plus appropriée pour l'occasion ?

Avec un sourire amer, Ella se rendit compte qu'un décolleté plongeant ne mettrait pas en valeur une poitrine qu'elle jugeait trop petite, et elle rougit en se disant que Nikolai avait dû s'en rendre compte. Après tout, elle avait accepté de devenir sa maîtresse, elle devait en supporter les conséquences.

Son regard se posa sur le lit spacieux et elle laissa échapper un grognement agacé. L'indécision la déchirait. Subitement, elle avait l'impression de ne plus se connaître, parce qu'une moitié d'elle-même se languissait de partager ce lit avec Nikolai alors que l'autre semblait paniquée. À quelle moitié se fier ? Le maelström émotionnel était difficile à éviter. Était-elle capable de coucher avec lui en dehors de tout sentiment sans en faire une histoire ? Sans doute pas, mais une part d'elle en avait envie, pourtant !

Nikolai lui avait imposé un choix difficile, mais la décision avait été sienne, c'était déjà ça. Et si elle était sur le point de devenir sa maîtresse, autant assumer sans honte. Sa famille était à l'abri, c'était tout ce qui comptait. Elle se servirait de Nikolai, de son expérience. Il n'allait pas être le seul à retirer quelque chose de leur transaction. Elle s'interdirait de ressentir quoi que ce soit à son égard. Lorsque tout cela serait fini, elle reprendrait sa vie là où elle l'avait laissée. D'où l'importance de sa formation de vétérinaire, qu'elle devait absolument terminer. Sa carrière serait le point de départ d'une vie nouvelle et lui permettrait de rester concentrée sur un objectif positif et précis.

Ella ouvrit l'un des écrins à bijoux et resta émerveillée par le scintillement d'une émeraude montée en pendentif. De toute évidence, Nikolai voulait qu'elle éblouisse ce soir ; il tenait à l'exhiber comme la jolie poupée d'un homme riche. Dans quel but ? Elle pensait au départ qu'il ne s'agissait que de sexe, mais au lieu de consommer leur arrangement sans plus attendre, voilà qu'il l'emmenait dans un événement mondain. Cela n'avait aucun sens. Ses agissements n'avaient aucun sens.

Et pourquoi l'avait-il choisie, *elle* ? Parce qu'elle était disponible au bon moment, pour un prix qu'il était en mesure de payer ? Ou parce qu'il avait vraiment voulu la posséder, l'année précédente, et se montrait prêt à tout pour conclure ? Ella préférait cette dernière option. La proposition de Nikolai, sa détermination dénuée de scrupules étaient étrangement flatteuses pour une femme dont le fiancé avait résisté à chacune des avances. En entrant dans la douche, les larmes lui montèrent aux yeux au souvenir de ces moments blessants.

— Ça n'a pas à être parfait, avait-elle dit à Paul, à l'époque. Je sais que ça ne va pas être parfait dès la première fois, je ne suis pas stupide. Mais la perfection m'importe peu…

Malheureusement, Paul semblait tenir à la perfection de manière obsessionnelle. Le sexe ne serait pas non plus parfait avec Nikolai, se raisonna-t-elle, faisant barrage à ses souvenirs. Mais lui ne s'attendait pas à la perfection. C'était un homme complexe, qui savait s'adapter. Sans sa journée au salon de beauté et les parures qu'il lui avait achetées, Ella aurait presque pu penser qu'il n'était pas obsédé par l'image qu'elle renvoyait. Après tout, si Nikolai la voulait au summum de sa beauté, pourquoi ne pas se plier à ses désirs… ?

Lorsque à 7 heures pile Ella descendit le grand escalier du hall, Nikolai s'immobilisa pour la dévisager. Les lumières du lustre jouaient en reflets d'or sur sa chevelure auburn, rehaussant la blancheur de sa peau. À l'égal de l'émeraude en pendentif et des boucles d'oreilles, ses yeux verts scintillaient de mille feux. Bon sang, elle était splendide !

Les lèvres de Nikolai s'étirèrent en un mince sourire de satisfaction. Il attendait la soirée avec impatience. Lorsque Cyrus verrait la femme qu'il désirait au bras de son pire ennemi, cela le tuerait.

Sa stratégie allait porter ses fruits, pensa-t-il. Ce soir, il voulait porter un coup fatal à Cyrus, pas mettre la belle Ella Palmer dans son lit. Pas encore... Nikolai se tendit. Goûter à cette peau douce et pâle, jouer avec ces seins menus et lui faire l'amour jusqu'à ce qu'elle n'en puisse plus... Les images troublantes dissipaient sa concentration. Une faim sensuelle grandissait en lui, lui crispant le ventre. Il voulait cette femme ! Nikolai serra les dents et chassa ces pensées de son esprit : ce n'était pas ce qui était prévu.

Arrivée au bas de l'escalier, Ella ancra son regard dans celui de son cavalier et son cœur se mit à battre la chamade. Ses yeux noisette plongés dans les siens, ses cheveux noirs ramenés en arrière, la ligne dure de sa mâchoire autoritaire, ses lèvres fines et attirantes : il était sublime ! Ella prit une grande inspiration et le rejoignit.

Une limousine les attendait au-dehors, dans laquelle ils s'installèrent. Elle démarra et s'engagea dans le trafic londonien.

— J'ai cru comprendre que nous étions dans la maison de ton grand-père, dit Ella sur le ton de la conversation. Depuis quand est-il décédé ?

Nikolai se tendit.

— Cinq ans.

— Vous étiez proches ?

— Je ne l'ai jamais rencontré.

Ella se tourna vers lui, les yeux écarquillés.

— Et il t'a quand même laissé la maison ?

— La maison et son empire. Ce n'était pas un sentimental, mais il était très attaché à l'idée d'avoir un héritier de son propre sang.

Nikolai était mal à l'aise avec ce sujet, mais trop fier pour le laisser entrevoir. Il avait depuis longtemps fait la paix avec l'indifférence absolue qu'avait toujours affichée son grand-père. Le vieil homme avait payé les frais de son éducation, grâce à quoi Nikolai avait pu suivre la route qu'il s'était fixée. Mais son grand-père ne lui avait jamais manifesté le moindre intérêt en tant qu'être humain. Il était pourtant le mieux loti de sa famille : sa sœur n'avait jamais rien reçu de leur grand-père, qui n'était intéressé que par un héritier mâle. Nikolai ne s'était jamais vraiment remis de voir Sofia quitter l'école très jeune, exercer de nombreux petits boulots à Athènes, économiser le moindre centime pour survivre. Lui-même n'avait touché son héritage que trop tard pour pouvoir l'aider, alors que Sofia lui avait plus servi de mère que de sœur. Elle était morte avant qu'il puisse lui exprimer toute sa gratitude et son affection — à l'époque, il était orgueilleux, égoïste.

— C'est étrange, remarqua Ella.

Comme elle avait remarqué le trouble sur le visage de Nikolai, elle ne poussa pas le sujet plus loin.

— Si ce soir on te pose des questions sur notre relation, ignore-les, ordonna Nikolai d'une voix neutre. Nous nous sommes rencontrés l'an dernier et nous sommes ensemble aujourd'hui, c'est tout ce qu'ils ont besoin de savoir.

De toute façon, qu'est-ce qu'elle aurait pu dire de plus ? se demanda Ella. Elle n'avait aucun secret à révéler. Y en avait-il ? Probablement, pensa-t-elle, tandis qu'un frisson lui glaçait les os, mais elle n'en saurait rien. Elle ne comptait pas s'impliquer assez dans la vie de Nikolai pour avoir le fin mot de l'histoire. Il suffisait de rester aussi distante que lui. Vu les circonstances, c'était sa seule ligne de défense.

— Tu as compris ? insista-t-il.

— Bien sûr. Motus.

La jeune femme avait fait le geste de tirer une fermeture Éclair sur sa bouche, et l'éclat complice de son œil la rendait magnifique. Le regard de Nikolai s'attarda sur elle.

— Tu es superbe, laissa-t-il échapper.

D'étonnement, Ella ouvrit tout grand les yeux et elle rougit. Elle détourna la tête pour perdre le regard dans l'obscurité de la nuit tombante. Est-ce qu'une part d'elle-même voulait croire aux contes de fées ? Oui, Nikolai Drakos la désirait à ses côtés... Mais pour une durée limitée. Il ne voulait pas la garder, ni s'intéresser à ses soucis, ou savoir comment s'était passée sa journée. Le sexe resterait superficiel. Il fallait qu'elle garde la tête froide ou elle finirait blessée, car elle avait en face d'elle un homme doué d'un pouvoir dévastateur, dont le mystère ne faisait qu'épaissir la légende.

Alors qu'ils quittaient la limousine, Nikolai plaça une main au creux de son dos. Ella se raidit.

— Tu devrais revoir ton vieil ami Cyrus Makris, ce soir.

Elle fronça les sourcils.

— Cyrus est en Chine, s'étonna-t-elle, alors qu'ils entraient dans la salle où se déroulait le gala.

— Il est revenu, la contredit Nikolai. Et s'il est là ce soir, tu ne lui adresseras pas un mot.

Abasourdie de recevoir un tel ordre, elle voulut protester :

— Mais...

— Pas de discussion. Tu es avec moi, maintenant. Il n'existe plus.

— Nikolai, ce n'est pas juste !

— Je n'ai jamais promis de jouer selon les règles, murmura-t-il.

Une femme âgée en robe de soirée l'interpella avec enthousiasme, empêchant Ella de protester plus avant. Nikolai semblait connaître tout le monde, et elle fut bientôt absorbée par les présentations.

On servait l'apéritif lorsqu'une femme grimpa à la tribune pour faire un discours sur les victimes de violences conjugales. À la fin de l'allocution, elle chercha à attirer l'attention de Nikolai, mais ce dernier était en grande discussion avec deux hommes d'affaires. Alors, avec un soupir résigné, elle se retira.

Ce fut à ce moment-là qu'Ella aperçut Cyrus. Il fendait la foule, visiblement pour venir à sa rencontre. C'était un homme plus petit que Nikolai, un blond aux yeux bleus dont les tempes commençaient à grisonner.

— Ella ! Je n'arrivais pas à croire que ce soit toi. Qu'est-ce que tu fais ici ?

Elle se raidit, mal à l'aise sous l'intensité du regard de l'oncle de Paul.

— Je voulais t'appeler, nous n'avons pas eu l'occasion de parler depuis mon départ en Chine. Ta grand-mère m'a dit que tu étais à Londres, mais elle ne savait pas où te joindre.

— Tout a été très vite, je n'ai pas eu le temps de lui donner l'information. Je ne suis en ville que depuis ce matin.

Elle allait s'écarter, mais il lui saisit rudement le poignet.

— J'ai rencontré quelqu'un, Cyrus, l'avertit-elle.

— Comment est-ce possible ? Tu ne sors jamais.

— Tu me conseillais de voir plus de monde, lui rappela Ella. Je l'ai fait.

— Je ne te donnais pas ce conseil pour que tu rencontres quelqu'un d'autre ! s'écria-t-il avec colère. Qui est-ce ?

— Nikolai Drakos. Il s'agit d'un...

La douloureuse prise de Cyrus sur son poignet se relâcha d'un coup et elle vit sa main retomber mollement.

— Tu es ici... avec Nikolai Drakos ? bredouilla-t-il, l'air incrédule et effaré.

Ella hocha lentement la tête. Le teint rougeaud de Cyrus tourna au livide.

— Drakos est un salaud avec les femmes. C'est connu. Et tu n'es pas son genre. Comment a-t-il pu s'intéresser à toi ?

— Ella ?

La voix de Nikolai dans son dos était aussi glaciale qu'une stalactite. En frissonnant, Ella se retourna.

— Je vais me repoudrer le nez, murmura-t-elle, préférant prendre la fuite que d'assister à une confrontation.

Mais Cyrus s'éloigna sans demander son reste. Il ne s'était jamais confronté à Nikolai, ne lui avait jamais offert l'opportunité d'un face-à-face. Car ce lâche était dur avec les faibles mais fuyait devant les hommes forts.

— Eh bien, c'était quelque chose à voir ! Cyrus décomposé ! commenta la sœur de celui-ci, qui s'était rapprochée de Nikolai. Cela ne fait pourtant que deux semaines que je vous ai envoyé cet e-mail : vous êtes un rapide.

— Cela vous rend heureuse, Marika ? demanda-t-il.

— Voir mon frère souffrir me fait toujours le plus grand bien, admit-elle, le regard glacial. Et puis vous êtes un héros, vous pouvez être fier de vous : vous avez sauvé cette jeune femme de ce qui l'attendait ; connaissant mon frère, cela n'aurait pas été beau à voir. Aucune fortune ne pourra jamais racheter les vies détruites par Cyrus.

En attendant le retour d'Ella, Nikolai analysa ce qu'il ressentait : rien d'héroïque en tout cas. Une rage sans nom l'avait envahi lorsqu'il avait vu la main de Cyrus emprisonner le poignet d'Ella. Il avait lu tant de perversité dans son regard qu'il avait failli en oublier où il était et corriger le malotru. Cette quasi-perte de contrôle lui posait un réel problème.

Pourquoi s'était-il énervé à ce point ? Aux rares moments où ils se croisaient, Cyrus et lui avaient pour habitude de s'ignorer royalement. Ce pleutre l'évitait, de toute façon. Et pourtant, voir Ella si proche de lui l'avait révolté, rendu furieux : ne lui avait-il pas ordonné de ne pas lui adresser un mot ? N'écoutait-elle donc jamais ?

Nikolai serra les dents, tâchant de maîtriser sa fureur. Il n'avait rien d'héroïque, non. Un vrai héros aurait sauvé sa sœur ; son échec à le faire l'avait dévasté. Il n'avait plus vraiment éprouvé de sentiment depuis la mort de Sofia, le savait et l'acceptait comme une sorte de punition : l'amour lui était interdit parce que c'était une faiblesse, et que la faiblesse faisait de vous une cible.

6

Les mains d'Ella tremblaient. Son poignet était rougi là où Cyrus l'avait écrasé. À l'instant où elle avait perçu sa colère, l'avertissement de sa grand-mère était revenu la hanter. Un vieil ami aurait pu se montrer ennuyé de ne pas avoir été prévenu de sa venue à Londres, mais Cyrus s'était conduit comme un animal dangereux. Certes, il l'avait souvent exhortée à sortir, à se faire des amis, mais elle comprenait désormais que ce conseil ne semblait impliquer aucun homme, lui excepté. Troublée, elle s'efforça de réfléchir à leur relation.

Avant sa maladie, Paul avait posé sa candidature pour un poste dans une des sociétés de Cyrus.

— Oui, je lui ai demandé d'intercéder en ma faveur, avait dit son fiancé, sur la défensive devant l'étonnement d'Ella. Après tout, c'est mon oncle, non ? Ma mère est la fille d'un Grec richissime, mais elle a été écartée de la famille après avoir épousé mon père, un Anglais trop pauvre pour leur convenir. Mon grand-père l'a mise dehors. J'espère juste que Cyrus ne sera pas aussi dur que lui.

Ella était avec Paul lorsque Cyrus lui avait donné le poste : cela avait été la première fois qu'elle voyait l'oncle de son fiancé. Par la suite, il les avait invités dans sa maison de campagne, et Cyrus avait apporté son soutien lorsque Paul était tombé malade. Pourtant, il s'était montré sous un jour bien différent ce soir. N'y avait-il pas une excuse à sa conduite ? C'était un ami, mais il pensait qu'elle ne l'avait pas traité comme tel en omettant de le prévenir de son arrivée à Londres. Il ignorait qu'elle ne savait pas qu'il était rentré de Chine.

Ella secoua la tête pour chasser ces réflexions et rejoignit Nikolai. Ils s'assirent à leur table. Aucune discussion privée n'était possible, mais le sourire sans joie qu'affichait le beau Grec en entretenant une conversation parfaite avec ses invités en disait long sur son état d'esprit : il lui en voulait visiblement.

Le reste de la soirée se passa dans une atmosphère très inconfortable. Bien sûr, Nikolai lui avait dit de couper les ponts avec Cyrus, et elle avait désobéi ; mais comment pouvait-elle cesser de voir l'homme qui avait trouvé un appartement pour Paul près de l'hôpital où il recevait ses traitements ? L'homme qui lui avait donné un travail et trouvé une infirmière pour s'occuper de lui dans ses derniers instants ? L'homme qui était à leurs côtés lorsque Paul avait rendu son dernier souffle ?

Des larmes incontrôlables lui montèrent aux yeux. Cyrus lui avait dit que Nikolai se conduisait mal avec les femmes, et que tout le monde le savait : après tout, la manière dont il avait traité Ella n'en était-elle pas la preuve ? Le choix qu'il lui avait laissé n'était-il pas condamnable ? Son corps, en échange de la sécurité de sa famille ! Et pourtant, elle avait accepté et s'était juré de ne pas en faire toute une histoire. Alors, pourquoi y revenir ? Elle était dans un torrent furieux, sans rien pour la guider...

— Tu es remonté contre moi, murmura Ella pour briser le silence intolérable qui régnait dans la limousine.

— Nous en parlerons à la maison, répondit sèchement Nikolai en se renfonçant dans la banquette.

Elle l'avait défié, en dépit de ses instructions, songea-t-il en l'observant. La mutinerie se lisait dans le mouvement de son petit menton déterminé. Et il ne l'en désirait que plus. Comment était-ce possible, alors qu'elle le mettait régulièrement hors de lui ? C'était irrationnel, et il n'était pas un homme irrationnel. Il aurait pu lui dire la vérité à propos de Cyrus, mais elle ne l'aurait pas cru. Et de toute façon, rien ne laissait entendre qu'il pouvait lui faire confiance. Pourtant, cette histoire de confiance n'était pas le principal problème. Impulsivement, il l'entoura de ses bras et la rapprocha de lui.

— Hé ! s'exclama Ella en tressaillant. Qu'est-ce que…

— Il n'avait pas à te toucher, la coupa Nikolai, tout près de son visage. Il n'en a pas le droit.

Puis il l'embrassa farouchement, avec une énergie que décuplait sa frustration. Elle ne lutta pas et, avec un soupir étouffé, lui rendit bientôt son baiser. Des bras, elle lui entoura le cou. Il sourit. Parler était inutile. Parfois, les actes signifiaient plus, et celui-ci voulait dire qu'elle lui appartenait entièrement, indiscutablement. Son petit corps se cambrait contre lui, l'une de ses mains se perdait dans ses cheveux. Nikolai aurait voulu soulever sa robe, faire glisser sa culotte pour satisfaire enfin le désir qui le dévorait. Mais il la libéra de son emprise.

— Je brûle de désir pour toi. J'ai passé la journée à penser à toutes les choses que je te ferai une fois au lit avec toi.

— Moi, j'ai passé la journée à m'ennuyer dans un salon de beauté, répondit Ella. Qu'est-ce que tu avais en tête ?

Nikolai lui murmura quelques mots à l'oreille et elle fondit comme du miel, le désir se saisissant de son corps et faisant durcir la pointe de ses seins.

— Bien que tout cela soit difficile à réaliser dans une limousine, conclut-il avec un sourire. Mais on a le droit de rêver...

Ella lissa nerveusement sa robe en tentant de reprendre son souffle. Les mots de Nikolai avaient eu l'effet escompté. Elle voyageait avec un homme qui savait être audacieux lorsqu'il le voulait, renverser la table au besoin. Il y avait un prix à payer : elle était tremblante de désir, choquée par ses propres pulsions. Il avait pris l'avantage en quelques secondes...

Une fois de retour dans la maison de Nikolai, celui-ci suivit Ella dans le salon sombre, aux tentures lourdes passées de mode. L'ensemble était plutôt sinistre : il lui faudrait appeler un décorateur pour moderniser le lieu.

— Alors, lança-t-il impatiemment, à quoi est-ce que tu jouais ce soir avec Cyrus ?

— Je lui ai simplement parlé, parce que c'est un ami.

La réaction de Nikolai fut vive et violente comme un coup de fouet. Il lui attrapa le poignet et exposa les marques violacées dues à l'étreinte de Cyrus.

— C'est un ami, celui qui a fait ça ?

— C'était un accident. Il était en colère parce que je venais de lui annoncer que j'étais venue avec toi. Il ne voulait pas me faire mal ! protesta Ella en dégageant son poignet. Qu'est-ce que ça peut te faire, de toute façon ?

— Je suis responsable de ta protection, et laisse-moi te dire que tu es loin d'être en sécurité avec cet homme. Ne le laisse jamais t'entraîner dans un endroit où vous seriez seuls.

— C'est ridicule, rétorqua Ella, stupéfaite. Il m'a dit exactement la même chose à ton propos.

— Vraiment ?

— Un salaud avec les femmes, de notoriété publique...

— Si mon honnêteté constante à propos de mon refus

de m'engager dans une relation stable me fait passer pour un salaud, alors ainsi soit-il. Tu veux boire quelque chose ?

— Un verre de vin blanc, répondit-elle, désarçonnée. Merci.

Nikolai lui tendit le verre, puis se servit un brandy qu'il avala sans le savourer.

— J'ai besoin que tu fasses ce que je te dis, Ella, pas ce que tu veux.

— Et moi, j'ai besoin que tu sois humain. Il semblerait que nous allions tous deux au-devant de graves déceptions, murmura-t-elle, le nez dans son verre.

— Je ne sais pas gérer la déception, dit-il avec une grimace. Crois-moi, tu te rends service à toi-même en restant éloignée de Cyrus Makris.

Ella fronça les sourcils. Comment pouvait-il s'attendre à ce qu'elle le croie à propos de Cyrus ? Ce dernier, au moins, avait mérité sa confiance en lui apportant son aide lors de la maladie de Paul. Les deux Grecs se détestaient, elle l'avait compris. Ce qui la troublait, c'était sa propre réaction : l'attitude de Cyrus l'avait désagréablement surprise, mais inexplicablement, celle de Nikolai la déchirait. Se pouvait-il que sa détermination implacable cache une vulnérabilité ?

Max vint discrètement frapper à la porte pour proposer un en-cas. Ils refusèrent, mais la porte entrouverte attira les chiens, qui se faufilèrent entre les jambes de leurs maîtres respectifs.

— J'ai été surprise que tu aies un chien, observa Ella.

Nikolai jeta un regard à Rory, fidèlement assise à ses pieds, et réprima son envie de lui faire la fête — elle attendait une caresse, c'était clair.

— Je ne peux en tirer aucun crédit : Rory appartenait à ma sœur. Elle l'appelait sa « Princesse Aurore ». Ma sœur aimait énormément les contes de fées. Après sa mort, je n'ai pas pu me séparer de sa chienne.

— Je ne savais pas que tu avais perdu quelqu'un, murmura Ella d'une voix chargée d'émotion.

— On finit tous par perdre quelqu'un lorsqu'on arrive à un certain âge.

— Cela ne rend pas les choses plus simples pour autant.

Le portable de Nikolai sonna dans sa poche, et il répondit. Son visage changea brusquement de couleur.

— J'arrive tout de suite !

— Que se passe-t-il ? s'inquiéta Ella.

— Un incendie s'est déclaré dans l'hôtel que je possède à Londres. Je dois y aller.

— Mon Dieu ! Y a-t-il quelque chose que je puisse faire ? s'exclama-t-elle, horrifiée.

— Non. Je te verrai plus tard, demain, très probablement.

Après le départ précipité de Nikolai, Ella rejoignit la petite salle confortable près de la cuisine, où Max regardait la télévision. À son approche, il se leva.

— Avez-vous changé d'avis pour l'en-cas ?

Ella le remercia, avant de l'informer de l'incendie.

— Je ne savais pas que Nikolai était propriétaire d'un hôtel.

— Il se nomme La Belle Illusion. Il y avait travaillé comme barman pendant ses études. C'est devenu son premier projet immobilier. Il l'a racheté pour en faire un complexe hôtelier prisé de toute l'Europe. J'espère que les dégâts seront mineurs : M. Drakos est très attaché à cet endroit.

Ella se glissa entre les draps blancs du grand lit. La soie était fraîche contre sa peau. Elle était seule, et se fit la réflexion amère que ce n'était pas tout à fait ainsi qu'elle avait envisagé de finir la soirée. Elle était trop fatiguée pour repenser au gala, mais son corps se tendit tout de même au souvenir de la bouche de Nikolai sur la sienne, et surtout de ce qu'il lui avait murmuré… Il n'y avait rien de mal à avoir envie de lui, se dit-elle en sombrant dans le sommeil. Il était extraordinairement attirant et son corps lui répondait de manière naturelle. Mais alors, comment dissiper le sentiment de culpabilité qui l'étreignait ? Rien ne pourrait jamais lui ramener Paul ni la vie qu'elle avait imaginée avec lui, n'est-ce pas ?

Presque rassurée, elle finit par s'endormir.

La faim l'assaillit au réveil. Il était presque 9 heures. Elle découvrit ses vêtements impeccablement rangés dans le dressing, une attention de Max, sans doute. Elle prit une douche rapide. Nikolai n'était pas rentré de la nuit. Il avait dormi ailleurs, pour peu qu'il ait pu régler la montagne de problèmes que le feu avait dû occasionner. En se maquillant légèrement, elle repensa au baiser échangé dans la limousine. Il gardait pour elle une saveur unique.

Alors qu'elle sortait de la salle de bains, la porte de la chambre s'ouvrit sur Nikolai. Il avait l'air épuisé et portait sur lui l'odeur âcre du bois brûlé.

— Alors, est-ce sous contrôle ? demanda-t-elle doucement.

Un instant, il ferma les yeux et un léger frisson secoua son corps puissant.

— Oui, mais ça a été horrible, fit-il, ôtant sa veste d'un mouvement d'épaules. Il faut que je prenne une douche.

— Des blessés ?

Nikolai s'arrêta dans le déboutonnage de sa chemise, comme pour masquer le tremblement de ses doigts. Ses yeux semblaient éteints lorsqu'il murmura :

— Je reviens de l'hôpital. Trois de mes employés sont

blessés, dont… dont un, grièvement brûlé, poursuivit-il d'une voix cassée. Le pronostic vital est en jeu.

— Oh ! mon Dieu… Tu le connaissais bien ?

La chemise tomba au sol et il hocha la tête.

— C'est le responsable du bar, que j'ai connu lorsque j'y travaillais, étudiant. Le feu a pris pas loin des cuisines. Il y a eu une explosion. Deux des commis ont été blessés. Lui est brûlé au troisième degré. Il en a pour des mois de chirurgie, s'il s'en tire…

— C'est terrible, souffla Ella, ébranlée.

Elle pouvait voir à son visage fermé et à ses mâchoires contractées que Nikolai en avait vu plus qu'il ne pouvait supporter. Il devait livrer un véritable combat contre lui-même pour ne pas s'écrouler ; d'ailleurs, des larmes jaillirent sous ses paupières ; il les refoula d'un mouvement du bras.

— Ça aurait pu être pire, dit-il avec une grimace, comme s'il cherchait à se convaincre. Les clients ont été évacués à temps. L'hôtel a subi des dégâts, mais on pourra reconstruire. Ce sont les vies qu'on ne peut pas réparer.

Il se débarrassa de ses chaussures et chaussettes, avant de retirer son pantalon et de le jeter sur le canapé. Puis il se dirigea vers la salle de bains. Ella comprit qu'il n'avait pas conscience de s'être déshabillé devant elle. Son corps était maculé de traces noirâtres et ses muscles restaient tendus, comme s'il combattait encore les flammes. Il était dévasté, un état qu'Ella n'aurait jamais associé au caractère de cet homme.

Elle prit son courage à deux mains et le suivit à la salle de bains, s'arrêtant dans l'embrasure de la porte.

— Ce n'est pas ta faute si tout cela est arrivé, Nikolai.

— C'est bien la faute de quelqu'un ! lança-t-il. La police pense à un incendie volontaire. Ils ont trouvé des départs de feu différents. Ce n'était pas un accident.

— Seigneur ! Est-ce que je peux faire quelque chose ?

— Je ne vois pas quoi, mais merci. J'ai croisé Max en chemin. Il nous apporte un petit déjeuner : je ne suis pas sûr de pouvoir l'avaler.

— Je vais le réceptionner, dit-elle en se retirant.

Max toqua discrètement et entra, poussant un petit chariot. Les deux chiens firent irruption à sa suite, pressés de jouer, mais Ella demanda à Max de les faire redescendre.

— M. Drakos a été secoué, il a besoin de repos, acquiesça Max. Il lui faut dormir un peu. Le sommeil aide à accepter certaines choses.

Nikolai réapparut, une serviette nouée autour de la taille, les cheveux plaqués en arrière. Ella lui versa un café alors qu'il s'écroulait dans un fauteuil à côté de la fenêtre.

— Mange, le pressa-t-elle. Tu as besoin de reprendre des forces.

Nikolai leva les yeux et rencontra le regard inquiet d'Ella. Elle était douce, chaleureuse, mais sa compassion le déstabilisait. Il avait appris à affronter seul les épreuves, et cette force l'avait empêché de commettre bien des erreurs. N'accorder sa confiance à personne lui permettait de la garder intacte. Sans s'ouvrir à quiconque, impossible d'être blessé. Certes, il souffrait ce matin, mais c'était le genre d'événements que la vie vous jetait au visage et il fallait gérer cela comme le reste. Seulement, cette fois, l'événement avait été orchestré. Qui pouvait le haïr au point d'incendier son hôtel ? Le nombre limité de victimes était miraculeux. Il vida son café d'un trait et mangea quelques tranches de bacon, sans appétit.

Ella aurait voulu lui poser des questions, mais elle préféra observer le silence.

— Je vais dormir un peu, dit-il. Il faudra que je retourne au commissariat ensuite.

Il se dirigea vers le lit. Ella ne put s'empêcher de détailler son corps musclé, taillé en V, les muscles longs et finement dessinés. Son regard s'attarda sur le tatouage élaboré qui ornait son épaule. Une déesse ailée, et une petite licorne. Il y avait une histoire là-dessous, se dit-elle.

La gorge sèche, elle s'arracha à sa contemplation.

— On se voit plus tard, lança-t-elle en emportant le chariot du petit déjeuner.

La fatigue paralysait Nikolai. Il y avait des choses qu'il aurait fallu dire à Ella, mais il n'arrivait pas à les formuler. Au lieu d'essayer, il s'abandonna au sommeil. Au moment de sombrer lui revint en mémoire la tendresse des grands yeux verts de la jeune femme lorsqu'elle l'avait poussé à manger. Il s'endormit troublé par cette image.

Ella s'assit à la table de cuisine et observa distraitement Max, qui mettait un gâteau à cuire. Les chiens jouaient derrière, dans le jardin. Lorsque la sonnette de l'entrée retentit, elle suivit Max dans le couloir. Elle ne put réprimer un mouvement de recul lorsque la porte s'ouvrit sur Cyrus. Il l'aperçut derrière le majordome et lui adressa un salut chaleureux. Malgré sa réticence initiale, Ella se rendit compte qu'elle n'arrivait pas à lui en vouloir.

— J'espérais te trouver ici, dit Cyrus.

Il lui donna un énorme bouquet de fleurs qu'Ella, gênée, tendit à Max. La situation la mettait mal à l'aise. Cyrus et Nikolai ne s'aimaient pas, et elle savait pertinemment que ce dernier serait furieux s'il apprenait que son concurrent en affaires avait été reçu chez lui.

Pourtant, le ton chaleureux de l'oncle de Paul l'avait convaincue que l'incident de la veille était une anomalie.

— Entre, je t'en prie, l'invita-t-elle en essayant de sourire.

— Je vais vous préparer du thé avant de partir pour les courses, fit Max en retournant à l'office.

— Je sais que tu ne t'attendais pas à me voir, commença Cyrus en la suivant dans le petit salon, mais je ne pouvais me résoudre à rester sur notre conversation d'hier.

— C'était assez embarrassant, admit-elle.

Cyrus s'assit et prit des nouvelles de la famille d'Ella. Elle donna des informations vagues, de peur de devoir évoquer la faillite de son père — sujet dont elle avait promis à Nikolai de ne pas parler. Heureusement, son visiteur ne fit pas référence à la fermeture du magasin. Il était parfaitement possible, après tout, qu'il n'ait aucune idée de la débâcle financière de sa famille.

Le thé arriva et Ella fit le service. Ils burent en silence.

— J'ai une question pour toi, à laquelle tu ne t'attends pas, lâcha Cyrus tout à trac.

— Est-ce que je dois m'inquiéter ? demanda-t-elle, soudain alarmée.

— J'espère que non.

Cyrus sourit largement avant de reprendre :

— Cela fait près de quatre ans que je te connais, Ella. Mais il m'est devenu difficile d'être l'ami auquel tu t'es habituée, et c'est pourquoi nous nous sommes peu vus, dernièrement.

Ella s'était raidie, muette, attendant la suite.

— Tu vaux tellement mieux que cette histoire de coucherie avec Drakos. Je veux t'emmener loin d'ici. Je veux que tu m'épouses. Je te demande de devenir ma femme.

L'estomac d'Ella se noua, mais elle s'astreignit à

garder un visage neutre. Aussi inappropriée que soit la demande de Cyrus, elle ne pouvait toujours pas se résoudre à le blesser.

— J'ai bien peur de n'avoir jamais pensé à toi dans cette perspective, Cyrus. Pour moi tu es l'oncle de Paul, un ami...

— Eh bien, il faut croire que j'ai attendu trop longtemps pour me déclarer, répondit-il d'un ton amer.

Ella était angoissée à présent. Elle n'aimait pas la façon dont Cyrus la regardait. S'il avait des sentiments à son égard, ce n'était pas réciproque, et elle devait se résoudre à la blessure qu'elle lui infligerait en refusant son offre.

— Je t'apprécie et te respecte, Cyrus, mais...

— J'aurais dû m'interposer quand j'ai compris la relation anormale que tu entretenais avec mon neveu, la coupa-t-il. Te voir à présent avec Drakos montre combien j'ai eu tort.

Il n'arrivait pas à masquer son dégoût pour Nikolai, mais c'était l'allusion à Paul qui avait fait tiquer Ella.

— *Anormale* ? Comment cela ?

— Ce vœu d'abstinence, lança-t-il, avec un rictus qui fit monter le rouge aux joues d'Ella. Tu devrais savoir, depuis le temps, que Paul n'avait aucun secret pour moi.

Ella se raidit, agrippant les accoudoirs du fauteuil.

— Enfin, rien de tout ça n'était ta faute, continua Cyrus. C'était lui qui... J'ai failli te le dire après l'enterrement, mais je ne voulais pas ajouter à ton chagrin.

Fronçant les sourcils, Ella le regarda droit dans les yeux.

— Me dire quoi ?

— Paul était avec un homme avant de te rencontrer.

Sidérée, Ella ne put articuler le moindre mot.

— Je ne sais pas s'il était gay, bisexuel ou simplement

dans le doute, poursuivit Cyrus, semblant se délecter des mots qu'il lançait comme des poignards, mais Paul n'était pas attiré par les femmes. Lorsqu'il est tombé malade, il s'est accroché à toi pour les soins et le réconfort que tu lui donnais. C'est pour cette raison qu'il voulait t'épouser : il avait peur de mourir seul.

— Ce... Ce n'est pas vrai, balbutia Ella, anéantie. Cela ne peut pas être vrai.

— J'ai bien peur que si, fit Cyrus en s'enfonçant dans son siège. Ce qui m'a rendu les choses plus faciles concernant l'attirance que j'éprouvais pour toi...

Ella se leva, soudain pressée d'en finir.

— Même si tout cela est vrai, tu ne m'attires pas !

Cyrus se leva à son tour et fit un pas dans sa direction.

— Comment pourrais-tu le savoir ? Tu n'as jamais été avec un homme, un vrai.

La rage gagna Ella face à l'attitude ignoble et déplacée de Cyrus.

— Paul était plus homme que tu ne le seras jamais ! s'écria-t-elle. Une bonne relation ne dépend pas forcément du sexe !

— Laisse-moi te faire découvrir ce que tu dédaignes, marmonna-t-il en s'approchant, le regard avide. M'as-tu écouté ? Je t'ai fait l'honneur d'une demande en mariage.

— Ne me touche pas !

Loin d'obtempérer, Cyrus l'attrapa par les cheveux, tandis que de l'autre main il fermait la porte du salon. Des larmes de douleur montèrent aux yeux d'Ella alors qu'il la traînait vers le canapé. Cyrus était rouge à présent, le visage bouffi de fureur.

— J'ai tous les droits sur toi ! hurla-t-il en l'immobilisant sur le canapé. J'ai dépensé une fortune pour aider Paul, mais en vérité c'était pour toi ! Sais-tu seulement que Drakos est le fils d'une prostituée et d'un dealer de drogue ? Tu le sais, ça ?

Soudain, il s'allongea sur elle, implacable.

— Je vais te montrer ce que tu as manqué, lança-t-il, un sourire vicieux aux lèvres.

7

Nikolai s'était redressé lorsqu'il avait entendu la sonnette de l'entrée, restant en éveil jusqu'à ce qu'il entende la porte se refermer sur Max. Puis il avait sombré de nouveau.

La sonnerie de son téléphone le tira du sommeil. Il décrocha. Soudain, il s'immobilisa et ses épaules s'affaissèrent. Après quelques mots de condoléances, il jeta le téléphone à l'autre bout de la pièce, dans un mouvement de vaine fureur : le responsable du bar de son hôtel était mort peu après son départ de l'hôpital.

Il se leva et passa une main dans ses cheveux décoiffés. Il n'avait que peu dormi, mais il faudrait bien que cela suffise. Un détail attira soudain son attention à travers les rideaux pas complètement fermés : une Ferrari d'un jaune étincelant était garée devant la maison. Et Nikolai connaissait son propriétaire…

Qu'est-ce que Cyrus faisait chez lui ? Et Ella qui était en bas ! Mieux valait vérifier que tout allait bien. En un éclair, il enfila un jean, quitta la chambre et se rua au bas de l'escalier. Par la porte close du petit salon filtraient des gémissements étouffés. Nikolai ouvrit d'un grand coup de pied.

En une fraction de seconde, Ella fut délivrée du poids de son agresseur. Elle cilla en voyant Cyrus voler contre le mur et Nikolai se jeter sur lui. Tout en martelant son opposant de coups de poing au visage et dans l'estomac, Nikolai criait quelque chose en grec qu'elle ne comprenait pas. Elle tenta de se relever, encore sous le choc. Seigneur ! Cyrus l'avait attaquée... Son jean était ouvert, elle était couverte de bleus, tous ses membres lui faisaient mal. Elle tremblait. Mais Nikolai l'inquiétait plus que sa propre situation : il semblait ne pas vouloir s'arrêter avant d'avoir tué Cyrus. Elle se leva, chancelante, pour saisir le bras de Nikolai.

— Non ! Arrête ! C'est assez.

Cyrus, le visage tuméfié et sanglant, tituba vers la porte.

— Il t'a agressée ! hurla Nikolai, hors de lui, rattrapant celui qui tentait de prendre la fuite.

De nouveau, Ella lui fit lâcher prise.

— Si tu le tues, tu iras en prison. C'est ce que tu veux ?

Nikolai se retourna et fracassa un guéridon avec une bordée d'injures. Cyrus en profita pour filer sans demander son reste. La porte d'entrée claqua.

— J'aurais dû te prévenir, murmura Nikolai d'un ton navré.

— Tu m'avais recommandé de ne pas me trouver seule avec lui. Je ne t'ai pas écouté. C'est moi qui suis responsable.

— Ce n'est pas la première fois qu'il tente d'abuser d'une femme, hélas...

Du sang coulait des poings serrés de Nikolai. Ella lui attrapa la main pour inspecter ses phalanges.

— Il va falloir nettoyer cela, lança-t-elle en se dirigeant vers la porte.

Nikolai la retint.

— Plus tard. Qu'est-ce qui s'est passé, Ella ?

Elle poussa un soupir, tentant de contrôler sa voix hachée par l'émotion :

— Il m'a demandé de l'épouser. Je lui ai dit que je n'étais pas intéressée et il est devenu comme fou. Ma grand-mère m'avait prévenue de son intérêt pour moi, mais je ne m'attendais pas à... J'ai essayé d'être polie, mais...

Nikolai secoua la tête, en proie à des émotions contradictoires. Cyrus s'était trahi. Cela aurait dû être un moment de triomphe pour lui, mais il ne ressentait rien de tel. Bien sûr, il avait blessé son adversaire, mais il était arrivé presque trop tard pour Ella. Elle avait été assaillie violemment, et il se sentait incroyablement coupable. Il connaissait très bien Cyrus, et il aurait dû prévoir qu'installer Ella chez lui c'était comme lui tendre un piège avec un appât auquel il ne saurait résister. Ce type ignoble l'aurait violée si Nikolai n'était pas intervenu, tout comme sa sœur avait été violée. Cette idée lui retournait l'estomac. Il se sentait responsable, malheureux et plein de haine. Il aurait pu tuer Cyrus sans l'intervention d'Ella. Pour un homme qui s'enorgueillissait de son sang-froid, quel échec c'était ! En complotant la perte de son ennemi, il avait fait preuve d'égoïsme et placé Ella en première ligne. Elle avait failli en payer le prix, de la pire des manières possible.

Et à présent, elle ne se souciait que de lui, voulait le soigner comme si ses propres blessures et le traumatisme de l'agression devaient s'effacer devant ses phalanges ensanglantées.

— Qu'est-ce qu'il t'a fait ? demanda-t-il après avoir suivi Ella jusqu'à la salle de bains.

— Il... Il a voulu s'approcher de moi, mais j'ai reculé. Alors il m'a attrapée par les cheveux et traînée jusqu'au canapé. Il m'y a maintenue et... il a essayé de m'enlever mon jean. Il était plus fort que moi. Tu es arrivé à ce moment-là. Merci.

— Ne me remercie pas. Tout est ma faute.

— Je ne vois pas comment ce pourrait être ta faute, observa Ella en le badigeonnant d'antiseptique.

Elle tremblait toujours, réalisant peu à peu la gravité des événements. Sans l'intervention de Nikolai, jusqu'où Cyrus serait-il allé ? La peur rétrospective le disputait au dégoût en elle.

— Ça n'a rien à voir avec toi, continua-t-elle en tentant de maîtriser ses émotions. C'est moi qui ai gardé contact avec Cyrus après la mort de Paul. J'avais besoin de quelqu'un à qui parler de lui.

Elle sombra dans le silence, repensant à ce que lui avait dit Cyrus à propos de son ex-fiancé. Les doutes qu'elle avait étouffés à l'époque prenaient corps. Paul était un garçon extraverti, très populaire, et lorsqu'elle l'avait rencontré, il n'avait pas fallu longtemps pour qu'elle en tombe amoureuse. Mais ses espoirs de fiançailles ne s'étaient concrétisés que lorsque la maladie de Paul s'était déclarée. Des larmes de détresse aux yeux, elle chassa ces souvenirs. Ruminer le passé ne servait à rien. Paul était mort et il n'y avait plus personne pour répondre à ses interrogations. Mais comment avait-elle pu rester aveugle devant son manque d'intérêt physique pour elle ? Avait-elle gâché près de quatre ans de sa vie par naïveté ?

— Nous aurions dû appeler la police, lâcha Nikolai entre ses dents serrées, contenant à grand-peine sa fureur. Le faire arrêter.

— Grâce à toi, il ne m'a rien fait. J'ai eu peur, bien sûr, mais de là à impliquer la police… Cyrus a été très généreux envers Paul à la fin, je ne peux pas oublier ça.

Elle tremblait pourtant, le corps secoué de mouvements incontrôlables. Nikolai sentit une larme s'écraser sur sa main alors qu'elle achevait de le soigner.

— Tu pleures…

Ella passa un poignet rageur sur ses yeux.

— Désolée.

— Non, laisse libre cours à tes émotions.

Il la souleva dans ses bras pour la porter dans la chambre.

— Il faut que tu t'allonges un petit moment, reprit-il.

— Tu penses vraiment qu'il aurait pu… finir par…

— J'en suis malheureusement convaincu, admit Nikolai en l'allongeant sur le lit, avant de s'asseoir à son côté. Il te voulait depuis longtemps et ton rejet a heurté son ego. Ne t'y trompe pas, Cyrus est capable de bien des horreurs.

— M'imaginer que, depuis le début, il a ce genre d'idées derrière la tête sans que je m'en doute : c'est abominable !

Ella laissa échapper un sanglot. Nikolai la prit contre lui, murmurant en grec des mots d'apaisement qu'elle ne comprenait pas. Elle pleura contre son épaule, s'abandonnant à sa peine entre ses bras protecteurs.

— Je suis désolée, vraiment désolée…

— Tu n'as à t'excuser de rien. C'est Cyrus qui t'a agressée.

— Il a dit que Paul avait eu une histoire avec un homme, dit-elle en regardant Nikolai, le cœur battant. Et le pire, c'est qu'il a peut-être raison ; et que je ne saurai jamais si Paul…

Nikolai la serra contre lui.

— Cela n'a plus d'importance, maintenant.

Mais Ella n'arrivait pas à évacuer cette révélation de son esprit. Même sa grand-mère avait été surprise que Paul ne propose pas qu'ils emménagent ensemble après leurs fiançailles. Avait-il jamais voulu d'intimité avec elle ? Cela lui faisait mal d'imaginer que non, parce qu'elle pensait qu'ils étaient proches, aussi proches qu'il était possible de l'être sans avoir couché ensemble.

— Cyrus aurait dit n'importe quoi pour souiller la mémoire de son neveu, ajouta Nikolai. Il devait être jaloux de lui.

— J'ai bien peur qu'il ait dit la vérité à propos de Paul. Une vérité que j'étais trop stupide pour entrevoir.

À l'époque, elle aimait le fait d'être contre Paul, blottie dans ses bras sans avoir à se soucier qu'il tente d'aller plus loin. La différence entre son ex et Nikolai était là : elle était reconnaissante à celui-ci de ne pas tirer avantage de sa vulnérabilité, alors même qu'elle savait qu'il la désirait ; chez Paul, elle n'avait jamais senti un tel désir.

Nikolai avait l'habitude de fuir les femmes en pleurs, et ne savait comment réagir ni quoi répondre à cette histoire d'homosexualité. Peut-être que changer de sujet serait une bonne chose. Il prit une profonde inspiration.

— Desmond, le responsable du bar qui avait été admis au service des grands brûlés, tu te rappelles ? Il est mort à l'hôpital. C'est son fils qui m'a prévenu.

Ella leva vers lui ses grands yeux verts noyés de larmes.

— Oh ! mon Dieu… Je suis désolée, Nikolai.

— C'était un homme bien. Nous nous étions rencontrés lorsque j'ai commencé à travailler à l'hôtel. C'est lui qui m'a formé. Je n'avais que dix-huit ans.

— À quoi est-ce que tu ressemblais, à dix-huit ans ? demanda-t-elle en ravalant ses pleurs.

— Bravache. Stupide. Excité par tout ce qui brillait.

Nikolai respira l'odeur fruitée des cheveux d'Ella. Il passa la main dans ses longues boucles cuivrées, qui se dénouaient sous ses doigts. Une érection inconvenante gonfla le tissu de son jean, totalement inappropriée après la scène que la jeune femme venait de vivre.

Ella releva la tête pour plonger le regard dans les

prunelles couleur caramel de son compagnon. Une chaleur qu'elle connaissait bien envahit son corps.

— Tu as des yeux magnifiques, murmura-t-elle.

Nikolai était désarçonné. Ils avaient parlé de la possible homosexualité de l'ex-fiancé d'Ella, avaient dérivé vers sa propre adolescence, et voilà qu'elle parlait maintenant de ses yeux... Il tenta de reprendre le contrôle de la conversation :

— Au sujet de Desmond...

Au rappel de l'employé défunt de Nikolai, Ella se reprit, un peu honteuse des réactions de son corps.

— Oui ?

— Sa famille était avec lui, à la fin. C'est ce qu'il aurait voulu. C'était un homme de clan.

Son regard sombre derrière lequel passaient tant d'émotions parfaitement contrôlées la fascinait. La façade froide et impénétrable de Nikolai cachait bien des sentiments. Imperceptibles d'habitude, ils prenaient maintenant toute la place. Ella était touchée de le voir s'ouvrir à elle. La confiance qu'il lui témoignait ainsi lui redonnait force, lui permettait de surmonter son désarroi.

— Enfin, je dis cela sans vraiment savoir comment se comportent les familles normales, admit-il avec un soupir.

La main d'Ella vint se poser sur son épaule nue et bronzée. Sa peau était douce comme du satin, et la chaleur qu'il dégageait l'attirait comme le soleil en hiver. Elle frissonna, consciente que les pointes de ses seins durcissaient sans qu'elle puisse les contrôler. Comment ne pas se souvenir du goût de ses lèvres ? Nikolai la désirait, quand Paul n'avait jamais voulu d'elle. Elle voyait au tissu tendu de son jean la puissance d'un appétit qu'il était incapable de cacher. En retour, son ventre vibrait d'une chaleur diffuse et délicieuse.

Sa main remonta de l'épaule au visage, et elle dessina

le contour inférieur de ses lèvres. Les pupilles de Nikolai s'enflammèrent, mais Ella ne songea pas une seconde à s'éloigner : elle assumait le désir qu'elle ressentait.

— Est-ce une invitation ? demanda-t-il d'une voix rauque.

— Tu l'aurais préférée par écrit ? rétorqua-t-elle, taquine.

Elle était surprise par sa propre audace et par la décision qu'elle venait de prendre. Nikolai la voulait, et elle le voulait aussi. Il n'y avait rien de plus normal ni de plus naturel. Toutefois, avoir pris l'initiative la surprenait, comme si un nouveau pan de sa personnalité se dévoilait à elle.

— Non, je préfère les décisions rapides, répondit Nikolai.

Il s'allongea près de la jeune femme et posa les lèvres sur les siennes. Il la désirait ardemment, n'aurait rien tant voulu que la prendre avec la brutalité d'un homme préhistorique, mais il lui fallait patienter, ne rien brusquer.

Ella Palmer méritait le meilleur.

Lorsque leurs langues se mêlèrent, Ella s'entendit pousser un gémissement. Tout son corps pulsait au rythme de leur étreinte. Un instant, elle se demanda comment elle en était arrivée à autant désirer un homme. Il n'y avait pas de lendemain, pas de futur dans ses pensées, seulement l'instant présent et le choix qu'elle venait de faire, qui la délivrait de son trop long deuil.

— Je pourrais te dévorer de baisers, murmura Nikolai tout contre ses lèvres.

Les grands yeux verts d'Ella étaient obscurcis par le désir ; le cuivre de sa chevelure rayonnait sous le soleil qui filtrait par la fenêtre.

Cyrus l'avait blessée, effrayée, mais lui, elle le désirait malgré tout, songea-t-il, bouleversé. Elle l'accueillait, se livrant sans rien retenir. C'était dire la confiance qu'elle lui accordait — pourtant, elle était loin de tout savoir de lui. Était-il digne de cette confiance alors qu'elle ignorait ses projets ? Ce qu'il savait, par contre, c'était qu'elle portait beaucoup trop de vêtements, et cette pensée balaya tout le reste.

Ella regarda Nikolai lorsqu'il fit glisser son jean contre ses cuisses. Le rouge lui monta aux joues quand elle se retrouva en simple culotte noire, qu'elle avait mise sans y penser le matin même. Nikolai se débarrassa du pantalon et enleva le haut de la jeune femme pour laisser apparaître deux petits seins magnifiques enfermés dans une prison de dentelle. Il devinait sa nervosité, mais ses mains à lui tremblaient aussi face à une beauté tellement parfaite. Il défit son soutien-gorge, libérant ses mamelons dressés.

— Tu es magnifique, affirma-t-il en recueillant délicatement ses seins au creux des paumes.

— Vraiment ? demanda-t-elle, gênée.

— Je suis on ne peut plus sérieux.

L'un de ses doigts descendit le long de la gorge d'Ella pour rejoindre un mamelon, avant que sa bouche s'en empare.

— J'adore tes seins. Je pense même que j'en suis amoureux, murmura-t-il avec un sourire, son souffle chaud contre le bourgeon rose.

— Pour ce qu'il y a à voir..., murmura-t-elle en se détournant.

— Ils sont adorables, répondit Nikolai en jouant avec les deux petits monts qui tenaient parfaitement dans ses paumes. Et tu es délicieuse...

Il te veut, se répéta Ella avec une assurance renouvelée. Être désirée à ce point, complimentée ainsi, c'était la plus belle chose au monde. Nikolai l'acceptait, avec ses défauts et ses qualités. Elle allait faire de même. Elle ne s'engageait pas dans l'attente de l'amour éternel.

Le pouce de Nikolai contre l'un de ses mamelons la fit se cambrer. Tout son corps semblait s'éveiller pour exiger sa part de plaisir. Et la chaleur moite qui l'envahissait venait du plus profond d'elle-même. Son amant eut tôt fait de lui enlever sa culotte. Sous la surprise, les grands yeux verts d'Ella s'écarquillèrent, mais elle ne dit rien.

Nikolai sourit avec gentillesse et douceur.

— Ne t'inquiète pas : nous ne ferons rien que tu n'as pas envie de faire.

— C'est que... je veux tout faire, bredouilla-t-elle, frémissante.

Il se dégagea de leur étreinte pour se relever.

— Où est-ce que tu vas ? demanda-t-elle, presque désorientée tant sa chaleur virile lui manquait déjà.

— Les préservatifs, lança-t-il en se dirigeant vers la salle de bains. Je ne sais pas si... Je n'ai jamais utilisé cette maison pour...

Il revint une seconde plus tard.

— Non, annonça-t-il, embarrassé. Il n'y a rien.

— Ce n'est pas grave, murmura Ella. Je porte un implant contraceptif.

Il fronça les sourcils en s'allongeant près d'elle.

— Ah bon ?

— Lorsque Paul et moi étions ensemble, j'ai cru avoir besoin d'une contraception. J'en ai fait poser un dans mon bras.

Ella se rappela fugacement cette période heureuse, lorsque tout était encore à découvrir avec son premier amour. L'implant était censé la protéger pendant quatre ans, mais elle ne se souvenait pas exactement de la date de sa pose.

— Je n'ai jamais eu de relation sexuelle sans protection, et j'ai fait des tests. Tu n'as rien à craindre, l'assura Nikolai.

Mais Ella était intéressée par autre chose.

— Tu as dit que tu n'avais jamais amené de... de maîtresse dans cette maison ? Jamais ?

— Jamais, répondit-il. Je ne m'y sentais pas chez moi. Lorsque j'ai récupéré les clés, j'ai fait le tour du propriétaire en pensant au gâchis de n'avoir jamais pu rencontrer le vieil homme qui l'avait habitée. Il y avait toutes ces photos de gens que je ne connaissais pas et que je ne connaîtrai jamais, parce qu'il n'y a plus personne pour les identifier. Pourtant, certains d'entre eux faisaient ou font encore partie de ma famille.

— C'est triste, compatit Ella.

Nikolai ne savait pas pourquoi il se confiait ainsi. Après tout, il était resté seul de nombreuses années, et appréciait farouchement sa solitude. Sa sœur décédée, il n'avait jamais cherché à en savoir plus sur le reste de sa famille. Pourtant, il savait que son père avait des sœurs ; celles-ci l'avaient contacté, mais à cette époque, il jugeait inutile de créer un lien.

Il leva les yeux au ciel. Bon sang ! Pourquoi ces choses lui venaient-elles en tête en cet instant précis ? Ella avait un don d'écoute qui le poussait aux confidences. Elle était pourtant nue et splendide, allongée sur le lit à côté de lui, et il lui parlait de son passé ! Ses grands yeux verts, si doux, si compréhensifs, lui avaient probablement jeté un sort...

— Je n'ai jamais eu besoin de famille, conclut-il d'une voix neutre, comme pour compenser ses épanchements.

Ella se demandait s'il ne serait pas temps de se couvrir. L'étrangeté de la situation lui mettait le rouge aux joues :

elle était nue devant lui, et Nikolai se confiait à elle ! Elle finit par plonger sous le drap, dans un accès de pudeur.

— La famille, c'est tout pour moi, avoua-t-elle. Je ne peux pas imaginer la vie sans mes proches.

— Ce drap ne te protégera pas longtemps, la taquina Nikolai d'une voix sensuelle.

Il fit glisser son jean. Les yeux d'Ella s'arrondirent, rivés sur son entrejambe. Il se souvint alors que dans la précipitation, lorsqu'il s'était porté à son secours, il n'avait pas enfilé de sous-vêtement. Il éclata de rire et se faufila sous le drap à côté d'elle.

— Qu'est-ce que c'était que ce regard ? fit-il d'un ton amusé. De l'admiration ou de l'horreur ?

— Aucun commentaire, murmura Ella, le rose aux joues.

Nikolai l'embrassa fougueusement, avant de tracer une ligne de la langue le long de son cou, puis plus bas. Elle laissa échapper un gémissement de plaisir, avant le cri brisé qui jaillit du tréfonds d'elle-même lorsque les doigts de son amant trouvèrent son clitoris. Elle se cambra vers lui en haletant, et il descendit le long de son corps, jusqu'à placer le visage entre ses cuisses. Seigneur…

— Non, Nikolai !

Il releva la tête.

— C'est un non embarrassé ou un non absolu ?

Ella ferma les yeux. Après tout, elle n'était pas si timide, si ? Elle s'abandonna à la caresse de son amant. Soudain, celui-ci fit quelque chose avec sa langue qui fit naître en elle une vague de feu. Automatiquement, ses cuisses s'écartèrent et elle laissa échapper un son rauque. Elle avait chaud, elle avait envie de lui, rien d'autre n'importait.

Ella vivait l'instant, et l'instant était sauvage, furieusement excitant, si primitivement essentiel qu'elle n'arrivait plus à réfléchir. La chaleur la brûlait, et le plaisir monta si vite qu'elle ne le sentit même pas arriver.

Elle explosa soudain dans un cri de jouissance.

— Tu vois, un non absolu aurait été dommage, fit observer Nikolai en remontant à son niveau.

Encore tremblante et désorientée, Ella hocha la tête. Nikolai prit ses lèvres avec fièvre. Son regard semblait du bronze en fusion lorsqu'il se plaça entre ses cuisses. Quand son érection l'effleura, elle le guida en elle. La sensation était aussi délicieuse que déroutante. Savoir que leurs deux corps étaient enfin unis, connaître enfin la jouissance, c'était comme se découvrir complètement.

Ella sentit soudain son ventre se contracter alors que la brûlure de sa virginité envolée s'imprimait dans sa chair. Nikolai s'immobilisa, inquiet.

— Tu veux que je m'arrête ? murmura-t-il, le souffle court.

— Non, surtout pas ! gémit Ella, impatiente de ce qui allait suivre.

Il s'était retiré et reprit doucement possession d'elle. La brûlure s'intensifia, avant de disparaître subitement, chassée par le plaisir.

— Continue, ça va maintenant, murmura-t-elle.

— Il faut que ce soit mieux qu'un « ça va », c'est ta première fois.

— Prends-moi, Nikolai, répondit-elle simplement, surprise par sa propre bravoure.

Elle le ceignit de ses bras, consciente de la patience qu'il montrait, et des précautions qu'il prenait. Avec quelqu'un d'autre, ça n'aurait pas été aussi doux, se dit-elle. Le va-et-vient de ses reins la fit basculer dans un infini de plaisir. En quelques minutes, elle parcourut l'espace allant de la défloration à l'emballement d'une extase qui n'en finissait pas de monter. Bientôt, vibrant au rythme éternel de la passion, elle se positionna pour accueillir au mieux son amant. C'était plus que simplement bon, et elle s'abandonna à l'extraordinaire tourbillon du plaisir. Une frénésie inconnue s'emparait d'elle : elle encouragea Nikolai à aller plus loin, plus vite, et il s'exécuta.

Soudain ils ne firent plus qu'un. Un éclair blanc la traversa, leurs corps cambrés au summum de la jouissance. Échouée sur une plage de douceur infinie, elle savoura les dernières vagues du plaisir qui les léchaient comme une marée descendante.

Après plusieurs minutes de langueur, Ella posa la tête sur le torse de Nikolai et se laissa bercer par les battements de son cœur.

— Merci. C'était magnifique, chuchota-t-il en lui déposant un baiser sur le front.

Elle aurait voulu le remercier, mais comment exprimer la complexité de ce qu'elle ressentait ? Tout ce qu'elle avait toujours cru savoir sur elle-même avait été balayé par cet orgasme. Un sentiment de paix absolue l'avait lavée de tous ses tourments.

Nikolai ne bougeait pas d'un pouce, trop heureux de sentir Ella blottie contre lui. Il n'avait jamais laissé la tendresse s'installer avec ses conquêtes précédentes. Il passait à la douche, se rhabillait, disait au revoir et filait, le tout en l'espace de quelques minutes. *Voilà de quoi te désarçonner*, pensa-t-il avec un sourire ironique. *Et tu sais qu'elle mérite encore plus*, continua la petite voix sous son crâne. Nikolai resta immobile jusqu'à ce qu'une respiration paisible lui confirme qu'Ella était endormie. Alors, il la replaça doucement sur l'oreiller avant de se lever.

Ella méritait plus… Comment traduire cela en actes ?

se demanda-t-il une fois sous la douche. Fallait-il offrir des fleurs ? Il n'en savait fichtre rien et mesurait son ignorance en la matière. Il n'avait jamais fait la cour ni jamais couché avec une femme vierge. Il n'avait surtout jamais poussé une femme dans son lit en lui faisant croire qu'elle y allait de son plein gré, réalisa-t-il, soudain nauséeux à cette pensée.

Il sortit rapidement de la douche pour s'habiller. Il appellerait son appartement pour qu'on lui prépare un costume, puis irait voir la famille de Desmond, et la police. Et ensuite ?

De retour dans la chambre, Nikolai contempla Ella, toujours endormie. Ne dépassaient du drap qu'une épaule blanche et son bras, qu'elle gardait près du ventre. Elle avait l'air minuscule, sans défense, et lui n'avait su que profiter d'elle. *Et ensuite ?* La question tournait dans sa tête, et il fut mal de nouveau, assailli par la culpabilité. Il n'avait que peu d'options, de toute façon. Il était allé trop loin pour faire marche arrière.

Nikolai envoya un message à Ella pour expliquer où il allait, ce qui était déjà une sérieuse entorse à ses habitudes. Avec les autres femmes, il ne s'expliquait jamais, s'excusait encore moins. Pour la première fois de sa vie, il commanda des fleurs. Il se sentait si penaud qu'il faillit y ajouter une peluche.

Après de longues heures passées auprès de la famille de Desmond, puis au commissariat à tenter de comprendre comment on pouvait mettre autant de vies en danger en choisissant sciemment d'incendier un hôtel, il prit le chemin de son appartement, brisé. Il avait fallu établir la longue liste des personnes susceptibles de lui en vouloir, et le nom de Cyrus Makris y figurait en tête. Il avait été franc avec la police, admettant qu'il n'avait aucune preuve lui permettant de relier l'incendie à l'homme qui avait agressé Ella.

De retour chez lui, Nikolai resta plusieurs minutes dans un silence absolu, tentant d'accepter le fait indéniable qu'il s'était écarté du droit chemin dans son implacable désir de vengeance et avait blessé trop d'innocents. Où était passé son sens de la justice ?

Il se versa un whisky et s'assit, en bras de chemise, sur le sofa. Comment en était-il venu à considérer Ella comme un simple dommage collatéral ? Quelle arrogance, quel égoïsme ! Et quel aveuglement aussi... Cyrus et la vengeance étaient devenus ses uniques obsessions. Lorsque l'heure lui avait paru propice, il avait visé et tiré. La souffrance d'Ella était la conséquence de ce cynisme ; pire, il avait dirigé la rage de Cyrus vers elle. Sans le plan que Nikolai avait imaginé, son ennemi n'aurait jamais agressé Ella. Et lorsqu'elle connaîtrait cette triste vérité, ce serait affreux pour elle, dont la générosité l'avait poussée à tout sacrifier pour sa famille. La révélation du rôle joué par Nikolai la blesserait mortellement.

Il avala un autre verre de whisky en repensant à tout ce que la jeune femme avait déjà dû supporter : l'attaque de son père, la mort de son fiancé, ses études de vétérinaire mises entre parenthèses. Elle n'avait pourtant cessé de se relever pour affronter l'adversité, puis Nikolai était arrivé et tout avait empiré. Il l'avait enlevée à sa famille et à sa vie pour la jeter dans son lit.

Il se passa une main tremblante sur le visage. Comment pouvait-il lui dire qu'il l'avait utilisée à ses propres fins, comme une arme ? Ce serait pour elle une nouvelle humiliation. Après un fiancé qui aimait les hommes, un amant manipulateur — et de la pire sorte !

Il fallait qu'il se rachète. Il allait lui donner ce qu'il

aurait dû offrir dès le début. De la confiance. Du soutien. De la stabilité. Du respect. Pouvait-il simuler l'amour ? C'était ce qu'elle attendait, mais serait-il capable de feindre un sentiment qu'il n'avait jusqu'ici jamais éprouvé ? Il pouvait au moins essayer, non ? Cela ne devait pas être si difficile de dire « je t'aime ».

Son téléphone s'alluma et il s'en saisit pour lire le message qu'Ella venait de lui envoyer. Il haussa lentement un sourcil à la lecture du texto : elle lui demandait s'il était toujours au commissariat et finissait par un émoji en forme de lapin jaune.

Il était sur le point de demander en mariage une femme qui utilisait des émoticônes…

8

Ella se réveilla avec le sentiment étrange que quelque chose clochait. Sa main se posa sur l'oreiller à côté d'elle, et elle réprima un soupir : Nikolai n'était pas revenu.

« Une hirondelle ne fait pas le printemps », disait sa grand-mère. Ella n'était pas dans une relation stable où l'on pouvait avoir des attentes vis-à-vis de son partenaire. Il n'y avait pas de règles, et c'était peut-être ce qui l'effrayait le plus.

Pourtant, tout avait changé entre Nikolai et elle. Lorsqu'il abandonnait son ordinaire froideur, il devenait un autre homme. La veille, il avait vibré de passion et d'empathie. Elle aimait cette profondeur, cette capacité de s'émouvoir qu'il cachait si bien au monde sous un détachement étudié. Il avait été protecteur, tendre, un amant magnifique. À bien des égards, il s'était conduit exactement comme elle l'avait espéré, alors pourquoi avoir peur ? Peut-être parce que personne ne pouvait prévoir de quoi demain serait fait.

Les révélations de Cyrus à propos de Paul l'avaient ébranlée. Il fallait qu'elle réussisse à tourner la page. Elle avait aimé Paul et avait porté son deuil, rien ne pourrait jamais changer ce fait. Leur bonne entente, c'était le souvenir qu'elle voulait garder de leur relation. Ce qu'il faisait de sa vie avant de la rencontrer n'avait pas d'importance.

Trois coups retentirent à la porte. Ella se redressa avec un sourire lorsque Max apparut, suivi des chiens.

— Votre petit déjeuner vous attend sur la terrasse.

Il disparut un instant dans le dressing et en ressortit porteur d'une magnifique robe de chambre bleu turquoise.

— Ce n'est pas à moi, dit-elle à Max avec un sourire gêné.

— Tout le côté gauche du dressing a été rempli avec vos nouveaux vêtements, expliqua Max en déposant le peignoir au pied du lit.

Après le départ du majordome, Ella jeta un coup d'œil curieux au dressing, qu'elle croyait uniquement réservé aux affaires de Nikolai. De nombreux vêtements féminins y étaient rangés, ainsi que plusieurs paires de chaussures. Deux tiroirs étaient consacrés à de superbes ensembles de lingerie.

Rory et Butch l'attendaient à la porte et l'accompagnèrent jusqu'à la terrasse baignée de soleil qui surplombait les jardins. Max avait installé un plateau pour elle sur la table. Elle se versa un thé avant d'avaler quelques toasts. Elle n'était pas habituée à ce luxe : tout lui semblait décadent et frivole. Après quelques minutes, les chiens descendirent l'escalier extérieur qui menait au jardin.

Elle se dit que Nikolai avait dû dormir dans son appartement la nuit dernière, alors qu'elle restait éveillée à attendre son retour. Elle n'aurait pas dû. Rien dans leur relation ne serait normal — après tout, c'était un arrangement temporaire. Il lui faudrait juste occulter le mal-être qu'elle ressentait devant les cadeaux de Nikolai. Sa famille était hors de danger, c'était vraiment tout ce qui comptait. Dans trois mois, lorsque ce serait fini avec son amant, elle aurait toute la vie devant elle. Mais le souvenir qu'elle gardait de la veille lui servait aussi d'avertissement : elle n'était plus la même.

Au lit, Nikolai était époustouflant. C'était un fait. Ella avait aimé : il avait su comment privilégier son plaisir, sans brusquerie aucune. Ce n'était que du sexe, tout comme sa relation avec Paul n'avait été finalement qu'une histoire d'amitié. Était-elle destinée à avoir des rapports bancals avec les hommes ? Toutefois, elle était déterminée à se protéger, dorénavant. L'épisode avec Nikolai devrait lui servir de leçon ; peut-être même en sortirait-elle mûrie. À l'époque de leur rencontre, elle avait détesté le beau Grec parce qu'il lui avait fait ressentir des choses que son deuil était censé lui interdire. Mais était-il possible d'appliquer un calendrier précis aux sentiments ? Son instinct avait été plus fort qu'elle, sa réaction irrépressible. Il n'aurait servi à rien d'essayer de se contrôler : quand le lait avait débordé de la casserole, il n'y avait aucun moyen de l'y remettre.

Nikolai n'avait rien fait pour l'aider, pensa-t-elle avec un sourire amer. Au contraire, il était revenu la chercher et s'était battu pour qu'elle revienne dans sa vie… Et finisse dans son lit ! Elle se sentait un peu coupable d'être désirée par lui, alors qu'avec Paul, cela n'avait jamais été le cas.

Un bruit de pas montant l'escalier du jardin lui fit tourner la tête.

— Ella…, murmura Nikolai, émergeant dans le soleil.

Il était magnifique, vêtu d'un cardigan gris aux larges boutons de nacre, sa barbe naissante créant une ombre noire sur son visage. Quel parangon de virilité ! Ses yeux noisette l'étudièrent un instant. La bouche sèche, Ella avala sa salive. Ce mâle splendide pouvait la plonger dans un océan de désir par la simple force de son regard. Elle sentit les pointes de ses seins réagir, comme mues par une force invisible.

Elle était ensorcelée, il n'y avait pas d'autre mot.

Nikolai se laissa tomber sur un siège, enchanté par ce qu'il voyait : Ella était splendide. Max arriva avec du café. En voyant son majordome, Nikolai repensa à Cyrus, que Max avait fait entrer dans la maison…

Les jappements joyeux des chiens se firent entendre. Alors que Rory escaladait les marches sans problème, Butch resta tristement en bas, incapable avec ses trois pattes de suivre le mouvement. Pris de pitié, Nikolai se leva pour aller chercher l'animal et le porta jusque sur la terrasse.

— Il apprendra. Il sait déjà les descendre, commenta Ella, impressionnée par tant de gentillesse.

— Nous apprenons tous tout le temps, surtout de nos erreurs, observa-t-il en se rasseyant. Par exemple, j'ai fait une erreur lorsque j'ai spécifié une durée de trois mois pour notre relation.

— Ah… Vraiment ? bégaya-t-elle, pétrifiée dans l'attente de la suite.

— Trois mois, ce n'est rien. Je ne veux pas de date limite. Je veux te garder, déclara-t-il sur un ton neutre, comme s'il s'agissait de marchander un bibelot.

— Je ne suis pas Butch, Nikolai. Tu ne peux pas juste me « garder ».

— Je pense pouvoir le faire si je te propose de m'épouser, répondit-il, les yeux fixés sur elle.

— T'épouser ? s'exclama Ella, stupéfaite. Je t'en ai parlé et tu m'as dit que le mariage était hors de question !

— Tu avais raison, j'avais tort. Est-ce qu'il faut vraiment en faire toute une histoire ?

Ella échoua à lui répondre du tac au tac. D'après son expérience, il était rare qu'un homme reconnaisse son erreur, mais Nikolai semblait très à l'aise, tournant la page comme s'il s'agissait d'une vétille.

— Tu… Tu me demandes de t'épouser, maintenant ?

— Oui. Je pense que nous allons bien ensemble.

Ella n'aurait pas pu ouvrir les yeux plus grand. Elle était abasourdie. Néanmoins, sa voix se fit ferme pour exiger des précisions :

— Dans quel sens ? Au lit ?

— Je ne pensais même pas à ça, prétendit Nikolai.

Ella nota non sans surprise que les joues de son amant se coloraient légèrement : ainsi, il pouvait rougir ! De son point de vue, le sexe devait avoir été aussi fantastique qu'il l'avait prétendu ; comment sinon en serait-il venu à parler de mariage alors qu'il y était si fermement opposé ?

— Alors tu veux m'épouser, me garder…, murmura Ella.

Elle se fit la réflexion qu'on n'aurait pu imaginer demande en mariage moins romantique.

— Ta famille sera contente, je pense.

— Oui, tu as raison, concéda-t-elle.

Une alliance emporterait l'adhésion immédiate de son père et de sa grand-mère. C'était la promesse d'un engagement auquel ils croyaient.

Nikolai se pencha pour poser la main sur son bras.

— J'ai bien l'intention de faire tout ce qui est en mon pouvoir pour te rendre heureuse.

— Sacré défi ! ironisa-t-elle presque malgré elle.

— Je suis ambitieux.

— Mais je n'ai toujours pas dit oui, répondit Ella, nerveuse.

En relevant les yeux, elle se perdit dans son regard, qui pouvait être aussi dangereux qu'un précipice. Son estomac se noua. Sans pouvoir rien y faire, elle tombait amoureuse de lui, succombait au charme de ce mâle alpha sans scrupule qui ignorait les règles et se jouait des convenances.

— J'espère bien que tu le feras, déclara-t-il.

Décidément, l'humilité n'était pas la qualité première

de Nikolai ! Il était riche et plus que bel homme, excellait dans les affaires, et elle était convaincue qu'il avait dû en baver pour arriver à une telle position. En faisant référence à ses parents, Cyrus avait parlé d'une prostituée et d'un dealer de drogue... Ella ne voyait aucune manière polie de s'enquérir de la vérité. Ce qu'elle savait, c'était que par moments elle avait juste envie de serrer Nikolai dans ses bras, et qu'en son absence il lui semblait qu'on la privait de soleil. Elle n'arrivait pas à comprendre comment il s'y était pris pour compter autant pour elle, et aussi rapidement. Mais le fait était là : Nikolai Drakos lui était vital.

— Je voudrais des enfants, déclara-t-elle abruptement.

Il releva la tête, un éclair de surprise dans le regard.

— Pourquoi cet air étonné ? La plupart des femmes veulent des enfants. Je ne parle pas de cette année ni même de la prochaine, parce que j'ai une formation à finir ; mais au bout d'un moment, je vais vouloir des enfants. Je pense qu'il faut que tu saches la vérité.

— Je n'en ai jamais voulu, confessa-t-il.

— Eh bien, si tu veux vraiment me garder, il y aura des enfants. Et puis il faudra partager ta maison avec quelques chiens et chats de gouttière, ce qui est également non négociable, continua Ella.

Elle était bien déterminée à mettre toutes les cartes sur la table avant de succomber définitivement au charme du superbe Grec qui lui faisait face.

Nikolai comprit qu'Ella marquait son territoire sans tenir compte de ses volontés à lui. Le mettait-elle au défi ? Pensait-elle qu'ils resteraient mariés toute leur vie ? Cette dernière hypothèse n'avait aucune chance de se réaliser. Elle repartirait bientôt, après avoir rencontré un amoureux des bêtes en bottes de caoutchouc qui lui ferait comprendre que Nikolai n'était finalement pas l'homme qu'elle voulait réellement. Et il la laisserait partir.

Son ventre se noua en imaginant Ella dans une maison à la campagne, entourée de chats et de chiens. Le foyer et la famille seraient toujours sa priorité. Il le savait, et il ne pourrait lui donner ce qui la comblerait parce qu'il ne pouvait pas s'attacher. Ella, pourtant, méritait un homme capable de l'aimer.

— Les enfants, ce n'est vraiment pas envisageable pour toi ? demanda Ella, alertée par l'air sombre de son compagnon. À quoi est-ce que tu penses ?

Subitement, il se leva de son siège pour venir la soulever du sien, puis la déposa sur ses genoux.

— À des problèmes personnels, répondit-il.

— Si tu veux m'épouser, tu ne pourras plus me donner ce genre de réponse, l'avertit-elle gentiment.

— Les enfants sont négociables, concéda Nikolai, mais dans quelques années.

— Et en cas... d'*accident* ?

— Je fais toujours attention.

Ella se pelotonna contre lui, respirant le parfum épicé de son eau de toilette.

— Tu veux vraiment me garder ? chuchota-t-elle.

Nikolai riva le regard au sien. Si un amoureux des bêtes s'était présenté en cet instant, il l'aurait envoyé bouler au bas de l'escalier et lui serait passé sur le corps. Car il voulait Ella plus qu'il n'osait se l'avouer, en dépit de la culpabilité qu'il ressentait à son égard. Il lui fallait mettre son égoïsme de côté, pour elle.

— Je te rendrai heureuse, lui jura-t-il, les yeux dans les yeux.

Et il tiendrait cette promesse, quel qu'en soit le

prix. Il remiserait ses rêves de revanche, ceux qui le consumaient depuis cinq ans. Il oublierait Cyrus et ses crimes, pour toujours. Ella deviendrait sa seule, son unique priorité.

— Tu pourrais bien y parvenir, admit Ella d'une voix douce en souriant.

Elle voulait passer plus de temps avec lui. Elle voulait vivre à ses côtés, parce que son cœur sautait un battement dès qu'elle pensait à lui. C'était un sentiment viscéral et puissant, quelque chose sur lequel elle ne pouvait mettre de mots. Elle savait seulement qu'elle avait besoin de sa présence. Et cette demande en mariage, pour inhabituelle et rapide qu'elle soit, la changeait au moins de sa dernière relation.

Avec un sourire décidé, elle se tourna vers lui.

— D'accord, je t'épouserai.

Nikolai écrasa les lèvres sur les siennes pour un long baiser. Ils finirent par se séparer, et Ella alla se rasseoir sur son siège. Son tout nouveau fiancé fouilla alors dans sa poche et en sortit une petite boîte en velours noir, qu'elle accueillit avec étonnement.

— Tu as... prévu une bague ?

— Je ne peux pas te demander de m'épouser, sinon.

Il ouvrit l'écrin et glissa un diamant magnifique à son doigt. Ella bougea légèrement la main pour observer l'éclat de la pierre précieuse, qui capturait les rayons du soleil.

— Elle est superbe, murmura-t-elle. Merci.

— Je resterai dans mon appartement jusqu'au mariage, déclara soudain Nikolai.

Avec un sursaut, elle tourna les yeux vers lui.

— Mais... Pourquoi ?

— Je veux mettre une frontière nette entre le début de notre relation et notre vie maritale. Tout sera différent.

— Nikolai a obtenu un rendez-vous avec un architecte d'intérieur, je le verrai la semaine prochaine, annonça Ella à Max, alors qu'il lui servait le petit déjeuner. Je veux que les objets de famille, les photos et les papiers soient mis de côté dans un endroit sûr, pour ne pas finir accidentellement à la poubelle. Un jour ou l'autre, il voudra y remettre le nez. Par où pensez-vous que nous devrions commencer, Max ?

— Probablement par le bureau de feu M. Drakos, dans la bibliothèque, répondit le majordome. Il y gardait beaucoup de choses. J'essaierai de m'en occuper avant mon départ.

Ella fronça les sourcils.

— Votre départ ? Vous prenez des vacances ?

Le visage de Max se crispa.

— On me remplace, mademoiselle Palmer. De manière assez compréhensible, votre futur mari n'a plus confiance en l'homme qui a fait entrer Cyrus Makris dans sa demeure.

Max serait renvoyé pour ça ? Abasourdie et furieuse de ne pas avoir été mise au courant, Ella se tourna vers lui.

— Mais... Ce n'était pas votre faute !

— Ce qui est arrivé est arrivé, trancha Max d'une voix navrée. Non seulement je l'ai laissé entrer, mais je suis parti en vous laissant seule avec lui. J'ai pris une mauvaise décision et cela a failli tourner à la catastrophe. N'en parlons plus.

Ella se força à ne rien laisser paraître de sa colère, respectant la demande de Max de ne pas s'étendre sur le sujet. Elle en discuterait directement avec Nikolai.

Elle se leva, ayant perdu tout appétit.

— Je dois m'absenter. Pendant ce temps, pourriez-vous commencer à trier les affaires de famille dont nous parlions tout à l'heure ? Je vais aller chercher mon sac.

— Votre chauffeur vous attendra à l'extérieur, mademoiselle.

— Mon chauffeur ? s'étonna Ella.

— M. Drakos a mis une voiture et un chauffeur à votre disposition, ainsi qu'un garde du corps, expliqua Max. Il veut s'assurer de votre sécurité vingt-quatre heures sur vingt-quatre.

Un chauffeur ? Un garde du corps ? Est-ce que Nikolai avait perdu l'esprit ? Elle était une femme ordinaire et n'avait besoin ni de l'un ni de l'autre. Il aurait dû lui en parler, comme il aurait dû l'avertir de sa décision concernant Max.

Deux jours après avoir accepté d'épouser Nikolai, elle constatait que les sujets de dispute se faisaient déjà jour…

Les bureaux de son futur mari étaient situés dans un immense immeuble de verre et d'acier, orné du logo Drakos, qui ressemblait à un dragon. Ou était-ce une déesse ailée, comme son tatouage ? Dans l'ascenseur, Ella jeta un coup d'œil à John, son mutique garde du corps. Il était si discret qu'il aurait été facile de l'oublier, s'il n'avait été aussi massif.

À la réception, elle demanda à voir Nikolai. Elle s'entendit répondre qu'il était en réunion. Sans se démonter, elle s'assit et lui envoya un texto stipulant qu'il fallait absolument qu'elle lui parle. Une demi-heure s'écoula avant qu'une secrétaire vienne la chercher.

— Vous pouvez m'attendre ici, dit-elle à John.

Ella lissa son pantalon de fine laine et sa veste de cachemire. Maintenant qu'elle arborait sa bague, porter les vêtements offerts par Nikolai n'était plus un problème. C'était devenu naturel, aussi naturel que lorsqu'elle avait appelé son père et sa grand-mère pour leur apprendre la nouvelle, souriant par avance de leur joie.

Elle restait inquiète, pourtant. Elle ne connaissait pas Nikolai depuis bien longtemps et en savait peu sur lui, d'autant qu'il n'était pas le genre d'homme à s'épancher. Elle suivit la secrétaire, prête à l'affronter pour contester une décision qui lui paraissait mauvaise.

— Nous avons un problème, lança-t-elle à l'instant où elle pénétra dans le grand bureau directorial.

Nikolai l'étudia un instant, impassible.

— Ça ne paraît pas prometteur pour la suite de l'entretien. J'aime beaucoup tes bottes, cela dit.

— Bien sûr que tu les aimes, rétorqua-t-elle, agacée. Les hommes ont toujours aimé les bottes en cuir. C'était prévisible. Ce qui n'était pas prévisible, par contre, c'est la manière dont tu es en train de congédier Max. C'est digne d'un dictateur, et je ne veux pas épouser un dictateur.

Elle vit son visage s'assombrir, ses sourcils se froncer sur un regard impénétrable.

— Il est venu se plaindre à toi ?

— Bien sûr que non ! Je l'ai découvert incidemment. Ne vois-tu pas à quel point tu es injuste ? Est-ce que tu as seulement dit à Max de refuser d'ouvrir à Cyrus ?

— Non, concéda Nikolai.

— Alors comment peux-tu lui en vouloir pour ce qui est arrivé ? C'est moi qui ai accueilli Cyrus. Max l'a considéré, à juste titre, comme mon invité. Il ne pouvait rien dire.

— Il t'a mise en danger. Je ne peux pas fermer les yeux là-dessus, et la manière dont je gère mon personnel ne te concerne pas.

— Je pense au contraire que la manière dont tu t'occupes du personnel *avec lequel je vis au quotidien* me concerne. Je suis ta future femme.

— Future, insista-t-il sur le ton du défi. La décision reste donc mienne.

— Si tu veux que je devienne *effectivement* ta femme, tu as intérêt à m'écouter, rétorqua-t-elle, furieuse. Tu es injuste avec Max. Je n'avais aucune idée du danger que représentait Cyrus, alors comment aurait-il pu le deviner ? Comment aurions-nous pu nous douter de ce qui allait arriver ?

Et c'était bien le problème, songea Nikolai, amer. Tout ce qui était arrivé était sa propre faute. Lui seul savait que Cyrus était un homme dangereux, même s'il n'avait jamais imaginé qu'il puisse venir trouver Ella dans sa propre demeure. Il avait probablement dû entendre parler de l'incendie qui avait ravagé son hôtel et s'était dit qu'il ne serait pas chez lui ce matin-là. Nikolai savait qu'il aurait dû prévenir Max de ne jamais laisser approcher Cyrus Makris, mais cette éventualité lui avait paru tellement improbable qu'il ne s'en était pas soucié. Lorsqu'il avait compris que son vieil ennemi était chez lui, lorsqu'il l'avait vu sur le point de violer Ella, sa raison avait vacillé. Si Ella n'était pas intervenue pour le retenir, il l'aurait tué. Depuis lors, il cherchait simplement quelqu'un sur qui rejeter la faute. N'importe qui d'autre que lui-même.

Dans le silence de plomb qui s'était installé, Ella observait Nikolai. Elle savait qu'il était en train de réfléchir, sans rien partager de ses pensées, comme à son habitude.

— Tu as dit vouloir me rendre heureuse, reprit-elle enfin. J'apprécie énormément Max. Tu étais épuisé, ce matin-là, après l'incendie. Ce qui s'est passé avec Cyrus t'a mis hors de toi. Ne laisse pas Max porter le poids de ce que j'ai subi. Ce n'était pas sa faute.

— Si j'ai eu tort, je reviendrai sur ma décision, maugréa Nikolai à voix basse.

— Accessoirement, peux-tu me dire pourquoi j'ai subitement un chauffeur et un garde du corps ?

Avec un long soupir, Nikolai se demanda si ce genre de scène constituerait bientôt leur quotidien de couple. Ella allait-elle discuter chacune de ses décisions ? Il faisait ses propres choix et s'y tenait toujours, mais voilà qu'il fallait faire des compromis, se défendre ou remettre en question son système de pensée — parfois trop manichéen, il l'admettait. Rendre Ella heureuse ne s'annonçait pas une partie de plaisir...

— Je ne m'excuserai pas d'avoir engagé un garde du corps pour veiller sur toi. Il est de mon ressort d'assurer ta sécurité et je prends cette charge très au sérieux. Je ne laisserai pas Cyrus t'approcher de nouveau.

— Tu penses que ça pourrait arriver ? demanda Ella, surprise.

— Il était fou de rage, ce jour-là. Je ne trouve pas prudent de nous reposer sur nos lauriers et d'oublier son potentiel de nuisance.

À son visage fermé, Ella comprit qu'il ne ferait pas de compromis sur ce point. Elle réprima un soupir.

— Je vais réfléchir à garder Max, mais je ne reviendrai pas sur le reste, conclut Nikolai. Tu as l'avantage, ne va pas plus loin.

— Il y a encore tant de choses que nous avons à apprendre l'un de l'autre, soupira Ella. Tu ne t'inquiéterais pas un peu trop pour moi ?

Ses grands yeux sombres scintillèrent.

— Trop vaut mieux que pas assez. Et ne t'en fais pas, j'ai les épaules larges, je peux assumer un souci de plus.

Nikolai croisa les bras, une manière de signifier à Ella que la discussion était close. Il n'allait certainement pas admettre qu'il avait pu faire une erreur avec Max, mais elle savait qu'elle avait gagné parce qu'elle n'ignorait pas combien il était rigoureux sur la question de l'équité. En amenant le sujet sur la table, elle l'avait aussi forcé à la considérer comme une égale, une partenaire dans ses décisions, et c'était un fait nouveau avec lequel il allait devoir dorénavant composer. Quant à la sécurité d'Ella, elle était primordiale pour lui et il se moquait de ses objections. Si quelque chose devait lui arriver, il ne s'en remettrait pas.

Quelques semaines auparavant, il n'avait pas encore compris le niveau de danger auquel il l'exposait en l'attirant dans sa vie. Cette erreur était corrigée. Et puis, dans le futur, lorsqu'elle rencontrerait un autre homme, il devrait la laisser partir ; alors, il retrouverait sa liberté — même si cette perspective ne l'enchantait plus autant qu'avant.

Nikolai avait changé depuis qu'il avait rencontré sa belle Anglaise. Ella mettait à mal son sang-froid légendaire. Elle se glissait dans ses pensées plus souvent qu'il n'était prêt à l'admettre, et il regrettait déjà d'avoir voulu vivre loin d'elle jusqu'à leur mariage.

Tous ces changements étaient tellement troublants qu'il se sentit presque à la merci des réactions de sa future femme, en proie à une inquiétude qu'il n'avait pas ressentie depuis des années. Cette instabilité le mettait hors de lui. Pire encore, la menace d'un autre homme qui ravirait le cœur d'Ella lui donnait envie de jeter son bureau par la baie vitrée.

Bien sûr, pour le moment, il n'était pas envisageable qu'elle le quitte. Mais il s'habituerait à cette idée peu à peu, aidé en cela par l'usure du quotidien. Ce serait simple, finalement. Voir Ella chaque jour finirait par le lasser. Elle aussi d'ailleurs se fatiguerait de lui. Elle réclamerait bientôt sa liberté, et il la laisserait partir. Un jeu d'enfant, non ?

9

— Est-ce que vous allez me le remplacer directement ? demanda Ella à l'infirmière qui était en train de lui enlever son implant contraceptif du bras.

— Le Dr Jones m'a seulement demandé de retirer celui-ci, répondit la femme en blouse blanche.

Peut-être le médecin s'inquiétait-il de possibles effets secondaires, se raisonna Ella, un peu étonnée. Il faudrait sans doute se diriger vers une nouvelle méthode de contraception, sans les inconvénients de l'implant. Parce que la raison première de sa visite était qu'elle ne se sentait plus elle-même, ces derniers temps. Pas exactement malade, plutôt déphasée. Son appétit avait disparu et elle était souvent fatiguée. Son médecin de famille lui avait fait passer une batterie de tests avant de programmer un second rendez-vous.

Ella était heureuse d'être de retour auprès des siens. Cela lui avait permis de voir le Dr Jones plutôt que devoir trouver un médecin à Londres. Elle avait dit à Nikolai qu'elle voulait absolument se marier chez elle, pour que sa famille et ses amis puissent venir plus facilement. Et l'on était à la veille du grand jour. Ella n'en revenait toujours pas… À vrai dire, elle mourait d'impatience de se tenir devant le prêtre pour devenir la femme de Nikolai.

— Ça s'appelle l'amour, l'avait taquinée sa grand-mère. J'aurais été plutôt inquiète de ne pas te voir excitée à l'idée de l'épouser !

Ella pensait à sa robe de mariée, choisie avec soin, lorsqu'un mot dans la bouche du Dr Jones la ramena brutalement sur terre : « Enceinte ».

— Quoi ?

— Vous êtes enceinte, Prunella.

Enceinte ? Son cerveau arrêta de fonctionner.

— Mais… J'avais l'implant ! protesta-t-elle, livide, les mains crispées sur ses genoux.

— Comme je vous l'ai dit, l'implant n'est efficace de manière optimale que sur une durée de trois ans. Vous avez manqué le rendez-vous de renouvellement et ignoré la lettre de relance que le cabinet a adressée à votre domicile.

— Mais… Mais je croyais que… qu'il durait quatre ans, bégaya-t-elle.

Le médecin sortit un petit agenda d'un tiroir. Selon lui, cela faisait presque quatre ans qu'elle s'était fait poser l'implant. Maintenant qu'il en avait parlé, le souvenir d'une lettre de relance lui revenait en mémoire. Après la mort de Paul, la contraception avait été la dernière de ses priorités ; toutefois, Ella n'en revenait pas d'avoir pu sauter le pas avec Nikolai sans être protégée comme elle le croyait. Sa principale erreur avait été de croire que l'implant durait quatre ans quand il n'était efficace que trois. À présent, elle était enceinte. Nikolai serait brisé. Et elle ne s'en remettrait probablement pas non plus…

Ella était persuadée que l'honnêteté était vitale dans un couple. Et pourtant, elle venait subitement de changer d'avis sur la question. Convoler au bras de Nikolai et lui apprendre simultanément qu'elle était enceinte ruinerait leur mariage. Il serait pris de court, dépassé, stressé par la nouvelle : Nikolai était un homme prévoyant, qui aimait que tout soit à sa place, bien rangé et organisé.

Et il n'y avait rien de plus affolant que d'apprendre une grossesse non prévue le premier jour de son mariage, si ? Pour couronner le tout, il lui avait fait part de ses réticences sur la question de la paternité. Il voulait au mieux attendre.

Ils devaient s'envoler pour la Crète après le mariage et passer leur lune de miel dans une maison que Nikolai possédait sur l'île. Elle décida qu'elle le préviendrait là-bas, lorsqu'il serait détendu et prêt à soutenir le choc de la nouvelle.

Enceinte… Le mot passait et repassait en boucle dans la tête d'Ella sur le chemin qui la ramenait chez sa famille. Elle non plus n'avait pas été un bébé désiré, et son arrivée avait menacé les rêves de carrière de sa mère. Celle-ci l'avait d'ailleurs laissée très vite entre les mains de son père et de sa grand-mère. Si Nikolai ne voulait absolument pas d'enfant dans l'immédiat, partirait-il, lui aussi ? C'était le pire des scénarios envisageables.

Il avait dit, cependant, qu'il pourrait fonder une famille dans le futur, et il n'y avait finalement rien de mal à lui soustraire cette information le plus longtemps possible. Jusqu'à ce qu'il soit prêt. Elle n'allait pas lui mentir, simplement retarder le moment d'en parler. Après tout, le timing n'était pas non plus parfait pour elle au vu de la formation de vétérinaire qu'elle voulait terminer. Mais il fallait savoir s'adapter. Au moins, elle n'avait plus à se soucier d'être stérile, une peur irrationnelle qui la terrifiait parfois. Quant à Nikolai, elle lui présenterait la nouvelle comme ce qu'elle était : un cadeau inattendu.

— Tu es splendide, commenta Suzie tandis qu'Ella arrivait au bas de l'escalier.

Elle vit les yeux de son père s'humidifier. Elle-même avait

été bouleversée de se voir dans le miroir. La soie délicate de sa robe de mariée laissait ses bras et son dos nus. À ses pieds, de simples escarpins blancs lui donnaient des airs de ballerine, attirant l'attention sur la finesse de ses jambes, l'une d'elles ornée de la traditionnelle jarretière.

George, Suzie et elle se rendirent à la petite église voisine dans la limousine que Nikolai leur avait envoyée. John, le garde du corps, les escortait dans son propre véhicule.

L'église était bondée. Ella remonta lentement la nef au bras de son père, souriant aux visages inconnus de la partie droite des bas-côtés, réservée aux invités de son futur époux.

Le cœur battant, Nikolai regardait approcher Ella. Son cerveau avait beau lui dire que la perfection n'existait pas, il ne voyait que perfection en elle, de ses cheveux couleur de bronze aux traits délicats de son visage. Il ne l'avait pas vue depuis quelques jours, mais ce court laps de temps lui avait paru une éternité. Que faisait-elle loin de lui ? Qui voyait-elle ?

En arrivant à l'autel, Ella adressa un sourire anxieux à son fiancé, cherchant du réconfort dans son visage électrisant de magnétisme. Lorsqu'elle sentit l'alliance enserrer son annulaire, elle pensa au bébé avec un réel bonheur. Il se passerait des semaines avant que sa grossesse commence à se voir, et elle avait du temps avant de se soucier de ce qu'elle dirait à Nikolai…

Après la cérémonie, ils gagnèrent le manoir où se tenait la réception.

— Tu as beaucoup d'amis, remarqua Ella à l'oreille de son mari, alors qu'ils entraient ensemble dans le hall bondé.

— Des collègues de travail, corrigea-t-il. Alors que de ton côté, tu as l'air d'avoir des cousins par grappes entières.

— Mon père a cinq sœurs, précisa-t-elle en souriant.

Elle abandonna Nikolai le temps d'aller embrasser sa famille. Cela fait, elle s'apprêtait à le rejoindre quand une femme d'âge mûr, parée d'un magnifique collier de diamants, se présenta à elle :

— Toutes mes félicitations. Je suis Marika Makris, la sœur de Cyrus.

Nikolai avait mentionné la présence de Marika un peu plus tôt, ajoutant qu'elle ne fréquentait plus son frère depuis des années et que sa présence n'aurait donc rien de gênant.

— Ella... Drakos, se présenta-t-elle avec un léger froncement de sourcils, encore peu habituée à son nouveau patronyme. Je suis encore tout étonnée d'avoir changé de nom, mais Nikolai y tenait tellement...

— Naturellement ! Comment ne pas vouloir poser sa marque sur une aussi délicieuse jeune personne ? répondit Marika avec un sourire étrange. Cyrus doit en être vert de rage. Son ennemi juré marié et heureux. Voilà ce qui arrive quand on baisse sa garde. Profitez bien de cette journée, ma chère.

Sur ce, elle s'éloigna, laissant Ella perplexe. Nikolai et Cyrus, *ennemis jurés* ? Elle savait qu'ils ne s'entendaient pas, mais pensait que leur opposition était purement professionnelle. L'expression employée par Marika sous-entendait quelque chose de plus profond, de plus personnel. Les deux hommes étaient grecs, peut-être leur passé commun y était-il pour quelque chose ? Était-ce à cause de cela que Nikolai avait failli tuer Cyrus après que celui-ci l'avait agressée ?

Ella se promit d'en parler plus tard à son mari et alla s'asseoir à la grande table du dîner.

À la fin du délicieux repas, Ella se dirigea vers les toilettes pour s'y rafraîchir. Alors qu'elle allait entrer, elle entendit une voix féminine sortir du boudoir :

— Ce que je veux savoir, c'est ce qu'elle peut bien avoir de plus que nous ? Nikolai était impossible à garder, c'est bien connu, et le voilà marié en un temps record !

Ella haussa les sourcils. Est-ce qu'elle surprenait une conversation entre certaines de ses ex ?

— Elle est magnifique, il faut le dire, fit une autre voix, plutôt dépitée.

— Elle a une taille de crevette ! Peut-être qu'elle est particulièrement douée au lit, insinua la première voix.

— Ou peut-être qu'il est enfin tombé amoureux, répondit une femme sur un ton plus doux.

— Lui ? Impossible, il est blindé à tout sentiment !

Levant le menton, Ella pénétra dans le boudoir et la conversation s'interrompit. Il suffisait d'un coup d'œil en direction de ces femmes pour se rendre compte que Nikolai était un homme de goût — il était probablement sorti avec chacune d'elles. Comment avait-elle pu être naïve au point de croire qu'il n'inviterait pas certaines de ses anciennes maîtresses ?

Elle regarda son reflet dans le miroir. « Une crevette » ? Certes, comparée à ces belles femmes aux longues jambes fuselées, elle était minuscule. Nikolai devait avoir des préférences particulières, car toutes étaient blondes. Elle se souvenait que Cyrus avait évoqué le passé trouble de Nikolai avec les femmes. Avec une pointe au cœur, elle ne put s'empêcher de se demander pourquoi il l'avait épousée…

Lorsqu'elle regagna la salle de réception, son humeur s'était assombrie. Nikolai lui attrapa aussitôt la main : ils devaient ouvrir le bal, à présent.

— Tu es raide comme un poteau, bougonna-t-il dès que

la piste commença à se remplir, au milieu de la première danse. Et tu es très silencieuse, pour une jeune mariée…

— Combien de tes ex sont ici ce soir ?

Les larges épaules de Nikolai se raidirent.

— Quelques-unes seulement, et seulement parce qu'elles ont fini par épouser des amis. Pourquoi ? Est-ce que quelqu'un a dit quelque chose de désagréable ? Dois-je m'en mêler ?

— Non merci, je ne suis pas une petite fille qu'il faut protéger, déclara Ella, renfrognée.

Elle se radoucit en humant le parfum qui émanait de son si sexy mari. Elle soupira. Il ne fallait pas provoquer une dispute le jour de leur mariage.

— Je te préviens, je suis du genre jaloux, reprit-elle. Je suis peut-être petite, mais je suis dangereuse.

— Je le savais déjà, affirma Nikolai, dont les longs doigts lui caressaient le dos. Dangereusement excitante.

— Attends de voir ma jarretière, murmura-t-elle à son oreille, flattée de sentir son érection enfler contre sa cuisse. Et mes bas…

— Annulons la réception et mettons tout le monde dehors, susurra-t-il avec un sourire.

Ella laissa échapper un rire et oublia ses inquiétudes.

— Je me suis sentie triste quand j'ai compris qu'il n'y aurait personne de ta famille, à notre mariage, déclara Ella dans le jet privé qui les amenait en Crète.

— Ça ne m'a pas attristé, répondit Nikolai, renversé dans son siège en cuir. Probablement parce que je n'ai pas eu la même enfance que toi.

— Ce n'était pas non plus le paradis. Je n'avais pas de mère.

— Tu avais un père et une grand-mère qui t'aimaient. C'est déjà de la chance.

Ella ne put qu'opiner d'un mouvement de tête. Cependant, elle n'oublierait jamais le sentiment de rejet qui l'avait étreinte lorsqu'elle avait rencontré sa mère pour la première fois, à dix-huit ans. Celle-ci n'avait exprimé aucun regret, n'avait montré aucune volonté de construire avec elle une relation adulte, à défaut de ce qu'elle n'avait pu lui offrir enfant. La rencontre avait été triste et frustrante.

— La famille peut être toxique, fit remarquer Nikolai, cynique.

— Toxique, comment ? Parle-moi de ton enfance.

— Ça n'a rien de très joli.

— Je peux le supporter. Comment était ton père ?

Nikolai grimaça.

— Il a basculé très jeune dans les problèmes. Renvoyé de plusieurs établissements. Il vendait de la drogue.

— Comment l'as-tu découvert ?

— Par l'agent fiduciaire de mon grand-père, alors qu'il était en train de m'expliquer toutes les raisons pour lesquelles celui-ci ne souhaitait pas me rencontrer, répondit Nikolai avec un rictus triste. Mon père a bénéficié d'innombrables chances de rentrer dans le droit chemin, mais il a toujours préféré la violence et l'illégalité.

— Certaines personnes ne changent pas, compatit Ella. Et ta mère ?

— Elle était russe. Une strip-teaseuse appelée Natalya.

— Tu es à moitié russe ?

— Lorsque Natalya est tombée enceinte de ma sœur, mon père l'a épousée. C'est peut-être la seule chose respectable qu'il ait faite de sa vie. J'ai encore quelques souvenirs, avant mes dix ans. Je me souviens du chaos, des cris, des hurlements. Je me souviens de la porte du placard où nous nous cachions avec ma sœur et dans lequel il ne fallait pas faire de bruit. Ma sœur me protégeait. Il y avait souvent des descentes de police. Mon père était souvent en prison. Mon grand-père a fini par le déshériter et a coupé tous les ponts.

Muette, Ella comprit enfin ce que Nikolai entendait par *toxique* : son enfance avait été un cauchemar.

— Ta mère ne pouvait-elle te protéger ? Elle travaillait ?

— Non, elle ne travaillait pas. Elle était toujours ailleurs, ivre ou droguée. Heureusement, il y avait Sofia. Pour ma sœur, j'aurais pu rester des jours sans manger ou me faire battre comme plâtre. Mon père rejetait souvent sa frustration sur moi.

Nikolai regardait Ella au fur et à mesure qu'il se racontait, voyant les détails sordides de son enfance s'imprimer lentement dans ses yeux, comme si elle revivait l'horreur de cette période.

— Il a cassé le nez de Sofia le jour où elle s'est interposée pour me protéger. J'étais bien plus son enfant que celui de ma propre mère.

— Je suis tellement navrée, murmura Ella, avec une compassion qu'elle ne pouvait cacher.

Elle se demandait si quelqu'un d'autre que la sœur de Nikolai l'avait jamais aimé. Et il l'avait perdue. Était-ce la raison pour laquelle il restait déterminé à ne pas s'attacher ?

— Mes parents sont morts dans un accident d'avion lorsque j'avais dix ans, reprit Nikolai. Mon grand-père a financé mes études. J'ai été envoyé en pension en Angleterre.

— Il a gardé chacun de tes relevés de notes, lui rappela Ella, qui lui avait déjà parlé de tout ce qu'elle avait trouvé dans le bureau du grand-père Drakos. Et cependant, il ne voulait pas te connaître ?

— Je crois qu'il avait peur d'être déçu. Il avait compris que l'investissement émotionnel est une source directe de souffrance. Et puis il était vieux, fatigué...

— Alors il a préféré te garder à distance, soupira Ella. Il a manqué tellement de choses... Tu n'as rien de ton père, tu sais.

— J'ai mieux réussi, mais je ne sais pas si je suis meilleur, murmura Nikolai dans un élan d'honnêteté qui le troubla.

Ella était si belle, si vulnérable et préservée... Elle n'avait probablement jamais fait de mal à personne, songea Nikolai. Il ne la méritait pas. Il l'avait mise dans son lit grâce au chantage, sans honneur ni décence. S'il lui avait montré qui il était vraiment, sans masque, elle ne l'aurait jamais épousé.

— C'est ton enfance qui t'a fait tel que tu es. C'est pour cette raison que tu ne veux pas de famille, affirma-t-elle avec douceur.

Nikolai haussa les épaules.

— Qu'est-ce qu'un homme comme moi sait de la famille ? Comment est-ce que je pourrais me comporter en père ? Je ne saurais même pas par où commencer.

Ella sourit.

— Tu pourrais apprendre.

— Et si je ne m'y intéresse pas ? J'ai cru comprendre que les enfants ont des relations très fusionnelles avec leurs parents. Pourquoi prendre ce risque ?

Ella pensa à celui qui grandissait en elle, à cette petite lumière pour laquelle elle était déjà prête à donner sa vie... Elle détourna le regard. Elle était effrayée par la réaction qu'aurait Nikolai lorsqu'il apprendrait qu'elle était enceinte. Un enfant si tôt dans leur mariage imposerait forcément des changements. Serait-il prêt à les accepter ? Il était vital pour elle que ses deux parents aiment leur enfant ; elle ne connaissait que trop bien le poids de l'abandon.

— D'ailleurs, je n'ai jamais senti le besoin de perpétuer ma lignée, reprit-il.

— Mais tu avais dit que si je…, commença-t-elle en bégayant.

— Bien sûr. Je ne suis pas égoïste. Je m'adapterai à ce que le futur nous réserve.

Il parlait toujours du futur, mais Ella savait que le problème était bel et bien présent. Où sa capacité d'adaptation s'arrêterait-elle s'il n'avait pas envie de devenir père ? Elle réprima son angoisse et prit une profonde inspiration. Il fallait qu'elle soit patiente et compréhensive. On n'attirait pas les mouches avec du vinaigre.

Elle releva les yeux vers lui, remarqua son air tendu, sa mâchoire crispée. Les questions qu'elle avait posées étaient intimes. Il s'était livré sur son enfance, les horreurs vécues par la faute de sa famille, et il était sur la défensive désormais. Toujours aussi sublime, mais sur ses gardes, et triste. Subitement, une idée germa en elle, si folle qu'elle fut tentée de l'écraser à la seconde où elle la formula : si l'humeur de Nikolai était affectée, pourquoi ne pas lui changer les idées ?

En serait-elle capable ? Elle savait se montrer audacieuse, non ? Après tout, elle avait devant elle un homme qui avait remué ciel et terre pour la retrouver et la mettre dans son lit. Nikolai la désirait tout le temps, partout. Avec un sourire, elle défit sa ceinture de sécurité et se leva.

— Demande au personnel de bord de rester à l'écart, lui ordonna-t-elle.

Il fronça un sourcil, resta un instant muet, puis décrocha le téléphone pour transmettre la demande.

— Pourquoi ? s'enquit-il ensuite.

— Jeunes mariés. Ne pas déranger. Il faut que je te fasse un dessin ?

L'expression ahurie qui se peignit sur le visage de son mari ressemblait déjà à une petite victoire...

Ella se mit à genoux devant le fauteuil de Nikolai et lui écarta les cuisses. Elle lui défit sa ceinture et lui caressa l'entrejambe jusqu'à ce que, très vite, la tension qui habitait son mari soit remplacée par une tension d'un ordre tout à fait différent...

— Tu plaisantes ? dit-il d'une voix rauque.

— Est-ce que j'ai l'air de plaisanter ?

Elle continua à jouer avec la bosse qui déformait son pantalon. Il frissonna, et ses yeux s'ancrèrent dans les siens. Ella ouvrit les boutons de sa braguette, écarta le tissu. Elle était déterminée à aller au bout. Sa langue vint prendre l'exacte mesure de l'excitation de Nikolai. Celui-ci laissa échapper un juron en grec et se renfonça dans son siège avec un grognement.

— Je ne sais jamais à quoi m'attendre avec toi, mais j'adore que tu me surprennes. Tu as l'air de savoir ce que tu fais...

— Tais-toi, tu me déconcentres !

Nikolai poussa un long soupir bienheureux tandis que la langue de sa femme reprenait son délicieux ballet. Elle avait dû lire l'intégralité du *Kamasutra* avant leur mariage, songea-t-il devant l'efficacité d'une caresse qui l'emmenait au paradis. Elle semblait insatiable... Il n'avait jamais été aussi excité et il savait qu'il ne tiendrait pas longtemps. Il essaya de reculer lorsqu'il comprit qu'il allait exploser dans sa bouche, mais elle l'en empêcha d'une main ferme, gardant le contrôle. Il jouit dans un cri libérateur. Alors,

Ella se releva d'un air satisfait, épousseta sa robe et alla se rasseoir bien sagement dans son siège.

— Si je m'attendais à cela, lança-t-il avec un petit rire ébahi. Tu n'as pas idée de ce que tu m'excites. Je suis un homme très chanceux.

Ella était ravie d'avoir pu chasser les nuages qui obscurcissaient l'esprit de Nikolai. Un peu d'imagination et une dose d'audace l'avaient mis dans de bien meilleures dispositions. Elle voulait en savoir plus sur son passé, mais elle en avait assez appris pour aujourd'hui.

Et par-dessus tout, elle l'aimait.

Elle l'aimait tellement qu'elle ne pouvait supporter de voir son fier visage s'assombrir, ou de l'entendre parler de son insensibilité alors qu'il était l'être le plus sensible qu'elle ait jamais connu. Bien sûr qu'il ne savait pas comment une famille fonctionnait. Bien sûr qu'il avait peur de devenir père. Mais avec l'amour et le soutien qu'elle allait lui apporter, tout pourrait changer. Alors, quand il apprendrait la vérité sur le bébé qu'elle portait dans son ventre, tout serait différent.

10

Une voiture était venue les prendre à l'aéroport d'Heraklion. Ils longeaient maintenant la côte, illuminée par le soleil rasant du soir.

— Où est-ce que nous logerons ? demanda Ella.

— Dans la maison où mon grand-père est né.

— J'aime le fait que nous passions notre lune de miel dans une maison familiale. Tu en as hérité ?

— Oui. Ça n'a longtemps été qu'un simple corps de ferme, avant que la fortune familiale l'embellisse. J'ai failli la faire détruire, reconnut-il avec un sourire. Et puis un soir, j'étais assis sur la terrasse, au soleil, et j'ai pensé à toutes ces générations que je ne connaissais pas et qui avaient profité de cette vue. Alors j'ai décidé de me calmer et de me laisser gagner par le charme de l'endroit.

— Tu vois que tu as des attaches, le taquina-t-elle.

La voiture quitta la route principale pour s'engager sur un chemin bordé d'arbres.

— J'ai aussi une surprise pour toi, confia Nikolai en lui jetant un regard tendre. Mais tu ne l'auras pas tout de suite.

La maison était plus grande que ce à quoi Ella s'attendait. Elle méritait même le nom de villa, avec ses ailes de chaque côté du corps principal et l'immense terrasse donnant sur la mer. Nikolai lui fit visiter l'intérieur, décoré d'un goût sûr entre modernité et tradition. Le magnifique escalier taillé dans la pierre avait été conservé, ainsi que les alcôves, mais les meubles étaient modernes et confortables.

Au pied des marches, Nikolai la prit dans ses bras et la souleva sans effort.

— Qu'est-ce que tu fais ? s'exclama Ella.

— J'ai toujours voulu une femme assez petite pour que je puisse la porter à l'étage, plaisanta-t-il.

— Alors pourquoi as-tu passé toute ta vie entouré de grandes blondes ? rétorqua-t-elle.

— Parce que j'avais peur. Je savais que si je m'en trouvais une petite, il faudrait que je l'épouse.

Ella laissa échapper un rire devant l'étincelle malicieuse de son regard. D'un coup d'épaule, il poussa la porte d'une grande chambre. Près de la fenêtre, des fleurs fraîchement coupées reposaient dans un grand vase aux formes géométriques posé sur une table en teck. Sur la desserte, une bouteille de champagne les attendait dans un grand seau à glace, à côté de deux flûtes en cristal.

Nikolai reposa doucement Ella et fit sauter le bouchon du champagne pour en emplir leurs verres. En le portant à ses lèvres, elle entendit les bulles éclater sous son nez et sourit en faisant semblant de boire, comme elle l'avait fait avec tous les toasts portés plus tôt lors de la réception du mariage.

— Tu es vraiment splendide dans cette robe, lui dit-il avec des accents sincères.

Ella posa la flûte et se tourna vers lui.

— Défais ma robe, commanda-t-elle.

— Décidément, tu es déterminée à me surprendre…

Il se démena pour faire glisser le vêtement. Une fois l'opération terminée, Ella recula de quelques pas, retirant les gants montants qu'elle portait, un peu gênée par sa quasi-nudité. Elle était toujours timide, malgré leur intimité, toujours craintive de le décevoir.

Nikolai admira chaque détail de ce que portait encore sa femme, et qui mettait en valeur son corps, des bas jusqu'à la jarretière enlaçant sa cuisse — qui soulignait la courbe de sa fesse avec délicatesse — en passant par le string blanc de lingerie fine. Ses mamelons roses et nus pointaient vers lui. Il était déjà en feu. Il s'assit sur le lit sans la quitter des yeux.

— Bon sang, est-ce que je suis mort ? lança-t-il. Je viens d'arriver au paradis ?

Ella adorait voir son époux la regarder comme si elle était une apparition. Avec lui, elle se sentait déesse, une déesse du sexe. Le regard de Nikolai la rendait toute-puissante. Il retira sa veste, puis déchira sa chemise plus qu'il ne l'enleva, révélant son torse musculeux et bronzé.

— Et maintenant, le meilleur, ma chérie, murmura-t-il d'une voix rauque en l'amenant à lui. Cette alliance à ton doigt stipule que tu m'appartiens.

Il se jeta sur elle avec la promptitude d'un loup affamé. Le baiser qu'il lui donna fut violent, dominateur, d'une intensité folle. Tout le corps d'Ella fut parcouru d'une décharge électrique, et la chaleur dans son bas-ventre surgit avec la même urgence qu'à chaque fois qu'ils allaient faire l'amour. La main de Nikolai écarta vite la soie de son string pour la caresser, et ils gémirent de concert.

— Tu es tellement prête..., murmura-t-il en savourant sa bouche avec une énergie renouvelée.

Il l'allongea sur le lit et lui écarta bras et jambes, comme s'il célébrait un sacrifice ancien. La flamme qui brûlait au cœur d'Ella redoubla d'intensité alors qu'il plongeait la tête entre ses cuisses. Elle n'avait jamais désiré autant, à la frontière de la douleur, de la frustration et du plaisir.

Lorsque la langue de Nikolai trouva son clitoris, elle perdit tous ses moyens.

La suite fut confuse, elle se déhancha, gémit, empoigna les draps alors que le plaisir montait par vagues, envahissant tout, se saisissant d'elle entièrement. Lorsque l'orgasme la terrassa, tout son corps se souleva, pris dans la violence sèche du plaisir, avant de retomber, pantelant, comme un mannequin désarticulé. Elle avait l'impression que le monde s'était arrêté pour ne plus jamais repartir. Elle s'accrocha à Nikolai comme si sa vie en dépendait.

— J'adore tout ce que tu me fais, chuchota-t-elle en reprenant son souffle, le visage enfoui contre son épaule.

— C'était violent et merveilleux, acquiesça Nikolai. C'est notre nuit de noces. Cela aurait dû être une séduction lente et...

— Arrête, le coupa Ella. J'adore que tu m'aies jetée sur le lit. Te voir perdre le contrôle est plus excitant que tous tes plans de séduction machiavéliques.

— C'est ta faute : tu passes ton temps à perturber mes plans, répondit Nikolai en souriant. D'abord l'avion, et puis ces magnifiques bas et cette jarretière... Je perds le contrôle !

— C'est une plainte ?

Il se leva pour aller chercher un paquet dans un tiroir, un sourire charismatique aux lèvres.

— Ça voulait dire : « Je serai à toi où tu voudras et quand tu voudras. »

— Même promesse de mon côté. Tu peux être toi-même avec moi, maintenant, avoua-t-elle tendrement. Faire tout ce que tu as envie de faire.

— Impossible ! trancha Nikolai. Je te dévorerais vivante.

Il lui tendit le paquet.

— Joyeux premier jour de mariage, madame Drakos.

— Mais... Je n'ai aucun cadeau pour toi !

— Tu t'es offerte à moi, et c'était inoubliable, répondit-il.

Dans un élan d'impatience, il ouvrit la boîte pour elle, révélant un collier de perles à trois rangs au fermoir serti d'une magnifique émeraude et d'un énorme diamant.

— Mon Dieu..., s'extasia Ella en caressant du doigt la parure parfaite. C'est absolument magnifique. L'éclat de ces perles...

Nikolai attacha le collier autour de son cou.

— Leur pureté me fait penser à toi.

— Je ne suis pas pure. Pas plus que parfaite. Personne ne l'est, déclara Ella en pensant au secret qu'elle lui cachait.

— Tu es bien plus pure et parfaite que je ne le serai jamais.

Il lui replaça avec délicatesse une mèche de cheveux derrière l'oreille.

— J'ai tellement envie de toi, souffla Ella.

— Et tu vas m'avoir. Encore, et encore.

Elle fit descendre sa main sur le torse de Nikolai, puis caressa sa puissante érection. Il rejeta la tête en arrière et ferma les yeux. Elle en frémit de bonheur. Savoir qu'il la désirait à ce point était un pur délice.

— Si tu continues comme ça, je ne tiendrai pas longtemps, murmura Nikolai.

Ella le poussa sur le lit du plat de la main et répondit avec un sourire :

— Ça suffit avec les menaces, monsieur Drakos.

Nikolai n'avait jamais associé l'humour et le sexe, mais il aimait cela. Et il aima encore plus repousser Ella à son tour sur le drap et réinstaurer sa suprématie. Il n'allait certainement pas se faire dicter sa conduite au lit ! Il se sentait étrangement heureux, incapable de réprimer ses sourires ; il se demanda ce qu'il lui arrivait. Le petit colibri qu'était sa femme était en train de le transformer, et il savait qu'en la liant à lui par le mariage il excluait à tout jamais l'idée de la voir avec un autre homme que lui.

— Je veux que cette nuit dure toujours, chuchota Ella contre son torse, s'enivrant du parfum de sa peau.

— Toujours ? En voilà, un défi !

Nikolai se plaça sur elle, puis la décala légèrement pour qu'elle soit parfaitement installée. Il enracina le regard au sien et plongea lentement en elle.

Ella ferma les yeux, laissant un soupir de surprise s'échapper de ses lèvres. De centimètre en centimètre, son amant fut bientôt au plus profond d'elle ; alors un long gémissement lui échappa, montant du tréfonds de son corps. Elle pouvait ressentir toute la longueur de sa virilité se retirer et revenir, accélérant petit à petit le mouvement.

Alors qu'elle attrapait le coin du matelas pour se retenir à quelque chose, il commença à aller vite et fort. Elle noua les jambes autour de la taille de Nikolai, accentuant sa pénétration. Bientôt, tous ses muscles étaient tendus pour recevoir le plaisir ; il ne fallut que quelques secondes avant que la boule de feu explose. Elle cria cette fois, laissant libre cours à son plaisir, jouissant sans retenue contre la peau de son mari.

— Je suis en train de t'épuiser, lui murmura Nikolai quand elle eut recouvré ses esprits.

Il lui déposa un léger baiser sur la paupière et se décala sur le côté, la libérant de son poids. L'attention d'Ella se porta sur le tatouage qu'il portait à l'épaule. C'était bien une déesse ailée, qui de manière incongrue était complétée par un minuscule arc-en-ciel duquel dépassait la tête d'une licorne. Un arc-en-ciel et une licorne ? Elle traça les contours du dessin d'un doigt curieux.

Nikolai se raidit et se retourna pour la regarder, le visage indéchiffrable.

— En mémoire de ma sœur. Elle aimait les contes de fées.

— C'est très touchant. Quand est-ce que… ?

— Il y a cinq ans. Je ne veux pas en parler, ajouta-t-il, soudain grave.

— Très bien, répondit doucement Ella, cependant déçue qu'il ne se confie pas à elle.

Sa personnalité ne va pas changer du jour au lendemain parce qu'il vient de t'épouser, se raisonna-t-elle. De manière évidente, la perte de sa sœur lui pesait toujours, et il n'était pas prêt à en parler. Ce n'était pas un problème. Elle n'avait pas à tenter de lui arracher la vérité sur son passé.

— Oh ! Je n'ai même pas quitté mes chaussures, s'étonna-t-elle en se levant.

— Je les adore, répondit Nikolai avec un semblant de sourire.

— Je les ai choisies pour toi, mais après cette dure journée, je vais être contente de les ôter ! lança-t-elle d'un ton léger, dans l'espoir de le dérider un peu.

Elle s'assit près de la table pour les enlever. En relevant la tête, elle remarqua une lettre posée près des fleurs.

— Tu n'as pas ouvert le mot livré avec le bouquet. Dido et Dorkas Drakos, lut-elle au dos de l'enveloppe. Les fleurs viennent de tes tantes ! Comme c'est gentil. Cela te fournit une occasion de les rencontrer.

— Je suis désolé de doucher tes espoirs de réunion familiale, mais je les ai déjà rencontrées. Il y a quelques années, quand je rénovais la maison.

— Tu ne m'en avais pas parlé, répliqua Ella, surprise. Est-ce qu'elles étaient… gentilles ?

— Très. Seulement il était un peu tard dans ma vie

pour que je renoue des liens familiaux. J'ai passé le plus clair de mon existence seul. Elles n'avaient qu'à se manifester plus tôt.

— Quand ont-elles su que tu existais ?

— Lorsque j'ai hérité de mon grand-père.

— Alors tu ne peux pas leur en vouloir, elles ne savaient pas qui tu étais auparavant. Je pense qu'on devrait aller leur rendre visite, voir comment les choses se déroulent…

Nikolai leva les yeux au ciel mais resta muet. Rendre visite à sa famille rendrait sa femme heureuse, et cela ne lui coûterait pas grand-chose. Il savait qu'elle accordait de l'importance à l'idée de lui reconstituer une famille en Crète. Elle ne comprenait pas que, comme il avait passé la grande majorité de sa vie sans attaches, ses tantes comptaient bien moins pour lui que pour elle, aussi paradoxal que cela puisse paraître. Les dix premières années de sa vie, au contact de son père, avaient fait de lui une sorte d'infirme des sentiments.

Décontenancée par le silence décourageant de son mari, Ella se dirigea vers la douche. Très vite, il vint la rejoindre. Ils se savonnèrent mutuellement puis se séchèrent l'un l'autre.

— Est-ce que tu veux dîner ? demanda Nikolai quand ils eurent regagné la chambre.

— Y a-t-il quelque chose de prêt ?

À la maison, sa grand-mère régnait en maîtresse dans sa cuisine. Ella n'avait jamais appris l'art culinaire et savait à peine se faire cuire des pâtes.

— Je pense que tu seras surprise, dit son mari avec une expression mystérieuse.

Soudain, Ella entendit les chiens aboyer dans le couloir. Nikolai ouvrit la porte à Butch et Rory, qui déboulèrent pour venir leur faire la fête. Ils étaient suivis par Max, sourire aux lèvres, qui posa un plateau sur la table.

— Voici mon cadeau, fit Nikolai avec un sourire en sa direction.

— Je pensais que les perles…

— Pas seulement. Max et les chiens sont arrivés hier. Ils logeront dans le cottage des invités pendant notre séjour.

Heureux et excités, les chiens continuaient de leur montrer une affection débordante. Ella décocha à Max un sourire complice, et le majordome lui adressa un léger signe de tête en refermant la porte derrière lui.

Ils étaient en Crète depuis trois semaines et, la journée s'annonçant une fois de plus magnifique, ils décidèrent de pique-niquer dans les collines derrière la maison.

À la fin du repas, au moment de tout ranger, Nikolai jeta un regard au niveau de la bouteille de vin. Ella n'avait bu que de l'eau. Et à y réfléchir, il ne l'avait pas vue toucher à une goutte d'alcool dernièrement. En fait, elle ne buvait plus que de l'eau depuis leur arrivée. Il connaissait la raison principale pour laquelle les femmes s'abstenaient d'alcool et un long frisson d'angoisse lui parcourut l'échine. Absurde… Comment Ella pourrait-elle être enceinte ? L'une des qualités qu'il aimait le plus chez elle était son honnêteté. Si elle avait été enceinte, ne l'aurait-elle pas immédiatement mis au courant ?

— Pourquoi tu as arrêté le vin ? demanda-t-il d'un ton soigneusement détaché.

Ella s'était presque endormie, baignée par le soleil qui illuminait ce début d'après-midi, au pied du chêne noueux sous lequel ils avaient dressé la nappe. En contrebas, une longue langue de sable bordait l'eau bleu turquoise. Les semaines en Crète avaient fait tomber ses défenses, lui faisant presque oublier le secret qu'elle portait en son ventre. Heureusement, elle avait préparé une réponse pour parer à toute éventualité.

— J'ai eu une gueule de bois très sévère il y a quelques mois et depuis, c'est comme si j'avais perdu le goût de l'alcool.

— Dans ce cas, pourquoi faire semblant de boire ? insista Nikolai.

Ella entendit une alarme résonner dans son cerveau.

— Ça peut mettre les gens mal à l'aise, quand on dit qu'on ne boit pas.

— Ça ne me met pas mal à l'aise le moins du monde.

— Alors j'arrêterai de faire semblant, lui répondit-elle avec un sourire pour clore la discussion.

Intérieurement toutefois, elle était choquée d'avoir si facilement déguisé la vérité. Elle mentait à l'homme qu'elle aimait...

Elle venait de passer trois semaines parfaites avec lui, sans une ombre au tableau. Même les nouvelles à propos de l'incendie de son hôtel, sur lequel la police se perdait en conjectures, n'avaient pas réussi à assombrir l'humeur de Nikolai. Ils avaient visité des sites antiques, y compris des fouilles archéologiques en cours sur l'un des terrains qui lui appartenaient. Ils avaient aussi exploré la ville de Chania, dîné dans des tavernes animées, s'étaient offert des cadeaux l'un à l'autre et avaient passé des heures à se promener sur le vieux port, magnifique au coucher du soleil. Ella préférait les tavernes du bord de mer aux clubs huppés où Nikolai l'avait emmenée une ou deux fois, irritée par toutes les jolies filles qui lui faisaient du charme sans se soucier d'elle.

Nikolai la trouverait-il toujours désirable, une fois que la grossesse commencerait à déformer son corps ? Elle seule pouvait constater les premiers changements, mais ils étaient bien réels. Ses seins étaient plus gonflés que d'habitude. Lorsqu'ils avaient visité le lagon d'Elafonisi, la chaleur l'avait presque fait défaillir. Dans un monastère byzantin perché dans la montagne et qui resplendissait de fresques multicolores, elle s'était sentie nauséeuse.

Après réflexion, Ella avait décidé de ne mettre Nikolai au courant que lorsqu'ils seraient rentrés à Londres. De manière presque superstitieuse, elle refusait de clore leur lune de miel avec cette nouvelle. Et puis il n'était pas amoureux d'elle. Elle en était douloureusement consciente parce qu'un soir, stupidement, elle lui avait déclaré ses sentiments de but en blanc, entre les draps. Il n'avait rien répondu, mais l'avait tout de même serrée contre lui de longues minutes, se sentant probablement coupable de ne pouvoir lui dire la même chose.

Et elle ne voulait pas qu'il se sente coupable parce qu'il ne l'aimait pas. Un jour, cette culpabilité consumerait ce qu'il y avait de beau entre eux et il la quitterait. Ella était prête à admettre qu'elle ne vivait pas le parfait conte de fées dont elle avait pu rêver dans l'enfance, mais leur mariage était plus réel et passionné que tout ce qu'elle avait connu jusqu'alors. C'était déjà ça, et assez pour qu'elle redoute de tout perdre.

Nikolai parut se satisfaire de sa réponse et lui donna un long baiser, avant de changer abruptement de sujet :

— Ma sœur, Sofia…, commença-t-il d'une voix hésitante. Je voulais te dire la vérité à son sujet. Elle s'est suicidée. Voilà pourquoi j'ai du mal à en parler.

Venant de la part d'un homme aussi secret que Nikolai, une telle révélation était une grande avancée. Ella mit toute la compassion dont elle était capable dans son regard.

— Oh ! mon Dieu…

— Je ne savais même pas l'état dans lequel elle était. Je ne l'avais pas vue depuis des mois. Je passais mon temps à lui demander de venir à Londres, et elle passait son temps à trouver des excuses. J'aurais dû me rendre compte que quelque chose n'allait pas, la rejoindre à Athènes, mais c'était avant que je possède mon jet privé et je travaillais jour et nuit pour l'ouverture de mon premier hôtel. Je l'ai négligée. J'ai fait passer ma réussite avant elle.

— Tu ne savais pas que quelque chose allait mal. Lorsqu'on s'investit dans un projet, on a tendance à oublier tout le reste.

— N'essaie pas de me réconforter, Ella. J'ai abandonné Sofia au moment où elle avait le plus besoin de moi. Pour une fois, c'est elle qui avait besoin de moi et non l'inverse. J'avais toutes ces idées en tête sur la manière dont nous utiliserions la fortune que je m'apprêtais à gagner. Je me suis retrouvé avec beaucoup d'argent et sans personne avec qui le dépenser. Je m'en voudrai à jamais.

Ella cilla, touchée par la souffrance et le remords de son mari.

— Tu ne savais pas, Nikolai, et elle ne voulait pas que tu saches ; sinon elle t'en aurait parlé.

Son visage se figea.

— J'ai appris à quel point elle allait mal en lisant son journal intime. Je me suis senti horriblement coupable mais… il fallait que je sache, poursuivit-il d'une voix blanche.

Ella attira doucement son visage contre elle et le berça un instant, l'embrassant sur le front. Plus elle découvrait Nikolai, moins elle se sentait capable de vivre sans lui…

Quelques jours plus tard, ils allèrent dîner chez les deux tantes de Nikolai, dans leur maison de Chania. Devenues veuves autour de la soixantaine, à quelques mois d'écart, les deux sœurs s'étaient installées ensemble. La maison était souvent pleine de leurs nombreux petits-enfants, dont les parents vivaient tous dans la région. Dès leur première visite, deux semaines plus tôt, ils avaient été reçus avec chaleur, et l'on avait fêté le retour de Nikolai dans le giron familial. Ella l'avait vu se détendre peu à peu, abandonner le masque glacial qu'il présentait si souvent au monde extérieur.

Après le dîner, tandis que tous quatre bavardaient au salon, Nikolai prit dans ses bras l'un des bébés, qui était tombé les quatre fers en l'air, et sécha ses larmes avec des paroles réconfortantes.

— Il fera un bon père. À l'inverse du sien, observa Dorkas avec un sourire de satisfaction.

— Notre frère a toujours été un bon à rien, mais Nikolai est très différent, acquiesça Dido avec un coup de coude complice à sa sœur.

Un élan de culpabilité traversa Ella, tandis que Nikolai réconfortait toujours le bambin. Peut-être ne devrait-elle pas attendre son retour à Londres pour lui apprendre la nouvelle…

En se relevant une fois le bébé consolé, Nikolai rencontra le regard émeraude d'Ella posé sur lui. Il fallait qu'il lui dise la vérité. Quelques jours plus tôt, elle lui avait dit qu'elle l'aimait… Le pensait-elle vraiment ? Il ne s'était jamais considéré comme digne d'amour. Lorsque d'autres femmes lui avaient déclaré leur flamme, il avait senti au plus profond de lui-même qu'elles ne l'aimaient que pour sa fortune et sa générosité ; or ce n'était pas le cas d'Ella, qui rougissait au moindre cadeau, gênée.

Lui dire la vérité serait lui infliger une blessure profonde, elle souffrirait énormément. Et dès lors, l'aimerait-elle encore ? Jamais aucune perspective ne l'avait autant effrayé. Le quitterait-elle ? Refuserait-elle de le revoir à jamais ? Piétinerait-elle tout ce qu'il y avait entre eux ? Plus l'anxiété montait en lui, plus Nikolai était déterminé à parler. Il ne voulait plus rien cacher à sa femme. Comment pouvait-il demander sa confiance alors qu'il lui dissimulait encore quelque chose ? Elle lui avait dit qu'il pouvait être lui-même en sa présence. Mais il ne s'était jamais montré tel qu'il était en face d'une femme…

Tôt le lendemain matin, tout changea de manière brutale et inattendue. Ils étaient en train de prendre leur petit déjeuner sur la terrasse lorsque le portable de Nikolai sonna. Ella vit le visage bronzé de son mari se tendre alors qu'il écoutait son interlocuteur. Après un moment, il reposa le téléphone, sourcils froncés.

— Cyrus Makris a été arrêté et inculpé pour incendie et meurtre. Il aurait payé deux hommes pour mettre le feu à mon hôtel, donc il serait responsable de la mort de Desmond.

Il se leva, livide, et rentra dans la maison. Sous le choc, Ella resta un moment pétrifiée avant de le suivre. Cyrus, à l'origine de l'incendie… ?

— Ce qu'il a fait est impardonnable, Nikolai, dit-elle en le rejoignant. Mais la police le tient et il finira en prison.

Il se retourna vers elle, ses beaux yeux animés d'une lueur terrible.

— Tu ne comprends pas. Comment le pourrais-tu ? Tout est ma faute. Je suis coupable de la mort de Desmond.

11

Nikolai quitta brusquement la pièce et se réfugia dans le bureau, laissant Ella à sa perplexité. Comment l'incendie pouvait-il être sa faute ? Elle avait besoin de comprendre et le suivit dans le bureau. Il contemplait le paysage et se détourna de la fenêtre pour lui faire face.

— Cyrus et moi sommes de grands ennemis, depuis bien longtemps, commença Nikolai d'une voix fatiguée, le poids de sa faute plus lourd que jamais sur ses épaules.

Le commentaire de la sœur de Cyrus, lors de leur mariage, revint alors à l'esprit d'Ella. Elle avait oublié de demander des explications à Nikolai, ce soir-là.

— Pourquoi ? demanda-t-elle simplement.

Le visage de son mari se ferma.

— Cyrus a violé ma sœur.

Ella pâlit et s'avança vers lui. Il était adossé à son bureau, passant et repassant une main nerveuse dans ses cheveux. Remplie d'horreur, elle se souvint de la manière dont Cyrus l'avait violentée.

— Quel cauchemar...

— Cyrus avait déjà été accusé de viol auparavant, mais les charges avaient été abandonnées. Son père est un homme influent. J'ai regardé les dossiers des victimes. L'une d'entre elles a aujourd'hui un fauteuil de directrice dans l'une de ses sociétés et refuse d'évoquer le sujet.

— Tu penses qu'il l'a achetée ?

— La police et les avocats ont été payés, en tout cas. Deux autres victimes sont passées d'un train de vie normal à une prospérité étonnante. Mais Sofia est morte, jeta-t-il avec une rage douloureuse. Elle était pauvre et sans appui, et elle ne pouvait se résoudre à me dire ce que ce salaud avait fait.

D'une main tremblante, Ella lui versa un café. Elle prenait la tentative de Cyrus bien plus au sérieux, maintenant. Sofia, lui expliqua alors Nikolai, n'avait pas profité de l'éducation privilégiée que lui-même avait reçue et avait exercé nombre de petits boulots sans débouchés, avant de passer un diplôme de secrétariat grâce à des cours du soir. Elle avait trouvé un emploi de sténographe dans l'un des bureaux de Cyrus à Athènes et il avait fini par la remarquer. Ella regarda la photo qu'il venait de sortir de son portefeuille : Sofia était une femme magnifique.

— Cyrus préfère les vierges. Ma sœur était plus âgée que ses victimes habituelles, mais elle était encore innocente, reprit-il, la voix tremblante. Cyrus l'avait invitée pour un café à plusieurs occasions, puis à déjeuner, en lui répétant de garder leurs rendez-vous secrets.

— Elle aurait dû se douter de quelque chose à ce moment-là, soupira Ella.

— Elle était flattée de l'intérêt qu'un homme brillant lui manifestait, et lorsqu'il lui a demandé de venir chez lui, un soir, pour travailler sur un dossier urgent, elle ne s'est doutée de rien.

— Et c'est là que... Est-ce qu'elle est allée voir la police, après ça ?

— Elle avait déjà pris une douche, malheureusement, mais l'examen médical a révélé de nombreuses contusions. On lui a cependant dit qu'il n'y avait pas assez de preuves. Cyrus clamait qu'ils avaient eu une relation consentante et on l'a cru. Ma sœur s'est sentie humiliée que la police n'ait pas cherché à y voir plus clair. Et cruellement blessée de ne pas être soutenue. Elle était seule contre tous. Alors elle s'est ôté la vie.

— Mon Dieu..., murmura Ella. Je ne peux même pas imaginer ce qu'elle a pu ressentir.

Nikolai restait immobile.

— J'ai passé ces cinq dernières années à ourdir ma vengeance contre Cyrus.

— Ta... *vengeance* ? balbutia-t-elle, interloquée.

— Après ce que ma sœur avait enduré, je ne pouvais pas vivre en voyant Cyrus impuni. J'ai mis un détective privé sur le coup. Plus j'en apprenais, plus j'étais dégoûté par cet homme. Savoir un criminel en liberté... Pour être honnête, ça a viré à l'obsession. Je voulais me venger.

Ella lui adressa un sourire compréhensif. Comment pouvait-on lui en vouloir, sachant ce que sa sœur avait traversé ? Même si le concept de vengeance lui était étranger, l'obsession de Nikolai lui paraissait justifiée.

— Quelque part au cours de ces cinq années, j'ai oublié l'homme que j'étais, l'homme qu'avait fait de moi ma sœur en m'élevant, admit-il avec gravité. J'ai décroché des contrats au nez de Cyrus, ce qui n'était pas satisfaisant en soi mais c'étaient les seules blessures que je pouvais lui infliger. Jusqu'à ce que je reçoive un coup de téléphone de sa sœur m'apprenant qu'il était sur le point de t'épouser.

— Marika ? Je croyais qu'il n'avait aucun contact avec elle ? s'exclama Ella. Comment est-ce possible ? Et pourquoi Marika aurait-elle voulu te mettre au courant ?

— Cyrus avait dit à son père qu'il était sur le point d'épouser l'ex-fiancée de son neveu. Son père le poussait à se marier depuis longtemps, et c'est ce dernier qui a révélé la bonne nouvelle à Marika. Elle m'a appelé parce qu'elle savait à quel point j'en voulais à son frère, et qu'elle le hait pour des raisons qu'elle n'a jamais partagées avec moi.

Ella en restait abasourdie. Son sixième sens l'avertissait qu'elle était sur le point d'apprendre quelque chose de crucial, mais son cerveau semblait incapable d'y voir clair.

— Lorsque j'ai vu ta photo, je n'arrivais pas à croire que tu étais la femme qui avait rayé ma voiture, l'année précédente, continua Nikolai.

— Quand as-tu vu cette photo ? demanda Ella en fronçant les sourcils.

— Dès que j'ai appris ton nom, j'ai fait recueillir des informations sur toi.

Elle secoua la tête, incrédule.

— Mais… Mais pour quoi faire ? En quoi la proposition de Cyrus, que je n'aurais au passage jamais acceptée, aurait eu quoi que ce soit à voir avec toi ?

— Je voulais lui faire mal, Ella ! cracha Nikolai. Je voulais réduire son mariage à néant, donc il fallait que je te ravisse à lui, que je te fasse mienne. Je savais que si je te volais à Cyrus cela lui porterait un coup fatal.

Ella sentit le sang quitter son visage et son cœur se serra dans sa poitrine. Des plans de vengeance, des secrets, des complots… Elle n'aurait jamais cru Nikolai capable d'une si cruelle manipulation. Elle n'était rien pour lui, finalement. Rien qu'un pion sur un triste échiquier.

Nikolai pouvait entendre son propre cœur battre à tout rompre. Il contemplait sa femme, envahi de remords. Elle semblait choquée, dégoûtée.

— Il fallait que je te le dise, reprit-il, l'air misérable. Tu peux penser le pire de moi, je vaux encore moins. Tu devais savoir qui je suis et ce dont je suis capable.

— Je ne suis pas sûre que je voulais vraiment tout savoir, fit Ella d'une petite voix brisée.

Son cerveau était dans le brouillard. Elle n'arrivait pas à réfléchir. Elle avait peur de comprendre que l'homme qu'elle aimait l'avait utilisée comme une marionnette pour arriver à ses fins. Bon sang, pourquoi n'arrivait-elle pas à réfléchir clairement ?

— Tu... Tu m'as épousée, bégaya-t-elle enfin. Pourquoi m'as-tu épousée ?

— Je voulais te rendre heureuse. Après ce que je t'avais fait... Après le chantage, la manière dont je t'avais traitée... Le fait que la colère ait poussé Cyrus à t'agresser... Tout est ma faute. Je voulais juste te rendre heureuse. Je t'étais redevable.

De tous les mots qu'une femme follement amoureuse voulait entendre, ceux-ci étaient les derniers. Nikolai lui était *redevable* ? Il avait une dette envers elle, à solder avant de passer à autre chose ? Avait-il seulement compris que la femme utilisée comme une arme contre Cyrus avait été assez stupide pour s'éprendre de lui, l'homme qui lui avait menti sur toute la ligne ?

Ella s'éclaircit la gorge avec difficulté.

— Ainsi, tu t'es senti mal à cause de ce que tu avais fait...

— Je suis coupable ! s'exclama Nikolai. Affreusement coupable. Ça a pris du temps, mais j'ai fini par comprendre le mal que je t'avais causé.

— Et c'est pour cela que tu as fait le grand sacrifice de m'épouser ? répliqua-t-elle, la détresse filtrant dans sa voix. J'imagine que tu n'avais pas l'intention de faire durer notre mariage. Eh bien, tu t'es tiré une balle dans le pied en couchant avec une femme vierge, Nikolai !

— De quoi est-ce que tu parles ? demanda-t-il en levant les yeux vers elle.

— Une femme sans expérience est plus susceptible de faire une erreur sur l'efficacité de ses méthodes contraceptives, rétorqua Ella en tentant de contrôler sa colère, le menton haut pour dissimuler la honte et l'embarras qui la saisissaient. J'ai fait une erreur dans les dates. Je suis enceinte. Navrée que ça ne coïncide pas avec tes projets !

Nikolai cilla, stupéfait.

— Enceinte ?

Si Ella était enceinte, cela lui donnait un millier de raisons de plus de la convaincre de rester avec lui. Un soulagement indicible l'envahit. *Enceinte*, se répéta-t-il, comme pour se convaincre de la réalité du fait. Un bébé. *Son* bébé.

— Et la bonne nouvelle, poursuivit-elle, c'est que tu ne me dois plus rien ! Après ce que tu viens de me dire, ce mariage est complètement caduc. Il n'a plus lieu d'être.

Elle arracha son alliance pour la jeter à terre. En cet instant, son existence basculait. Pivotant sur les talons, elle quitta brusquement la pièce. Elle n'était pas une victime, elle se refusait à l'être. *Je suis forte et je m'en sortirai*, se répéta-t-elle alors qu'elle quittait la maison pour prendre le chemin de la plage.

Nikolai s'agenouilla pour ramasser l'alliance. Étonné, il remarqua qu'il avait la main tremblante. Un bébé… Il fourra l'alliance dans sa poche. Son bébé avait besoin de lui, tout comme Ella avait besoin de lui. Cependant, ne serait-elle pas mieux sans lui ? C'était une question cruelle, mais il devait y réfléchir. Peut-être devait-il laisser Ella tranquille et disparaître de sa vie. Toutefois, il ne supporterait jamais toute une vie sans elle. Il devait réussir à lui prouver son amour. Or Ella avait des principes, et il les avait tous piétinés. Il ne méritait pas de seconde chance, certainement pas, mais il fallait au moins qu'il s'excuse devant elle ; même si c'était dérisoire et inutile.

En arrivant à la plage, Ella se débarrassa de ses sandales et enfouit les orteils dans le sable chaud. Puis elle s'approcha du rivage. L'eau était fraîche, attirante, et elle y entra jusqu'aux genoux. Elle respirait vite, son cœur cognait contre ses côtes.

Calme-toi, se sermonna-t-elle. *Tu es enceinte.* Mais il y avait cette bulle énorme de douleur dans sa poitrine, prête à exploser. Nikolai avait brisé ses rêves. Une fois de plus, elle avait placé ses espoirs entre les mains d'un homme qui les avait réduits à néant. Pourquoi faisait-elle toujours les mêmes erreurs ? Était-elle condamnée à toujours tomber amoureuse de ceux qu'il fallait éviter ?

Tu aurais dû ouvrir les yeux, lui dit une voix dans sa tête. *Mais tu as préféré t'accrocher au conte de fées. Tu étais la princesse et Nikolai ne pouvait que tomber amoureux de toi.* Comment avait-elle pu se laisser séduire par un tel homme ? Comment avait-elle pu espérer quoi que ce soit de lui ?

Ella s'était mise à pleurer sans s'en être rendu compte ; elle chassa ses larmes d'un revers rageur de la main. Elle avait succombé aux sentiments que Nikolai lui inspirait lorsqu'il avait manifesté de la détresse, le lendemain de l'incendie. Elle avait eu envie de le protéger. Elle avait vu se lézarder la façade froide et détachée qu'il affichait en permanence, et avait découvert un autre homme. Un être plein de sensibilité…

Comment aurait-elle pu savoir que sa douleur cachait un monstre prêt à tout détruire, elle y compris, pour anéantir un ennemi ? Aussi valables que soient ses raisons, il s'était joué d'elle. Et son plan avait abouti, à ses dépens.

Nikolai lui avait dit « je veux te garder » et « je te devais bien ça », mais il ne lui avait jamais dit « je t'aime ». La douleur dans sa poitrine devenait atroce. Il s'était senti coupable, et c'était ce sentiment qui l'avait poussé à l'épouser, rien d'autre…

C'était le moment de vérité. Il n'y aurait pas de dénouement heureux. Nikolai avait-il vraiment tout simulé ? Au moins, il n'avait pas feint leur passion au lit. Il avait su se montrer tendre aussi, la caressant comme tout jeune mari devrait caresser sa femme. Est-ce que tout cela était mensonge ? Un masque de plus ?

Ella essuya de nouveau ses yeux, prise de frissons, avançant dans l'eau sans même s'en rendre compte. Il ne l'aimait pas. S'il s'était intéressé à elle, c'était en tant que pion susceptible de faire tomber Cyrus. Et il avait mené à bien son projet, avec la froideur d'un maître manipulateur.

De loin, Nikolai aperçut Ella qui s'avançait dans l'eau. Elle n'aurait bientôt plus pied. Il se précipita, soudain pris de panique. Il dévala la pente et sauta la barrière au lieu de pousser le portillon. Puis il sprinta dans le sable jusqu'à l'eau et s'y enfonça pour arracher Ella aux vagues.

Une pluie de cheveux auburn se répandit sur son bras, et deux yeux émeraude le dévisagèrent avec stupéfaction.

— Qu'est-ce que tu fais ?

Sans prendre le temps de répondre, Nikolai assura la position d'Ella dans ses bras et remonta jusqu'au rivage. Il tomba à genoux sur le sable fin et y déposa sa femme, sans la libérer pour autant.

— Laisse-moi partir ! protesta-t-elle en claquant des dents.

— Pas avant que je sois convaincu que tu n'es pas en danger.

Ella percevait les battements du cœur de Nikolai, entendait le rythme saccadé de sa respiration.

— Je ne vois pas de quoi tu veux parler.

— Tu étais en train de t'enfoncer dans la mer. Tu m'as fait peur.

— Tu crois que je serais capable de mettre l'enfant en danger à cause de ce que tu m'as fait ? cria-t-elle, des larmes au coin des paupières. J'ai passé des mois à regarder Paul se battre pour rester en vie. Je connais la valeur de l'existence !

Nikolai, un peu rassuré, reprenait son souffle, mais il refusait toujours de la lâcher.

— Le bébé… Depuis quand est-ce que tu sais ?

— La veille de notre mariage, répondit Ella, qui n'avait plus rien à cacher. Je me suis rendu compte que mon implant n'était plus actif au moment où nous avons couché ensemble.

— Ce n'était pas juste « coucher », répondit-il. C'était quelque chose de plus important.

— Dit celui qui est incapable de s'engager ! le provoqua-t-elle.

— Pourquoi ne m'as-tu pas dit que tu étais enceinte ? Pourquoi m'as-tu menti quand je t'ai demandé pourquoi tu ne prenais plus de vin ?

— Sans commentaire ! rétorqua Ella, acerbe.

Le silence tomba entre eux, seulement troublé par le léger ressac des vagues qui venaient s'échouer sur la plage.

— Je ne peux me permettre de te perdre, dit enfin Nikolai. Je ferai tout ce qui est en mon pouvoir pour te garder.

— Bon sang, je dois vraiment être une maîtresse fabuleuse ! répondit Ella d'un ton acide.

— Tu l'es, mais il y a bien plus que cela entre nous. Tu le sais.

— Je ne sais rien de tout cela. Je ne sais plus rien.

— Je pense que si tu prends le temps d'y réfléchir tu

comprendras que tu me connais mieux que personne. Tu sais que je fais des erreurs, pour commencer.

— Remarquable lucidité… Tu veux une médaille ?

— Et toi, tu veux que je te rejette à la mer ? demanda-t-il en essayant de sourire, tout en resserrant sa prise autour d'elle.

Ella ferma les yeux, incapable de le suivre sur le terrain de l'ironie. Il avait dit qu'il ferait tout pour la garder, mais elle n'était pas prête à lui pardonner ou à reconstruire, ni même à parler. Elle souffrait, tout simplement. Et elle était en colère.

— Je veux rentrer à la maison, puisque tu refuses de me laisser seule ici.

Nikolai se releva et aida Ella à se remettre debout, attentif au moindre de ses gestes, comme si elle pouvait chanceler à tout moment. Alors qu'il ramassait les sandales qu'elle avait laissées sur le sable et tentait maladroitement de les lui remettre aux pieds, un rire hystérique se forma dans la gorge nouée d'Ella. Elle devait se calmer, se reprendre et aller de l'avant. Son destin l'attendait, quel qu'il soit.

Dans le silence qui les enveloppait alors qu'ils regagnaient la maison, elle prit conscience de son épuisement. Il fallait qu'elle s'allonge.

Nikolai la suivit à l'étage.

— Je vais m'étendre un moment, murmura-t-elle en tentant de lui fermer la porte au nez.

— Laisse-moi t'aider.

Elle ravala le commentaire acerbe qui lui montait aux lèvres. S'il croyait s'en tirer avec quelques gestes attentionnés, il se trompait lourdement ! Il se sentait coupable, tant pis pour lui. Elle retira sa robe, la laissant tomber au sol, et se glissa nue entre les draps.

— Est-ce que tu veux un thé ? demanda Nikolai en arrangeant le drap sur elle.

Ella ferma les yeux, laissant la fatigue s'emparer d'elle. Elle voulait dormir, tout oublier, et ne pouvait le faire tant qu'il était présent.

— Non merci.

Nikolai se laissa tomber sur une chaise, silencieux. Ella était pâle comme un fantôme, le front plissé au-dessus de ses yeux clos. Elle souffrait. C'était ce qu'il avait redouté le plus, et il ne pouvait rien faire d'autre que de rester assis et d'attendre. Il avait fallu tout lui dire, c'était la meilleure des solutions, quoique la plus difficile. Elle méritait la vérité.

Lorsque Ella ouvrit les yeux, elle trouva Nikolai assis sur le bord du lit, un pyjama à la main.

— Il faut que tu mettes ça.

Les yeux encore embués par le sommeil, elle fronça les sourcils.

— Pourquoi ?

— Le docteur est en bas, il va t'examiner.

— Le *docteur* ? s'exclama-t-elle en se redressant et en attrapant le pyjama. Pourquoi as-tu appelé un docteur ?

— Parce que tu as vécu une journée extrêmement chargée émotionnellement, que tu es enceinte et qu'il faut que tu fasses attention à toi, répondit Nikolai d'un ton patient. Je fais ce que je suis censé faire : je veille sur toi.

— Tu me pousses du haut de la falaise, tu me retiens au dernier moment, tu me piétines et tu me relèves, félicitations d'être à la fois la cause et la réponse à mes problèmes ! lui retourna-t-elle, amère.

— Le Dr Theodopoulos est le meilleur gynécologue de l'île. Ce sont Dorkas et Dido qui l'ont recommandé.

— Alors elles aussi savent que je porte un enfant ? murmura Ella d'une voix résignée.

— Et j'en suis fier, déclara Nikolai en calant les oreillers derrière elle. Le docteur est jeune, mais il est qualifié.

Le gynécologue alliait un visage de star hollywoodienne à une expertise sûre, qui donnait confiance en son jugement. Nikolai se conduisit avec lui comme un chien protégeant sa maîtresse, refusant de sortir de la chambre et faisant les cent pas, les bras croisés. À la fin de son examen, le praticien affirma qu'il n'y avait aucun problème avec la santé d'Ella. Les débuts d'une grossesse étaient fatigants et bouleversaient souvent l'équilibre émotionnel. Le Dr Theodopoulos ne voyait là rien d'inquiétant.

Ella était sous la douche lorsque Nikolai revint après avoir raccompagné le médecin. Elle se sécha, le laissant regarder son corps nu.

— Tu n'as pas l'air enceinte.

— Bien sûr que je n'ai pas encore l'air enceinte, cela ne fait que quelques semaines. On ne verra rien avant au moins un mois. Tu ne sais pas tout cela ? demanda-t-elle en prenant des vêtements dans le dressing.

— Non. Je n'y connais absolument rien en grossesse, admit Nikolai. Mais je peux apprendre.

— Arrête d'essayer, jeta Ella, excédée.

— Pourquoi tu ne me l'as pas dit plus tôt ? demanda-t-il de nouveau, du désespoir dans la voix.

— J'étais choquée, d'accord ? Je te rappelle que tes sentiments à l'idée de fonder une famille étaient plus que mitigés quand on en a parlé la première fois. Je pensais que cela te mettrait en colère, et je ne voulais pas commencer notre mariage par une dispute. Mais bien sûr, je ne savais pas encore que tu me cachais bien pire !

Nikolai posa l'alliance d'Ella sur la coiffeuse.

— S'il te plaît, remets-la...

— Non, répondit-elle avec fermeté.

— Après notre première rencontre, quand tu m'as dit non, je me suis enfui pour m'éloigner le plus possible de toi, se souvint Nikolai. Je pressentais sans doute que si je m'impliquais avec toi ma vie allait changer du tout au tout.

— Mais tu t'es impliqué à la seconde où Cyrus s'est intéressé à moi, lui rappela Ella en repassant dans la chambre.

— J'étais obsédé par mon désir de vengeance. Aveuglé. Pendant cinq ans, j'ai vécu uniquement pour cela. J'étais en colère, détruit par la mort de Sofia, mon cerveau était empoisonné par Cyrus.

— Et nous nous sommes empoisonnés tous les deux, conclut Ella avec un soupir.

Max leur avait préparé un déjeuner sur la terrasse. La table était élégamment dressée, avec tout le savoir-faire du majordome. Une fois assise, Ella s'accorda une pause pour se calmer, inspirant longuement et flattant les chiens qui attendaient leurs caresses.

Nikolai tentait de se concentrer sur ce qu'il y avait de positif dans l'attitude de sa femme. Il avait peur qu'elle veuille quitter la Crète et le laisser derrière elle. Or elle ne s'était pas encore précipitée sur sa valise et n'avait mentionné aucun vol de retour...

— On ne s'est pas empoisonnés, fit-il en reprenant leur conversation, tout en servant à Ella un verre de jus de fruits frais. Et apprendre ta grossesse ne m'aurait pas mis en colère, tu sais. Je suis un homme pragmatique, nous avons cela en commun. Je m'adapte à la situation, et si je dois faire face à...

— Je t'aimais ! s'exclama Ella en bondissant de sa chaise.

Nikolai se raidit en notant qu'elle avait parlé au passé.

— Tout a changé si vite entre nous, tenta-t-il d'expliquer. Je ne savais pas ce que je ferais après t'avoir emmenée au gala de charité, et j'ai fini par perdre totalement le contrôle de la situation.

— Est-ce que tu te cherches une excuse pour avoir couché avec moi ? s'enquit Ella, glaciale.

Il lui adressa un regard ardent.

— Jamais ! Je mentirais en disant que j'ai un quelconque regret à ce sujet. À vrai dire, je t'ai appartenu à partir de ce jour-là.

— Appartenu ? répéta Ella. À cause du sexe ?

Nikolai vida son verre de vin. C'était si difficile. Il n'avait jamais eu à accomplir de tâche aussi ardue : réussir à parler à Ella sans tout briser.

— Je suis sûr d'être tombé amoureux de toi à ce moment-là. Tu étais lovée contre moi dans le lit, et même si je ne voulais pas me l'avouer, j'adorais ça. J'aime te voir te blottir contre moi aujourd'hui, parce que ça me ramène à ce jour si spécial.

Ella faillit lâcher le verre qu'elle portait à ses lèvres. Elle le regarda, le rouge aux joues.

— Tu mens. Tu te sens toujours coupable, tu sais que je t'aime et tu cherches à me dire ce que je veux entendre.

— Tu ne veux rien entendre ! contre-attaqua Nikolai. Tu veux rester assise à décider si je suis un salaud ou non. J'étais déjà un salaud avant de te connaître, Ella. Je te parle des choses qui ont changé. J'ai changé. *Tu* m'as changé. Ne me demande pas comment. C'est arrivé et me voilà, obsédé par toi comme j'ai pu l'être par mes désirs de vengeance. Je ne fais plus rien sans penser à toi, ne planifie plus rien sans t'inclure. Tu es toujours dans ma tête.

Il constata qu'elle commençait enfin à l'écouter.

— Vraiment ?

— Oui, vraiment. Je suis fou de toi.

— Tu as une manière étrange de le montrer.

— Je ne pouvais pas t'aimer sans te dire la vérité. Ça ne me semblait pas juste.

Ella étudia un long moment son époux, consciente soudain de la sincérité de ses paroles. Il pensait *vraiment* l'aimer.

— Quand je t'ai dit que j'étais amoureuse de toi, tu n'as pas répondu, lui rappela-t-elle.

— Il fallait que je te dise la vérité mais j'étais… J'avais…

— Quoi ? le coupa-t-elle, impatiente.

— J'avais peur, d'accord ? explosa-t-il. J'étais terrifié à l'idée de te perdre, mais je n'arrivais pas à vivre avec un secret aussi lourd sur la conscience !

Ella rosit et baissa les yeux.

— Oh ! laissa-t-elle échapper, presque pour elle-même.

Pourquoi était-elle aussi dure avec lui ? se demanda-t-elle alors. Bien sûr, Nikolai lui avait causé une vraie souffrance, mais elle appréciait sa sincérité, son incapacité à rester calme quand ils avaient des discussions vives. Il était impliqué. Ella tenta d'apaiser son rythme cardiaque.

Nikolai l'aimait…

Une petite bulle de bonheur vint se former dans sa poitrine, repoussant au loin regrets et tristesse. Elle avait peur elle aussi — peur de lui faire confiance, de s'autoriser à être heureuse. Il ressentait probablement la même chose. L'amour ne venait pas avec un certificat de garantie. Et si Nikolai était loin d'être parfait, elle ne l'était pas non plus. Pourtant ils s'aimaient tant qu'être séparés pour quelques heures à peine les faisait souffrir.

Lentement, sa femme se leva et lui fit face. Nikolai lui adressa un regard inquiet, incapable de lire dans ses yeux la décision qu'elle venait de prendre.

— Je peux me racheter, Ella. Je sais que j'ai vraiment tout gâché, mais je peux…

— Tais-toi, lui dit-elle, avant de s'asseoir sur ses genoux. C'est fait, c'est du passé. Quand je t'ai dit que je t'aimais, ce n'étaient pas des paroles en l'air. Je peux m'énerver, hurler, te jeter mon alliance à la figure, mais en fin de compte, je serai toujours amoureuse de toi.

Elle fit une pause avant d'ajouter d'un air sévère :

— Tant qu'il n'y a pas d'autres femmes !

Nikolai l'entoura de ses bras et déposa un baiser sur son front.

— Aucune autre, affirma-t-il, la voix encore blanche de l'angoisse qui l'avait étreint quelques instants plus tôt.

Ella lui jeta un regard clair, et ce fut pour lui comme une éclaircie après l'averse.

— Alors comme ça, tu m'appartiens ? demanda-t-elle.

Les yeux de Nikolai pétillèrent.

— Parfois, c'est ce que je ressens.

— Cela s'appelle être en couple, répondit-elle en se serrant contre lui, laissant des larmes de soulagement inonder ses joues.

Il lui avait donné le conte de fées qu'elle attendait, sans qu'aucun d'eux ne sache exactement comment le miracle s'était produit.

— Est-ce qu'on préfère une fille ou un garçon ? demanda Nikolai en faisant courir les doigts sur son ventre.

— Ce n'est pas nous qui choisissons, lui rappela Ella. Je m'en moque.

— Pareil pour moi, murmura-t-il à son oreille.

Puis il se leva et la souleva dans ses bras pour la faire virevolter comme il aimait tant le faire.

— Tu peux avoir une dizaine d'enfants si tu veux !

— Je ne pensais pas à autant ! répondit Ella avec un petit rire effrayé, avant qu'il l'embrasse passionnément. Est-ce qu'on va au lit ?

— J'ai hâte de te faire mienne de nouveau, ma chérie. Tu m'as fait tellement peur aujourd'hui ! Je veux retrouver ma femme. Et je veux que tu remettes ton alliance.

— J'y penserai un jour, le taquina-t-elle, ravie d'être désirée, aimée et chérie.

— Quand je t'ai épousée, mon seul but était de te rendre heureuse. Mais aujourd'hui, je crains d'avoir…

— Laisse tout cela derrière nous, l'interrompit-elle. Tu es sur le point de me rendre de nouveau incroyablement heureuse en me répétant que tu m'aimes.

— Faut-il vraiment que je continue à le dire ? maugréa Nikolai, jouant la lassitude.

— Oui, c'est ta punition.

Il l'allongea sur le lit avec un regard éperdument amoureux. Oui, il l'aimait. Elle le lisait dans ses yeux, et c'était un sentiment qui surpassait tout ce qu'elle avait connu.

Épilogue

Tobias, cinq ans, dévala en pyjama l'escalier du couloir pour rejoindre sa mère qui se tenait sur le seuil. Ce garçon était une boule d'énergie inépuisable. Sur le perron de la maison de campagne de Tayford Hall, Max le retint tant bien que mal.

— Je t'avais dit que c'était *l'hélicottère*, maman ! C'est papa !

Ella regarda affectueusement son fils, l'image parfaite de Nikolai avec ses cheveux noirs — il avait cependant les yeux verts de sa mère. Elle réprima un soupir : elle ne le coucherait pas facilement, ce soir. Et en plus, c'était la veille de Noël, et il y avait encore une foule de choses à faire. Ne pas avoir Tobias à surveiller aurait été bienvenu ! Mais le petit n'avait pas vu son père depuis une semaine, ce qui était une excellente excuse pour assouplir les règles.

Ella savait qu'elle imposait une routine un peu stricte à son fils, mais Nikolai et elle menaient des vies bien remplies, et sans les règles qu'elle avait édictées, les choses auraient pu dévier du chemin qu'ils avaient décidé de tracer.

Rory et Butch filaient déjà sur la pelouse, précédés de la dernière arrivée, Maxie, le seul chiot de la portée qu'ils avaient gardé. C'était un mélange des deux races déjà bâtardes de Rory et Butch, qui avait en grandissant développé une ossature plus longue qui favorisait son aptitude à la course. À présent, ses parents peinaient à le suivre ! Avant qu'Ella ait pu dire un mot, Tobias, toujours en pyjama, échappa à Max et suivit les chiens sur la pelouse, vers le terrain où l'hélicoptère avait atterri.

Elle resta sur le porche, avec une envie folle de courir sur la pelouse elle aussi, avec les chiens et son enfant. Nikolai lui avait terriblement manqué ces derniers jours. Il se précipita vers Tobias, tandis que les chiens aboyaient joyeusement. Nikolai souleva son fils dans les airs avant de le serrer contre son cœur. Ella ressentit un grand bonheur et sourit de les voir tous les deux réunis.

Nikolai avait eu si peur de devenir père... Mais comme tous les hommes déterminés à faire ce qui était juste, il avait dépassé ses peurs. Et la relation qu'il entretenait avec son fils était une réussite exceptionnelle. Il faisait en sorte que Tobias reçoive tout ce que ses propres parents lui avaient refusé. Il consacrait du temps à l'enfant, montrait de l'intérêt pour ses activités, le soutenait et l'aidait dans toutes les étapes de son développement.

Son mari parcourut rapidement les derniers mètres qui le séparaient d'elle. Ella sentit son cœur battre plus fort. Voir son mari la rendait si heureuse ! Leur bonheur partagé était ce qui comptait le plus à ses yeux.

Nikolai s'arrêta devant sa femme et contempla la scène en pensant à la chance incroyable qu'il avait. Derrière Ella, il pouvait voir le sapin énorme dans le hall d'entrée et la cheminée au feu ronflant, dans le fond. Il avait acheté la demeure pendant la grossesse d'Ella, qui s'était vraiment épanouie à la campagne. Après avoir passé son diplôme de vétérinaire, elle avait ouvert un cabinet dans les environs. Elle était devenue très populaire auprès de la communauté locale et contribuait au financement du refuge pour animaux où elle avait fait ses premiers pas. Elle travaillait très dur, et avec Tobias qui avait commencé l'école, Nikolai devait maintenant voyager seul pour ses affaires — ce qu'il détestait.

Il souleva Ella de manière théâtrale. Elle rit dans ses bras.

— Qu'avez-vous fait de ma femme, belle inconnue ? la taquina-t-il. La dernière fois que je t'ai vue, tu avais les cheveux dans tous les sens, tu portais ta blouse tachée de vétérinaire et ce soir, tu ressembles à un top model.

— Et ça m'a pris des heures pour effectuer la transformation, alors continue à me complimenter, je te prie !

Ella respira à pleins poumons le parfum musqué qui lui avait tant manqué. Une flamme familière s'alluma dans son ventre, flamme qu'on ne pourrait éteindre que dans de trop longues heures, au cœur des draps, parce qu'il fallait d'abord s'occuper des invités et du repas de fête. Sa grand-mère et son père étaient présents, ainsi que Dido, Dorkas et de nombreux autres membres de leur famille, que Nikolai et elle avaient appris à apprécier lors de leurs nombreux séjours en Crète.

— Tu es toujours sexy à mes yeux, susurra-t-il à son oreille. Nue ou habillée, je m'en moque, ma chérie. Tu peux porter n'importe quoi, tu me plairas toujours.

Elle le gratifia d'un baiser rapide qui se transforma en une étreinte un peu plus longue que prévu.

— Beurk ! grimaça Tobias à leurs pieds.

Un sourire amusé illumina le visage de Nikolai.

— Tu n'y connais rien ! lui lança-t-il avant de se tourner vers sa femme. Nous pourrions rattraper le temps perdu, pendant que je me change…

Ils rentrèrent dans la maison, où les attendaient George et Suzie, derniers arrivés des invités.

— Je devrais rester en bas, je suis la maîtresse de maison, avança Ella alors qu'ils montaient le grand escalier.

— Ils s'en sortiront très bien avec mes tantes, répondit Nikolai. De toute façon, il faut que je te parle de quelque chose. C'est à propos de Cyrus.

Ils étaient arrivés devant la porte de la chambre. Ils entrèrent.

— Cyrus ? répéta Ella, surprise d'entendre prononcer un nom qui avait disparu depuis longtemps de leurs conversations.

Cyrus Makris avait écopé d'une longue peine de prison pour son rôle dans l'incendie de l'hôtel et la mort du responsable du bar. Il avait aussi été accusé de viol par une jeune employée de son entreprise, qui avait gagné son procès.

— Apparemment, il est à l'hôpital aujourd'hui. Prématurément vieilli. Il n'a pas l'air d'en avoir pour très longtemps. C'est Marika qui me l'a dit au téléphone.

— Et comment prends-tu cette nouvelle ? s'enquit Ella, anxieuse.

— Je me dis qu'il est temps de tourner la page et de mettre tout ça derrière moi. Définitivement. Le fait que sa peine ait été prolongée à cause du viol m'a suffi. Justice a été faite.

— La page est déjà tournée, lui dit Ella en l'enlaçant et en posant la tête contre son torse. Il y a de belles choses sur lesquelles nous concentrer dans l'avenir. Et même un avenir immédiat…

— Oh ! Je vois. Tu pensais que je t'avais amenée ici pour te jeter sur le lit ? Ce n'est certainement pas mon habitude, rétorqua-t-il avec un air faussement offensé.

— C'est que je connais vos méthodes, monsieur Drakos, répondit-elle avec effronterie. Non, j'ai une nouvelle à t'annoncer : je suis enceinte. Cette fois, je te le dis le jour même où je l'ai appris.

Nikolai lui donna un baiser passionné. Ils avaient attendu d'être bien installés à Tayford Hall avant d'agrandir la famille, mais le projet avait pris quelques mois de plus que prévu.

— C'est le plus beau cadeau de Noël qu'on puisse me faire, jura-t-il.

— Et mon cadeau à moi ? ironisa-t-elle en défaisant sa cravate. Déshabillez-vous, monsieur Drakos, et dépêchez-vous car nous avons des invités !

— J'adore que tu me donnes des ordres, dit-il avec un regard gourmand. Je t'aime, ma chérie.

— Je t'aime aussi.

Et ils s'embrassèrent, calmement, tendrement, passionnément et sauvagement.

Au rez-de-chaussée, les maîtresses de maison de substitution avaient fait un travail formidable : tout était prêt lorsqu'ils redescendirent l'escalier, légèrement essoufflés, un sourire radieux sur le visage.

HELEN BIANCHIN

La vengeance d'un milliardaire

Traduction française de
SOPHIE DUBAIL

HARLEQUIN

Titre original :
PURCHASED BY THE BILLIONAIRE

Ce roman a déjà été publié en 2008

1

— Tu as fait quoi ?

Kayla se sentit pâlir. Les traits de son visage passèrent de la consternation à l'incrédulité avant de se figer dans une expression de pur effroi.

— Tu crois peut-être que c'était facile, pour moi, d'aller voir Duardo Alvarez et de *le supplier* ?

Duardo Alvarez…

Un nom dont la seule évocation suffisait à faire courir une traînée de frissons le long de sa colonne vertébrale.

Brillant homme d'affaires, milliardaire, il était aussi… son ex-mari… et bien la dernière personne sur terre susceptible de venir en aide à son frère, si ce n'était à elle-même.

— Bon sang, Jacob ! Qu'est-ce qui t'est passé par la tête ?

Il ne répondit pas. C'était inutile, de toute façon. Ce qui était fait était fait.

En outre, il n'était plus question dans l'immédiat de poursuivre la discussion : si elle ne se dépêchait pas, elle raterait son train et arriverait en retard à son travail.

Elle attrapa sa veste, son sac, et se tourna vers son frère.

— Nous en reparlerons plus tard.

Jacob lui tendit un morceau de papier.

— Le numéro de Duardo. Appelle-le avant midi…

Jamais de la vie !

— ... je t'en prie...

Émue par le regard désemparé de Jacob, elle glissa le papier dans sa poche.

— Tu me demandes beaucoup.

Beaucoup trop, beaucoup plus qu'elle ne se sentait capable de faire !

Sans rien ajouter, elle quitta le minuscule deux pièces qu'ils occupaient dans un immeuble insalubre d'une banlieue miséreuse.

Quel contraste avec son ancienne vie !

Cinq ans plus tôt, les Enright-Smythe figuraient parmi les familles les plus riches et les plus en vue de Sydney. Diplômée d'une prestigieuse école de commerce, Kayla, alors âgée de vingt-deux ans, occupait un poste symbolique, assorti d'un coquet salaire, dans la société familiale.

Figure de la jeunesse dorée, elle était conviée à toutes les réceptions mondaines, dépensait des sommes faramineuses en vêtements, parcourait le monde et fréquentait les partis les plus convoités du gotha.

Jusqu'à ce que Duardo Alvarez entre en scène...

Étoile montante du monde de la finance, ce jeune trentenaire aux goûts vestimentaires raffinés avait flirté dans sa jeunesse avec les bas-fonds de New York.

Exactement l'homme dont les parents de Kayla ne voulaient pas pour leur fille unique.

Raison de plus, à une époque où elle se sentait de taille à affronter des moulins à vent et où l'ennui la tiraillait, pour s'enticher délibérément de lui.

Duardo l'attirait irrésistiblement, tout comme ce sentiment d'interdit. Très vite, le séduire était devenu un défi. Le faire languir avait exigé une énorme maîtrise d'elle-même. Elle y était cependant parvenue avant de céder, sur un coup de tête, à sa proposition de fuir à Hawaii et de l'épouser.

Soixante-douze heures plus tard, le mariage était annulé.

Blanche, la mère de Kayla, avait brutalement succombé à une attaque cardiaque et son père, Benjamin, lui avait posé un ultimatum.

En effet, il attribuait la disparition tragique de son épouse à sa fille et à ce mariage qu'il qualifiait, haut et fort, de « pure folie ».

La condamnation de son père avait brisé le cœur de Kayla, qui était rongée de culpabilité à l'idée d'avoir provoqué la mort de sa mère. À la fois mère et amie, Blanche avait toujours été très proche d'elle, agissant fréquemment comme médiatrice entre ces deux personnalités toujours prêtes à s'affronter qu'étaient son époux, pétri d'arrogance, et sa fille, pleine de défiance.

Plongée dans un état de profonde torpeur, Kayla avait soutenu son père, réconforté son frère et réussi, tant bien que mal, à surmonter son deuil. Tout en se languissant du réconfort du seul homme qui aurait pu apaiser sa peine, son mari.

L'autopsie avait révélé que Blanche Enright-Smythe souffrait d'une insuffisance cardiaque depuis de nombreuses années. Dans sa quête obsessionnelle de vengeance contre l'homme qu'il tenait pour responsable de la mort de son épouse, Benjamin avait refusé d'accepter cette vérité.

Ce fut une période douloureuse, la loyauté de Kayla étant déchirée entre les deux hommes.

Comment accorder la priorité à sa vie personnelle dans un tel moment, et combien de temps pouvait-elle demander à Duardo d'être patient ?

L'ultimatum de son père — *Si tu quittes cette maison, tu n'y remettras plus jamais les pieds !* — l'avait presque anéantie.

Ensuite, il s'était acharné à la convaincre, preuve écrite à l'appui, que l'acquisition de l'empire Enright-Smythe faisait partie des plans machiavéliques de Duardo. Et qu'elle, Kayla, n'avait été qu'un pion lui permettant d'atteindre son objectif.

À ce moment-là, quelque chose s'était définitivement brisé en elle.

Elle avait refusé les appels de Duardo et cédé aux exigences de son père. Son mari était à jamais banni de la demeure familiale.

Duardo avait à son tour posé un ultimatum.

Tu choisis. Ton mari ou ta famille.

Alors, elle avait retiré son alliance et l'avait rendue à l'homme dont elle portait le nom. Il s'était éloigné sans se retourner.

Toute envie de s'amuser s'étant irrémédiablement envolée, elle déclina une à une les invitations, jusqu'à ce que ses amis cessent de lui en envoyer. Elle n'accompagnait plus son père qu'à des dîners d'affaires guindés et ennuyeux.

En l'espace d'une année, l'entreprise Enright-Smythe se trouva au bord du gouffre : contrats non remplis, conflits avec les syndicats... Le coup de grâce était venu d'une OPA lancée par Duardo Alvarez. Son âme de prédateur impitoyable ne faisait désormais plus aucun doute aux yeux de Kayla.

Tous les biens familiaux furent vendus aux enchères : la propriété, les voitures de collection, les bijoux de sa mère, les œuvres d'art...

Les médias se délectèrent de leur ruine.

Benjamin Enright-Smythe avait ensuite dilapidé le peu qui lui restait au jeu, ne trouvant d'autre issue au déshonneur que le suicide.

Depuis, dans l'espoir de garder un toit au-dessus de leur tête et d'éponger une montagne de dettes, Kayla travaillait le jour dans un bureau et enchaînait avec un boulot de serveuse, cinq heures chaque soir, week-ends inclus, dans un restaurant de quartier.

Jacob lui aussi travaillait dur. À dix-neuf ans, il avait été contraint de quitter l'université et d'abandonner ses études de médecine.

Pourtant, cela ne suffisait pas. Cela ne suffirait jamais. Les uns après les autres, les créanciers se faisaient plus pressants.

Quant à se tourner vers les banques, inutile d'y songer : ils n'avaient pas de garant. Ils ne possédaient plus rien et ne pouvaient trimer davantage.

Arrivée à la station de métro, Kayla emprunta l'escalier roulant, aperçut le train et, avec un sentiment de fatalisme, le regarda s'en aller.

Fallait-il en rire ou en pleurer ?

La journée pouvait-elle empirer ?

En attendant la rame suivante, elle passa quelques coups de fil, négocia une solution pacifique entre deux collègues en bisbille et tempéra les foudres d'un client qui menaçait de s'adresser à la concurrence.

Elle déjeuna sur le pouce d'un yaourt et d'un fruit. L'après-midi se passa en réunions au bureau et par visioconférence.

Il était plus de 17 heures lorsqu'elle éteignit enfin son ordinateur, soulagée que cette partie de la journée soit terminée.

La soirée, en revanche, ne faisait que commencer.

Elle disposait de quarante-cinq minutes avant de prendre son service dans un restaurant italien du centre commercial. Cet emploi avait pour avantages d'être proche de son domicile et de lui procurer un dîner gratuit, qu'elle prenait tout en servant les clients.

Alors qu'elle s'apprêtait à partir, le téléphone sur son bureau se mit à sonner et elle hésita à répondre. Qui que ce soit, décida-t-elle en décrochant, elle ne lui accorderait que deux minutes, montre en main.

— Dieu merci, tu es là ! s'exclama avec soulagement une voix familière.

— Jacob ?

Quelque chose n'allait pas, elle le sut immédiatement.

— Je suis à l'hôpital.

Sa voix était saccadée.

— Ils m'ont cassé une jambe.

Kayla ferma les yeux.

Une jambe cassée. Un signe d'avertissement ? Et ensuite ? Combien de temps avant que les usuriers ne lui infligent une nouvelle « leçon » ? Quelques jours ? Une semaine ?

Sa situation financière n'allait pas s'améliorer du jour au lendemain. Dieu seul savait quand Jacob pourrait reprendre son travail. Or, sans son salaire pour compléter le sien et en comptant maintenant de lourdes factures médicales… la situation était sans issue.

— Quel hôpital ?

Elle étouffa un grognement quand il lui indiqua un établissement à l'autre bout de la ville.

— Je viens aussi vite que possible.

— Appelle Duardo, Kayla.

Ses estomac se tordit alors que Jacob mettait fin à la communication.

Le morceau de papier qu'il lui avait donné le matin même était toujours au fond de sa poche. Elle l'en sortit, composa le numéro et attendit.

Et si Duardo ne répondait pas ?

— Alvarez.

Le son de sa voix lui mit les nerfs à vif, la privant presque de la parole.

Comment viendrait-elle à bout de cette épreuve ?

— C'est moi... Kayla.

Aucune réponse ne lui parvint. Avec courage, elle poursuivit.

— J'ai besoin de ton aide.

Allait-il accepter ? Lui opposer une fin de non-recevoir ?

— À mon bureau. Dans dix minutes.

Il assena ses instructions et raccrocha brutalement.

Cela la mit hors d'elle et l'envie irrésistible de le gifler la saisit. Si seulement il avait pu être en face d'elle à cet instant !

Ne pouvant être à trois endroits à la fois, elle téléphona d'abord au restaurant, expliqua les raisons de son retard, promit d'arriver le plus vite possible et essuya une réprimande enflammée, légèrement tempérée en conclusion par quelques paroles compatissantes pour son frère.

Dix minutes plus tard, elle s'engouffrait dans le hall impressionnant de l'un des buildings de verre et d'acier à l'architecture audacieuse du quartier des affaires et se dirigeait vers les ascenseurs.

Alvarez Holdings occupait tout le dernier étage.

Une jeune femme sophistiquée se tenait à la réception. Elle semblait tout droit sortie d'un magazine de mode.

Halte au cynisme ! se réprimanda Kayla.

Les apparences ne comptaient-elles pas plus que tout ? Et Duardo Alvarez ne pouvait-il se permettre de choisir l'image qu'il voulait donner de lui-même ?

— Kayla Smythe.

Elle avait abandonné l'usage de son patronyme Enright depuis longtemps.

— J'ai rendez-vous avec...

Elle eut une brève hésitation. C'était un rendez-vous professionnel ; il n'y avait rien de personnel.

— ... M. Alvarez.

Le sourire qu'elle reçut en réponse contenait une politesse convenue, plus ou moins chaleureuse selon l'importance du visiteur. En l'occurrence, plutôt moins que plus.

— M. Alvarez est en réunion pour le moment.

D'un geste de la main, elle indiqua quelques fauteuils.

— Si vous voulez bien vous asseoir…

Kayla sentit son estomac se nouer. Elle aurait voulu prendre ses jambes à son cou, mais il fallait bien en finir.

Chaque minute parut en durer dix, et elle dut faire des efforts énormes pour ne pas regarder sans cesse sa montre. Proche d'un état second, elle tourna les pages d'une brochure commerciale, sans voir un seul mot ou une seule image.

Duardo la faisait-il attendre exprès pour la mettre à cran ?

Si seulement elle avait pu s'en aller ! Mais si elle faisait cela, elle n'obtiendrait rien, et il ne s'agissait hélas ! pas que d'elle.

— Mademoiselle Smythe ?

Elle releva la tête.

— M. Alvarez va vous recevoir, annonça la réceptionniste.

Ressaisis-toi et aie confiance en toi ! s'ordonna-t-elle.

Facile à dire… Comment paraître confiante alors qu'elle était si nerveuse ?

Elle avait vu des photos de lui dans les journaux, dans les magazines people, mais cela faisait des années qu'ils ne s'étaient pas trouvés face à face.

Serait-il toujours le même ?

La question silencieuse se mua en sentiment de pure panique qu'elle fit taire alors qu'elle suivait la réceptionniste dans un large couloir, vers une imposante double porte.

Du calme ! Il fallait qu'elle reste maîtresse d'elle-même.

Qui essayait-elle de leurrer ? Elle était si tendue, en cet

instant. Elle détesta Duardo tout autant qu'elle se détesta elle-même. Plus que tout, elle maudissait l'enchaînement des événements qui l'avait menée jusque-là.

La jeune femme frappa discrètement, tourna la poignée et poussa la porte. Elle annonça Kayla avec un professionnalisme sans faille et se retira.

Figée sur place, incapable du moindre mouvement, Kayla fixa la silhouette vêtue d'un costume sombre qui se découpait sur l'immense baie vitrée.

Puis Duardo se retourna et elle en eut le souffle coupé.

De grande taille, large d'épaules, il dégageait cette aura de pouvoir que tant d'hommes aimeraient avoir et que peu possèdent.

L'ossature finement ciselée de son visage révélait une nature impitoyable, signalant sans ambiguïté qu'il représentait une force avec laquelle il fallait compter.

— Entre et ferme la porte.

Une pointe de cynisme perçait dans sa voix. Le coup d'œil qu'il lui décocha, détaillant sa petite stature, sa chevelure blonde, se fit appréciateur.

Même pas un « Bonjour » ? Mais à quoi s'attendait-elle ? À une politesse courtoise ?

Il lui indiqua un fauteuil d'un geste de la main.

— Assieds-toi.

Pour qu'il la toise de toute sa hauteur ? Certainement pas !

— Je préfère rester debout.

Si l'expression de Duardo ne changea pas, Kayla eut la vague sensation que quelque chose en lui se contractait, comme un serpent prêt à attaquer.

— Je suis pressée, commença-t-elle.

Elle ne voulait pas paraître sur la défensive. Pourtant, tout dans l'attitude de Duardo lui disait de battre en retraite, de fuir aussi vite et aussi loin que possible.

Duardo traversa la pièce et s'arrêta juste devant elle.

Il était si proche qu'elle voyait les fines ridules qui se dessinaient au coin de ses yeux sombres, presque noirs. Les rides qui creusaient ses joues semblaient un peu plus prononcées que dans ses souvenirs. Quant à sa bouche…

Seigneur ! Ne t'engage surtout pas sur cette voie !

Il leva les sourcils en une interrogation silencieuse et elle lança précipitamment :

— Jacob est à l'hôpital.

La fierté l'obligea à garder la tête haute pour ajouter :

— Je suppose que tu imagines aisément pourquoi.

Affaiblie, mais pas abattue, constata Duardo en voyant ses yeux bleu saphir étinceler. Il lui plut qu'elle n'ait rien perdu de sa combativité.

— Épargnons-nous les faux-semblants, veux-tu ? suggéra-t-il. Tu croules sous une montagne de dettes que ta vie entière ne suffira pas à régler. Les usuriers viennent de vous donner une première leçon bien sentie pour retard de paiement, et tu ne peux t'adresser qu'à moi.

Le regard de Kayla se durcit.

— Et cette situation te réjouit, n'est-ce pas ?

— Tu as la possibilité de t'en aller immédiatement, répondit-il avec un calme déconcertant.

— Et si je le faisais ?

— Inutile de revenir.

La manière dont il avait dit cela ne lui laissa aucun doute : il pensait chacun de ses mots.

L'image de Jacob étendu dans un cercueil, et non sur un lit d'hôpital, lui vint à l'esprit et elle fut incapable de contrôler le frisson de peur qui courut le long de sa colonne vertébrale.

Duardo s'appuya contre son bureau et la regarda lutter pour garder son sang-froid.

Il n'allait pas lui faciliter les choses. À vrai dire, pourquoi l'aurait-il fait ?

Ce qu'ils avaient partagé... le passé... était mort depuis longtemps. Détruit par des circonstances des plus complexes.

— Tu as besoin de mon aide ? reprit Duardo avec douceur.

Il surprit l'éclat de colère désespérée dans ses yeux bleus brillants mais n'en retira aucun plaisir.

L'obligerait-il à le supplier ? se demanda Kayla. Y parviendrait-elle ?

C'était pour Jacob. Pour survivre. Parce qu'elle n'avait pas le choix.

Une intolérable envie de pleurer la submergea. Elle refusa toutefois de se laisser aller devant lui.

— Je t'en prie...

Sa voix se brisa de désespoir.

— J'efface l'intégralité de tes dettes et je finance les études de médecine de Jacob.

Cela représentait des millions de dollars !

Le rêve envolé de son frère de nouveau réalisable !

Or, un apport financier de cette importance devait nécessairement être compensé d'une façon ou d'une autre.

— Et en échange... que veux-tu ?

Elle avait besoin de l'entendre le dire.

— Je veux ce qui m'appartenait autrefois.

Il la regarda enregistrer l'information, puis reprit :

— Je te veux, toi. Mon épouse.

La couleur disparut du visage de Kayla. Pendant quelques secondes, elle eut l'impression que la pièce vacillait autour d'elle.

Son épouse ?

Soudain, elle éprouva le besoin de s'asseoir. Elle s'y refusa néanmoins, car cela trahirait sa vulnérabilité et elle ne voulait pas lui donner cette satisfaction.

Puis le souvenir du corps musclé et viril de Duardo uni

au sien dans l'instant de la possession, la provoquant, la comblant avec sa bouche, avec ses mains, l'envahit, et elle ne put empêcher son cœur de s'emballer.

Durant les quelques jours qu'avait duré leur union, il l'avait initiée aux délices de la chair et elle s'était crue amoureuse et aimée.

Aujourd'hui encore, elle faisait des rêves si sensuels qu'elle se réveillait baignée de sueur… et brûlante de désir.

Incapable de la moindre réaction, elle le dévisagea, consciente à un degré effrayant de la volonté et du pouvoir qui émanaient de lui.

— Tu cherches à te venger, Duardo ?

Il prit son temps avant de répondre :

— Tout a un prix.

Ses yeux noirs se rivèrent aux siens.

— Ce sont mes conditions, insista-t-il avec une douceur toute en menace. Tu les acceptes ou tu les refuses.

Se donner à lui, de son plein gré, prétendre être son épouse consentante…

— Combien de temps ?

La question lui avait échappé.

— Aussi longtemps qu'il le faudra.

Jusqu'à ce qu'il se lasse d'elle ? Pourrait-elle vivre avec cette épée de Damoclès au-dessus de la tête ?

Elle s'en sentait incapable.

Avait-elle le choix ?

Non.

Ses tempes se mirent à battre tandis qu'elle luttait contre la tentation de tourner les talons, passer la porte et sortir de son bureau, de sa vie, définitivement.

— Je te déteste.

Le murmure vengeur avait jailli des profondeurs de son âme.

— Pour te réclamer en tant qu'épouse ?

— Pour m'utiliser comme trophée.

Elle aurait voulu lui dire d'aller au diable.

Seules l'image de Jacob, étendu sur un lit d'hôpital, et la terrible réalité de ce qui s'ensuivrait inévitablement sans un renflouement urgent l'incitèrent à se taire.

Il n'y avait qu'une seule issue à cet enfer. Duardo était le seul à pouvoir l'aider.

— Tu veux que je signe quelque chose ?

Il fit semblant de ne pas comprendre.

— Ton accord ?

Les yeux de Kayla lancèrent des éclairs.

— Quoi d'autre !

D'un mouvement fluide, il s'écarta de son bureau et franchit l'espace qui les séparait.

— Cache ta gratitude ! ironisa-t-il.

Le sourire lent qu'il lui adressa était plein d'un humour cynique. Elle s'empourpra.

De toutes ses forces, elle se raccrocha à sa dignité. La tête haute, elle recula d'un pas.

— As-tu fini ? Il faut que je passe voir Jacob et ensuite que j'aille travailler.

Elle se dirigea vers la porte, marquant une brève pause pour se retourner et le regarder par-dessus son épaule.

— Je suppose que tu me contacteras lorsque les documents légaux seront prêts ?

Il n'avait pas bougé. Elle eut pourtant l'impression que son corps, tout en muscles, était bandé, prêt à bondir.

— Juste un détail..., déclara Duardo avec une aisance détestable. Notre accord prend effet immédiatement.

Il sortit son téléphone portable et le lui tendit.

— Appelle le restaurant et ton bureau et donne ta démission.

Son regard se durcit lorsqu'elle fit mine de protester.

— Fais-le, Kayla, ou c'est moi qui le ferai.

Comme elle s'obstinait à ne pas prendre le téléphone, il l'ouvrit d'un mouvement déterminé et passa deux coups de fil, au terme desquels elle se retrouva sans emploi.

Découvrir qu'il savait où elle travaillait et à qui il devait s'adresser lui donna envie de le frapper.

— Espèce de fumier ! siffla-t-elle entre ses dents en le voyant s'avancer vers elle.

Elle ne s'attendait pas à ce qu'il glisse ses doigts dans ses cheveux, pose une main sur sa nuque, l'autre au creux de ses reins et l'attire tout contre lui.

Puis sa bouche se posa sur la sienne, profitant de sa stupéfaction pour franchir la barrière de ses lèvres et semer le trouble dans ses sens avec un baiser exigeant.

Quelques brefs instants, pendant lesquels son cœur sembla cesser de battre, Kayla oublia qui elle était et où elle se trouvait. Il n'y avait plus que cet homme, son pouvoir de séduction, le souvenir d'un désir et le besoin instinctif de le satisfaire.

Une reconnaissance, dans sa forme la plus primaire.

Soudain, d'un recoin de son cerveau et de son cœur, surgit une réalité : ce qui avait été n'était plus.

Cette prise de conscience la força à s'arracher à son étreinte, ce qui s'avéra d'autant plus humiliant qu'il ne fit rien pour la retenir.

Colère et rage brillèrent dans les profondeurs de ses pupilles. Ses joues s'enflammèrent tandis que sa poitrine se soulevait par saccades et qu'elle luttait pour reprendre le contrôle d'elle-même.

— Maintenant, tu as une bonne raison de me maudire.

Elle ouvrit la bouche, mais aucun son n'en sortit. Elle avait tellement envie, besoin de se battre contre lui, physiquement, émotionnellement…

Mais à quoi bon ?

Duardo considéra longuement ses traits expressifs,

définit chaque émotion qui les traversa et résista à l'envie de dompter un peu son caractère rebelle.

Kayla se contenta de le regarder. Sa respiration n'était même pas haletante. Comment pouvait-il rester si calme ?

— Et si nous y allions ?

L'hôpital ! Jacob ! Choquée de constater qu'elle avait complètement oublié son frère, elle se hâta de sortir du bureau, consciente de la présence de Duardo à quelques pas derrière elle.

Elle eut envie de lui jeter des mots durs au visage, mais sa colère intérieure éclipsait toute pensée rationnelle.

Ne devrait-elle pas être soulagée que son cauchemar financier soit bientôt fini ? Au lieu de cela, son corps frémissait de rage alors que la réalité la frappait dans toute son intensité.

La vie qu'elle avait menée au cours de ces dernières années allait changer de façon radicale.

L'ascenseur s'arrêta, les portes s'ouvrirent. Ils étaient au parking.

Ce devait être une erreur. À l'instant où elle allait presser le bouton pour remonter au rez-de-chaussée, Duardo arrêta son geste.

— Nous allons à l'hôpital, dit-il froidement. Ensuite, nous irons chercher vos affaires et tu viendras t'installer chez moi.

— Non ! Je...

— C'est à prendre ou à laisser. À toi de choisir.

Il suffisait de le regarder pour savoir qu'il pensait ce qu'il disait. Elle le défia presque... pour la beauté du jeu.

Pourtant, elle le suivit, s'installa sur le siège passager de son Aston Martin dernier cri et se mura dans un silence glacial tout le temps que dura le trajet.

2

La jambe immobilisée dans une coque protectrice, Jacob avait été installé dans une vaste salle d'examen. Des antalgiques lui étaient administrés par voie veineuse.

Le teint blafard, il semblait abattu, terrifié même. Puis il aperçut Kayla. Son visage s'illumina et il sourit, visiblement soulagé de voir l'homme qui l'accompagnait.

Duardo Alvarez. Notre chevalier blanc dans son armure étincelante ! ironisa Kayla. *Quoique… « ange noir » serait sans doute plus approprié !* ajouta-t-elle avec cynisme.

En moins de temps qu'il n'en faut pour le dire, Duardo avait exigé que l'on transfère Jacob dans une chambre particulière et s'était personnellement entretenu avec le chirurgien orthopédiste.

Voilà ce que l'on obtient lorsque l'on est puissant, railla encore Kayla. *Puissant et immensément fortuné.*

Elle aurait dû être reconnaissante, elle le savait, mais cela ne signifiait pas pour autant qu'elle approuvait ce marché, ou l'homme avec lequel elle l'avait conclu.

Un garçon de salle se présenta pour emmener Jacob. À contrecœur, Kayla dit au revoir à son frère.

— Je reviendrai demain matin, promit-elle, avant que tu n'ailles au bloc opératoire.

Il était plus de 19 heures lorsque Duardo quitta le parking de l'hôpital. Les lueurs du crépuscule changeaient progressivement, teintant le ciel pâle de nuances rosâtres qui se muaient lentement en dégradé d'orange.

Bientôt, il ferait nuit. Comme Kayla aurait aimé pouvoir regagner son appartement, prendre une douche et se coucher !

Or, les choses ne se passeraient pas ainsi et le lit dans lequel elle se coucherait ne serait pas le sien, mais celui de Duardo.

Cette seule pensée suffit à lui faire bouillir le sang. De toutes ses forces, elle se concentra sur le spectacle de la rue, dans un effort pour détourner son attention de la nuit à venir.

Les réverbères, les néons aux couleurs vives des magasins s'allumèrent et la circulation s'intensifia alors que les artères principales convergeaient pour franchir Harbour Bridge.

Quelques minutes plus tard, Duardo se garait le long du trottoir et coupait le contact.

Tirée de ses pensées, Kayla ne reconnut ni le quartier ni la rue.

— Pourquoi t'arrêtes-tu ici ?

— Nous allons dîner, répondit-il en détachant sa ceinture de sécurité. Nous en avons besoin tous les deux.

— Je n'ai pas faim ! protesta Kayla.

Sans un mot, Duardo descendit de voiture, en fit le tour et ouvrit la portière côté passager.

— Descends.

Comme elle ne bougeait pas, il se pencha et détacha sa ceinture.

Dans le mouvement, il la frôla, et elle en eut le souffle coupé. Il était proche, beaucoup trop proche. Elle se figea, osant à peine respirer, attendant qu'il s'éloigne.

Discuter avec lui ne servirait à rien, d'autant qu'elle était de mauvaise foi. Son déjeuner, si toutefois le yaourt et le fruit qu'elle avait avalés pouvaient décemment être qualifiés de déjeuner, était bien loin.

Elle suivit donc Duardo dans un petit restaurant où le maître d'hôtel l'accueillit personnellement et les conduisit à une table isolée.

Kayla refusa le vin, choisit une soupe en hors-d'œuvre, puis une entrée et une salade de fruits en dessert.

Duardo lui décocha un sourire vaguement narquois.

— Et si tu me racontais ces dernières années ?

— À quoi bon ? Tu sais déjà tout.

Elle prit son verre et but une gorgée d'eau glacée.

— Je présume que tu m'as fait suivre ?

Duardo s'adossa à sa chaise et la considéra posément.

— Pour autant que je sache, garder de l'intérêt pour son ex-épouse n'est pas un crime.

L'arrivée du serveur les interrompit. Kayla attendit qu'il se soit éloigné, sans cesser de scruter les traits impassibles de Duardo avec un sentiment proche du mépris. Elle reprit :

— Une épouse sur laquelle tu as délibérément mis le grappin pour mieux servir tes intérêts.

Le visage de Duardo se durcit, et Kayla décela une lueur presque effrayante dans les profondeurs de ses yeux noirs.

— Voudrais-tu être plus précise ?

— L'OPA lancée sur le consortium Enright-Smythe.

— Eh bien ?

Sa voix était comme un glaçon qui glissait lentement le long de sa colonne vertébrale.

— Mon père m'en a apporté la preuve écrite.

— C'est impossible, pour la simple raison qu'il n'y en avait aucune à l'époque.

— Tu mens. J'ai vu les lettres.

— Les as-tu lues ?

La scène, gravée dans les souvenirs de Kayla comme

l'instant où son amour était mort, lui revint à la mémoire dans toute sa netteté. Les documents, le nom de Duardo, la voix de son père, tonitruante et dénonciatrice…

Les yeux pleins de larmes, elle avait parcouru les feuillets, sans les lire vraiment, avant que son père ne les lui arrache des mains pour les jeter au sol et les piétiner rageusement.

— Oserais-tu nier avoir lancé une OPA sur l'entreprise familiale ?

Elle était comme une voiture folle, incapable de s'arrêter.

— Comme tu as dû te délecter de voir mon père courir à la banqueroute !

Le regard de Duardo ne fléchit pas.

— Les déboires financiers de ton père m'ont effectivement permis d'enrichir mon portefeuille d'actions. Je suis un homme d'affaires. Si je ne l'avais pas fait, un autre en aurait profité.

— Bien évidemment ! ironisa Kayla avec une grimace entendue, avant de se murer dans le silence quand le serveur s'approcha de nouveau.

Il desservit leur assiette de soupe, une soupe qu'elle se rappelait à peine avoir goûtée.

— Cette affaire a été conclue après la dissolution de notre mariage.

La tension devint palpable.

— Je ne te crois pas.

— Tu préfères accorder du crédit au tissu de mensonges de ton père, ainsi qu'à ses prétendues preuves fabriquées de toutes pièces ?

À la fois stupéfaite et furieuse, Kayla écarquilla les yeux.

— Jamais il n'aurait fait une chose pareille !

Sa voix se brisa.

— J'étais sa fille !

— Tu étais le bien auquel il accordait le plus de valeur.

Duardo attendit une fraction de seconde avant de poursuivre.

— Il aurait fait n'importe quoi pour te soustraire à moi.

Le serveur revint encore. Kayla considéra son assiette, joliment présentée, et se sentit soudain nauséeuse.

— Tu as tort.

— Je peux te fournir toutes les preuves que tu voudras.

Duardo prit sa fourchette et l'agita en l'air.

— La comparaison avec les documents de ton père serait certainement... pleine d'enseignements, tu ne crois pas ?

Sauf qu'il n'y avait pas de documents. Du moins pas ceux-là. Lorsqu'elle avait demandé à les examiner, son père avait affirmé qu'ils étaient en possession de ses avocats. Lesdits avocats, par la suite, n'en avaient pas retrouvé la moindre trace.

Son père avait-il fait en sorte de détruire son mariage ? La douleur d'avoir perdu son épouse l'avait-elle fait déraisonner ? Non. C'était inconcevable.

— Mange, ordonna Duardo paisiblement.

Kayla ne pouvait plus avaler une seule bouchée. L'appétit coupé, elle repoussa son assiette.

La journée avait été éprouvante, et elle était loin d'être terminée. Elle voulait s'en aller, fuir cet homme antipathique, ce qu'il lui proposait... S'éloigner de tout.

Sans réfléchir, elle se leva, saisit son sac à main et s'enfuit à toutes jambes.

Arrivée sur le trottoir, elle leva le bras pour héler un taxi et poussa un cri lorsque des mains puissantes s'abattirent sur ses épaules et la firent pivoter sur elle-même.

Les traits de Duardo semblaient durs sous la lumière des réverbères. Son visage frémissait sous le coup d'une colère à peine contrôlée.

— Tu me fais mal !

— Crois-moi, ce n'est nullement mon intention.

Durant de longues secondes, la tension entre eux fut intense, si forte que le plus infime des mouvements aurait sans doute provoqué une explosion d'étincelles.

— Je ne peux pas !

Son cri de détresse avait jailli du plus profond de son âme.

Les mains posées de part et d'autre de son visage, Duardo l'obligea à lever la tête de sorte qu'elle ne puisse échapper à son regard.

— J'ai besoin de temps, insista-t-elle.

— Le temps ne changera rien.

— Je t'en prie…

Du pouce, il suivit le contour de sa bouche.

— Non.

Alors, de toutes ses forces, elle le mordit. Elle entendit le juron étouffé qu'il poussa, sentit le goût de son sang sur sa langue et cria lorsqu'il la souleva et la jeta sur son épaule.

— Repose-moi !

— Dans tes rêves.

Les poings serrés, elle le frappa dans le dos. En vain. En quelques grandes enjambées, il avait rejoint sa voiture, ouvert la portière côté passager et l'avait déposée sur le siège. Sans s'arrêter, il tira sur la ceinture de sécurité et la boucla.

— Bouge et je ne réponds pas des conséquences !

Elle le détestait ! Elle le haïssait pour l'avoir précipitée dans cette situation humiliante.

Et… s'il disait la vérité ?

Son père avait-il menti pour parvenir à ses fins ?

Elle secoua la tête, incrédule. Elle ne pouvait en supporter davantage.

Duardo fit le tour de la voiture et se mit au volant.

— J'exige de voir les documents concernant l'OPA, dit-elle.

Il fallait qu'elle sache.

— Je demanderai à mes avocats de t'en fournir une copie.

Le moteur de l'Aston Martin rugit quand il tourna la clé de contact, et Kayla se plongea dans ses réflexions alors que la voiture filait à travers les rues.

Duardo lui offrait l'occasion d'une vie libérée de toutes dettes et, à son frère, la possibilité de réaliser ses ambitions.

Jacob était tout ce qu'elle avait, et il méritait cette chance.

Elle aussi d'ailleurs. Elle ferma les yeux. Ne la méritait-elle pas ?

L'autre solution étant…

Inutile de chercher une échappatoire, cela ne mènera à rien.

Il n'y avait plus que l'instant présent, désormais. Elle surmonterait cette épreuve. Il le fallait.

La voiture s'arrêta dans la petite rue miséreuse où elle habitait.

Un 4x4 dernier cri était garé à proximité. Elle attendit pendant que Duardo échangeait quelques mots avec le conducteur, puis ils entrèrent ensemble dans son immeuble.

L'éclairage blafard ne dissimulait nullement le cadre lugubre, le tapis d'escalier usé jusqu'à la corde, la peinture écaillée des murs. L'odeur caractéristique du délabrement emplissait l'atmosphère.

Les verrous sur sa porte défendaient un espace pitoyable, chichement meublé et dépourvu de toute touche personnelle. Un endroit conçu pour dormir seulement, pas pour y vivre.

— Prends ce dont tu as besoin.

Il ne lui fallut guère de temps pour mettre ses maigres possessions dans un sac et celles de Jacob dans un autre.

— Le propriétaire...

— Spence s'est chargé de le prévenir. Tu n'as qu'à laisser les clés sur la table.

Figée dans un silence incrédule, Kayla regarda Duardo s'emparer des deux sacs.

— J'ai passé quelques coups de fil de l'hôpital, dit-il en guise d'explication.

À des personnes payées pour exécuter immédiatement le moindre de ses ordres...

L'argent — *non, une fortune colossale,* corrigea-t-elle intérieurement — avait certains avantages.

Ils redescendirent l'escalier, traversèrent le hall minable et sortirent. Aussitôt, une silhouette sombre s'avança, prit les bagages et les déposa à l'arrière du 4x4.

— Voici Spence, précisa Duardo brièvement avant d'ajouter : Allons-y.

Était-il trop tard pour changer d'avis ? Pouvait-elle revenir sur sa décision ?

Oui... et non.

Comme dans un rêve, elle regarda Spence se mettre au volant, entendit le moteur démarrer et vit le 4x4 s'éloigner.

Il emportait tout ce qu'elle possédait au monde.

Elle décocha à Duardo un regard furibond qui perdit presque tout son effet dans la pénombre.

Il se dirigea vers sa voiture, désactiva l'alarme, ouvrit la portière côté passager et attendit qu'elle consente à monter.

Kayla avança sans hésitation apparente et avec une grâce infinie. Une leçon dans l'art du paraître, songea-t-elle, consciente que c'était la première des innombrables fois où elle allait devoir jouer un rôle au cours des mois à venir.

Duardo la voulait pour… épouse.

Il voulait un corps ardent et consentant dans son lit, ainsi qu'une hôtesse mondaine.

Perdue dans ses pensées, elle observa les alentours alors que l'Aston Martin entrait dans un quartier résidentiel des faubourgs est. Adieu les petites maisons délabrées… Il n'y avait là qu'immeubles de standing et demeures luxueuses abritées derrière de hauts murs et des portails ouvragés.

À en croire les médias, Duardo habitait un manoir luxueux de Point Piper qui surplombait le port. Il l'avait acheté au moment de leur mariage, mais elle n'y avait jamais mis les pieds.

« Forteresse » serait un terme plus approprié, remarqua Kayla en regardant Duardo désactiver un système de sécurité de haute technologie.

Un éclairage judicieux révéla un jardin et des pelouses parfaitement entretenus, une allée incurvée menant à une demeure élégante. Lorsque Duardo arrêta le véhicule sous un large portique, il lui fut impossible de ne pas sentir augmenter sa nervosité.

L'impressionnante porte d'entrée s'ouvrit et une femme d'âge moyen apparut.

— Voici Maria, indiqua Duardo. Ma gouvernante. Josef, son mari, s'occupe du jardin et de la maintenance générale.

Kayla descendit de voiture et, une fois les présentations faites, entra dans le magnifique hall pavé de marbre.

Un escalier en fer à cheval, de taille démesurée, conduisait à l'étage. Les luminaires étaient somptueux, des meubles en ébène étincelaient, et plusieurs portes de bois magnifiquement sculptées ouvraient sur diverses pièces.

Elle était prête à parier que chacune d'elles offrait une vue spectaculaire sur le port, le jour, et sur une féerie de lumières, la nuit venue.

— Désirez-vous un café ou un thé ? proposa aimablement la gouvernante.

Comme Duardo la remerciait, elle ajouta :

— Les bagages ont été montés dans votre suite.

L'estomac de Kayla se noua… Elle ne voulait pas songer à la chambre à coucher et encore moins s'y rendre !

— Je prendrais volontiers un thé, s'empressa-t-elle de dire.

Ce qui retarderait d'autant l'échéance fatidique.

— Pourrais-je me rafraîchir un peu avant ?

D'un geste, Duardo l'invita à monter l'escalier.

— Par ici.

Il la conduisit à travers la maison. Celle-ci se divisait en deux ailes, l'une étant destinée aux invités, l'autre abritant trois chambres avec salles de bains particulières. La suite principale, au centre, jouissait d'une vue panoramique sur le port.

La pièce, immense, s'agrémentait d'une alcôve spacieuse où étaient disposés deux canapés confortables, un bureau ancien et un meuble de télévision. Deux salles de bains attenantes et deux dressings complétaient l'aménagement.

Elle évita de regarder le lit…

Duardo se débarrassa de sa veste et la posa sur un valet avant de gagner la porte.

— Rejoins-moi lorsque tu seras prête. Deuxième porte à gauche en bas de l'escalier.

Lorsqu'il fut parti, elle éprouva un intense sentiment de libération, tout en sachant que cela ne durerait pas longtemps.

Ça aurait été tellement relaxant si elle avait pu prendre une longue douche, se laver les cheveux, essayer les cosmétiques qu'elle avait vus dans la salle de bains. Utiliser le sèche-cheveux, s'envelopper dans un peignoir moelleux, puis se glisser dans ce lit confortable… et dormir.

La tentation était trop grande. En quelques mouvements, elle se dévêtit et entra dans la cabine de douche toute carrelée de marbre.

La lotion pour le corps délicatement parfumée était divine, tout comme le shampooing de marque, deux produits dont elle ne se permettait plus l'utilisation depuis de nombreuses années.

Maria avait-elle reçu l'ordre de pourvoir abondamment la salle de bains pour elle, ou s'agissait-il d'une faveur ordinaire à l'intention de toutes celles que Duardo invitait dans son lit ?

Un homme avec son statut devait avoir toutes les femmes à ses pieds. Des femmes attirées par sa fortune, sa position sociale… et galvanisées par son ancienne réputation de mauvais garçon.

Kayla renversa la tête, et l'eau inonda son visage. C'était si agréable de pouvoir se détendre sous un flot abondant et chaud, sans penser à un cumulus qui se vidait en quelques minutes, comme dans son ancien appartement ! Combien de fois s'était-elle retrouvée sous un jet glacé ?

Un long moment s'écoula encore avant qu'elle ne ferme les robinets, se sèche, enfile un peignoir de bain et se brosse les cheveux.

Aucun lit ne lui avait jamais paru aussi confortable. Elle rejeta la courtepointe et caressa l'oreiller de plumes avec un geste proche de la déférence.

Elle aurait dû défaire ses bagages… Quelle ironie ! Le contenu de son sac était si maigre qu'il ne lui faudrait qu'une ou deux minutes pour tout ranger.

Quant à se rhabiller… elle n'en avait aucune envie. Pas plus que redescendre.

La tension de la journée et de son issue pesait lourdement sur ses épaules.

Elle n'irait nulle part.

Elle se glissa entre les draps de satin.

Que Duardo vienne la chercher s'il le voulait.

Kayla s'endormit. Elle n'eut pas conscience de l'entrée de Duardo dans la chambre, près d'une heure plus tard. Il resta longtemps à regarder ses traits las enfin au repos.

Elle ne l'entendit pas quitter la chambre, ni revenir tard dans la nuit, et ne le sentit pas se coucher auprès d'elle.

Ce ne fut que lorsque sa main se posa sur son torse chaud et ferme, aux premières lueurs de l'aube, qu'elle se réveilla en sursaut, cherchant où elle se trouvait.

Il faisait sombre, ce lit n'était pas le sien. Un besoin de fuir s'empara d'elle.

Elle entendit prononcer son nom… puis il y eut un mouvement, et la pièce fut baignée d'une douce lueur.

Duardo réprima une exclamation en découvrant sa chevelure emmêlée, ses joues enflammées, la peur dans ses yeux bleus.

— Tu ne sais plus où tu es ?

Il était proche, beaucoup trop proche. La chaleur de sa peau… le parfum masculin de son savon… l'ardeur sensuelle qui n'appartenait qu'à lui…

Une prise de conscience physique fascinante, hypnotique… et plus intense qu'elle n'en avait jamais connu s'empara de Kayla.

Le besoin de mettre de la distance entre eux se fit impérieux. Consciente du regard posé sur elle, elle recula.

Il pouvait facilement tendre les bras, l'attirer contre lui et couvrir sa bouche de la sienne. La tenter, la séduire et la faire partir en flammes.

Comme il l'avait fait, de si nombreuses fois, au cours de leur inoubliable voyage de noces à Hawaii. Elle avait exulté sous les caresses de ses mains expertes, de sa bouche, et en le sentant en elle.

Combien de nuits, ensuite, était-elle restée éveillée, se maudissant de l'avoir laissé partir ? De ne pas avoir eu le courage de s'opposer à son père ?

À présent, elle était de nouveau dans le lit de Duardo, pour les plus mauvaises raisons qui soient, et elle le détestait pour cela.

— Rendors-toi.

Si seulement elle le pouvait !

— À moins que tu n'aies envie de parler ?

Son doux gloussement acheva presque de la déstabiliser.

— Je me souviens que tu étais particulièrement bavarde, à cette heure de la journée.

Dans la sensation de bien-être qui l'enveloppait après une étreinte passionnée, quand elle était couchée contre lui, la joue appuyée sur son torse. Une époque de rêves, d'amour, d'espoir…

— Je suis surprise que tu t'en souviennes.

La réponse de Kayla était délibérément provocatrice. Elle ne put s'empêcher d'ajouter :

— Étant donné toutes celles qui m'ont suivie.

— Tu crois donc qu'il y en a eu tant que cela ?

Penser qu'il ait pu n'y en avoir qu'une était déjà comme un coup de poignard au cœur.

— Je parie qu'elles faisaient la queue.

— Un compliment équivoque, Kayla ?

— Un état de fait.

— Issu de ta propre expérience ?

Qu'elle soit maudite si elle avouait n'avoir connu aucun homme, depuis ou avant lui !

— Tu préfères ne pas répondre ?

— Tu as tout compris.

La bouche de Duardo s'incurva en un léger sourire.

— Eh bien, profitons des dernières heures avant l'aurore, qu'en dis-tu ?

Pendant quelques instants, le regard de Kayla exprima toute son incertitude, puis une profonde lassitude.

— Pour dormir, précisa-t-il avec une pointe d'amusement avant de s'étendre sur le dos et de se rendormir aussitôt.

Au grand soulagement de Kayla.

Du moins essaya-t-elle de s'en convaincre, alors qu'elle refoulait le désir qui avait insidieusement envahi son corps.

3

Le visage caressé par les rayons du soleil matinal, qui filtraient à travers les rideaux, Kayla s'éveilla lentement. Aussitôt, elle sut qu'elle était seule dans le vaste lit.

Un coup d'œil au réveil, et elle bondit sur ses pieds.

L'hôpital ! Elle avait promis à Jacob d'être auprès de lui avant qu'il n'entre au bloc opératoire.

Elle se précipita vers la salle de bains. En toute hâte, elle s'habilla, rassembla ses cheveux en queue-de-cheval, appliqua une touche de rouge à lèvres et revint précipitamment dans la chambre… pour découvrir Duardo occupé à nouer sa cravate.

Dans son costume taillé sur mesure, il incarnait l'homme d'affaires dans toute sa magnificence. Il était splendide, bien trop séduisant pour la tranquillité d'esprit de n'importe quelle femme.

La sienne, notamment.

— Tu aurais dû me réveiller ! lui reprocha-t-elle.

— Eh bien, on ne dit plus bonjour ?

Son accent lent de New York contenait une ironie nonchalante. Elle lui jeta un regard furieux.

— Je vais être en retard.

— Maria a préparé ton petit déjeuner.

— Je n'ai pas le temps…

— J'ai téléphoné à l'hôpital.

— … de déjeuner, acheva-t-elle.

— Tu vas le prendre. Jacob n'entrera au bloc qu'à 9 heures.

Il la soumit à un examen attentif, remarqua sa frêle ossature, sa sveltesse presque trop prononcée. De combien de repas s'était-elle privée ces dernières années ?

Le visage impassible, il sortit un téléphone portable de sa poche et le lui tendit.

— Pour toi. Tous les numéros dont tu as besoin ont été préenregistrés.

Kayla glissa l'appareil dans son sac et regarda d'un air soupçonneux Duardo lui remettre une liasse de documents.

— C'est un exemplaire de l'accord prénuptial. Je te demande de le lire. Tu as rendez-vous à midi, avec mon avocat, pour signer l'original.

Seigneur ! Son estomac se noua douloureusement. Duardo s'était déjà occupé de toutes les formalités, et elle ne se sentait guère d'humeur à le remercier.

Il fallait qu'elle reste calme.

— J'imagine que tu as aussi prévu une date ?

— Demain. Un officiant procédera à notre union ici, à la maison.

Demain.

Elle dut s'éclaircir la gorge, qui s'était contractée soudain.

Duardo ouvrit ensuite son portefeuille, en sortit plusieurs billets et les lui tendit.

— Je ferai ouvrir un compte en banque à ton nom, ce matin. Tu auras une carte de crédit.

Il prit son attaché-case et son ordinateur portable.

— Spence te conduira à l'hôpital.

— Je peux prendre les transports en commun.

— Mais tu ne le feras pas.

Elle préféra ignorer l'intonation menaçante de sa voix.

— Et pourquoi pas ?

Il l'observa un instant.

— Nous en parlerons au cours du dîner, décida-t-il.

— Bonne idée.

Sans un mot de plus, elle sortit de la suite et se dirigea vers l'escalier. Duardo la suivit, mais elle ne lui accorda pas le moindre regard lorsqu'ils atteignirent le rez-de-chaussée et partirent dans des directions opposées.

Kayla gagna la salle à manger et salua avec un sourire Maria qui s'y affairait.

Jus d'orange, café, céréales, fruits, œufs bénédicte... Un véritable festin l'attendait. Son appétit, soudain revenu, la poussa à goûter un peu de chaque plat.

Depuis des années, ses petits déjeuners se résumaient à un en-cas avalé en vitesse, alors qu'elle courait invariablement après son train. Prendre le temps de s'asseoir et de savourer des mets exquis relevait de l'exceptionnel.

Spence se présenta alors qu'elle finissait son café. Elle prit son sac et le suivit jusqu'au 4x4.

À cette heure, la circulation était dense et les ralentissait. Des centaines de questions se bousculaient dans l'esprit de Kayla. C'était le moment idéal pour les poser. Pourtant, elle n'en formula qu'une seule.

— Vous connaissez Duardo depuis longtemps ?

Le visage de Spence se fendit d'un large sourire.

— Des années !

S'étaient-ils rencontrés dans la rue ? Avaient-ils ensemble connu la marginalité, vécu au jour le jour, pris des risques qu'aucune personne sensée n'oserait seulement envisager ? Avaient-ils mis leur vie en jeu, n'échappant au pire que par chance, avant d'abandonner de sombres trafics pour des affaires plus honnêtes ?

— Et aujourd'hui, vous veillez sur lui.

C'était une affirmation plus qu'une question, et Spence laissa fuser un petit rire.

— Je suppose qu'on peut dire les choses ainsi.

Chauffeur et garde du corps n'étaient manifestement que deux facettes des diverses fonctions de Spence lorsqu'il « veillait » sur Duardo.

Il était presque 8 h 30 lorsque Spence se gara devant l'hôpital.

— Je vous attends ici dans trois quarts d'heure. Duardo a suggéré que nous fassions une expédition shopping avant votre rendez-vous avec son avocat, à midi.

Shopping ? « Nous » ?

— Vous plaisantez ?

Le regard de Spence resta égal.

— Voyez-vous un inconvénient à ce que je vous accompagne ?

Résignée, elle jeta un coup d'œil à sa montre et lui adressa un sourire éclatant.

— Disons 9 h 15, alors.

Il ne lui fallut que quelques minutes pour trouver Jacob, installé dans une chambre particulière avec vue.

— Me voilà !

Elle s'approcha de son frère et l'embrassa.

Jacob lui répondit d'une voix pâteuse à cause des sédatifs, et le cœur de Kayla se serra.

Il était tout ce qui lui restait. La seule personne qui avait toujours été présente pour elle, indéfectiblement, depuis la mort de leur mère.

Ensemble, ils avaient partagé peine et deuil, surmonté désespoir et difficultés et lutté pour conserver un minimum de dignité, tout au long de la déchéance de leur père.

Ensuite, lorsque la sinistre réalité de la pauvreté s'était fait sentir, Jacob avait tout abandonné comme elle, afin de trimer à chaque heure du jour, pour simplement survivre.

Elle remarqua les hématomes sur sa mâchoire, sur

son visage, plus marqués que la veille. Combien d'autres meurtrissaient son corps ?

L'opération qu'il allait subir la terrifiait. Serait-elle couronnée de succès ? Et si une boiterie persistait ? S'il ne pouvait plus courir, ni faire de sport ?

Son inquiétude pour son frère lui rappela la signification exacte de la proposition de Duardo, et les raisons pour lesquelles elle l'avait acceptée.

— Comment te sens-tu ?

Un faible sourire se dessina sur les lèvres de Jacob.

— Comme dans du coton…

— Tout va bien se passer.

Elle se voulait tellement rassurante !

Il lui pressa la main.

— Je te remercie.

Des larmes brouillèrent sa vue, et Kayla battit des paupières à plusieurs reprises pour les chasser.

Quelques minutes plus tard, l'infirmière en chef entra dans la chambre, releva les constantes et appela un garçon de salle pour qu'il emmène le patient au bloc.

— Vous trouverez une salle d'attente pour les familles au bout du couloir, dit-elle à Kayla. Il y a aussi une cafétéria à l'étage.

Elle jeta un coup d'œil à sa montre.

— En comptant l'opération et la phase de réveil, vous avez cinq bonnes heures d'attente devant vous.

Kayla laissa son numéro de portable à l'infirmière, la priant de l'appeler si Jacob se réveillait de l'anesthésie plus tôt que prévu.

Comme convenu, Spence l'attendait devant l'hôpital. Il la conduisit à Double Bay.

Des années plus tôt, ce quartier, où se concentraient les boutiques de luxe, était la destination shopping préférée de Kayla. Des fortunes pouvaient y être dépensées en chaussures, sacs, bijoux et accessoires de créateurs à la mode.

— Commençons par votre robe de mariée, proposa Spence en garant la voiture.

Était-elle censée faire preuve d'enthousiasme ? D'une exaltation débordante ? Qu'est-ce que Spence savait au juste de sa relation passée avec son patron ?

Suffisamment, sans doute. Comment en serait-il autrement ?

— Dites-m'en plus.

Il ne fit pas mine de ne pas comprendre.

— Une petite cérémonie intime, avec pour témoins l'avocat de Duardo et moi-même.

Aucun invité, c'était déjà ça.

Et certainement pas en blanc ; elle s'en sentait incapable.

Peut-être pourrait-elle opter pour une robe noire ou écarlate ? Duardo en apprécierait-il toute l'ironie ?

Elle trouva exactement ce qu'elle voulait dans la première boutique où ils entrèrent. De couleur ivoire, style 1920, la jupe brodée de perles de cristal s'arrêtait au-dessous des genoux. Le bustier, sans manches, était orné de perles lui aussi. Toute en élégance, la robe soulignait ses courbes gracieuses : c'était absolument parfait.

Et tellement différent de la longue robe blanche qu'elle avait portée à Hawaii, pour son premier mariage !

Là-bas, elle s'était mariée par amour et s'était unie à Duardo avec ferveur.

Cette fois… elle avait l'impression de se jeter dans la gueule d'un loup.

Parviendrait-elle à renouer avec l'intimité qu'ils avaient partagée autrefois, ou devrait-elle faire semblant ?

Le souvenir toujours vivace de ce qu'ils avaient connu ensemble fit monter en elle un flux de sensations.

N'y pense plus ! supplia une petite voix intérieure. *Contente-toi de… gérer la situation.*

Kayla prit une profonde inspiration et soumit son reflet dans le miroir à un nouveau regard critique. Exactement ce qu'il fallait ! La robe satisfaisait pleinement aux critères pour une cérémonie civile en toute simplicité.

Le prix la laissa sans voix, tout comme celui des escarpins coordonnés.

Comme les temps avaient changé ! Cinq ans plus tôt, elle ne se serait jamais souciée d'un prix sur une étiquette. À présent, elle se tenait en retrait, tandis que Spence présentait la carte de crédit de Duardo et que la vendeuse emballait ses achats.

Ils se rendirent ensuite à la banque, puis chez l'avocat où elle signa l'accord prénuptial. Lorsque ce fut fait, l'homme de loi lui tendit une épaisse enveloppe brune.

— M. Alvarez m'a prié de vous remettre ces documents.

Un instant, elle resta surprise puis elle se souvint. Il s'agissait de la preuve écrite de l'OPA lancée par Duardo sur la société de son père.

Il était plus de 14 heures lorsque Spence la déposa de nouveau devant l'entrée de l'hôpital.

La chambre de Jacob était vide. Kayla partit à la recherche d'une infirmière qui, après s'être renseignée, l'informa que l'intervention avait duré plus longtemps que prévu. Une heure encore pouvait s'écouler avant que Jacob ne soit ramené dans sa chambre.

Elle se rendit à la cafétéria et s'efforça de faire passer le temps en buvant un café.

Malgré tous ses efforts, son esprit ne cessait de revenir sur la matinée écoulée… et sur la nuit à venir.

Ce n'était pas comme si Duardo et elle ne s'étaient jamais connus intimement. Elle avait même dormi à ses côtés la nuit précédente… et s'était réveillée avec la certitude qu'il n'aurait qu'un geste à faire pour qu'elle cède.

Cela n'avait aucun sens ! Le corps et l'esprit ne devraient-ils pas être synchrones ? Les siens, en tout cas, semblaient être deux entités séparées, aux réactions opposées.

C'est alors qu'une évidence la pétrifia. Elle avait omis un détail de la plus haute importance ! En toute hâte, elle se rendit au centre médical, obtint immédiatement un rendez-vous et demanda une prescription pour une pilule contraceptive qu'elle acheta sans tarder.

Elle revint au moment où l'on ramenait Jacob dans sa chambre. Elle attendit pendant que le garçon de salle et l'infirmière l'installaient et lui prodiguaient quelques soins.

— Votre frère est toujours sous l'effet des sédatifs, l'informa l'infirmière. Il va être somnolent encore quelque temps.

C'était un euphémisme. Au cours des heures qui suivirent, Jacob s'éveilla brièvement, demanda où il était, reconnut vaguement sa sœur et sombra de nouveau dans le sommeil.

Toutes les heures, l'infirmière venait vérifier ses constantes.

— Vous feriez mieux de rentrer chez vous et de revenir demain, suggéra-t-elle doucement à Kayla.

— Sage conseil, lança une voix familière derrière elle.

Duardo…, soupira Kayla. Il entra dans la chambre, apportant avec lui son aura de puissance. Ses yeux sombres se voilèrent légèrement lorsqu'ils croisèrent les siens.

— J'ai parlé avec le chirurgien. L'opération s'est parfaitement déroulée.

Elle ne voulait pas partir et le lui dit.

— Les heures de visite ne sont pas terminées.

— Je doute que Jacob reprenne vraiment conscience au cours des prochaines heures.

Elle était seule contre deux. Le bon sens l'emporta.

En silence, elle quitta l'hôpital au côté de Duardo et attendit qu'ils soient arrivés à la voiture pour lancer :

— Il était inutile de venir me chercher.

— Nous en avons déjà discuté.

Elle lui jeta un regard sombre.

— Agis-tu par prévenance et considération, Duardo ?

Elle marqua une pause.

— Ou bien prends-tu seulement soin de ta nouvelle acquisition ?

— Surveille tes propos, Kayla.

Sa voix s'était teintée d'une douceur dangereuse.

— Serait-ce une menace ?

— Entends-le comme tu voudras.

Fallait-il qu'elle soit à cran pour le défier ! Jamais elle ne pourrait lui faire entendre raison… à moins qu'il le veuille. Autrement dit… jamais !

Elle monta pourtant en voiture et boucla sa ceinture.

Elle ne dit pas un mot alors qu'ils traversaient la ville, et ses nerfs se contractèrent lorsqu'ils entrèrent dans Double Bay. Un quartier où se plaisaient à venir dîner, dans des restaurants réputés pour leur cuisine gastronomique, les membres de la haute société. Pour qui voulait être vu, c'était l'idéal.

— Je n'ai pas très faim.

Puis elle prit conscience de sa tenue, jean et veste, guère appropriée pour l'endroit.

Il lui jeta un regard appréciateur.

— Tu es très bien telle que tu es.

Quelques minutes plus tard, quand le maître d'hôtel les accueillit avec une déférence proche de l'obséquiosité et s'empressa de les conduire à une table, elle comprit, désabusée, l'atout majeur qu'elle possédait : Duardo Alvarez. Être en sa compagnie permettait de tout obtenir.

Il avait été reconnu à peine entré. À présent, de toute évidence, les spéculations allaient bon train quant à son identité à elle. Des interrogations qui ne cesseraient que lorsque son rôle dans la vie de Duardo serait révélé au grand jour.

Des détails sordides resurgiraient alors, agrémentés par les amateurs de cancans, créant ainsi un orage émotionnel qu'elle serait bien obligée d'affronter.

En attendant, il ne lui restait plus qu'à sourire au tout-venant et à *faire semblant*.

— Tu es bien silencieuse, observa Duardo.

Kayla repoussa son assiette et but une gorgée d'eau.

— Préférerais-tu une conversation sans intérêt, Duardo ?

— Pas particulièrement.

Il appréciait d'être assis en face d'une femme qui ne se prêtait pas au jeu futile de la séduction, ce prélude souvent peu subtil à une invitation plus intime.

— Alors peut-être pourrions-nous aborder les véritables questions ? suggéra-t-elle.

Il la considéra avec un amusement empli de curiosité.

— Aurais-tu dressé une liste ?

— Pas toi ?

En hésitant, elle reprit :

— J'aimerais reprendre le travail.

Comme sa déclaration était accueillie par le silence, elle poursuivit :

— Je souhaite également savoir où Jacob passera sa convalescence.

Oh ! et puis pourquoi ne pas jouer le tout pour le tout ?

— Je refuse...

— Duardo ! *Amigo !*

Duardo se leva et prit la main que lui tendait un homme d'âge mûr, accompagné d'une très jeune femme.

Avec aisance, Duardo fit les présentations.

— Chérie, je te présente Benito Torres et son épouse, Samara.

Chérie ?

Avec un sourire entendu, Benito inclina la tête en direction de Kayla.

— Et cette charmante jeune femme est…

— Ma future épouse.

Était-elle le jouet de son imagination, ou le regard de Samara s'était-il soudain durci ?

— Comment avez-vous réussi à convaincre Duardo de vous passer la bague au doigt ?

Si la voix de la jeune femme paraissait franchement enjouée, quelque chose dans son intonation contredisait cette impression.

— En refusant de céder à ses avances.

Et voilà, ça c'était envoyé !

Samara laissa échapper un hoquet incrédule.

— Ça alors… Comme c'est démodé !

Elle appuya un ongle soigneusement manucuré et laqué sur le bras de Duardo et fit battre ses cils, lourds de mascara.

— Et quel dommage ! minauda-t-elle.

Kayla les regarda s'éloigner avec curiosité.

— Une ancienne maîtresse ?

Duardo ne cilla pas.

— Non.

Disait-il la vérité ? Quelle importance, après tout ?

Elle essaya de se convaincre qu'elle s'en moquait et sut qu'elle se mentait.

Le serveur vint leur apporter le café.

— Nous discutions de certains points importants, avant d'être interrompus, hasarda Kayla.

— Il est inutile que tu travailles, dorénavant, décréta Duardo.

Elle but une gorgée de café, savoura le riche arôme et reposa doucement la tasse sur sa soucoupe.

— Ne comprends-tu pas ?

Ses prunelles lançaient des étincelles.

— Je refuse de dépendre de toi pour chaque centime dont j'aurai besoin !

Duardo s'installa plus confortablement sur sa chaise et l'observa avec un intérêt spéculatif.

— Tu disposeras d'une allocation mensuelle.

La fureur de Kayla ne s'apaisa pas.

— J'accepte une allocation vestimentaire, concéda-t-elle, consciente qu'elle ne pourrait jamais s'offrir les créations de couturiers indispensables dans le milieu où évoluait Duardo.

— Et en ce qui concerne Jacob…

— Il aura son propre appartement dès sa sortie de l'hôpital.

— Quel appartement ? Où ?

Elle avait cru, espéré, qu'il passerait sa convalescence chez Duardo. Bon sang ! La maison était assez spacieuse !

— À Rose Bay.

— L'appartement t'appartient ?

— L'immeuble entier, expliqua-t-il d'un ton railleur.

— Il aura besoin de soins, d'une physiothérapie…

— Il les aura. Jusqu'à ce qu'il recouvre toute sa mobilité. Et Spence le conduira partout où il aura besoin d'aller.

— Tu divises pour mieux régner, Duardo ?

Il finit son café et la considéra pensivement.

— Ton frère aura la possibilité de mener sa propre vie. Je te suggère de lui laisser cette liberté.

Duardo appela le serveur d'un signe de la main et demanda l'addition, mettant ainsi un terme à leur conversation.

L'espace confiné de l'Aston Martin fit prendre pleinement conscience à Kayla de la présence de Duardo... et de la chaleur qui se répandait lentement dans son corps.

Les choses n'auraient pas dû être ainsi. Elle ne voulait pas éprouver cela, pas plus qu'elle ne voulait être possédée charnellement par cet homme.

Elle avait déjà vécu cette expérience, brièvement, et ne s'en était jamais remise. Durant les quelques jours de bonheur absolu qui avaient suivi leur mariage, il lui avait appris tant de choses... trop de choses.

Elle ne vivait alors plus que pour lui. Davantage qu'une simple union, il s'agissait de la magie sensuelle par laquelle deux corps, deux esprits, s'accordaient merveilleusement, chacun étant une moitié d'un tout parfait.

Un tout parfait. Pas seulement du sexe.

Ressaisis-toi. Aurais-tu perdu la raison ?

C'était le passé.

Aujourd'hui, jouet des circonstances, elle n'avait d'autre choix que de construire une forme d'avenir en compagnie de Duardo Alvarez.

Vivre avec lui. Le jour. La nuit.

Un léger frisson la parcourut.

Le divorce ne l'avait pas laissée indemne. Comment espérer survivre dans un mariage dépourvu d'amour ?

Soudain, elle prit conscience du silence qui s'était installé autour d'elle. La voiture était à l'arrêt dans le garage.

Les doigts légèrement tremblants, elle détacha la ceinture de sécurité et descendit de voiture.

Dans le vestibule, elle regarda Duardo desserrer sa cravate, retirer sa veste et la jeter sur son épaule.

— Je dois vérifier mes mails et passer quelques coups de fil.

Sans un mot, elle monta l'escalier et gagna leur suite.

Elle se dévêtit et alla prendre une douche. Lorsqu'elle eut terminé, elle enfila un peignoir et alluma la télévision.

Elle zappa d'une chaîne à l'autre et opta finalement pour une série policière qu'elle regarda, blottie dans l'un des confortables canapés de cuir.

Ce fut là que Duardo la trouva, profondément endormie, la tête appuyée sur un accoudoir, ses cheveux se répandant sur son visage comme un rideau de soie pâle.

De longues minutes, il resta à l'observer, conscient de sa fragilité et de sa force latente.

Elle était légère dans ses bras quand il la souleva. Trop légère, décida-t-il en s'avançant vers le lit. Il resserra son étreinte lorsqu'elle s'agita et ouvrit les yeux.

— Qu'est-ce que tu fais ?

Une protestation, sans véritable conviction. Elle se rappela avoir regardé la télévision… avant de sombrer dans un sommeil bienvenu.

— Je t'emmène te coucher.

— Non !

C'était trop tard.

— Je t'en prie, repose-moi.

Il s'exécuta et fronça les sourcils en voyant ses joues s'empourprer alors qu'elle resserrait précipitamment les pans de son peignoir et mettait une certaine distance entre eux.

Il paraissait si fort, si plein de vigueur, et tellement masculin que c'en était trop !

Une spirale d'émotions s'enroula en elle, mêlant ardeur sensuelle et désir refoulé, alors qu'elle se souvenait de ce qu'elle ressentait quand il posait les mains sur elle.

Comme elle avait aimé qu'il explore son corps jusqu'à ce qu'elle le supplie, avide de savourer son orgasme, puis qu'il la provoque de nouveau, la retienne et s'unisse enfin à elle pour l'emporter.

Une magie sensuelle si incroyablement délicieuse qu'elle défiait toute description.

Durant ces quelques jours magnifiques, elle avait cru vivre au paradis.

Quelle sottise ! Quelques jours… C'était tout ce qu'elle avait eu avant que n'éclate sa bulle de bonheur et que la réalité ne la rejoigne.

À présent, l'amour n'existait plus. Ce qu'ils avaient partagé autrefois ne pourrait plus jamais revenir à la vie.

Il tendit la main et glissa les doigts dans sa chevelure, immobilisa sa nuque, pencha la tête vers elle et couvrit sa bouche de la sienne.

Provocateur, intensément sensuel, il joua avec elle, goûtant sa bouche jusqu'à ce qu'un grondement qu'elle ne put retenir monte de sa gorge.

Leurs corps ne se touchaient même pas. Pourtant, elle avait l'impression d'être absorbée par lui, irrésistiblement.

Il savait comment la satisfaire, avec un érotisme qui balayait toute pensée claire de son esprit jusqu'à ce qu'il ne reste plus que l'instant, l'homme et le besoin de lui répondre.

Ce serait tellement simple de faire glisser le peignoir de ses épaules, de dépouiller Duardo du sien et de se laisser aller contre lui peau contre peau, de le goûter, d'éveiller son plaisir et de l'explorer, jusqu'à ce qu'il en perde le souffle et la raison.

Elle n'en fit rien. La respiration haletante, elle sentit que Duardo ouvrait son peignoir et posait une main sur un de ses seins avant d'en effleurer lentement le mamelon.

Kayla ferma les yeux, réussissant ainsi à dissimuler l'éclat de ses pupilles, alors qu'il caressait le second, saisissant la pointe tendue entre le pouce et l'index et la massant doucement jusqu'à ce qu'elle réprime un gémissement.

Sa main glissa jusqu'à son nombril, s'y attarda, puis

caressa son ventre, déclenchant une déferlante de sensations délicieuses, si intenses qu'elle se blottit contre lui.

La bouche de Duardo quitta la sienne pour se poser sur sa gorge, savoura le creux délicat et absorba les vibrations du cri silencieux qu'elle retint.

C'était presque plus qu'elle n'en pouvait supporter. Il la poussait de nouveau dans ses retranchements, la faisait se languir…

Lentement il l'écarta de lui, fit courir ses doigts sur ses lèvres légèrement gonflées.

— Je te déteste.

Ce fut un murmure voilé, et ses lèvres tremblèrent à son contact. Ses yeux étaient comme deux étendues bleues limpides, et Duardo regarda les larmes les inonder.

— J'imagine en effet qu'en cet instant précis tu dois me détester.

Il glissa une mèche de cheveux derrière son oreille, puis posa les mains de part et d'autre du visage de Kayla.

— Et tu dois te détester plus encore.

Elle aurait voulu le frapper.

Des doigts puissants lui enserrèrent le poignet.

— N'y pense même pas !

L'atmosphère entre eux devint électrique et elle essaya de s'arracher à son étreinte.

— Lâche-moi !

— Jamais.

D'un seul mouvement fluide, Duardo la fit basculer sur le lit avec lui.

— Non !

Le mot lui échappa comme une supplique déchirante, un instant avant que Duardo ne s'empare de sa bouche.

Des larmes d'émotion embrumèrent ses yeux, et Kayla ne les retint qu'au prix de sa seule volonté. Un sanglot silencieux secoua sa fragile silhouette, alors que Duardo suivait le contour de chaque sein, se concentrant sur les pointes gonflées, attendries sous les caresses de sa bouche.

Malgré elle, une larme roula sur sa joue, et elle entendit le juron que Duardo étouffa lorsque ses doigts glissèrent sur sa peau et rencontrèrent le sillon humide.

Alors, il l'attira contre lui et appuya sa tête au creux de son épaule.

Elle sentit ses lèvres effleurer son front, puis il remonta les draps sur eux avant de poser une main rassurante sur sa nuque tandis que, de l'autre, il lui caressait le dos dans un geste apaisant.

Longtemps après que la respiration de Duardo se fut apaisée, elle sombra dans un sommeil bienvenu.

4

Kayla s'étira langoureusement

Allons, debout ! s'ordonna-t-elle. *Prends une douche, habille-toi et affronte la journée.*

Vêtue, chaussée, les cheveux rassemblés en queue-de-cheval, elle gagna la salle à manger… et découvrit que Duardo était déjà parti à son bureau.

— Matinée shopping, annonça Spence en entrant dans la pièce au moment où elle finissait son café.

— Vous plaisantez ! Encore ?

Il approuva d'un signe de tête.

— Ordres de Duardo.

Dans ce cas, comment discuter ?

— Soit, mais je veux aussi aller voir Jacob, répliqua-t-elle.

— Nous devrons être de retour pour 15 heures. La cérémonie est prévue à 17 heures.

Le mariage… D'ici à la fin de la journée, elle serait Mme Kayla Alvarez.

Pour la seconde fois.

— Naturellement.

Ce fut à peine si elle reconnut sa voix. Elle semblait si paisible, alors qu'intérieurement elle se sentait la proie d'une nervosité grandissante !

Cette sensation ne fit que croître au fil des heures.

Elle empira même, à tel point que Kayla put à peine déjeuner le midi, chaque bouchée semblant l'étouffer.

Quant à Jacob, il ne lui apporta guère de réconfort. Sous l'effet de puissants antalgiques, il passait son temps à somnoler.

Elle avait grand besoin de soutien, mais vers qui se tourner ? Personne. Pas même vers l'homme qui serait bientôt son mari.

Leur union semblait si peu importante à ses yeux qu'il la priait, par l'intermédiaire de Spence, de rentrer tôt.

Jamais encore elle ne s'était sentie si seule.

Ses achats de la veille l'attendaient, disposés sur le lit, et elle remercia Maria de sa délicate attention.

— Il y avait également ceci dans l'un des sacs, expliqua la gouvernante en lui tendant une grande enveloppe.

Un pli soucieux barra le front de Kayla. Puis elle se rappela de quoi il s'agissait : les documents légaux que lui avait remis l'avocat de Duardo…

Fébrilement, elle ouvrit l'enveloppe.

Seules les dates comptaient. Elle survola rapidement le jargon juridique, et son cœur bondit dans sa poitrine quand elle comprit que son père lui avait menti.

Elle ferma les yeux.

S'il lui avait menti à ce sujet… de quels autres mensonges avait-il été capable ?

Comment avait-il pu recourir à de telles extrémités ?

Mon Dieu, quel gâchis !

Malgré toute sa douleur, Kayla se résigna. Dans un peu plus d'une heure, elle serait mariée. Il fallait qu'elle rassemble ses esprits et se prépare.

Elle passa sa robe et s'apprêtait à remonter la fermeture éclair lorsqu'une voix s'éleva derrière elle.

— Permets-moi de t'aider, proposa Duardo.

Avec sa démarche de félin, elle ne l'avait pas entendu arriver.

Leurs doigts s'effleurèrent l'espace d'un instant, puis Duardo posa les mains sur ses épaules et la fit se retourner vers lui. Il fronça les sourcils en découvrant ses traits pâles, ses pupilles dilatées qui trahissaient sa nervosité intérieure.

Ne prononce aucune platitude, ne me touche pas ! implora-t-elle en silence. Elle se sentait tellement fragile ! S'il faisait l'un ou l'autre, elle se briserait en mille morceaux.

Jamais elle ne trouverait le bon moment… Il fallait pourtant qu'elle lui dise tout ce qu'elle avait sur le cœur.

— Je te dois des excuses.

Duardo s'immobilisa, et elle se mit à parler à toute vitesse.

— L'OPA, les dates. Mon père a menti.

Elle tremblait de tous ses membres.

— Je suis tellement navrée !

— Excuses acceptées, répondit-il paisiblement. Laisse-moi vingt minutes, et nous descendrons ensemble.

Spence, Maria et Josef les attendaient dans le salon en compagnie du célébrant qui allait les marier. Sur un guéridon recouvert d'une nappe trônaient une magnifique composition de roses et un cierge qui n'attendait plus que d'être allumé.

Les présentations faites, le célébrant prononça les paroles qui unissaient légalement Kayla et Duardo.

La cérémonie s'acheva par l'échange des alliances. Kayla sentit sa gorge se nouer en découvrant les deux anneaux d'or ornés de diamants qu'on leur présentait. Elle reconnut ceux qu'ils s'étaient mutuellement glissés à l'annulaire pour leur premier mariage.

Il les avait donc gardés...

Pourquoi ?

Duardo pencha la tête et lui effleura légèrement les lèvres. Avide de surprendre un signe susceptible de lui indiquer que leurs vœux signifiaient quelque chose pour Duardo, Kayla riva ses yeux aux siens et aperçut une lueur étrange au fond de ses prunelles sombres.

S'agissait-il de la satisfaction toute masculine de l'avoir récupérée en tant qu'épouse, ou du point culminant de la vengeance ? Les deux, supposa-t-elle tristement.

Ensemble, ils allumèrent le cierge, signèrent le certificat de mariage et remercièrent le célébrant.

Spence déboucha un grand cru de champagne, remplit des flûtes et porta un toast tandis que Maria servait quelques amuse-bouches.

Très rapidement, le célébrant prit congé puis Maria et Josef sortirent discrètement, suivis de Spence.

— J'ai réservé une table pour le dîner, annonça Duardo.

Dîner ? Ils allaient dîner à l'extérieur ?

— Une célébration en toute intimité.

Ce serait intime, assurément, mais en aucun cas il ne s'agirait d'une célébration, décida Kayla.

Et, à la réflexion, un dîner dans un lieu public semblait préférable à un tête-à-tête à la maison.

Duardo la conduisit au très sélect Ritz Carlton. Le restaurant figurait en tête de liste des endroits où *il fallait être vu.*

Le maître d'hôtel les précéda jusqu'à une table isolée. Duardo échangea quelques mots avec le sommelier et, après avoir parcouru le menu, ils commandèrent.

Mets délicieux, présentés avec soin, accompagnés de crus savoureux, destinés à une clientèle haut de gamme...

Revenir sur la scène sociale, même en tant qu'épouse de Duardo, ne lui plaisait pas du tout. La perspective de devoir faire semblant lui répugnait. Savoir que sourires et amabilités de façade étaient aussi factices que leur union ne faisait que lui apporter une preuve supplémentaire de l'échec de sa vie.

— Je te suggère d'esquisser un sourire, murmura Duardo.

— Pour quelle raison ?

— Nous sommes dans la ligne de mire d'un photographe.

Il ne manquait plus que cela !

— Jouons le jeu, veux-tu ?

— Loin de moi l'idée d'agir autrement, ironisa-t-elle.

Ils se prêtèrent donc aux demandes du photographe et, lorsque celui-ci remarqua leurs alliances, il les félicita chaleureusement et griffonna quelques notes sur un calepin.

Dès le lendemain, l'annonce de leur mariage figurerait à la une des pages « société » des principaux quotidiens.

Kayla attendit qu'ils soient de nouveau seuls pour demander :

— Une rencontre « fortuite » parfaitement orchestrée, Duardo ?

— Absolument pas.

Pouvait-elle le croire ? Quelle importance, après tout ?

— Dans la mesure où nous assistons à une soirée de bienfaisance demain soir, c'est tout aussi bien, ajouta Duardo avec une ironie à peine voilée.

Elle resta bouche bée.

La seule pensée de renouer avec les mondanités après une si longue absence l'effrayait.

— Aussi bien pour quoi ? Alimenter les ragots, ou les faire taire ?

Il reposa ses couverts avant de répondre :

— Un peu des deux, je suppose.

Un sourire artificiel se dessina sur les lèvres de Kayla, mais aucun humour n'éclairait ses prunelles.

— Je m'en réjouis d'avance ! ironisa-t-elle.

— Tu t'en sortiras parfaitement bien.

Les soirées de bienfaisance attiraient tout le gratin de la ville. Les femmes ne visaient qu'à s'éclipser les unes les autres par leurs robes et leurs bijoux, après une journée entière passée à se pomponner.

— Il faut que j'ajoute une robe de soirée à mes achats.

Duardo s'adossa à sa chaise et l'observa attentivement.

— Tu pourras t'en occuper demain.

— Ton épouse-trophée va te coûter cher.

Il plissa les yeux une seconde.

— Si j'avais voulu une épouse-trophée, tu ne serais pas là.

Sa réponse déconcerta Kayla, qui ne trouva rien à répondre. Ce fut un véritable soulagement quand le serveur apporta le café et que Duardo régla la note.

Il n'était pas tard lorsqu'ils quittèrent le restaurant. Alors que la voiture filait dans les rues presque désertes, il fut impossible à Kayla de ne pas se remémorer leur première nuit de noces. Comme seuls au monde dans leur bulle de bonheur, ils avaient dîné en se nourrissant mutuellement. Puis ils avaient marché sur la plage de sable blanc de Waikiki, savourant chaque instant, avant de regagner leur suite où ils s'étaient aimés toute la nuit.

Elle s'était donnée à lui corps et âme, et elle avait cru que c'était réciproque.

Aujourd'hui, elle était de nouveau liée à l'homme qui avait ravi son cœur. Sauf que tout avait changé. Cette fois, il avait agi par vengeance, non par amour.

Et toi ? murmura une voix intérieure. *La survie était-elle ta seule motivation ?*

Elle n'osa se répondre à elle-même.

Des projecteurs s'allumèrent le long de l'allée incurvée quand Duardo activa la télécommande du portail.

— Champagne ? Café ?

La démarche de Kayla ne faiblit pas quand elle traversa le vestibule et se dirigea vers l'escalier.

— Ni l'un, ni l'autre, merci.

Il n'avait qu'à la suivre, s'il le voulait. Elle s'en moquait et ne se retourna pas pour voir ce qu'il faisait.

La nuit de leur premier mariage, il l'avait prise dans ses bras pour franchir le seuil de leur suite à l'hôtel.

Elle retira ses talons aiguilles et gagna la salle de bains. En quelques minutes, elle se prépara pour la nuit.

Lorsqu'elle revint dans la chambre, celle-ci était vide. Elle s'installa confortablement devant la télévision et passa de chaîne en chaîne jusqu'à ce qu'elle trouve une émission intéressante.

Absorbée par le documentaire, elle n'eut pas conscience du temps qui s'écoulait.

— Tu ne trouves pas le sommeil ?

Kayla eut un hoquet de surprise et se tourna pour faire face à Duardo. Elle ne l'avait pas entendu entrer.

— Depuis quand es-tu là ?

— Quelques minutes seulement.

D'un mouvement fluide, il la souleva dans ses bras et s'assit sur le canapé, Kayla sur les genoux.

— Mais qu'est-ce que tu fais ?

Elle tenta de se libérer. En vain.

— Faut-il vraiment que je te réponde ?

Elle sentit la chaleur de sa main se couler sous son peignoir, caresser son sein et s'y poser.

Les battements de son cœur s'accélèrent et elle se maudit pour l'effet qu'il produisait sur elle, et plus encore parce qu'il ne pouvait qu'en avoir parfaitement conscience.

Comme il serait facile de lever le visage vers lui, de poser les lèvres sur sa gorge, puis de chercher sa bouche ! De s'abandonner dans une exploration mutuelle…

Idiote !

Le passé et le présent n'avaient rien à voir. La première fois, c'était une question d'amour. Aujourd'hui, l'amour ne faisait pas même partie de l'équation.

Kayla ne pouvait rester assise sans rien dire. Alors, elle saisit son poignet et essaya de le repousser, sans y parvenir.

— Laisse-moi.

— Tu n'es pas bien ?

Elle le fusilla du regard.

— Ne joue pas avec moi.

— Tu crois donc qu'il s'agit d'un jeu ?

Sa colère s'intensifia.

— Naturellement !

En silence, elle ajouta : *Maudit sois-tu !*

Il saisit son menton, lui fit lever le visage, et sa bouche s'empara de la sienne pour un baiser qui la submergea de délices et fit taire avec une efficacité redoutable toutes les protestations qu'elle essayait de formuler.

La bouche de Duardo la quitta brièvement, pour aussitôt capturer de nouveau de ses lèvres et procéder à une invasion franchement sensuelle… la tourmentant et la caressant à la fois, sans faiblir jusqu'à ce qu'elle cède dans un gémissement presque inaudible et commence à réagir.

Ce ne fut qu'en sentant le matelas sous son dos que Kayla comprit qu'il l'avait portée jusqu'au lit. Elle se figea quelques secondes avant de céder à l'ardeur et à la passion, exultant sous ses caresses.

Incapable de résister au désir de voir Duardo perdre la maîtrise de lui-même, elle commença elle aussi à le caresser.

Les doigts aussi légers que des ailes de papillon, elle suivit le tracé de ses muscles au-dessus de son estomac et les sentit frémir en réaction.

S'attardant sur son nombril, elle en effleura le contour puis en explora le centre avant de poursuivre plus bas. Elle entendit sa respiration saccadée et le regarda réagir.

Une partie fascinante de l'anatomie masculine... mélange de force et de douceur, capable de procurer un plaisir immense, sensible à la plus légère des caresses.

Un léger sourire incurva les lèvres de Kayla, pour se figer lorsque les doigts puissants de Duardo enserrèrent son poignet.

— Je te suggère d'arrêter immédiatement.

La vengeance, ou du moins ce qu'il en était, lui parut intensément délicieuse.

— Chéri...

Le mot avait jailli de ses lèvres avec une raillerie visible.

— ... j'ai à peine commencé.

Elle marqua une pause imperceptible.

— Est-ce plus que tu ne peux en supporter ?

Un son sortit de la gorge de Duardo... un grognement étouffé ou un rire contraint ?

Elle s'en moquait.

Il lâcha sa main.

— Sache qu'il n'y aura qu'une seule issue.

Cela tourna au test d'endurance pour Duardo, alors que Kayla le provoquait et le galvanisait de ses mains, du bout de sa langue, du mordillement délicat de ses dents.

— Ça suffit !

À bout de patience, il la fit basculer et plongea profondément en elle, d'une seule poussée vigoureuse, amorçant un accouplement érotique et primitif qui devint sauvage alors qu'ils s'entraînaient mutuellement au-delà de toute limite, avant de sombrer dans un océan de plaisir.

Avait-elle crié ? Kayla n'avait aucun souvenir de quoi que ce soit, sinon de la magie ensorcelante d'une magnifique étreinte et de ses conséquences.

La longue et lente caresse des mains de Duardo suivit les courbes de son corps et elle sentit le frôlement de ses lèvres sur ses tempes.

Elle ne voulait pas bouger ; elle ne s'en sentait pas capable.

Une protestation voilée lui échappa cependant lorsque deux bras puissants glissèrent sous son corps, l'emportèrent jusqu'à la salle de bains et la posèrent dans la baignoire pleine d'eau parfumée.

Elle n'ouvrit même pas les yeux.

L'eau était douce, les soins qui lui furent prodigués délicats, la serviette qui la sécha moelleuse, le matelas confortable sous son corps alangui, les draps frais.

Et les bras qui l'enlacèrent lui parurent merveilleux tandis qu'elle sombrait dans le sommeil…

— Debout ! Il est 10 heures passées.

Kayla enfouit son visage sous l'oreiller et protesta vigoureusement lorsqu'il lui fut retiré.

— 10 heures, répéta la voix masculine familière.

Elle roula sur le dos et battit des paupières.

Il semblait si reposé, si détendu et tellement viril…

— Petit déjeuner ! annonça Duardo. Ensuite, expédition shopping.

Elle leva une main et écarta une mèche de cheveux de son visage.

— Je n'ai besoin de rien.

— Œuvre de bienfaisance, ce soir, robe du soir.

— Oh non !

— Oh si ! Cette œuvre de bienfaisance est une cause

des plus honorables et je me dois d'être présent à cette soirée.

Il se pencha en avant et posa une main sur les draps.

— Spence t'attend.

Après un copieux petit déjeuner et deux tasses de café noir, Kayla se mit en route.

Ils rendirent visite à Jacob, dont le moral semblait bon. Il serra affectueusement sa sœur dans ses bras. C'était un tel soulagement de savoir que la douleur était à présent supportable et que l'orthopédiste était satisfait de ses progrès !

— Cela devient une habitude, remarqua Kayla lorsque Spence s'arrêta à Double Bay.

Au début de l'après-midi, Spence croulait sous les sacs des boutiques de luxe. Kayla était comblée par ses emplettes.

— Et maintenant, rentrons à la maison, déclara-t-elle.

— Pas encore.

Comme elle le regardait d'un air interrogateur, il montra la vitrine d'un joaillier.

— Duardo souhaite que vous choisissiez quelques parures parmi celles qu'il a sélectionnées.

Elle faillit refuser, mais elle comprenait ; en tant qu'épouse de Duardo, elle devait être à la hauteur de certaines attentes. C'était une affaire d'apparences.

Quelques minutes plus tard, elle était assise dans un salon privé et examinait de ravissantes parures de diamants. Après quelques hésitations et mûre réflexion, elle opta pour une paire de dormeuses, un fin collier et un bracelet assorti. Lorsqu'elle eut aussi choisi une montre, dont le cadran orné de saphirs et de diamants en faisait davantage une pièce d'orfèvrerie qu'un simple accessoire destiné à donner l'heure, le joaillier présenta un écrin de velours vert.

— M. Alvarez m'a demandé de vous remettre ceci.

Il fit jouer le fermoir avec la mine amusée d'une personne sur le point de faire une magnifique surprise.

Kayla regarda les saphirs... le magnifique pendentif, le bracelet, et elle sentit son cœur bondir.

— Où avez-vous eu cela ?

Était-ce sa voix ? Elle semblait incroyablement voilée.

— M. Alvarez les a acquis voilà quelques années, lors d'une vente aux enchères, me semble-t-il.

Du bout des doigts, avec révérence, il caressa les gemmes.

— Il me les a confiés récemment pour que j'en vérifie les griffes.

Ils avaient appartenu à sa mère. Un cadeau d'anniversaire, datant de l'époque où son père se trouvait au sommet de sa gloire.

Le joaillier perçut son désarroi.

— Vous ne les aimez pas ?

— Ils sont magnifiques.

Ces bijoux l'étaient, en effet. Ils faisaient partie des plus belles pièces de Blanche.

La question était : pourquoi Duardo les avait-il en sa possession ?

En silence, Kayla patienta tandis que le joaillier emballait les bijoux et remplissait les certificats d'authentification.

Il était presque 17 heures lorsqu'elle rentra. Elle se mit aussitôt à la recherche de Duardo, qu'elle trouva dans son bureau.

Il leva les yeux de son ordinateur portable, remarqua la détermination sur son visage, l'éclat de fureur dans ses prunelles... et attendit que les foudres se déchaînent.

— La journée a été bonne ?

La douceur de sa voix ne fit qu'exacerber la détermination de Kayla.

— Je veux te remercier.

Elle marqua une pause imperceptible.

— Les diamants, la montre…

Elle paraissait incroyablement polie, même à ses propres oreilles.

— De parfaits présents pour la parfaite épouse d'un milliardaire.

Il s'adossa à son fauteuil et la considéra avec aplomb.

— Éprouverais-tu une soudaine aversion pour les bijoux ?

L'éclat de ses yeux s'intensifia.

— Non.

— Alors, je ne vois pas où est le problème.

— Tu te moques que moi j'en voie un ?

— Pas du tout.

Elle aurait voulu le frapper. Néanmoins, elle tint bon et s'efforça de garder son calme, malgré la colère qui bouillait en elle.

— Tu as acheté les saphirs de ma mère.

Le regard de Duardo s'aiguisa.

— J'ai proposé une enchère et ils m'ont été adjugés.

— Pourquoi ?

Il se leva, fit le tour du bureau et s'y appuya.

— C'est donc le pourquoi qui importe ?

— Quoi d'autre ?

Ses yeux se posèrent sur un presse-papier posé sur son bureau et elle s'imagina le lui lançant à la tête.

— Tu mérites d'avoir quelque chose qui appartenait à ta mère.

Elle ne le croyait pas. Ce ne pouvait pas être vrai.

— Alors…

Elle luttait avec ses certitudes.

— À ce moment déjà... tu avais planifié notre remariage ?

Le regard de Duardo se durcit davantage.

— Je n'en ai jamais douté.

Elle leva le menton. Il fallait qu'elle pose la question.

— Et mon père ? As-tu orchestré sa chute ?

— Ton père ne peut accuser que lui-même.

D'un mouvement souple, il glissa une main dans ses cheveux et l'autre autour de sa taille pour l'attirer contre lui.

Avant qu'elle ne puisse prononcer un mot, la bouche de Duardo se referma sur la sienne. Il lui fit pencher la tête pour mieux s'en délecter jusqu'à ce qu'il perçoive sa capitulation et entende le faible gémissement de désespoir qui montait dans sa gorge.

Longtemps après, il releva la tête et plongea dans la profondeur de ses yeux, puis il s'attarda sur sa bouche gonflée légèrement entrouverte et résista à la tentation de la reprendre.

Kayla vacilla presque sous son regard scrutateur et lutta contre la tension qui s'accumulait en elle.

Elle se maîtrisa et afficha une politesse contrôlée.

— Veux-tu me dire à quelle heure nous devrons partir ?

Duardo regarda sa montre.

— D'ici à une heure.

— Je serai prête.

5

— Duardo, *chéri.*

Kayla regarda cette habituée des soirées mondaines plisser les lèvres dans un baiser qui claqua dans le vide, aussitôt suivi d'un gloussement.

— Et voici donc votre délicieuse épouse...

Elle se tourna vers Kayla.

— Je suis ravie de faire votre connaissance, ma chère.

Son sourire était un peu trop forcé.

— La photo dans le journal ne vous rendait pas justice.

Le restaurant, le photographe...

Le quotidien ne s'était pas privé de publier le cliché, assorti d'une légende élogieuse, dans l'édition du matin.

Ce soir, assurément, Kayla passait l'épreuve du feu, ce qui expliquait la tenue de grand couturier et les joyaux.

Elle avait choisi une robe de taffetas, au bustier ajusté et à la jupe au drapé élégant, dont la nuance — un somptueux bleu nuit — sublimait la texture crémeuse de sa peau. Ses talons aiguilles la grandissaient et sa chevelure blonde était savamment coiffée. Quant à sa parure de bijoux, elle apportait une touche finale parfaite.

— Je vous remercie.

— Duardo avait bien gardé le secret à votre sujet.

Réagis ! s'ordonna-t-elle. Elle afficha un sourire éclatant.

— Quel cachottier, n'est-ce pas ?

Duardo saisit sa main et la porta à ses lèvres.

— J'avais d'excellentes raisons de le faire.

De ses prunelles sombres et captivantes, infiniment séductrices, il captura les siennes.

Il était doué pour ça.

— Tu en fais un peu trop, dit calmement Kayla lorsqu'ils se furent éloignés.

— Vraiment ?

Il semblait amusé.

— Mais les gens ont certaines… attentes, tu ne crois pas ? ajouta-t-il.

— Eh bien, jouons à faire semblant.

— Serait-ce si difficile ?

— Je ferai de mon mieux, promit-elle avec une solennité feinte.

Avec son smoking griffé, sa chemise blanche, son nœud papillon noir, ses boutons de manchettes en or et sa montre élégante, Duardo était splendide.

Or, ce n'était pas la tenue vestimentaire qui attirait les regards, mais l'homme. Sous son apparente sophistication, il y avait quelque chose de mystérieux et d'indompté qui se devinait dans les profondeurs de son regard et avait une incroyable capacité à effrayer et fasciner.

Assurément, un aphrodisiaque puissant pour certaines femmes.

Comme pour Kayla, au début…

— Voilà ce qui s'appelle ménager une surprise !

La voix masculine se voulait moqueuse. Kayla se retourna pour voir qui avait parlé. Elle ne connaissait pas l'homme et, si elle devait se fier à sa première impression, il ne lui inspirait nullement confiance.

— Les félicitations sont de rigueur.

À l'entendre, il s'agissait davantage d'une critique que d'un compliment.

— Max, salua Duardo avec une politesse plutôt froide.

L'homme leva un sourcil dans une interrogation silencieuse.

— Tu ne me présentes pas, Duardo ?

Il y avait en cet inconnu quelque chose de désagréable que Kayla ne parvenait pas à identifier.

— Mon épouse, Kayla.

Il marqua une pause, à peine perceptible.

— Kayla, je te présente Maximillian Stein. Le mari de la célèbre actrice Marlena.

Max s'inclina.

— Marlena vous prie d'excuser son absence, elle ne se sentait pas très bien. Elle vous adresse toutes ses félicitations à l'occasion de votre très récent mariage.

Son sourire trahissait une amabilité toute feinte.

— Mlle Enright-Smythe épouse en secondes noces son premier mari. Comme c'est intéressant ! fit-il encore d'un air amusé.

Son regard inexpressif transperça Kayla alors qu'il tendait une main qu'elle serra par politesse. Elle détesta la façon dont ses doigts retinrent les siens avant qu'elle parvienne à s'en libérer.

— Mission de sauvetage ou revanche ?

Kayla décocha à Duardo un regard adorateur.

— Puis-je lui dire, mon amour, ou préfères-tu le faire ?

— Je t'en prie, *querida*, à toi l'honneur.

Elle se tourna vers Max.

— L'amour, révéla-t-elle d'une voix suave. Un amour profond et indéfectible.

Comme Max plissait les yeux, elle poursuivit sur le même ton.

— Peut-être ne savez-vous pas de quoi je parle ?

Il s'inclina légèrement dans une courbette d'opérette.

— Je suis très heureux pour vous.

— Vous m'en voyez enchantée.

Elle attendit qu'il se soit éloigné pour interroger Duardo.

— Tu ne l'apprécies pas, n'est-ce pas ?

L'expression de Duardo ne changea pas.

— J'ai de bonnes raisons de ne pas lui faire confiance.

— C'est un associé ?

— Une connaissance de mes jeunes années à New York.

— Je vois...

Sa bouche se tordit en une grimace désabusée.

— Permets-moi d'en douter.

— Vous étiez rivaux.

Il y avait plus que cela. Alors que Duardo avait depuis longtemps tiré un trait sur son passé et n'agissait plus que dans la légalité, Max poursuivait des activités illicites, sous le couvert soigneusement étudié de la respectabilité.

Si ce n'avait été pour le père de Marlena, Duardo aurait mis un terme à leurs relations depuis des années. Or, il avait une dette envers ce dernier, une dette qu'il avait promis d'honorer. Et il l'avait fait. Il avait veillé sur la carrière de Marlena en l'aidant à se faire le nom qu'elle avait aujourd'hui.

Duardo jeta à Kayla un regard où perçait l'humour, et elle lui offrit en retour un magnifique sourire avant de parcourir l'assemblée du regard.

Par le passé, elle avait assisté à d'innombrables soirées de ce genre, ses parents étant membres de nombreuses œuvres caritatives.

Autre temps, autre vie ! s'amusa-t-elle avec une ironie désabusée. La fortune familiale et sa position sociale semblaient alors tellement inébranlables...

Aujourd'hui, elle ne se faisait plus aucune illusion, ni sur la vie ni sur l'amour. Elle faisait son retour sur la scène sociale en tant qu'épouse de Duardo.

Allait-on lui mettre des bâtons dans les roues ?

Duardo Alvarez était un homme puissant que peu de

gens oseraient défier. Il devait cependant y en avoir qui pourraient ne pas avoir les mêmes scrupules envers son épouse, étant donné les aléas de son passé.

Duardo posa la main au creux de ses reins, la tirant de ses pensées.

— Les portes de la salle de réception viennent d'ouvrir. Allons-y.

La table à laquelle ils furent invités à s'asseoir se trouvait bien en vue, et Kayla sentit son cœur tressaillir en y découvrant l'une des doyennes de la bonne société déjà installée.

Marjorie Markham. Hôtesse par excellence et langue de vipère, la vieille dame était une commère dans l'âme, bien connue pour travestir la vérité.

Formidable !

Ils furent rejoints par Benito et Samara Torres. Après les avoir salués affectueusement, Samara s'assit à côté de Duardo.

Les six places restantes furent rapidement occupées par un juge et son épouse, une élue de la ville et son mari, ainsi que par une mère et sa fille.

Un mélange éclectique de personnalités, présage de conversations de convenance et de politesse de bon aloi, songea Kayla, avec une certaine ironie désabusée, tout en sachant que nuances bien senties et manipulations faisaient partie des joutes auxquelles se livraient les gens de ce milieu.

Des serveurs s'empressèrent de servir un cocktail de bienvenue. Aussitôt après, le président de l'œuvre de charité gagna le podium pour accueillir l'assemblée, présenter les réalisations passées et les objectifs futurs. Enfin, il souhaita une agréable soirée à tous.

Sans attendre, Samara leva son verre et porta un toast:

— Meilleurs vœux aux jeunes mariés !

Kayla faillit s'étrangler. Dire que la soirée ne faisait que commencer !

Fort à propos, le retour des serveurs suscita une diversion bienvenue, et l'attention de tous se porta sur le dîner.

Kayla avait intensément conscience de la proximité de Duardo, de la caresse fortuite de sa main, de son sourire chaleureux — simple question d'apparence — et de la façon similaire dont elle réagissait.

Juste un rôle, se dit-elle.

Pourtant, sous les apparences vibrait la perception exacerbée de la magie sensuelle qui existait entre eux. Chaque fois qu'elle le regardait, elle n'avait aucune difficulté à imaginer la sensation de sa bouche sur la sienne, sur son corps, l'éveil de ses zones érogènes les plus sensibles.

Oh ! bon sang ! Ce n'était que du sexe... ensorcelant, certes, mais du sexe sans plus.

Alors... profite du moment présent, pourquoi ne le ferais-tu pas ? Croire qu'il puisse y avoir davantage était pure folie. Quant à en vouloir plus, mieux valait ne pas y penser ! Elle n'osait pas, de peur de ne pouvoir supporter la vérité.

Au même instant, Duardo posa sur elle son regard insondable durant de longues secondes, puis un léger sourire se dessina sur ses lèvres... presque comme s'il venait de lire dans ses pensées.

Semblant confirmer son intuition, il lui caressa la joue du bout des doigts et la regarda fondre.

Ce n'est qu'un geste, essaya-t-elle de se convaincre. À son tour, elle joua son rôle en lui adressant un sourire sensuel éclatant, le défiant en silence d'un regard qui disait : *nous sommes deux à jouer ce petit jeu.*

Le dîner était ponctué d'intermèdes, notamment le sacro-saint défilé de mode, avec mannequins squelettiques paradant dans les créations, aux prix exorbitants, des plus grands noms du stylisme, et que convoitaient les *fashion victims* de la bonne société.

Le tandem mère-fille prit des notes sur leur programme, tout comme Samara.

— Cette robe-là est définitivement pour moi.

Benito Torres eut un sourire indulgent pour Samara, qui avait jeté son dévolu sur une splendide création de soie bleu saphir avec sa jupe aux multiples épaisseurs, tandis que la mère et la fille lançaient à Samara un regard plein de défi.

— Je l'ai déjà réservée pour mon épouse.

La déclaration tranquille de Duardo attira l'attention des quatre femmes.

— Vraiment ?

Samara fut la première à se ressaisir. Elle se tourna vers Kayla.

— Félicitations ! Vous avez un époux très généreux.

Là-dessus, elle décocha à son mari un regard qui en disait long.

— Comme c'est adorable de ta part, mon amour ! parvint à articuler Kayla tout en détestant cette situation qui semblait renforcer sa position d'épouse-trophée de Duardo.

— Tout le plaisir est pour moi.

Le sourire qu'il lui adressa ne laissa aucun doute quant à la forme que prendrait ce plaisir.

Il n'y avait pas meilleure façon de se faire des ennemies. Si le regard des trois femmes avait pu tuer, Kayla serait déjà morte.

Un comédien monta sur scène, puis un crooner chanta pendant le café.

Kayla dissimula à peine sa satisfaction lorsque Duardo lui proposa de s'en aller, bien que leur départ soit ralenti plus d'une fois par plusieurs connaissances désireuses de les féliciter.

— Tu ne dis rien ? demanda Duardo avec une moquerie non dissimulée alors que l'Aston Martin filait dans les rues.

Elle lui décocha un coup d'œil las.

— Je n'en peux plus de faire la conversation.

Ni de sourire. Sans parler d'un début de migraine.

Cette soirée, la première en public en tant qu'épouse de Duardo, était enfin terminée. Elle s'en était tirée dignement, mais ce n'était que la première d'une longue série, et du temps s'écoulerait avant que leur mariage cesse d'être l'objet de spéculations à peine voilées.

— Promets-moi que je ne me retrouverai pas encore au centre de l'arène avant un bon moment.

— C'était si difficile que ça ?

Pas vraiment ; elle en avait simplement perdu l'habitude.

Elle se sentit obligée d'ajouter :

— Les femmes se jettent sur toi comme des mouches sur un pot de miel.

— Cela t'ennuie ?

Excessivement, mais elle n'avait nullement l'intention de le lui dire.

— Est-ce que cela devrait ?

Il rentra la voiture dans le garage et coupa le contact.

— Je ne pourrais pas t'en vouloir.

— Serait-ce un compliment, Duardo ?

— Aurais-tu du mal à croire que je puisse t'en faire un ?

Elle l'affronta du regard.

— En effet.

Il la suivit dans la maison et la regarda gravir l'escalier.

Après avoir branché l'alarme, il éteignit les lumières et monta à son tour d'un pas nonchalant.

— Permets-moi de t'aider.

Kayla entendit la douceur de sa voix alors qu'elle s'acharnait à défaire la fermeture de son collier.

Les doigts de Duardo effleurèrent les siens et elle réagit comme si une flamme l'avait brûlée. Rester impassible lui coupa presque le souffle.

C'était insensé ! Elle avait été en sa compagnie au cours des dernières heures, alors pourquoi l'instant présent serait-il différent ?

Parce qu'ils étaient seuls, dans leur chambre à coucher… Parce qu'il était bien trop près pour qu'elle puisse se sentir à son aise et qu'elle ne se faisait aucune illusion quant à la façon dont la soirée se terminerait.

Pis encore : elle avait envie de tout ce qu'il pourrait lui donner. Le tumulte de ses émotions… cette passion. S'abandonner dans le nirvana de sensualité que lui seul pouvait lui procurer.

Croire, ne serait-ce qu'une fois, que ce qu'ils partageaient était réel, comme cela l'avait été autrefois.

Hélas ! revenir en arrière n'était jamais possible. Il n'y avait plus que maintenant.

Était-elle le jouet de son imagination, ou les doigts de Duardo s'attardaient-ils sur son cou ?

Elle entendit le cliquetis du bijou qu'il posa sur la table de nuit, puis il la saisit par les épaules et la fit se tourner pour qu'elle lui fît face.

Il s'était débarrassé de sa veste, avait dénoué son nœud papillon et défait les premiers boutons de sa chemise.

Sans crainte, Kayla affronta la dureté de son regard et retint à peine son souffle quand il commença à faire glisser la fermeture de sa robe.

— Je peux me déshabiller seule.

Sa voix semblait contrainte, et elle surprit la façon

dont les coins de la bouche de Duardo s'incurvèrent en un sourire.

— Et me priver de ce plaisir ?

La fermeture glissa et elle ne bougea pas quand la robe tomba à ses pieds dans un bruissement soyeux.

Seule sa longue et fine combinaison la préservait d'une nudité totale. Elle porta machinalement les mains à sa poitrine dans un geste plein de pudeur et parfaitement inutile. Duardo en connaissait le poids, la texture, les pointes sensibles, le goût et savait comment elle réagissait à son contact.

De la main, il suivit la courbe de sa taille et ressentit une satisfaction momentanée en percevant le léger frémissement de sa chair sous ses paumes.

— Pourquoi cette timidité ?

Une légère rougeur colora les joues de Kayla et ses yeux s'assombrirent jusqu'à devenir orageux.

Les doigts de Duardo caressèrent son nombril, avant de poursuivre leur exploration sur le bord de son bas.

L'appel qu'elle voulut lui adresser pour qu'il cesse resta bloqué dans sa gorge alors qu'il faisait rouler le collant avec dextérité.

Sans la quitter du regard, il défit les derniers boutons de sa chemise, la retira et la jeta sur le valet de nuit. Dans ce qui parut un mouvement au ralenti, il envoya valser ses chaussures, puis son pantalon.

— Je ne veux pas, dit-elle d'une voix tremblante.

Menteuse. Chaque terminaison nerveuse de son corps vibrait de besoin. Pis, les sensations tourbillonnaient en elle, se moquant bien des émotions qu'elle essayait si fort de nier.

— Non ?

Il semblait presque amusé ! Les yeux de Kayla lancèrent

des éclairs, alors qu'il prenait son visage entre ses mains et s'emparait de sa bouche.

De la langue, il suivit le contour ferme de ses lèvres et pencha légèrement la tête alors qu'elle reculait imperceptiblement dans un mouvement entêté qui lui fit mordiller sa lèvre inférieure du bout des dents.

La bouche de Kayla s'entrouvrit dans une protestation silencieuse et sa langue couvrit la sienne, l'entraînant dans une danse évocatrice.

Elle n'avait aucune chance.

Elle céda finalement avec un gémissement de désespoir alors qu'il posait les mains sous ses fesses et la soulevait, la forçant à nouer les jambes autour de sa taille.

Les sensations la transpercèrent comme autant de flèches acérées, irradiant en elle avec une intensité palpitante, alors qu'il remuait lentement contre elle, créant une friction inimaginable qui l'emporta aux confins de l'extase. Il la serra plus fort lorsque son plaisir la submergea.

— Tu triches.

La voix de Kayla n'était plus qu'un murmure voilé alors que Duardo embrassait la courbe hypersensible de sa nuque.

— Tu t'attendais à ce que j'agisse autrement ?

Il acheva de les dévêtir et elle laissa échapper un cri au contact de sa peau sur la sienne. Poussé par un besoin profond et palpitant, il la positionna pour entrer en elle.

Il commença à bouger, lentement tout d'abord, jusqu'à ce qu'elle adopte son rythme et que leur désir devienne primitif et sauvage.

Kayla se sentait dans un état presque second quand il l'emporta vers le lit et enivra ses sens jusqu'à ce qu'elle oublie où et qui elle était… Elle ne se souvenait plus que d'une chose : elle était sa femme.

La sienne exclusivement.

6

Encore une longue journée d'oisiveté..., songea Kayla en repliant le journal du matin.

Dire que, récemment encore, elle aurait tellement voulu disposer d'un peu de temps pour elle, cesser de courir d'un emploi à un autre, de manger sur le pouce ! Chaque nouvelle journée semblait alors commencer à peine la précédente était-elle achevée.

Gérer le quotidien de la maison ne faisait pas partie de ses attributions. En outre, Maria et Josef suivaient une routine parfaitement bien rodée qui ne nécessitait ni conseils ni changements.

Courir les magasins pour le plaisir ne la tentait guère. De toute manière, ses dernières journées shopping avaient amplement suffi à la combler en vêtements, chaussures et lingerie pour toutes les occasions.

Quant à remplir son agenda de mondanités, c'était une corvée dont elle se dispensait, même si les invitations se faisaient plus nombreuses chaque jour.

Elle en avait eu plus que son compte, par le passé. Sur les instances de son père, soucieux que le nom et le visage de sa fille figurent en bonne place dans les pages mondaines, elle avait été de toutes les festivités... jusqu'au jour où sa vie s'était transformée en descente aux enfers, quand ses prétendus amis avaient pris leurs distances et qu'elle avait cessé d'être invitée.

Aujourd'hui, la seule perspective d'occuper ses journées en rendez-vous chez la manucure, l'esthéticienne et le coiffeur à seule fin de paraître lui donnait le frisson.

La sonnerie insistante de son téléphone portable interrompit le cours de ses pensées et elle décrocha.

— Spence à l'appareil. Avez-vous besoin de mes services, ce matin ?

Sa décision fut prise en une seconde.

— Pourriez-vous me conduire en ville ? D'ici à environ quarante minutes ? acheva-t-elle en consultant sa montre.

— La voiture vous attendra devant la maison.

Il ne lui fallut pas longtemps pour se préparer. Elle enfila un tailleur sobre, avec jupe noire droite et veste à la coupe élégante. Talons aiguilles, quelques bijoux discrets, maquillage soigné et cheveux ramenés en chignon complétèrent sa tenue.

Elle remercia Spence en descendant de voiture.

— Je prendrai un taxi pour rentrer.

Il secoua la tête.

— Les consignes de Duardo sont très strictes. Appelez-moi quand vous aurez terminé, et je viendrai vous chercher.

N'était-ce pas ridicule que Spence soit ainsi à sa disposition ? Elle pouvait conduire, elle avait le permis. Elle aurait dû avoir sa propre voiture.

— Eh bien, disons... en fin d'après-midi, après que je serai allée voir Jacob à l'hôpital ?

— Vous n'avez pas oublié la cérémonie d'ouverture du Festival du film étranger, ce soir ?

Elle ferma les yeux brièvement.

Il s'agissait d'assister à la première d'un long métrage tourné à Madrid, à laquelle seraient présents des membres du consulat espagnol, quelques dignitaires et autres invités de marque triés sur le volet.

— Non, je n'ai pas oublié. Cinéma à 19 heures, cocktail, bavardages futiles et début de la projection à 20 heures.

Elle récapitula rapidement ce qu'elle avait prévu de faire. Déposer son CV auprès de quelques agences d'intérim, déjeuner, passer voir Jacob...

— 16 heures, devant l'entrée principale de l'hôpital, dit-elle. En cas de changement, je vous appelle.

— Soyez prudente.

Était-ce le fruit de son imagination ou ses paroles avaient-elles un sens caché ?

Oh ! bon sang, ressaisis-toi ! se morigéna-t-elle en silence alors que la Lexus disparaissait dans la circulation.

Elle se rendit dans plusieurs agences d'intérim où elle déposa son CV et eut des entretiens prometteurs.

Ensuite, elle déjeuna d'un en-cas léger dans un petit café et entra dans la chambre de Jacob avec un sentiment de profonde satisfaction.

— Salut, lança-t-elle affectueusement. Tu as l'air en grande forme !

D'un geste de la main, il montra sa chambre.

— Belle chambre, service impeccable, infirmières attentionnées, antalgiques à volonté...

Il lui fit une grimace taquine.

— Que demander de plus ?

— Je t'ai apporté quelques petites choses. Des livres, des magazines de sport, quelques vêtements...

— Est-ce que tu vas bien ?

— Qu'est-ce qui te ferait croire le contraire ?

L'expression de Jacob se rembrunit et ses yeux exprimèrent toute sa préoccupation.

— Duardo. Toi. Le mariage...

Il était tellement intuitif !

— Tout se passe bien.

Elle s'obligea à sourire.

Jacob s'empara de sa main et noua ses doigts aux siens.

— Je ne te remercierai jamais assez.

Ne rien laisser paraître. Jamais elle ne lui laisserait voir qu'elle était prisonnière d'un mariage vide qui durerait… elle ignorait combien de temps.

— Pour t'avoir un peu sauvé la peau ?

Du doigt, elle montra sa jambe et les hématomes sur son visage.

— Tu n'as pas vraiment eu le rôle le plus facile.

— Toi non plus.

— Hé ! nous formons une équipe.

— Frère et sœur pour toujours ?

— À jamais.

Ils discutèrent à bâtons rompus jusqu'à ce que s'achèvent les heures de visite. Elle jeta un coup d'œil à sa montre.

— Spence vient me chercher.

Elle se pencha et effleura son front du bout des lèvres.

— Ne t'avise pas d'aller courir un marathon !

— En voilà une idée !

Il était presque 17 heures quand elle rentra. Elle s'empressa de monter dans sa chambre pour se préparer et s'arrêta en voyant une grande boîte posée sur le lit.

La robe de soie bleu saphir du gala de charité était soigneusement pliée entre de multiples épaisseurs de papier de soie. Ainsi, Duardo ne plaisantait-il pas. La robe était splendide, de la même nuance exceptionnelle que les saphirs de sa mère.

La ressemblance la frappa, alors qu'elle l'emportait dans son dressing. Était-ce la raison du choix de Duardo ?

Lorsqu'elle revint dans la chambre, Duardo s'y trouvait, occupé à défaire les boutons de sa chemise.

Le voir la déstabilisa. Tout en lui la perturbait : sa peau

mate, sa superbe musculature, le pouvoir qui émanait de sa seule présence...

Très vite, elle se ressaisit.

— Salut ! La robe a été livrée pendant que j'étais sortie. Elle est magnifique. Merci.

Il pencha la tête, et ses yeux sombres s'attardèrent un peu trop longuement sur elle.

— Comment s'est passée ta journée ?

Son interrogation était-elle aussi innocente qu'elle le semblait ou sa méfiance était-elle exacerbée ?

— Très bien.

Spence le tenait-il informé du moindre de ses mouvements ?

— Je suis allée en ville, j'y ai déjeuné et j'ai rendu visite à Jacob.

Ce qui était parfaitement vrai, à quelques omissions près.

— Maria nous servira à dîner dans une quinzaine de minutes.

Kayla passa un fourreau de soie rouge au décolleté profond et aux fines bretelles, un boléro coordonné, des talons aiguilles, quelques bijoux.

Maria avait préparé une paella à laquelle Kayla toucha à peine, préférant une salade. Elle refusa le vin pour de l'eau.

— Tu n'as pas faim ?

Elle reposa ses couverts et affronta le regard de Duardo avec aplomb.

— Si tu veux bien m'excuser, je vais finir de me préparer.

Elle avait presque terminé quand il revint dans la chambre. Elle se tourna pour lui faire face.

L'angoisse qui lui nouait l'estomac monta encore d'un cran et elle se força à se ressaisir.

Trois années s'étaient écoulées et, malgré cela, elle

était toujours aussi sensible à sa présence que la première fois qu'elle l'avait vu.

Il avait le pouvoir de la posséder... corps et âme. S'efforcer en permanence de conserver un semblant de raison était une bataille perdue d'avance.

C'était fou ! L'amour n'avait rien à voir dans la situation actuelle. Pourtant, elle était irrésistiblement attirée par lui, comme un papillon par la lumière.

Allait-elle survivre ou bien se brûlerait-elle les ailes ?

Tu survivras, lui souffla une petite voix dans sa tête. C'était la seule issue possible.

— Tu es prête ?

Sa voix était sereine, son sourire, confiant. L'étincelle qu'elle surprit dans le regard de Duardo lorsqu'il la prit par le bras était indéfinissable.

Une foule d'invités se pressait dans le hall du théâtre lorsqu'ils y entrèrent et Kayla sentit la chaleur familière du bras de Duardo autour de sa taille.

Geste possessif, protecteur ou *démonstratif* ?

Aucune importance, essaya-t-elle de se convaincre en affichant une expression de circonstance. Elle lui adressa un sourire radieux.

— La soirée promet d'être intéressante, mon amour.

Duardo lui sourit en retour.

— En effet.

— Pleine de défis, ajouta-t-elle paisiblement, dans la mesure où ma maîtrise de l'espagnol est assez limitée.

Les doigts de Duardo glissèrent sur sa hanche.

— Je suis sûr que tu n'as pas oublié les mots les plus importants...

Infiniment sensuelle, sa voix réveilla des sensations familières et fiévreuses qui la bouleversèrent.

Maudit soit-il ! Il jouait avec elle, ravivant des souvenirs qu'elle essayait d'oublier de toutes ses forces.

— ... ceux qu'on murmure dans l'ardeur du moment.

Il voulait la déstabiliser... et il y réussit presque.

— Prends garde, lui glissa-t-il doucement. À la fin de la soirée, il faut que je te ramène à la maison.

Elle jouait avec le feu et le savait, ce qui n'empêcha pas son sourire de se faire plus tentateur encore.

— Serait-ce une menace ou une promesse ?

— À toi de choisir.

— Duardo, Kayla ! lança une voix féminine derrière eux. Comme c'est merveilleux de vous voir !

Tous deux se retournèrent et découvrirent l'une des figures les plus importantes de la bonne société. Âgée d'une trentaine d'années, Ashley Baines-Simmons était l'épouse d'un homme de vingt ans son aîné. Une histoire d'amour unique sans rapport avec leur âge.

Cinq ans plus tôt, leur mariage avait causé un tumulte avec les habituelles insinuations et médisances. Ashley avait gardé la tête haute et affronté le qu'en-dira-t-on avec sang-froid.

Une différence majeure opposait toutefois Ashley et Kayla.

Ashley pouvait compter sur l'amour et le soutien inconditionnels de son époux. Kayla, pour sa part, ne se faisait aucune illusion quant aux motivations de Duardo.

— Vous n'imaginez pas à quel point je suis heureuse de vous voir ensemble de nouveau !

Ashley effleura la joue de Kayla du bout des lèvres.

— Votre bonheur n'a d'égal que le nôtre.

La réponse de Duardo débordait de complaisance, et Kayla applaudit en silence ses talents d'acteur.

— Il faut absolument que nous nous voyions, déclara Ashley. Je vous appellerai.

Des serveurs circulaient à travers la foule, proposant amuse-bouches et champagne. Kayla accepta une flûte et but une gorgée, appréciant le goût légèrement âpre et les petites bulles qui pétillèrent dans sa gorge.

Puis l'attention de Duardo fut accaparée par un membre de l'ambassade espagnole qui les présenta personnellement à l'ambassadeur.

Formalités et politesses furent échangées avant d'être interrompues par la sonnerie priant chacun de rejoindre l'auditorium.

Le soulagement que Kayla ressentit à être enfin soustraite à la foule et aux regards fut immense.

Les lumières s'éteignirent et Duardo s'empara de sa main.

La musique s'éleva, les rideaux s'ouvrirent et l'écran se remplit d'images en Technicolor.

Emotion, humour et aventure. Amour perdu, peur et malentendus. Dénouement heureux plein de promesses… tous les ingrédients d'un bon scénario étaient réunis.

Un café était proposé dans le hall après la projection.

— Ne nous attardons pas, suggéra Duardo à Kayla. J'ai un vol tôt demain matin.

Une fine bruine constellait le pare-brise de gouttelettes. Peu encline à engager la conversation, Kayla s'appuya contre le repose-tête et regarda les mouvements silencieux des essuie-glaces.

Duardo avait parlé d'un vol tôt le lendemain matin. Où allait-il ? Resterait-il absent longtemps ?

Quelle importance ?

Elle essaya de se convaincre qu'elle s'en moquait…

Il était près de 23 heures quand ils arrivèrent à la maison, et Kayla monta directement dans sa chambre. Duardo la suivit de près.

Inexplicablement, elle s'était attendue à ce qu'il vérifie

sa boîte mail, le cours de la Bourse, ou toutes les autres choses qu'il faisait habituellement avant de monter se coucher.

Elle se déchaussa, retira ses bijoux et gagna sa salle de bains pour se déshabiller et se démaquiller.

Lorsqu'elle eut terminé, elle enfila un peignoir et retourna dans la chambre. Duardo l'attendait.

— N'as-tu pas quelque chose à me dire ?

Elle écarquilla les yeux lorsqu'il s'avança et s'arrêta devant elle. Un mauvais pressentiment l'envahit.

— Non, je ne vois pas.

Il saisit son menton entre le pouce et l'index et la força à lever la tête pour qu'elle le regarde droit dans les yeux.

— Permets-moi de te rafraîchir la mémoire. Tu as eu deux entretiens avec des agences d'intérim, aujourd'hui.

La consternation s'abattit sur Kayla et ce ne fut qu'au prix d'un gros effort qu'elle put contrôler l'expression de son visage.

— Et tu es au courant parce que…

— Notre mariage a fait la une de la presse, lui rappela-t-il avec ironie. Combien de temps espérais-tu passer incognito sous le nom de Kayla Smythe ?

— Assez pour décrocher un emploi à la mesure de mes compétences.

— Il est inutile que tu aies un emploi.

— Tu ne comprends pas ?

Les yeux de Kayla se mirent à lancer des étincelles.

— Je *veux* travailler.

Elle prit une profonde inspiration.

— Je veux faire de chaque jour quelque chose de constructif. Bon sang ! Je ne te demande pas ton approbation.

— Tant mieux, parce que je ne te la donne pas.

Elle serra les poings et se retint de justesse de le frapper.

— Menacerais-tu de donner des consignes à toutes les agences d'intérim de la ville ?

Il en avait le pouvoir et pourrait en user facilement.

— Ne me fais pas dire ce que je n'ai pas dit.

— Tu aurais dû épouser une femme soumise qui se serait satisfaite d'un rôle de potiche ! s'exclama-t-elle avec une véhémence inhabituelle.

— À la place, j'ai épousé une ravissante furie.

Exaspérée par l'intonation amusée de sa voix, elle voulut le gifler. Avant qu'elle n'ait pu achever son geste, il avait saisi son poignet.

— Maudit sois-tu !

Son visage resta impassible, à l'exception de la lueur dans ses yeux. Ils recelaient quelque chose dans leurs profondeurs qui déclencha une série de frissons le long de sa colonne vertébrale.

Elle n'avait aucune idée du temps qui s'écoula. Quelques secondes ? Plusieurs minutes ? C'était comme si le temps s'était arrêté. La tension entre eux devint presque palpable.

Il y avait tellement plus de choses en jeu que l'instant présent ! Elle détestait l'idée d'être en sa possession ; elle détestait ce pouvoir qui pesait si lourdement sur elle et, par-dessus tout, elle se détestait pour le besoin contraignant qu'il éveillait en elle...

Ce n'était pas juste. Rien de tout cela n'était juste.

Très attentivement, Duardo observa le chassé-croisé des émotions qui bouleversaient ses traits.

Il pouvait l'attirer vers lui, la faire sienne d'une façon qui chasserait toute pensée, à l'exception de la joie primitive d'une étreinte charnelle pleine de promesses.

Il le ferait... bientôt.

— Est-ce si important pour toi de travailler ?

— Naturellement.

— Et si je t'offrais un poste dans l'une de mes...

Elle n'attendit même pas qu'il ait terminé.

— Je refuserais.

Kayla haussa légèrement les épaules et affronta le regard interrogateur de Duardo.

— J'ai commis la grave erreur d'accepter un emploi de façade, généreusement rémunéré, que m'avait proposé mon père et il a été question de népotisme. J'ai eu plus que mon compte de sous-entendus murmurés dans mon dos de la part de ses associés et de ses employés.

Duardo reconnut le défi, le besoin de réussir et, en silence, il applaudit. Aucune autre femme de sa connaissance, dans des circonstances similaires, n'aurait choisi le chemin le plus difficile.

— Que dirais-tu d'avoir ta propre entreprise ?

Elle scruta son visage à la recherche d'une trace de cynisme et n'en décela aucune.

— Tu n'y penses pas !

C'était à peine si elle osait respirer.

Sa propre entreprise… Quelque chose qu'elle créerait avec tout son cœur et toute son âme et développerait avec passion.

L'idée l'avait effleurée un temps pour être rapidement rejetée car irréalisable, étant donné l'absence de fonds personnels et ses dettes incommensurables.

Soudain, elle n'eut plus à l'esprit que l'entreprise de ses rêves : une boutique d'articles haut de gamme pour salle de bains. Serviettes, essuie-mains, draps de bain avec broderies, bordures de dentelles dans les meilleurs cotons égyptiens. Savons luxueux, huiles de bain, bougies. Flacons et pots en cristal taillé. Des produits pour des femmes élégantes et amoureuses de belles choses.

Avec une certaine émotion, Duardo regarda se métamorphoser le visage de Kayla. Savait-elle à quel point il la trouvait facile à lire avec la qualité lumineuse de son regard, sa bouche légèrement entrouverte ?

Jamais elle ne pourrait financer pareille entreprise, réalisa Kayla.

Un rire naquit et mourut dans sa gorge. À quoi songeait-elle ?

Elle haussa les épaules.

— C'est utopique.

Il passa le pouce sur la lèvre inférieure de Kayla et la sentit trembler.

— Pourquoi ?

Kayla le regarda.

— Pour une raison : l'argent.

— Je ne suis pas contre l'éventualité de m'associer à une entreprise viable.

Elle n'osait pas espérer et, pourtant, il lui était impossible de ne pas sentir l'excitation vibrer en elle.

Après tout, qu'avait-elle à perdre ?

Elle se mit à parler. Lentement tout d'abord, puis à toute vitesse, elle décrivit son projet, l'atmosphère, l'endroit où elle voudrait s'installer.

— Mets tout sur papier, demande des devis, trouve des fournisseurs et présente-moi un projet.

Comme ça ? Les mots lui manquèrent presque.

— Tu plaisantes, n'est-ce pas ?

— Tu auras besoin d'un bureau. Je vais demander à Spence d'aménager une pièce avec tout l'équipement nécessaire.

Kayla voulait que cette affaire soit la sienne. Quelque chose pour quoi elle lutterait et qu'elle bâtirait seule.

— Il y a une chose...

Elle le sonda du regard.

— Si mon projet se concrétise, alors j'exige que tu

investisses ton argent sous forme d'un prêt officiel dont je serai responsable.

— C'est d'accord.

— Merci.

— Est-ce tout ?

— Pour l'instant.

— Parfait.

Il glissa un bras autour de sa taille pour l'attirer contre lui et l'embrassa. Kayla se laissa faire, savourant son contact.

Là, ainsi, elle pouvait se perdre en lui et faire comme si, un moment du moins, ce qu'ils partageaient était *sincère*. Plus qu'une simple étreinte agréable : la magie sensuelle de deux personnes à l'unisson, à tous les niveaux.

Comme lorsqu'ils avaient fait l'amour pour la première fois. Avant qu'une loyauté familiale mal placée ne précipite sa vie vers un gouffre sans fond.

D'où elle venait d'être sauvée... mais à quel prix !

La question n'était pas de savoir si le prix était trop élevé, mais si elle survivrait en conservant intactes sa fierté et son intégrité.

Cet instant avait une saveur douce-amère.

Plus tard, alors qu'elle était blottie dans les bras de Duardo, perdue dans l'extase qui suit l'acte charnel, Kayla se dit qu'elle s'en moquait.

La réalité aurait bien le temps de revenir, avec son cortège de doutes et de ressentiments.

Pour l'heure, au moment de sombrer dans le sommeil, cela lui semblait sans importance.

7

Lorsque Kayla se réveilla, Duardo n'était plus à son côté. Il devait être déjà à l'aéroport, prêt à embarquer pour Melbourne où il enchaînerait les réunions toute la journée.

Elle prenait son petit déjeuner sur la terrasse et venait de se verser une seconde tasse de café lorsque Spence la rejoignit, un dossier à la main.

— Duardo m'a demandé de vous remettre ceci.

Le dossier contenait plusieurs listes exhaustives de décorateurs et autres corps de métiers, d'immeubles et de propriétés diverses du consortium Alvarez, ainsi que de boutiques disponibles à la location, dans les quartiers les plus huppés de la ville.

Kayla invita Spence à s'asseoir et à prendre un café tandis qu'elle parcourait les feuillets, avec une incrédulité non dissimulée.

— Nous n'avons évoqué cette idée qu'hier soir !

— Vous semblez surprise.

Elle lui adressa un sourire déconcerté.

— Je ne m'attendais pas à une mise en œuvre aussi rapide.

— La réputation de décisionnaire de Duardo est légendaire, affirma Spence avec satisfaction.

À qui le dites-vous ! ironisa Kayla en elle-même.

Il but une gorgée de café.

— Ce matin, nous ferons le tour des emplacements

possibles, puis nous discuterons de vos projets avec un architecte et un décorateur d'intérieur afin d'avoir une vue générale de vos attentes.

— Ce matin ?

— Bien sûr. Nous partirons dès que vous serez prête.

— Inutile d'opter pour le centre-ville, déclara Kayla alors que Spence s'engageait dans New South Head Road. Je ne pourrai jamais concurrencer les grandes enseignes.

— Entendu. Dans ce cas, allons à Double Bay.

Elle n'aurait pu rêver meilleure adresse que Double Bay. *Si seulement il pouvait s'agir de l'un des nombreux vieux cottages récemment convertis en boutiques !* espéra-t-elle en silence. Blottis les uns contre les autres, ils s'alignaient de part et d'autre d'une rue fréquentée par la haute société, au cœur de l'un des quartiers les plus huppés de la ville.

— Vous vous moquez de moi ! s'exclama-t-elle avec un petit rire lorsque Spence s'engagea justement dans cette rue et lui montra l'un des cottages. Dire que je m'imaginais une petite boutique... C'est absolument parfait... irréel !

— Le bail est arrivé à échéance. La propriété fait partie d'un héritage, et les bénéficiaires ont décidé de la vendre.

Pour une somme astronomique, assurément, étant donné l'emplacement.

Spence gara la voiture.

— Allons jeter un coup d'œil, voulez-vous ?

Il tendit une carte à l'agent immobilier qui les accueillit et leur fit visiter les lieux.

Parquets de chêne, riches tapis, décorations raffinées, exposées avec goût. Les deux pièces adjacentes pouvaient facilement être réunies pour former un vaste espace.

Une cuisine équipée ainsi qu'une salle de bains rétro complétaient l'ensemble.

C'était parfait. S'efforçant de contenir son ravissement, Kayla opta pour une attitude réfléchie.

Il s'agissait d'une entreprise d'envergure, nécessitant une somme d'argent considérable.

L'argent de Duardo.

Et si son projet était une utopie ? Et si une boutique d'accessoires pour salle de bains ne correspondait tout simplement pas aux besoins du marché ?

Diriger une entreprise exigeait du sang-froid ; la clientèle pouvait se montrer particulièrement exigeante.

Lorsqu'ils quittèrent enfin le cottage, Spence lui décocha un regard scrutateur.

— Qu'en pensez-vous ?

Pouvait-elle s'expliquer ? se confier à lui ?

Il sortit son téléphone portable.

— Voulez-vous voir un autre emplacement ? Ou désirez-vous consulter le décorateur tout de suite ?

Elle hésitait encore.

— Il faudrait prendre des mesures, étudier les plans…

— J'ai tout ce qu'il faut. Pour l'instant, il vous suffit d'exposer vos idées, de dire ce que vous aimeriez comme résultat. Le décorateur travaillera à partir de là et vous adressera des croquis pour que vous les examiniez, les modifiez et fassiez votre choix définitif.

Elle dut faire un effort pour dissimuler sa stupéfaction.

— C'est tout ?

— C'est tout, confirma Spence avec une expression amusée. Il a déjà collaboré avec Duardo sur bon nombre de projets.

La journée ne ressembla à aucune autre. La rapidité avec laquelle les décisions furent prises et mises en œuvre donna presque le tournis à Kayla.

— L'actuel occupant aura déménagé d'ici à la fin de la semaine, lui dit encore Spence sur le chemin du retour, en fin d'après-midi. Si vous désirez modifier l'aménagement intérieur, il faudra demander un permis de construire. Dès son approbation, les entrepreneurs pourront commencer.

Le téléphone portable de Spence se mit à sonner. Il répondit, écouta, prononça quelques mots et raccrocha.

— C'était Duardo. Ses rendez-vous se prolongent. Il ne rentrera que demain.

La perspective de passer une nuit sans la présence troublante de Duardo la soulagea. En outre, elle souhaitait revoir les documents, dessiner ses propres croquis, définir la disposition intérieure, les fournisseurs… Elle savait précisément ce qu'elle voulait et était impatiente de se mettre au travail.

Des changements avaient été apportés dans la maison, découvrit-elle en rentrant. La pièce jouxtant le bureau de Duardo avait été aménagée pour ses besoins : vaste table de travail, étagères, ordinateur dernier cri, imprimante et téléphone… Il ne manquait rien.

Spence posa le dossier sur le bureau.

— Vous êtes ici chez vous. Un accès wi-fi vous permettra de vous connecter à Internet où que vous soyez dans la maison.

C'était presque trop.

— Je vous remercie pour tout ce que vous avez fait pour moi aujourd'hui, répondit Kayla.

Elle savait qu'il ne faisait qu'obéir aux ordres de Duardo. Néanmoins, ils avaient accompli en une seule journée plus qu'elle n'aurait jamais cru possible.

Il s'en alla et Kayla arpenta la pièce, caressa du bout

des doigts le bureau, l'ordinateur, puis elle prit place dans le fauteuil.

Si cette journée était révélatrice du modus operandi de Duardo, comment s'étonner qu'il ait atteint le statut de milliardaire ?

Pourquoi était-elle si surprise ?

N'était-il pas passé à l'action à son égard avec la même promptitude ? Ne l'avait-il pas, voilà bien longtemps, enlevée pour l'épouser à Hawaii ?

Et aujourd'hui ?

Un sentiment de vide emplit son cœur et son esprit.

Était-il resté dans l'ombre, attendant patiemment que tombe l'épée de Damoclès suspendue au-dessus de sa tête, ne lui laissant d'autre solution que de se tourner vers lui ?

Leur second mariage était-il un acte de vengeance ?

Elle en avait été tellement certaine, pour ne pas dire convaincue, dès le début…

— Le dîner sera servi dans quinze minutes, vint l'informer Maria, interrompant le cours de ses pensées.

— Merci, Maria. J'arrive.

Sitôt son dîner terminé, elle regagna son bureau et se mit au travail avec diligence. Elle savait exactement ce qu'elle voulait : des produits de qualité. Savons, huiles exotiques, emballages luxueux…

Tard dans la soirée, son téléphone sonna et elle décrocha machinalement. La voix de Duardo lui parvint.

— Tu es occupée ?

— Disons plutôt débordée.

L'éclat de rire bas de Duardo lui mit les nerfs en pelote.

— Ta journée s'est-elle bien passée ?

— Au-delà de toutes mes espérances.

Elle hésita une seconde avant d'ajouter :

— Je ne sais pas comment te remercier.

— Tu trouveras bien un moyen, à mon retour.

Aussitôt, une image érotique surgit à son esprit. Une image qu'elle ne parvint pas à chasser.

Elle entendit de nouveau son rire bas.

— Bonne nuit, *querida*, fais de beaux rêves.

Il avait raccroché avant qu'elle ait pu répondre.

Il était tard lorsque Kayla décida d'arrêter son ordinateur.

Son esprit fonctionnait à cent à l'heure et elle eut du mal à trouver le sommeil. Quand, enfin, la fatigue l'emporta, elle fut submergée de rêves… de souvenirs douloureux de l'époque où elle travaillait sans relâche et n'avait pas assez d'argent pour payer les factures.

Elle se réveilla aux aurores et chercha pendant quelques secondes où elle se trouvait. Les images de la nuit étaient encore si vivaces dans son esprit qu'elle se crut presque de retour dans le minuscule appartement qu'elle avait partagé avec Jacob.

Les doigts tremblants, elle alluma la lampe de chevet. et parcourut la pièce du regard avec soulagement. La chambre de Duardo… et son grand lit, si vide en son absence.

Elle regarda l'heure. Le jour ne tarderait pas à se lever et elle sut qu'elle ne se rendormirait pas.

Si Duardo avait été là, il l'aurait attirée contre lui et l'entraînerait dans une étreinte lascive.

Songeant à leur intimité passée, elle laissa échapper un soupir langoureux, roula sur elle-même et frappa l'oreiller du poing avec un grognement de frustration.

Autant se lever, descendre, faire du café, s'installer dans son bureau et se remettre à la tâche.

Toute la matinée, elle travailla d'arrache-pied, ne s'arrêtant même pas pour déjeuner. Maria lui apporta un plateau.

À la fin de l'après-midi, sa liste de fournisseurs était prête. Le luxe était onéreux, mais les articles qu'elle avait sélectionnés surpassaient tout ce que proposaient les grandes enseignes ou les boutiques spécialisées.

Le décorateur avait faxé les esquisses préliminaires. Elle fit des copies pour les modifier, dessinant une baignoire rétro dans un coin de la pièce et une baignoire sabot dans l'autre ; des serviettes, soigneusement pliées et empilées, celles du dessus artistiquement disposées pour permettre aux clientes de tâter la superbe texture ; du linge formant un feu d'artifice de coloris.

Sur des étagères, elle aligna des pots en cristal taillé, de toutes formes et toutes tailles. Ils contiendraient des sels de bain exotiques, des huiles et des senteurs.

Elle voyait, percevait presque déjà l'atmosphère et le délice des parfums subtils.

Brosses, éponges, gants de crin... Pots d'apothicaire emplis de boules de coton multicolores, magnifiques bonnets de bain... Bougies à la cire délicatement parfumée...

Un audacieux mélange de moderne et d'ancien.

Lorsqu'elle prit la boîte de crayons et ajouta couleurs, ombres et dégradés, regardant les croquis prendre vie sous ses yeux, elle se sentit l'âme d'une enfant.

L'heure du dîner vint interrompre son labeur. Avec sagesse cependant, elle se plia à la demande de Maria de se restaurer et la complimenta pour le repas qu'elle lui avait préparé.

Puis elle emporta son café dans son bureau et travailla sur les charges et les bénéfices. Elle avait besoin de chiffrer le coût du bail, les frais divers, et d'envisager la possibilité d'engager une employée.

Il lui fallait encore créer des graphiques, faire des projections, évaluer les profits et les pertes, les impôts...

Ce fut là que Duardo la trouva, les doigts volant sur

le clavier de l'ordinateur, devant le bureau encombré de documents.

Elle était tellement absorbée dans son travail qu'elle ne l'entendit pas arriver. Debout, sur le pas de la porte, il observa le plissement de son front, la façon dont elle se mordait la lèvre, signes de son intense concentration.

Elle avait dû souvent passer les mains dans ses cheveux car son chignon menaçait de s'écrouler.

Il savait déjà qu'elle était restée cloîtrée dans cette pièce depuis le matin, n'en sortant que le temps de dîner.

C'était assez, décida-t-il à l'instant même où elle levait les yeux et s'apercevait de sa présence. Le sourire étonné, la voix voilée, elle s'exclama :

— Tu es rentré !

Il s'approcha d'elle, parcourut l'écran des yeux et posa les mains sur ses épaules.

— Fais une sauvegarde et arrête pour la nuit.

— J'ai bientôt terminé.

— Ça attendra.

— Deux minutes.

— Une, décréta-t-il.

Il regarda ses doigts filer à toute allure sur le clavier puis elle ferma les programmes, éteignit l'écran… et poussa un soupir de contentement, alors que Duardo commençait à lui masser les épaules et le cou.

Elle ferma les yeux et pencha la tête d'un côté puis de l'autre pour profiter pleinement de ses attentions.

C'était si agréable… Elle l'en remercia.

Il méritait plus. D'un geste, elle désigna la pièce.

— Merci pour tout ceci, dit-elle simplement. Et la boutique de Double Bay est parfaite. Tout arrive si vite…

Elle s'interrompit lorsqu'il la souleva dans ses bras.

— Que fais-tu ?

— Je t'emmène te coucher.

Elle noua les mains autour de son cou.

— J'ai travaillé bien plus longtemps que cela, ces dernières années, protesta-t-elle.

— Je n'ai aucun doute quant à ta détermination ou ta force de caractère.

— Lâche-moi !

— Bientôt.

Il entra dans la chambre, ferma la porte, posa Kayla en la faisant glisser contre lui, puis prit son visage entre ses mains et l'embrassa… avec passion.

Trop épuisée pour penser ou hésiter, elle laissa son instinct prendre le dessus, se fondit contre lui et l'embrassa en retour, exultant à son contact, à ses caresses. L'odeur de son eau de Cologne l'ensorcela.

C'était si bon, si agréable.

Soudain, elle en voulut plus, beaucoup plus. Elle agrippa les boutons de sa chemise, les arracha presque et savoura le contact de sa peau, à peine consciente qu'il s'affairait à la débarrasser de son corsage.

Son soutien-gorge subit le même sort, et un gémissement d'abandon monta de sa gorge, alors qu'il s'emparait de ses seins et commençait à en titiller les pointes.

Une multitude de sensations assaillit son corps jusqu'à un point de non-retour et elle cria lorsque sa bouche s'attarda sur la courbe sensible de sa gorge.

Les mains de Duardo s'affairèrent alors sur la fermeture de son jean qu'il fit glisser sur ses hanches. À son tour, Kayla s'attaqua à la ceinture de Duardo.

Leurs vêtements s'éparpillèrent rapidement autour d'eux et la bouche de Duardo s'empara de celle de Kayla dans un baiser qui la déstabilisa complètement.

— Viens prendre une douche avec moi.

Ce n'était pas une invitation, mais plutôt une exigence,

et elle ne songea pas un instant à refuser alors qu'il l'emportait vers la grande cabine vitrée.

Sous le jet de la douche et couverts de savon, ils prirent plaisir à se découvrir, à se provoquer mutuellement jusqu'à ce que cela ne leur suffise plus.

D'un mouvement souple, Duardo prit Kayla dans ses bras. Elle noua les jambes autour de ses reins et s'abandonna contre lui, aimant ces sensations érotiques nouvelles, alors qu'elle se l'appropriait complètement. Ensemble, ils adoptèrent la même cadence… des mouvements lents et longs qui la rendirent presque folle, jusqu'à ce qu'elle reprenne l'initiative et le propulse au-delà de toute limite.

Elle exulta en sentant le pouvoir qu'elle avait sur lui, alors que Duardo perdait tout contrôle.

De longues minutes s'écoulèrent encore avant qu'ils n'arrêtent l'eau, se sèchent et se glissent enfin entre les draps.

Duardo se blottit contre Kayla et fit pleuvoir une succession de baisers sur sa gorge. Il savoura la douce courbe de sa poitrine et taquina du bout des dents chaque mamelon tendu avant de s'approcher de sa taille pour caresser son ventre et y déposer le plus intime des baisers. Sa langue, le mordillement délicat de ses dents devinrent insupportables.

Kayla attendit l'instant où son plaisir la submergea totalement. L'émotion était si forte qu'elle se mit à pleurer de façon incontrôlable.

Duardo la retint contre lui, ses lèvres effleurant sa joue, ses mains caressant son dos. Il murmura des mots qu'elle ne comprit pas et l'embrassa si délicatement qu'elle se mit à pleurer de plus belle.

C'était magique, merveilleux, sensuel. Cela défiait toute description.

Autrefois, elle avait appelé cela de l'amour, certaine que sa faim primitive pour cet homme et ce qu'il lui faisait éprouver ne pouvait être que cette émotion si convoitée.

Comme elle avait été crédule !

8

Une invitation à un dîner en toute intimité... Sa première en tant qu'épouse de Duardo.

Pour cette occasion, Kayla avait choisi une petite robe noire dont la coupe soulignait les courbes gracieuses de son corps. L'encolure évasée mettait en valeur sa peau satinée, et la parure de diamants que Duardo lui avait offerte parachevait sa mise.

Un peigne doré retenait ses cheveux, enroulés en une torsade lâche. Un maquillage léger rehaussait le tracé en amande de ses yeux et le modelé de ses lèvres.

Elle enfila le spencer ajusté qui complétait sa tenue et jeta à son reflet dans le miroir un rapide coup d'œil appréciateur avant de prendre son sac de soirée et de rejoindre Duardo.

Il était splendide, comme d'habitude. Sa tenue — smoking, chemise de coton empesée, cravate de soie — était parfaite. Sa montre en or brillait à son poignet. Rasé de frais, il était magnifique... et il était à elle.

Kayla portait son nom, dormait à ses côtés et, au cœur de la nuit, le passé semblait presque n'avoir jamais existé. Seul comptait l'instant présent, l'avenir restant immatériel.

Les doutes, les incertitudes ne revenaient qu'avec le jour. Inconsciemment, alors, elle sondait l'expression de Duardo, examinait son humeur, écoutait chacune de ses paroles et tentait d'analyser chaque nuance à la recherche d'un sens caché. Pour se fustiger ensuite d'espérer l'impossible.

— Je suis prête, annonça-t-elle.

Duardo eut un petit sourire teinté d'humour.

— Prête à affronter la jungle sociale ?

— Et les fauves qui la peuplent !

Il glissa un bras autour de sa taille.

— Tu vas tous les dompter.

— J'y compte bien !

Ils avaient rendez-vous dans la banlieue de Vaucluse, dans un hôtel particulier élégant, érigé sur les hauteurs, avec vue panoramique sur le port.

Plusieurs luxueuses voitures étaient déjà garées dans l'allée. À leur vue, Kayla se blinda pour la soirée à venir.

Leurs hôtes, un associé de Duardo et son épouse, étaient un couple charmant. Dix autres invités complétaient l'assemblée. Kayla en reconnut certains, rencontrés à l'occasion de mondanités auxquelles elle avait assisté avec son père. Elle fit la connaissance de la célèbre actrice Marlena, d'un écrivain renommé et de son assistante personnelle.

Des gens prestigieux, songea Kayla. Depuis leur plus jeune âge, chacun d'entre eux était façonné pour tenir son rôle dans la société. Écoles privées, voyages autour du monde, maîtrise de langues étrangères, année sabbatique en fin d'études...

Elle avait été l'une d'entre eux, autrefois. Jusqu'à ce que sa destinée bascule et qu'elle découvre, de la façon la plus brutale qui soit, que les prétendus amis pouvaient être inconstants.

Aujourd'hui, en tant qu'épouse de Duardo, elle était de nouveau accueillie chaleureusement dans ce cercle fermé.

Sincérité ou apparences ? Elle n'était pas certaine de vouloir le savoir.

Flûtes de champagne et conversations polies : rien d'insurmontable. Son expérience en la matière était immense. Elle circula au bras de Duardo en déployant tous ses charmes.

Après quelques minutes d'une conversation passionnante avec l'écrivain, elle s'excusa et se dirigeait vers leur hôtesse lorsque Marlena l'arrêta.

Le regard méprisant à peine dissimulé de l'actrice lui serra le cœur.

— Duardo a des billets pour ma première, annonça-t-elle.

Le théâtre ? Cela faisait des années que Kayla n'avait plus assisté à une représentation.

— Nous sommes impatients de vous voir sur scène, répondit-elle.

— Il n'a jamais manqué une de mes premières depuis qu'il vous a quittée.

Kayla aurait volontiers repris l'actrice : c'était *elle* qui avait quitté Duardo. Elle afficha néanmoins un sourire poli.

— Vraiment ?

— Duardo est l'un de mes plus fervents admirateurs.

La sournoiserie de Marlena ne lui échappa pas. Elle voulait lui faire croire qu'il y avait davantage entre elle et Duardo, mais pourquoi ?

Comme si tu ne le savais pas ! se reprit-elle.

— *Querida ?*

Un sourire éclatant aux lèvres, Kayla se tourna vers la voix familière. Duardo noua ses doigts aux siens et porta leurs mains jointes à ses lèvres dans un geste empreint d'une dévotion amoureuse. Elle décela aussi une lueur énigmatique dans son regard qu'elle préféra ignorer.

Duardo se tourna alors vers Marlena et la salua.

Le sourire de cette dernière aurait mérité à lui seul un tonnerre d'applaudissements.

— *Trésor*, j'étais justement en train de dire à Kayla que tu étais l'un de mes plus fervents admirateurs !

— Vraiment ?

Une réponse on ne pouvait plus flegmatique. Puis, sans transition, Duardo s'excusa et entraîna Kayla à l'écart.

— À l'instant où cela devenait intéressant, lâcha Kayla dans un soupir.

— Marlena aime par-dessus tout...

La pause qu'il marqua lui donna l'occasion de glisser :

— Toi ?

— ... jouer la comédie, acheva-t-il.

Kayla pencha la tête.

— Assurément ! Rien de tel qu'un bon vaudeville !

— Rappelle-moi de te jouer la scène du baiser lorsque nous serons seuls.

Elle lui fit un grand sourire.

— Mais, *trésor*, pourquoi attendre ?

Elle se maudit aussitôt de l'avoir ainsi défié. La bouche de Duardo s'empara de la sienne pour un baiser passionné qui lui mit le feu aux joues et la laissa mortifiée.

Au prix d'un effort immense, elle parvint à afficher un sourire hésitant et à poser la main sur sa joue, dans un semblant d'intimité.

Une intimité qu'il accentua en tournant légèrement la tête et en appuyant les lèvres contre sa paume.

Elle dut lutter pour ne pas le complimenter pour son talent. Quelle mise en scène !

En fait... à qui s'adressait ce message ? À Marlena ?

Le dîner, une succession de plats savamment élaborés, recueillit les éloges de tous. Le chef cuisinier employé pour la soirée avait accompli des merveilles.

— Nous recherchons des personnes de valeur pour

donner de leur temps et nous aider à récolter des fonds en faveur des nécessiteux. Voudriez-vous vous joindre à nous, ma chère ?

Kayla posa son verre et se tourna vers son hôtesse.

— Il faut que j'en discute avec Duardo. Nous n'avons pas encore défini mon rôle au quotidien.

— Chérie, personne ne met en doute votre rôle nocturne.

La réflexion pleine de suavité de Marlena interrompit toutes les conversations. Autour de la table, chacun retint son souffle.

Marlena la provoquait ? En public ?

Kayla choisit de ne pas répondre.

Lentement, une à une, les conversations reprirent.

L'incident n'était pas clos pour autant. Marlena cherchait l'affrontement, et elle n'avait pas obtenu ce qu'elle voulait.

Il était tard dans la soirée quand Duardo décida de prendre congé. Kayla éprouva un véritable soulagement.

— Aucun commentaire ? interrogea-t-elle à peine furent-ils en voiture.

— À quel sujet ?

— Au sujet du coup de griffes de Marlena.

Il lui décocha un bref coup d'œil.

— Tu l'as parfaitement domptée.

C'était vrai, mais elle n'en éprouvait aucune satisfaction. Sauf erreur de sa part, elle s'était fait une ennemie. Une ennemie prête à mordre de nouveau.

Kayla resta silencieuse tout le temps que dura le trajet. De retour à la maison, elle se dirigea directement vers l'escalier.

— Je te rejoins très vite, lança Duardo derrière elle.

Sa voix recelait une intonation qu'elle n'osa définir.

— Prends ton temps. Il faut que je me prépare pour mon rôle nocturne.

Des paroles stupides et irréfléchies qui lui échappèrent malgré elle.

— Kayla !

Duardo ne l'avait pas seulement interpellée : c'était une véritable menace.

Elle ne s'arrêta pas, ne se retourna pas et, quelques secondes plus tard, cria de surprise lorsque des mains puissantes agrippèrent sa taille et que Duardo la jeta sur son épaule comme un vulgaire sac de farine.

— Repose-moi ! Tout de suite !

Duardo continua à gravir les marches tandis qu'elle lui martelait le dos de ses poings.

— Espèce de traître ! Pour qui tu te prends ?

Il entra dans leur chambre et ferma la porte si doucement qu'elle aurait presque préféré qu'il la claque. Enfin, il la reposa.

— Mets-toi bien une chose dans la tête…

La voix de Duardo était calme, trop douce, et elle pouvait presque le voir dominer sa colère.

— Tu as fait de moi ton épouse et pas ta catin, c'est ça ?

Elle se redressa et ajouta avec solennité :

— Je devrais peut-être t'en être reconnaissante ?

Pendant un terrible instant, les yeux mi-clos de Duardo se firent durs. D'une seule main, il la saisit par les poignets.

— Veux-tu que je te montre la différence ?

De sa main libre, il déboutonna son spencer.

La défiance empourpra les joues de Kayla et elle tenta désespérément de se dégager.

Lorsqu'il l'eut débarrassée de sa veste, ses doigts se posèrent sur la fermeture éclair de sa robe, la firent glisser. Le tissu coula sur son corps avant de tomber au sol.

Elle n'était plus vêtue que de ses sous-vêtements. Ignorant son regard implorant, il l'en dépouilla.

— Duardo !

Ce fut une supplique, sous-tendue d'une peur primitive.

— Tu ne peux pas..., murmura-t-elle alors qu'il l'attirait contre lui.

Puis sa bouche fut sur la sienne... dure et possessive, vorace et destructrice...

À cet instant, elle commença à lutter. Violemment. Elle lui donna des coups de pied, essaya de mordre n'importe quelle partie de son corps qu'elle pourrait atteindre.

Sans le moindre effet que ce soit.

Sous l'effort, sa poitrine était haletante, son souffle, saccadé. Duardo l'écarta de lui et la maintint à bout de bras.

Longtemps, il la regarda, pétrifiée, incapable du moindre mouvement.

Elle sentit les larmes s'accumuler dans ses yeux et battit des paupières pour les chasser, refusant de les laisser couler, de peur de cette humiliation supplémentaire.

— Va te coucher...

La voix de Duardo était âpre.

— ... avant que je ne fasse quelque chose que je regretterai.

Il la lâcha, tourna les talons et quitta la pièce.

Le travail. Il avait besoin de se perdre dans les graphiques, les chiffres, les projections. Vérifier sa messagerie électronique, passer quelques coups de fil.

N'importe quoi, pourvu qu'il oublie la scène qui venait de se produire.

Il était tard quand il remonta lentement.

Malgré la pénombre qui régnait dans la chambre, il

vit que le lit était vide. Il parcourut la pièce du regard. Les vêtements avaient été ramassés.

Il jeta un coup d'œil dans le salon attenant et entreprit de vérifier toutes les pièces de l'étage.

Kayla ne se trouvait dans aucune d'elles.

Un frisson le secoua. Elle n'avait pu quitter la maison, le système de sécurité aurait signalé toute ouverture de porte.

Duardo descendit l'escalier et jeta un coup d'œil dans la cuisine, la salle à manger, le bureau de Kayla. Il alla jusqu'au garage, regarda à l'intérieur de toutes les voitures.

Il ne restait plus que la salle de projection. Il s'y rendit. Le grand écran était éteint.

Où était-elle ?

Il allait quitter la pièce lorsqu'un infime mouvement attira son regard.

C'est alors qu'il la vit. Elle était blottie dans un fauteuil, les jambes repliées sous elle. Le chat de Maria, confortablement installé sur ses genoux, remuait la queue lentement.

Les yeux brillants de l'animal considérèrent Duardo avec circonspection lorsqu'il s'approcha. Il caressa sa fourrure et entendit le ronronnement de satisfaction du félin.

Avec douceur, il souleva la boule de poils et la porta dans la buanderie où elle passait habituellement la nuit.

Il revint dans la salle de projection et regarda longuement Kayla. Puis, avec d'infinies précautions, il la prit dans ses bras et l'emporta dans la chambre.

Ce fut là, à la lueur tamisée de la lampe, qu'il vit les traces que les larmes avaient laissées sur ses joues.

Il en fut bouleversé et s'adressa d'amers reproches, allant jusqu'à se maudire. Il déposa Kayla entre les draps et la regarda se recroqueviller sur elle-même.

L'avait-il mise dans cet état ? En quelques mots prononcés dans un accès de colère ?

Lentement, il se glissa à son côté et la prit doucement dans ses bras. Il la sentit se contracter instinctivement alors qu'elle s'éveillait.

Il caressa sa tempe du bout des lèvres, puis embrassa sa bouche.

— Fais-moi confiance, *querida*.

Il explora ses lèvres avec une si grande douceur qu'elle en aurait presque pleuré.

De ses mains, il suivit le modelé délicat de son visage, de ses épaules. Le visage penché sur sa poitrine, il s'enivra de son parfum, puis plongea vers ses seins pour en ravir les pointes dressées.

Quelque chose se déchira en lui quand il la sentit se crisper. Il l'enlaça et caressa la courbe de sa taille jusqu'à son ventre, qui frémit à son contact. Puis il partit en quête du cœur de sa féminité, lui donnant le plus intime de tous les baisers.

Kayla ferma les yeux. Son esprit se dissocia de son corps et flotta jusqu'au moment où elle put analyser les sensations que Duardo éveillait en elle et les séparer de son cœur.

Elle sentit s'éveiller sa sensualité et tenta de la contenir alors que l'ardeur familière de l'orgasme la propulsait dans une spirale infinie. Malgré elle, son corps s'arc-bouta sous celui de Duardo.

Après ce qui sembla d'interminables secondes, elle céda au désir, consciente qu'elle n'avait d'autre choix.

Elle avait besoin de davantage, de l'accueillir en elle, de ressentir les longues et lentes poussées de sa possession et ce contact soyeux alors que ses muscles internes se contractaient autour de lui.

Il savait... Comment aurait-il pu ne pas savoir ?

Un gémissement désespéré monta de la gorge de Kayla alors qu'il se positionnait et glissait lentement en elle, initiant ce rythme ancestral qui les emporta tous les deux au bord d'un précipice vertigineux, les y retint avant de les faire basculer vers cet inconnu où plus rien n'avait d'importance.

Rien, sauf eux et ce qu'ils partageaient.

Si Duardo avait voulu affirmer son pouvoir sur elle, il y avait parfaitement réussi.

Malheureusement, il ne s'agissait que de cela : un savoir-faire sexuel immense. L'amour qu'ils avaient partagé autrefois n'existait plus.

Survivre signifiait accepter sa vie avec Duardo *maintenant*. Avancer. Ne pas regarder en arrière.

Tout le reste n'était que pure folie.

Dans cet état d'esprit, elle sombra dans le sommeil entre les bras de Duardo.

9

Haut les cœurs ! s'encouragea Kayla en entrant dans le foyer du théâtre, au bras de Duardo.

Sur scène, Marlena n'était pas une menace et, si par hasard Kayla la croisait lors du cocktail donné après la représentation, la présence d'autres invités tempérerait toute tension.

Il ne faisait cependant aucun doute que Marlena se complairait à incarner le charme personnifié, dans le rôle de l'« amie » de l'épouse d'un ancien prétendant… ou *amant*, cela restait à déterminer.

Tout cela n'avait aucune importance : il n'y avait aucune raison que cela en ait.

Sauf que cela en avait, et Kayla se refusait à chercher pourquoi.

Se mêler aux autres spectateurs, échanger quelques paroles aussi cordiales que futiles détourna le cours de ses pensées, tout comme la proximité de Duardo, la chaleur sensuelle qui émanait de lui.

Il avait le pouvoir de l'affecter comme aucun autre homme ne l'avait jamais fait… ni ne le ferait jamais. Une simple alchimie sexuelle, ou quelque chose d'incroyablement plus profond ?

Car il devait bien y avoir une raison pour expliquer pourquoi deux personnes étaient irrésistiblement attirées l'une vers l'autre, jusqu'à oublier ce qui les entourait…

Sinon, comment atteindre le degré d'osmose sensuelle qu'ils connaissaient ?

La sonnerie invita chacun à rejoindre sa place. La pénombre envahit la salle, les premières notes de l'orchestre retentirent et le rideau se leva.

Kayla dut admettre que Marlena donnait une présence certaine au rôle principal. Sa capacité à transcender le personnage était véritablement saisissante et sa prestation si convaincante que personne, pas même sa pire ennemie, n'aurait pu prétendre le contraire.

Étaient-ce les talents de l'actrice qui captivaient l'attention de Duardo ? Ou bien sa fascination tenait-elle à la facilité de Marlena à endosser tout rôle qu'un homme serait susceptible de demander en privé, de la vierge effarouchée à la coquette, de l'innocente à la godiche ?

Quoi qu'il en soit, Marlena vivait pleinement son rôle. À tel point que lorsque son personnage prit le public à témoin, son attention sembla se concentrer exclusivement sur Duardo.

Interprétation, ou volonté de montrer qu'elle jouait pour lui seul ?

Une fois encore, Kayla essaya vainement de se convaincre que cela n'avait aucune importance… mais la seule idée que Marlena ait pu connaître Duardo intimement lui était comme un coup de poignard au cœur.

Pas seulement elle. *N'importe quelle autre femme.*

Elle ferma les yeux.

Allons, ça suffit ! Ressasser le passé ne servait à rien.

Concentre-toi sur la pièce, s'ordonna-t-elle.

Facile à dire, railla une petite voix intérieure, *quand l'actrice principale fait son numéro sous ton nez.*

Lorsque le rideau tomba pour l'entracte, Kayla éprouva un véritable soulagement. Les lumières se rallumèrent et elle croisa le regard légèrement rêveur de Duardo.

— Marlena excelle dans ce rôle, dit-elle paisiblement.

— Tu sembles surprise, répondit Duardo avec un sourire railleur.

Elle lui décocha un regard lourd de reproche.

— Je suis sincère.

— En ce qui concerne son talent ?

— Sur scène ? Bien sûr.

Elle surprit une lueur d'humour dans les pupilles sombres.

Il la connaissait si bien…

Mais savait-il qu'elle luttait continuellement contre ses émotions ? Que le passé se mêlait en permanence au présent ? Comment, dans l'obscurité de la nuit, la frontière entre amour et haine se brouillait irrémédiablement ?

Elle voulait rester maîtresse de la situation même si chaque jour, chaque nuit, maintenir une certaine distance devenait de plus en plus difficile.

Partager de merveilleux instants d'intimité n'avait rien à voir avec l'amour, et elle ne pouvait se permettre de l'aimer.

Les lumières s'éteignirent de nouveau, l'orchestre se remit à jouer et le rideau se leva sur l'acte suivant.

L'heure et demie qui suivit fut fascinante et un sentiment de déception submergea presque la salle lorsque le rideau tomba sur la dernière scène.

Le théâtre retentit des applaudissements des spectateurs, les acteurs revinrent saluer à plusieurs reprises puis la salle se vida.

— Marlena nous a invités à la rejoindre en coulisses.

Refuser était impossible, songea Kayla. En outre, elle ne donnerait pas à l'actrice la satisfaction de ne pas paraître.

Sourire de rigueur, s'ordonna-t-elle.

Des agents de sécurité assuraient le tri entre les invités et les autres spectateurs désireux d'approcher les acteurs.

Max se tenait en retrait. L'expression aimable de son visage contredisait l'immobilité de ses prunelles grises et froides. Il ressemblait à un prédateur attendant, épiant…

Les félicitations fusaient de toutes parts, les bouquets s'accumulaient. Marlena était au cœur de toutes les attentions.

À son tour, Duardo s'approcha pour la complimenter. Lorsqu'il l'embrassa, l'actrice tourna légèrement la tête, de sorte que leurs lèvres s'effleurèrent l'espace d'un instant.

Un mouvement qui n'avait rien d'innocent, remarqua Kayla en surprenant la fugitive étincelle de satisfaction dans le regard de Marlena… et en encaissant la douleur acérée de la jalousie qui la transperça.

Cette douleur ne signifiait-elle pas qu'elle aimait Duardo ?

Cette révélation la blessa profondément, car un amour à sens unique n'avait absolument rien à voir avec l'amour.

Enfin, avec un éclat de rire cristallin et un geste de la main, l'actrice se retira dans sa loge.

Les membres de la sécurité dispersèrent la foule, des invitations étant discrètement tendues à certaines personnes pour accompagner la troupe à une soirée de célébration.

— Nous joignons-nous à eux ? demanda Duardo.

Kayla lui lança un regard décidé.

— Pourquoi pas ?

La sagesse n'avait rien à voir avec sa réponse ; un minimum de bon sens aurait dû la pousser à refuser.

Ils se rendirent dans un restaurant très coté du centre-ville, où une hôtesse les escorta jusqu'à un salon privé.

Le champagne coula à flots, des amuse-bouches furent servis, des haut-parleurs diffusaient de la musique.

Une demi-heure plus tard, vêtue avec raffinement,

savamment maquillée et coiffée, Marlena fit une entrée remarquée.

Peu importaient les autres membres de la troupe, Marlena tenait la vedette. En véritable diva, elle exigea l'attention de tous. Chacun de ses sourires, chacun de ses battements de cils, chacun de ses gestes, maniérés et artificiels, si parfaits pour la scène, étaient destinés aux hommes présents.

L'un deux notamment : Duardo Alvarez.

C'était un jeu. Un jeu auquel Marlena se prêtait pour son propre plaisir, comprit Kayla. Pour susciter une certaine excitation, du mystère. Elle était une simulatrice par excellence.

Nul doute que l'actrice la considérait comme une rivale.

N'avait-elle pas déjà tenté de lui porter une estocade ? Mettait-elle en scène la suivante ?

Kayla n'eut pas à attendre longtemps pour le découvrir.

S'étant éclipsée aux toilettes en quête d'une échappatoire, elle se lavait les mains lorsqu'une voix lança :

— Je commençais à croire que vous étiez greffée à Duardo.

Un coup d'œil rapide dans le miroir : Marlena se tenait derrière elle.

— Peut-être est-ce lui qui est greffé à moi ?

— Oh, chérie ! Vous vous racontez des histoires !

Elle croisa l'éclat malveillant du regard de Marlena.

— Vous vouliez me dire quelque chose ?

Autant aller droit au but.

— Duardo...

L'actrice marqua une pause délibérée.

— ... compte beaucoup pour moi.

Marlena prit un moment pour examiner ses ongles superbement manucurés.

— C'est un homme qui a... certains besoins.

Elle releva les yeux et décocha à Kayla un regard venimeux.

— Je doute que vous...

— ... lui suffisiez ?

— Exactement, chérie.

— Et vous êtes prête à vous dévouer pour la bonne cause ?

— Sans hésitation.

— Votre mari n'y verrait-il aucune objection ?

— Chérie, Max est gay. Mais où étiez-vous donc ces dernières années ?

L'étrange éclat était de retour dans le regard de Marlena.

— Oh ! J'avais oublié : simple secrétaire de 9 heures à 17 heures, puis serveuse le soir... Combien de temps ? Trois ans ? La vengeance de Duardo doit être douce, quand on sait qu'il a manigancé la chute de votre père et vous a ensuite regardée sombrer dans la pauvreté.

Elle agita ses doigts aux ongles longs comme des griffes et assena le coup de grâce.

— C'est la justice divine, chérie, qui vous a fait ravaler votre fierté et ramper à ses pieds.

En certaines occasions, mieux valait garder le silence et se retirer avec dignité. Hélas ! ce n'était pas l'une d'elles.

Kayla releva un peu le menton.

— Je suis peut-être douée pour ramper.

Ses yeux lancèrent des étincelles lorsqu'elle ajouta :

— Et pourquoi prendre une épouse si une maîtresse lui suffisait ?

— Le désir de Duardo d'avoir un héritier ?

Fichtre, elle s'était laissé prendre à son propre piège.

— Si vous croyez que cela fait partie de notre accord, répliqua-t-elle sèchement, vous faites erreur, Marlena.

Mets donc fin à cette conversation et va-t'en. Immédiatement.

Un instant, elle crut que l'actrice allait la frapper. Intérieurement, elle vacilla sous le coup de l'aigreur amère qu'elle lut dans les yeux sombres avant que Marlena ne tourne les talons et fasse une sortie magistrale.

La tension était à couper au couteau.

Il fallut quelques secondes à Kayla pour se ressaisir avant de rejoindre la fête. Elle prit plusieurs profondes inspirations et s'évertua à sourire avant de sortir à son tour.

Elle dut lutter contre la tentation de gagner la sortie, de héler un taxi et de s'en aller.

À cette pensée, un rire s'étrangla dans sa gorge. Certes, elle avait de l'argent pour payer la course, mais elle n'avait pas la télécommande pour ouvrir le portail, ni les clés de la maison. Elle ignorait même comment désactiver l'alarme.

De plus, il était minuit passé. Maria et Josef seraient couchés, tout comme Spence.

— Est-ce que tout va bien ?

Elle ne sut si elle devait pleurer ou rire en entendant la voix de l'homme à qui elle appartenait... de l'homme qui la possédait *elle*.

— Parfaitement bien.

Il leva un sourcil et posa un doigt à la base de son cou où palpitait la veine jugulaire.

— Parfaitement bien, calme, sereine, ironisa-t-il.

— Je crois que je te déteste.

Duardo posa la main sous son menton et l'obligea à relever la tête.

— Tu le *crois* seulement ?

De chaudes larmes de désespoir menaçant d'obscurcir sa vue, elle battit rapidement des paupières pour les disperser.

— Ne joue pas avec moi.

Elle ne pouvait se permettre de se laisser aller. Pas maintenant. Pas ici. Jamais ! décida-t-elle férocement.

Du bout du pouce, Duardo suivit le contour de sa bouche, la sentit trembler et prit son visage entre ses mains. Les yeux de Kayla étaient sombres, si sombres qu'il aurait presque pu s'y noyer.

— Partons, lâcha-t-il.

Kayla resta silencieuse tout le temps que dura le trajet. De retour à la maison, elle monta directement l'escalier, sans se soucier qu'il la suive ou non.

Elle avait besoin de se retrouver seule. De dormir seule. Dans un autre lit, dans une autre chambre.

Et c'était exactement ce qu'elle allait faire, se dit-elle en gagnant son dressing.

Elle envoya d'abord valser ses talons aiguilles, puis sa robe de soie rouge.

Se démaquiller ne lui demanda que quelques minutes, puis elle retira les épingles de son chignon et brossa ses cheveux.

Duardo était en train de se déshabiller quand elle revint dans la chambre. Elle ne lui accorda pas le moindre regard et se dirigea vers la porte.

— Où vas-tu ?

Elle ne s'arrêta pas.

— N'importe où, sauf dans cette chambre.

Il eut envie de l'attirer dans ses bras et de l'embrasser à perdre la raison mais il comprit que cela ne résoudrait rien.

— Marlena y est-elle pour quelque chose ?

— Brillante déduction.

Duardo imaginait parfaitement ce qui s'était passé. C'était d'ailleurs la raison pour laquelle il était parti à sa recherche en voyant que son absence se prolongeait.

Kayla se retourna pour le défier. L'expression de son

visage était tendue, ses yeux, un mélange troublant de flammes bleues et de glace.

— J'étais prête à prendre un taxi et à partir. Sauf que cette...

Qu'elle soit maudite si elle qualifiait cette demeure de « maison » !

— ... cet endroit est verrouillé comme une forteresse et je n'en ai pas la clé.

Elle prit une profonde inspiration et expira lentement.

— Quant à Marlena...

— C'est une diva au tempérament de feu. Elle a beaucoup de talent et elle est liée par contrat à une compagnie théâtrale que je subventionne.

— Alors, il est de ton intérêt d'être *gentil*.

— Nous entretenons une relation professionnelle, rien de plus.

La glace commença à fondre dans le regard de Kayla, mais les flammes bleues perduraient.

— Peut-être devrais-tu la mettre au courant.

— Je l'ai fait. Avant même qu'elle ne signe son premier contrat avec moi.

— Manifestement, elle l'a oublié.

Là-dessus, elle se tourna vers la porte et sortit.

Duardo la laissa partir. Il attendrait qu'elle s'endorme, puis la ramènerait là où elle devait être.

Les premières lueurs de l'aube commençaient à poindre quand il partit à sa recherche.

Dans la pâle lumière qui venait du couloir, elle semblait si paisible, la tête enfouie dans l'oreiller, les mains jointes sous son menton.

Un instant, il eut envie de la laisser là, mais il voulait qu'elle soit avec lui, auprès de lui, pour qu'il puisse la serrer dans ses bras, poser une main possessive sur sa taille, l'autre sur sa cuisse et enfouir ses lèvres dans la douceur de sa chevelure.

S'il agissait avec assez de douceur, elle ne se réveillerait pas. Et si elle se réveillait, eh bien, il ferait ce qu'il fallait.

Kayla était profondément endormie, plongée dans un rêve où tout allait bien, si bien qu'elle ne voulait pas le quitter. Mais une ombre intruse s'immisça dans ses songes. Elle protesta dans un murmure.

Des bras puissants la serraient, et elle sentit les battements sourds d'un cœur tout contre sa joue. Quelques secondes plus tard, il y eut un changement de position et elle se réveilla brutalement, reconnaissant immédiatement où et avec qui elle était.

— Ce n'est pas juste !

Du poing serré, elle le frappa à l'épaule, alors qu'il la posait sur le lit et tirait les couvertures sur eux.

— Tu as détruit mon rêve.

Sa voix semblait agressive, même à elle-même.

Duardo l'attira contre lui et lui fit poser la tête sur son torse.

— Je peux t'en fournir un autre.

— C'est du chantage.

— Dors, *querida*.

Étrangement, elle se rendormit presque aussitôt.

Quand elle se réveilla, Duardo était déjà parti.

10

La journée était magnifique, le soleil brillait. Pas un nuage n'obscurcissait le ciel.

Spence se présenta comme Kayla finissait son petit déjeuner.

— Accordez-moi cinq minutes et j'arrive.

Sac, ordinateur, téléphone, notes, devis de fournisseurs... elle rassembla tout ce dont elle avait besoin et prit le temps d'ajouter une touche de rouge à lèvres.

Alors qu'ils roulaient vers Double Bay, elle vérifia sa liste de « choses à faire » pour la journée. Le cottage avait dû être entièrement vidé, et elle avait besoin de voir les pièces nues, afin de mieux visualiser les projets du décorateur.

Elle voulait également s'entretenir avec lui sur place, estimer le délai nécessaire aux travaux, contrôler la livraison des stocks, prévoir la publicité et songer à l'inauguration.

Au terme d'une matinée bien remplie, ce fut Spence qui l'invita à faire une pause pour le déjeuner. Elle s'accorda quelques minutes, le temps d'avaler un sandwich.

Le décorateur d'intérieur arriva en début d'après-midi et, ensemble, ils procédèrent à quelques modifications de leur projet. Des échantillons de bougies d'ambiance, savons et huiles essentielles furent livrés par coursier et, à 16 heures, Spence insista pour qu'elle s'arrête.

— Je voudrais travailler une heure encore.

— Nous avons un rendez-vous.

Un plissement déconcerté barra le front de Kayla.

— Non, aucun.

— Ordre de Duardo. Rassemblez vos affaires, nous partons.

— Où allons-nous ? demanda-t-elle lorsqu'il prit la direction de la ville au lieu de se diriger vers Point Piper.

— Surprise !

Ils s'arrêtèrent chez un concessionnaire automobile où une Porsche gris métallisé, dernier modèle, l'attendait.

— Vous plaisantez ?

Spence s'amusa de son incrédulité.

— Elle est à vous. À moins que vous ne préféreriez une autre couleur.

Une autre couleur ? Celle-ci était parfaite.

— Puis-je prendre le volant pour rentrer ?

— Peut-être devriez-vous l'essayer auparavant.

Kayla n'avait pas conduit depuis longtemps, mais la maniabilité et la souplesse du véhicule lui firent retrouver rapidement tous les automatismes.

De retour à la maison, Spence lui tendit une télécommande et un trousseau de clés.

— Pour vous.

— Je vous remercie pour toute votre aide, aujourd'hui. J'apprécie sincèrement.

Elle plissa le nez.

— Et ne dites pas que vous faites simplement votre travail.

Vivement, elle monta l'escalier, prit une douche, se sécha et enfila un peignoir. Quand elle sortit de la salle de bains, Duardo était là.

Son cœur se mit aussitôt à battre la chamade. La veine

de son cou commença à palpiter, et elle y porta la main d'un geste instinctif.

— Comment s'est passée ta journée ? s'enquit-il.

— Merveilleusement bien ! Nous avons beaucoup avancé.

Elle le regarda au plus profond des yeux.

— Merci pour la voiture.

— Merci ? C'est tout ? Un baiser serait peut-être de rigueur ?

Tout ce qu'elle avait à faire était de s'avancer vers lui et de poser sa bouche sur la sienne.

C'était simple, facile.

Elle aurait dû se méfier.

L'esquisse de baiser qu'elle lui donna se mua en étreinte langoureuse. Dressée sur la pointe des pieds, elle s'appuya contre Duardo et fit courir sa langue autour de la sienne pour mieux la goûter. Elle la savoura, l'explora et pencha la tête pour mieux en profiter encore.

De ses mains puissantes, Duardo la souleva contre son corps tout en muscles et lui fit nouer les jambes autour de sa taille. Exultant au contact de son excitation sur la partie la plus sensible de son être, elle s'accrocha à lui.

Il assaillit sa bouche, étouffant le cri qui jaillit de sa gorge, et la serra un peu plus fort alors que l'intensité de l'instant s'apaisait.

Kayla sentit le mouvement de ses lèvres et devina son sourire.

— Tu veux manquer le dîner ? proposa-t-il.

C'était un jeu de provocation, rien de plus. Elle se joignit à lui dans un éclat de rire cristallin.

— Et décevoir Maria ?

Rapidement, elle posa ses lèvres sur les siennes, puis elle lui adressa un regard plein de sévérité feinte.

— De toute façon, j'ai faim. De nourriture.

Ses yeux se mirent à pétiller de malice lorsqu'elle ajouta :

— Voilà ce que je te propose : nous allons dîner, entretenir une conversation polie et pendant ce temps tu pourras imaginer tout ce que la nuit nous apportera.

— Dans ce cas, tu ferais mieux de t'habiller avant que je te fasse changer d'avis.

Il le pourrait, si facilement... Il la reposa, lut une hésitation fugace dans son regard bleu vif et déposa un baiser léger sur ses lèvres.

— File.

Trois ans plus tôt, elle aurait laissé fuser un rire séducteur, aurait saisi sa main et, sans la moindre arrière-pensée, ils auraient manqué le dîner et fait l'amour jusque tard dans la nuit...

Stop !

L'ordre résonna dans sa tête.

Ils auraient fait *l'amour.* À cette époque, il s'agissait de cela.

Aujourd'hui, ce n'était que du sexe.

Serait-ce trop demander de vouloir qu'il connaisse la même jouissance qu'elle et perde toute notion du temps et de l'espace jusqu'à ce qu'elle seule existât ? Elle, la seule femme capable de ravir le cœur de Duardo et de se l'approprier ?

Cherchant à se ressaisir, Kayla quitta le cercle de ses bras, gagna son dressing et enfila des vêtements choisis au hasard.

Ils s'installèrent pour dîner sur la terrasse qui surplombait le port. Tandis qu'ils savouraient la cuisine raffinée de Maria, le crépuscule descendit lentement, teintant le paysage d'une palette d'ombres grises et argentées.

Les réverbères s'allumèrent dans les rues, et les néons semblèrent encore plus vifs sur le ciel nocturne. Des ferries illuminés, reliant la ville et les faubourgs nord, glissaient sur les eaux sombres, et le flot permanent de la circulation éclairait les avenues principales du centre-ville.

C'était un spectacle merveilleux que Kayla ne se lasserait jamais d'admirer.

Combien de temps encore pourrait-elle le contempler ? Duardo n'avait pas fixé de limite à la durée de leur union. Lorsqu'elle l'avait interrogé, il avait répondu de façon évasive. Il ne lui avait pas non plus demandé de lui donner un enfant, ce qui ne présageait rien de bon pour un avenir commun.

Admettre qu'elle se languissait de l'amour et de la fidélité de Duardo, de ces promesses inestimables échangées lors de leur premier mariage, la stupéfia.

Elle y avait cru, à cette époque, de tout son cœur.

La question était : qu'en était-il pour lui ?

Supposer qu'il ait pu trahir cette promesse la blessait de façon intolérable et elle renouvela en silence le serment qu'elle s'était fait de vivre chaque journée, chaque nuit, les unes après les autres, plutôt que de se ronger les sangs quant à ce que l'avenir pouvait lui apporter.

— Je me rappelle ta promesse d'une conversation polie.

La voix de Duardo contenait une note d'amusement et elle lui adressa un sourire éclatant.

— Par quoi veux-tu commencer ?

— Le travail ?

Il se carra dans son fauteuil et la considéra pensivement.

— Rendez-vous, coups de fil, négociations...

Il haussa négligemment les épaules.

— La routine.

Comme elle l'aimait ainsi, détendu, dans une tenue décontractée ! Il avait troqué son costume trois-pièces pour un pantalon de toile et un sweat-shirt.

Pourtant, même ainsi, il conservait la force tout en souplesse d'un guerrier, l'attitude paisible et attentive d'un homme qui a beaucoup vécu et fréquenté plus d'endroits qu'aucune autre personne respectable… Des endroits où survivre était la seule règle de vie.

— As-tu pris une décision quant à l'aménagement du magasin ?

Le visage de Kayla s'anima aussitôt. Elle reposa ses couverts et s'adossa confortablement à son siège.

— J'ai procédé à quelques modifications. Tout arrive si vite ! Quand tout sera prêt, peut-être voudras-tu venir voir ?

— Naturellement.

Elle sourit alors qu'une idée lui traversait l'esprit.

— Peut-être me laisserais-tu tester certains produits sur toi ?

— Compterais-tu également t'adresser à une clientèle masculine ?

— Pourquoi pas ? Les hommes aussi aiment prendre soin d'eux…

— Cette démonstration personnelle… quand comptes-tu y procéder ? demanda Duardo.

Elle inclina légèrement la tête.

— Ce soir, si tu es d'accord.

Une lueur espiègle s'anima dans le regard de Duardo.

— C'est d'accord.

Un peu plus tard, quand il entra dans la suite, il fut accueilli par une douce lumière tamisée, les notes diffuses d'une musique baroque et les effluves délicats d'encens flottant dans l'air.

Le lit avait été recouvert de draps de bain moelleux, plusieurs flacons étaient disposés sur la table de nuit. Vêtue d'un peignoir de bain, Kayla l'attendait.

La porte de sa salle de bains était ouverte et des volutes de vapeur montaient de la vaste baignoire.

— Il faut que tu te déshabilles.

Duardo leva un sourcil.

— Et ensuite ?

— Allonge-toi à plat ventre sur le lit.

Il s'exécuta avec une grâce toute féline et Kayla laissa échapper le souffle qu'elle avait retenu sans même s'en rendre compte.

Elle connaissait chaque centimètre de son corps vigoureux, chacun de ses muscles, sa puissante ossature, le petit tatouage sur son épaule, la cicatrice sur sa hanche.

L'huile essentielle qu'elle avait choisie contenait des notes boisées et une pointe de musc. Elle la réchauffa d'abord dans ses mains, puis l'appliqua sur les épaules, les bras, le dos de Duardo qu'elle massa. Puis elle descendit vers sa taille, ses hanches, sa chute de reins, ses cuisses musclées.

Elle aimait le contact de son corps, sa force, et malgré elle ses mains s'attardèrent pour le caresser plus légèrement… combien de temps ? Quelques secondes seulement, non ?

Qu'est-ce qui lui prenait ? Ce n'était pas censé être un jeu de séduction !

Elle se réprimanda en silence et força sa voix à paraître normale quand elle s'adressa à Duardo.

— Tu peux te retourner, maintenant.

Duardo avait les yeux fermés. Lorsqu'elle eut fini de masser son torse, elle reboucha le flacon d'huile aromatique et s'essuya les mains sur une serviette.

— Tu peux te lever, à présent.

Kayla eut un hoquet de surprise lorsque Duardo la saisit par le poignet et l'attira vers lui.

— Si jamais tu utilises tes mains de cette façon sur qui que ce soit d'autre, murmura-t-il avec une douceur dangereuse, je te jure que tu le regretteras.

Sa voix n'était qu'un grondement voilé, et des sensations

violentes transpercèrent son corps quand elle surprit la sombre intensité de son regard.

La tension était électrique et, un instant, elle n'osa pas bouger, de crainte de déclencher quelque chose qu'elle ne pourrait gérer ensuite.

Ils ne pouvaient détacher leur regard, leurs yeux étaient captivés par une émotion qu'elle ne voulait pas définir.

— Le bain à présent.

Elle ne reconnut pas sa voix.

Bon sang, ressaisis-toi !

— Les bougies…

Elle avait soudain du mal à s'exprimer.

— Il faut que je les allume.

Duardo lâcha sa main, et elle s'enfuit presque dans la salle de bains. Les doigts tremblants, elle craqua une allumette et la porta à chaque mèche.

Un délicat parfum s'éleva et elle éteignit les lumières. Lorsqu'elle se retourna, elle découvrit Duardo debout dans l'encadrement de la porte.

Une boule d'angoisse se forma dans sa gorge.

— Je… veux simplement connaître ta réaction. Ton opinion, ajouta-t-elle précipitamment.

— Qui ne sera pas exacte si je prends mon bain seul.

Il s'approcha d'elle et dénoua la ceinture de son peignoir.

— Je ne crois pas…

Elle agrippa désespérément les pans du vêtement et laissa échapper un cri lorsqu'il glissa un bras sous ses genoux et entra avec elle dans la baignoire.

L'eau chaude et parfumée l'enveloppa alors qu'il la faisait se tourner vers lui.

Ses yeux s'écarquillèrent quand il lui prit l'éponge des mains.

— Cela ne faisait pas partie de l'essai, hasarda Kayla avec désespoir, dans un effort pour se ressaisir.

— Mais nous pouvons adapter la situation, tu ne crois pas ?

L'huile et les bougies créaient une atmosphère infiniment sensuelle, et elle regarda les flammes avec une sorte de fascination alors qu'il passait l'éponge sur sa peau satinée.

L'eau chaude, le parfum, les bougies. Être là avec lui. C'était comme le péché originel.

Les lentes caresses de Duardo s'attardèrent sur sa poitrine, suivirent le modelé de ses seins et apprécièrent leur poids alors qu'il en taquinait les mamelons du bout des pouces.

Ils se durcirent à son contact, et les pupilles de Kayla se dilatèrent alors qu'une douce chaleur envahissait son ventre. Des myriades de sensations la traversèrent, l'enflammant d'une faim primitive pour Duardo, et Duardo seulement.

Ensuite, il enfouit sa tête dans le creux de son cou et la retint là, caressant délicatement son dos d'un geste apaisant.

Elle pouvait presque croire que tout allait bien entre eux, et que les trois dernières années n'étaient qu'un cauchemar qui n'avait jamais existé.

Un frisson la parcourut. Duardo se leva et sortit du bain, Kayla dans les bras. Il saisit une serviette et l'en enveloppa avant d'en prendre une autre pour lui-même.

— Sur une échelle de 1 à 10, ce produit mérite un 10.

Il pencha la tête vers la sienne et happa sa bouche dans un baiser dur et bref.

— Quant à toi, tu dépasses toute notation.

— Merci.

Les lèvres de Duardo esquissèrent un rictus diabolique.

— Nous pourrons toujours recommencer.

Elle déglutit à plusieurs reprises.

— Dès mon retour de New York.

Elle scruta son visage.

— Quand pars-tu ?

— Demain, de bonne heure. Je serai absent une semaine.

Elle aurait aimé pouvoir lui demander de l'emmener, mais elle avait du travail à la boutique, les stocks à prévoir…

— Tu vas me manquer.

Les mots lui avaient échappé, des mots qu'elle n'avait pas eu l'intention de prononcer, et elle sentit la joie courir dans ses veines sous la chaleur du sourire de Duardo.

Quelle sotte ! se réprimanda-t-elle en silence alors qu'elle soufflait les bougies.

Duardo avait fini de se sécher. Il glissa un bras autour de sa taille et l'entraîna dans la chambre.

— Et maintenant, une bonne nuit de sommeil.

Un sommeil bien mérité, même si elle craignait de ne pas pouvoir s'endormir.

Pourtant, elle sombra dans un sommeil profond à peine eut-elle posé la tête sur l'oreiller, oubliant l'homme paisiblement allongé à son côté.

11

Chaque journée semblait plus trépidante que la précédente. Les livraisons de marchandises se succédaient et les cartons s'accumulaient dans l'arrière-boutique. Des cartons que Kayla s'empressait d'ouvrir, afin d'en vérifier le contenu, et de refermer soigneusement pour que la fine poussière dégagée par les travaux ne se dépose pas sur les articles.

Les maçons agrandirent l'ouverture entre les deux pièces de sorte à créer un espace plus aéré, tout en restant partiellement divisé. Puis les peintres se mirent au travail, suivis des carreleurs. Lorsqu'ils eurent fini, les décorateurs installèrent le mobilier et finalisèrent l'embellissement.

Ayant coiffé la casquette de chef de chantier, Spence supervisait les opérations et secondait efficacement Kayla.

Chaque matin, elle se levait aux aurores. Vers midi, elle prenait une pause d'une heure qu'elle passait auprès de Jacob et, le soir, elle rentrait rarement avant la nuit tombée. Alors, elle se douchait, dînait, travaillait sur son ordinateur et se couchait tard… Et tout recommençait le lendemain.

Duardo lui téléphonait chaque jour, entre deux rendez-vous, un appel généralement bref, étant donné le décalage horaire et leurs emplois du temps surchargés.

Les nuits étaient insupportables. Dans son sommeil,

Kayla cherchait Duardo... pour découvrir un espace vide à son côté.

Elle avait tellement envie d'être serrée dans ses bras, de sentir la puissance et la chaleur de son corps. Bon sang ! Il lui manquait tant !

C'était la raison pour laquelle elle s'en tenait à des banalités et s'efforçait de garder un timbre neutre chaque fois qu'ils se parlaient au téléphone. Elle était soulagée qu'il n'imagine pas à quel point les intonations lentes de sa voix faisaient vibrer ses cordes sensibles et battre son cœur.

Plus que tout, elle se languissait de se donner à lui, corps et âme.

L'organisation de l'inauguration de sa boutique était presque achevée. Les invitations n'attendaient plus que d'être postées et les marchandises exposées, tâche à laquelle elle s'attellerait dès le lendemain.

Restait encore à préparer des échantillons qu'elle offrirait en cadeau de bienvenue. Chacun comprenait un essuie-main en tissu-éponge, un savon, un flacon d'huile essentielle et un pot-pourri dans un sachet de tulle fermé par un ruban.

Chaque chose se mettait progressivement en place, et son impatience grandissait de jour en jour.

Il fallait que la boutique soit un succès pour de multiples raisons, la plus importante étant le besoin de prouver sa valeur et de rembourser les fonds avancés par Duardo. C'était une affaire de fierté, d'intégrité, et elle était déterminée à ne pas échouer.

Les articles étaient du plus bel effet sur les étagères. C'était même mieux que bien, les couleurs se mariant parfaitement.

L'après-midi touchant à sa fin, Spence tapa du doigt sur sa montre. Il était temps de partir.

— Allez-y, proposa Kayla. Je voudrais terminer.

— Je vous attends.

— Pourquoi ? C'est inutile.

Spence afficha une expression sérieuse.

— Duardo…

— Les portes sont verrouillées, l'interrompit Kayla, ma voiture est garée juste au coin de la rue, il y a une alarme et…

Elle marqua une pause pour faire plus d'effet.

— Vous oubliez que j'ai fait le trajet de la gare à mon appartement, chaque soir, pendant plus de deux ans. Tout ira bien.

Lorsqu'il fut parti, elle ferma la porte, baissa les rideaux et se remit au travail. Une heure plus tard, elle avait bien avancé. Elle décida de téléphoner à Jacob.

Elle venait à peine de raccrocher quand son portable sonna. En entendant la voix de Duardo, elle fut submergée d'une telle onde de chaleur qu'elle dut prendre appui contre le comptoir flambant neuf pour lui faire un bref résumé des derniers avancements.

Le hurlement soudain d'un klaxon les interrompit.

— Où es-tu ? demanda Duardo.

— À la boutique, bien sûr.

— Passe-moi Spence.

Les ennuis allaient commencer.

— Il est… déjà parti.

— Tu le lui as demandé ?

À quoi bon nier ?

— Oui.

— Alors, rentre à la maison.

Les doigts de Kayla se contractèrent sur le téléphone.

— Tout de suite, insista Duardo.

— Tu t'inquiètes pour rien.

Elle l'entendait presque dominer sa fureur.

— Kayla...

— D'accord, j'y vais.

Sans attendre sa réponse, elle mit fin à la communication.

Quelle arrogance ! Elle était presque tentée d'ignorer son ordre et de rester une demi-heure de plus, histoire d'avoir le dernier mot.

Son portable sonna de nouveau. Elle regarda s'afficher le nom de son correspondant, Spence, et jura à voix basse.

— Je m'apprête à partir, lui assura-t-elle.

Avec réticence, elle prit son sac, vérifia que portes et fenêtres étaient bien fermées, activa l'alarme et verrouilla la porte d'entrée.

Elle se dirigeait vers sa voiture lorsque quelqu'un la bouscula si violemment qu'elle en perdit presque l'équilibre.

L'individu s'éloigna rapidement. Un homme jeune apparemment, à en juger par la fluidité de sa démarche. Mais comment en être sûre ? La capuche de son blouson était rabattue sur son visage.

Kayla haussa les épaules et reprit son chemin. Elle plongea la main dans son sac pour sortir son trousseau de clés. C'est alors qu'elle sentit quelque chose de chaud couler le long de son corps.

Elle baissa les yeux.

Son T-shirt portait une longue lacération sur le côté. Du sang coulait, imbibant le coton d'une tache qui s'étalait. Ce n'est qu'alors qu'elle ressentit la douleur.

Au même instant, Spence s'arrêta à son niveau dans un crissement de pneus et jaillit de derrière le volant.

D'un seul coup d'œil, il comprit la situation. Il sortit un mouchoir et le pressa sur la blessure pour contenir l'hémorragie.

— Je vous emmène à l'hôpital.

Il l'aida à monter en voiture, la conduisit dans une clinique privée et resta avec elle tandis qu'un médecin lui prodiguait des soins. Ensuite, il téléphona à la police, fit un rapport complet, passa un second coup de fil, parla à voix basse et tendit le téléphone à Kayla.

— Duardo.

— Je vais bien, annonça-t-elle sans préambule.

— C'est toi qui le dis.

Sa voix, froidement paisible, lui glaça les sangs.

— Le médecin va te prescrire un antalgique et un somnifère pour t'aider à dormir. Prends-les, *querida*.

Il marqua une pause infime.

— Spence t'expliquera pour le reste.

— Il ne peut pas faire ça ! s'emporta Kayla.

— C'est comme si c'était fait, assura Spence calmement. Les rectificatifs seront imprimés et envoyés dès demain. Des affiches seront placardées sur la porte pour annoncer le report de deux semaines de l'inauguration.

— Duardo est ridicule !

— Protecteur.

Les yeux de Kayla lancèrent des éclairs bleus.

— J'ai dit *ridicule*.

— Vous pourrez le lui dire demain.

— Demain ? Mais il ne doit rentrer que dimanche !

Spence jeta un coup d'œil à sa montre.

— À l'heure qu'il est, il doit monter dans l'avion.

— C'était simplement un accident, affirma encore Kayla avec un haussement d'épaules désinvolte. Cela aurait pu arriver à n'importe qui.

— Sauf que vous êtes l'épouse d'un homme très riche, répondit Spence. À ce titre, vous êtes plus vulnérable qu'une autre. C'est la raison pour laquelle certaines mesures de protection ont été mises en place.

Le regard de Kayla vacilla.

— Vous croyez que l'attaque était délibérée ?

— Certains savent que Duardo est absent.

— Il a des ennemis ?

Question idiote.

Tout homme ayant côtoyé la rue, puis amassé une fortune, avait nécessairement pris quelques risques. Envie et jalousie pouvaient perdurer longtemps dans l'esprit de certains : des hommes qui se sentaient trahis, des femmes, négligées.

Vous vous trompez, aurait-elle voulu dire à Spence. *Il ne s'intéresse pas à moi.*

Ce dont elle avait besoin, décida-t-elle, c'était une longue conversation avec quelqu'un qui la comprendrait.

— Je vais téléphoner à Jacob. Ensuite, j'irai me coucher.

Jacob répondit à la troisième sonnerie et, à l'intonation de Kayla, sut immédiatement qu'il se passait quelque chose.

— Qu'est-ce qui ne va pas ?

Succinctement, elle raconta son agression et rassura son frère.

— Duardo a avancé son retour ?

— Pour me passer un savon, sans doute !

— Et tu te demandes encore pourquoi il t'a épousée ?

Chaque jour.

— Parce que c'est lui qui commande, je suppose.

— Ou plutôt parce qu'il n'a jamais cessé de t'aimer ! N'importe quel imbécile verrait que vous partagez quelque chose de spécial.

Ce fut comme si quelque chose se déchirait dans son cœur.

— Peut-être. À cette époque-là.

— Notre père était un tel foutu orgueilleux !

— Hé ! le réprimanda-t-elle, ne dis pas de mal des morts.

— Il voulait nous garder pour lui seul. Et il a gâché nos vies, la tienne notamment.

Il reprit son souffle.

— Ensuite, il a tiré sa révérence et t'a laissée ramasser les morceaux.

— C'est un jugement sévère.

— Tu sais que j'ai raison.

Kayla hésita et dit doucement :

— Je crois que Duardo a agi par vengeance.

— Tu te trompes.

Comme elle ne répondait pas, Jacob insista :

— Il aurait pu te repousser, mais il ne l'a pas fait.

Mais il a posé des conditions. Et Spence ne me quitte pas d'une semelle.

— Il t'a rendu tout ce que tu avais.

À l'exception de son amour.

— Il a fait reporter l'inauguration de la boutique, protesta-t-elle.

— Ce n'est pas plus mal. Tu auras le temps de te reposer.

— Oh, je t'en prie ! s'exclama Kayla. Je ne suis pas en sucre.

— Hé ! tu reprends déjà du poil de la bête ! Tâche de dormir un peu, dit Jacob doucement. Et ne pense pas trop. Appelle-moi demain matin. Promis ?

— Promis. Bonne nuit.

Il était 22 heures à peine. Elle remplit un verre d'eau et avala les médicaments qui lui avaient été prescrits.

La douleur n'était pas insupportable, mais son esprit travaillait trop pour qu'elle puisse trouver le sommeil.

Combien de temps faudrait-il avant que les pilules fassent leur effet ?

Elle prit un livre, lut deux pages et ce fut tout ce dont elle se souvint lorsqu'elle se réveilla le lendemain. Elle s'étira et grimaça de douleur.

La blessure, les points de suture... Les images de la veille envahirent son esprit.

Elle se leva et s'habilla. Après un solide petit déjeuner, elle se sentirait certainement mieux.

Maria se comporta en véritable mère poule, Josef vint s'enquérir de sa santé et Spence se montra si plein de sollicitude qu'elle en aurait presque pleuré.

Elle déjeuna sur la terrasse et téléphona à Jacob. La police arriva à 9 heures, la questionna et prit sa déposition.

Elle repoussa toute suggestion de se reposer. Ce dont elle avait besoin, c'était de s'occuper d'une façon ou d'une autre.

En outre, elle avait du travail. Il fallait qu'elle contrôle les stocks, prévoie les ventes et les commandes à venir. Elle devait aussi vérifier les délais entre commandes et livraisons, de façon à anticiper toute rupture de stock.

Duardo la trouva ainsi, les yeux rivés à l'écran de son ordinateur. Il s'absorba dans sa contemplation de longues minutes.

Des émotions contradictoires le déchiraient et il ne parvint à les contrôler qu'au prix d'un effort immense.

Elle semblait aller bien, en dépit de sa pâleur. Il espéra qu'elle avait mieux dormi que lui ; le vol lui avait paru interminable.

À peine Spence l'avait-il mis au courant de l'agression qu'il avait passé quelques coups de fil, à des numéros connus de lui seul, et demandé informations et services.

Son enquête personnelle emprunterait des voies détournées, mais si ses doutes étaient fondés...

Le bruit de la porte qui se referma attira l'attention de Kayla. Elle releva la tête, croisa le regard sombre de Duardo et ne le quitta pas alors qu'il s'avançait vers elle.

Sa présence dégageait une force extraordinaire, et elle sentit la tension qui émanait de sa puissante carrure.

Toute la journée, elle avait imaginé cet instant, et sa fébrilité n'avait fait que croître au fil des heures.

— Il était inutile que tu précipites ton retour. Je vais bien, vraiment.

— Je n'en doute pas. Ces profonds cernes sous tes yeux ne sont sûrement que le fruit de mon imagination.

— Parle pour toi !

Duardo fit le tour du bureau, se pencha, cliqua sur l'icône « Enregistrer » et mit l'ordinateur hors tension.

— Non, ne...

— Trop tard, c'est fait.

Il était trop proche, trop viril, trop... S'il la touchait, elle craquerait.

Un long moment, elle soutint son regard appréciateur, puis ouvrit grand les yeux lorsqu'il prit son visage entre ses mains et posa sa bouche sur la sienne, dans un baiser lent et langoureux qui la bouleversa.

Quand il releva la tête, les yeux de Kayla s'emplirent de larmes et elle baissa les paupières de peur qu'il ne les voie.

Avec douceur, il prit sa main dans la sienne, l'invita à se lever et l'entraîna hors de la pièce.

— Duardo...

Ils traversèrent le vestibule et se dirigèrent vers l'escalier. Lorsqu'ils atteignirent leur chambre, il l'attira à l'intérieur et referma la porte.

Kayla le regarda enlever sa veste et dénouer sa cravate et sut qu'elle n'aurait pas dû rester.

Attendre patiemment semblait pure folie, mais ses membres refusaient de lui obéir.

Duardo et elle. Eux deux. Rester. Partir.

Que d'antagonismes ! Elle s'approcha de la fenêtre, regarda au-dehors. Il fallait qu'elle fasse quelque chose, n'importe quoi. Elle s'absorba dans la contemplation de la pelouse soigneusement tondue, des bordures de fleurs et des topiaires parfaitement taillées.

Elle devina, plus qu'elle n'entendit, Duardo traverser la pièce et s'arrêter derrière elle. Il posa les mains sur ses épaules.

Son souffle chaud effleura sa tempe et une onde de désir courut dans ses veines, alors qu'il posait les lèvres sur sa nuque.

— J'ai besoin de voir...

Il défit les boutons de son corsage un à un et repoussa le tissu. Une compresse couvrait la blessure. Avec précaution, il retira le sparadrap.

Ce n'était pas profond. La lame du couteau avait seulement entaillé son flanc.

La blessure guérirait, seule subsisterait une cicatrice qui s'estomperait avec le temps.

Les yeux de Duardo étincelèrent d'une sauvagerie primitive et il jura entre ses dents avant de remettre le sparadrap en place.

— Il faut que tu saches que je remuerai ciel et terre jusqu'à ce que je trouve celui qui a fait ça.

Kayla sentit son souffle se bloquer dans sa gorge, et les battements de son cœur s'emballèrent.

Elle fut presque désolée pour le coupable et faillit dire que cela aurait pu être pire, mais il lui suffit d'un seul coup d'œil pour comprendre que les longues heures de vol n'avaient fait qu'augmenter la fureur de Duardo.

D'ailleurs, n'aurait-elle été pas dans le même état d'esprit, si la situation avait été inversée ?

Pendant d'interminables secondes, elle resta figée, incapable du moindre mouvement.

Personne ne pourrait éprouver une telle colère... à moins d'aimer passionnément.

Se pourrait-il que Jacob ait raison ? Cette seule pensée lui donna le vertige.

Après tout, Duardo n'avait absolument rien dit.

Mais elle non plus.

Il posa une main sous son menton et lui fit relever la tête.

— Tu veux en parler ?

De quoi ? Lui dire à quel point elle l'aimait ? Qu'elle n'avait jamais cessé de l'aimer ? Et lui, l'aimait-il encore ?

— Il était inutile que tu écourtes ton voyage, dit-elle en désespoir de cause.

— Si. Il le fallait, affirma-t-il paisiblement.

Les mains de Duardo glissèrent sur son visage et s'enfouirent dans sa chevelure. Il pencha la tête, et sa bouche s'empara de celle de Kayla, avec une telle délicieuse délicatesse qu'elle se blottit contre lui et le laissa se repaître d'elle.

Avec un soin infini, il la dépouilla de son corsage, puis dégrafa son soutien-gorge avant de s'attaquer à la fermeture de son jean.

— Je t'en prie…

— Patience, *querida*.

Il fit courir sa main sur la taille de son pantalon, sentit son ventre frémir, puis il baissa la fermeture éclair.

Seigneur ! Elle s'embrasait déjà alors qu'il l'avait à peine touchée.

Il l'aida à se dévêtir et la conduisit jusqu'au lit. Elle chercha à dire quelque chose, mais resta sans voix alors qu'il posait les lèvres sur son épaule.

— Laisse-moi faire, *querida*, j'en ai tellement besoin.

Il commença à tracer un sillon de baisers jusqu'à sa poitrine, la goûta, puis descendit jusqu'à son nombril.

Elle glissa les doigts dans ses cheveux et s'y accrocha tandis qu'il descendait toujours, cherchant la moiteur de son intimité.

Involontairement, elle s'arqua contre lui et il la retint par les hanches, jusqu'à ce qu'elle se mette à crier et le supplie de la délivrer.

Ce fut dévastateur, explosif et plus intense que tout ce qu'elle avait jamais expérimenté.

Des larmes perlèrent à ses paupières et roulèrent sur ses joues alors qu'elle restait étendue, complètement vidée, totalement sienne.

Comme elle l'avait toujours été, comme elle le serait toujours.

Le savait-il ?

Comment aurait-il pu l'ignorer ?

Son corps fut secoué de spasmes légers quand il déposa des baisers sur son ventre, puis dans le creux de sa gorge, avant de revenir sur sa bouche pour un baiser lent et évocateur.

Elle prit son visage entre ses mains et l'embrassa en retour.

— Ne me quitte pas, *querida*, murmura Duardo.

Il sombra dans le sommeil en quelques minutes, et Kayla resta étendue à son côté jusqu'à ce que la lumière du soleil disparaisse et que l'obscurité envahisse la chambre.

12

La matinée était magnifique ; le soleil, déjà chaud, caressait leur peau.

Kayla se carra dans son fauteuil et considéra l'homme assis face à elle.

Duardo semblait rasséréné et plein de vigueur après une longue nuit de sommeil. Prendre le petit déjeuner en sa compagnie, un jour de semaine, était exceptionnel. Inexplicablement, elle s'était attendue à ce qu'il parte au bureau de bonne heure, comme à l'accoutumée. Pourtant, il était là, ne semblait pas pressé… et c'était agréable.

Devait-elle cette attention à son agression ?

La nuit précédente, elle aussi, avait été différente. Le simple souvenir de sa demande de rester auprès de lui raviva une vague de désir en elle et elle s'agita sur son siège pour réprimer les frissons involontaires qui secouaient son corps.

Il devait bien savoir à quel point il l'affectait… comment aurait-il pu l'ignorer ?

Elle lui lança un coup d'œil furtif et succomba presque à l'expression rêveuse et passionnée de son regard sombre… juste avant qu'elle ne disparaisse.

— Finis ton café, dit-il tranquillement, et va préparer tes bagages. Spence nous conduira à l'aéroport dans une heure.

Kayla le regarda avec incrédulité.

— Nous prenons un vol pour Brisbane et, de là, nous rejoindrons Noosa.

— Pour quelle raison ?

Elle marqua une pause avant d'ajouter :

— Autre que la plus évidente, bien sûr.

— C'est-à-dire ?

— Me faire quitter la ville.

— Refuserais-tu de passer quelques jours en ma compagnie ?

— Noosa ? Soleil, plages de sable blanc, restaurants haut de gamme… Je suppose que je pourrais m'accommoder de ta présence, concéda-t-elle avec humour.

— *Gracias*, dit Duardo avec un sourire railleur.

Le vol jusqu'à Brisbane se déroula sans encombre et, à l'arrivée, Duardo loua une voiture.

Des années s'étaient écoulées depuis le dernier séjour de Kayla sur la côte. Comme tout avait changé ! Nouvelles stations balnéaires, nouveaux immeubles, nouvelles boutiques.

L'appartement où ils allaient séjourner se trouvait au dernier étage d'un immeuble moderne récemment construit. De la terrasse, la vue sur l'océan était splendide.

Meublée avec raffinement, la suite comprenait deux chambres avec salles de bains particulières, un bureau et une cuisine ultramoderne.

— C'est magnifique ! s'exclama Kayla. Une nouvelle acquisition ?

Duardo hocha la tête.

— Les travaux ont été terminés il n'y a pas très longtemps et cela me semblait une excellente occasion de procéder à une inspection personnelle. Que dirais-tu de défaire nos bagages, mettre une tenue plus décontractée et aller dénicher un bon petit restaurant sur Hastings Street ?

— Bonne idée.

Ils arpentèrent la jetée et choisirent un restaurant situé au bout de la promenade.

L'ambiance y était agréable, la nourriture, raffinée et le vin, exquis. Ils passèrent une agréable soirée et Kayla remercia Duardo.

Cela aurait pu être si simple de lui dire « je t'aime » alors qu'il la dévêtait et l'emmenait jusqu'au lit. Or, les mots, impossibles à formuler, restèrent enfouis au fond de son cœur.

Les journées se succédaient paisiblement. Ils se levaient quand bon leur semblait, prenaient leur déjeuner dans un restaurant différent chaque matin, faisaient du shopping et passaient les après-midi à parcourir les collines verdoyantes et à visiter les petits villages typiques.

À l'occasion, Duardo allumait son ordinateur et travaillait quelques heures. Kayla s'installait alors confortablement dans un fauteuil, feuilletait un magazine ou regardait la télévision.

Les nuits, en revanche, étaient torrides. Des nuits telles qu'elle aurait voulu qu'elles ne finissent jamais.

C'était presque comme si les trois dernières années n'existaient plus, au point que Kayla ressentit un pincement au cœur quand arriva le dimanche soir et qu'ils prirent le dernier vol de retour.

Malgré ses regrets, elle était aussi impatiente de retrouver sa boutique.

— Tu n'iras pas, décréta Duardo, le lendemain matin.

— Rien qu'une heure ou deux ! supplia-t-elle.

— Non.

— Spence restera avec moi.

— Naturellement ! Désormais, il ne te quittera plus d'une semelle.

— Il a été promu garde du corps ?

Duardo la fusilla du regard.

— Jusqu'à ce que celui qui t'a blessée soit sous les verrous, oui.

Sa voix était dure, pleine de menaces.

Il se leva, enfila sa veste, fit le tour de la table et déposa sur ses lèvres un baiser possessif. Puis il prit son attaché-case et son ordinateur.

Kayla alla travailler dans son bureau. Dans l'après-midi, Spence l'emmena rendre visite à son frère.

— J'aurais pu y aller seule, soupira-t-elle.

— Une agression suffit amplement. Il n'y en aura pas d'autre.

— Est-ce que l'enquête progresse ?

— À grands pas. Duardo bénéficie de certains contacts...

— Dont la police ne dispose pas ?

— On peut dire les choses comme cela.

Le dîner fut délicieux, Maria ayant préparé le plat préféré de Kayla, ainsi qu'un dessert exquis.

Duardo se retira dans son bureau, et Kayla s'installa confortablement dans la salle vidéo pour regarder un film. Elle alla se coucher, lut un peu et sombra dans le sommeil.

Une heure plus tard, Duardo la rejoignit. Il observa longuement ses traits paisibles, sa peau de pêche, sa bouche pulpeuse, et sentit son corps se tendre de désir.

Elle était splendide. Physiquement, mais intérieurement aussi. Elle possédait ces valeurs qui comptaient par-dessus tout : force de caractère, principes et... fierté.

Une fierté si grande que, par moments, il aurait presque souhaité qu'elle en ait moins !

Il admirait toutefois autant cette qualité qu'il la maudissait, car c'en était une qu'il possédait lui aussi : la rage de réussir malgré les obstacles.

Il dompta un sursaut de colère à l'idée que quelqu'un puisse vouloir du mal à Kayla… pour quelque raison que ce soit. Bientôt, très bientôt, il connaîtrait les réponses à ses questions et, ce jour-là, le coupable s'en mordrait les doigts.

Des sonneries persistantes s'immiscèrent dans l'inconscient de Kayla. Le téléphone. Elle se redressa sur un coude.

Il était tard, très tard. Qui pouvait bien appeler à une heure pareille ?

— Oui. Bien sûr. J'arrive tout de suite, entendit-elle Duardo dire d'une voix sèche.

— Que se passe-t-il ?

— Rendors-toi, je dois sortir, se contenta-t-il de répondre.

Il se leva et s'habilla rapidement.

— Comment veux-tu que je me rendorme si j'ignore où tu es et pourquoi ?

Elle saurait la vérité tôt ou tard, songea-t-il, alors autant qu'elle l'apprenne de lui.

— C'était la police. Un incendie…

Kayla pâlit et ses yeux s'écarquillèrent.

— Pas la boutique ?

— Si.

— Je viens avec toi.

Elle était déjà debout et s'habillait à son tour.

— Certainement pas.

Elle attrapa son jean, enfila un T-shirt et passa les doigts dans ses cheveux.

— Essaie donc de m'arrêter. Je t'accompagne ou j'y vais par mes propres moyens. À toi de choisir.

— Kayla...

Elle prit les clés de sa Porsche.

— Eh bien ? Tu as choisi ?

Duardo la saisit par le poignet.

— Donne-moi ces clés. Je conduirai.

L'odeur âcre de la fumée leur parvint lorsqu'ils approchèrent de Double Bay. Deux camions de pompiers stationnaient dans la rue. Des voitures de police, dont les gyrophares aveuglants tournaient, interdisaient toute circulation.

Kayla était descendue de voiture à peine Duardo avait-il coupé le contact.

Il saisit sa main, et elle ne songea pas à la retirer.

Un coup d'œil lui suffit pour comprendre que les soldats du feu maîtrisaient la situation. De longs tuyaux serpentaient sur la chaussée et de l'eau ruisselait partout.

Des voix s'élevaient dans la nuit, des ordres fusaient de toutes parts pour diriger les opérations.

Duardo s'approcha des policiers, se présenta et écouta le rapport détaillé que lui fit un inspecteur.

— La surveillance que vous aviez mise en place a porté ses fruits. Un jeune a été arrêté alors qu'il s'enfuyait du lieu de l'incendie. Il est en garde à vue.

De là où elle se trouvait, Kayla s'efforça d'évaluer les dégâts.

La situation semblait désolante à la lueur des projecteurs. Les fenêtres du cottage étaient noires de fumée, le toit s'était à moitié effondré. Elle n'osait imaginer l'état des réserves... si toutefois il en restait.

Ses yeux se brouillèrent de larmes.

Un ruban jaune fut tendu par la police tout autour du cottage pour en interdire l'accès puis les véhicules des pompiers s'éloignèrent.

— Allons-nous-en.

Duardo ramena Kayla à la voiture. Elle s'y assit, boucla sa ceinture et le considéra avec étonnement lorsqu'il prit son visage entre ses mains et déposa sur sa bouche un baiser. Un baiser qui exprimait tant de choses : sa possessivité, une franche sensualité et un certain désarroi aussi.

— Pourquoi ce baiser ? demanda-t-elle quand il releva la tête.

— Pour te réconforter.

Il boucla sa ceinture et mit le contact.

Le regard vide, Kayla regarda par la vitre.

— Qui a pu vouloir faire une chose pareille ?

— Si le jeune interpellé est aussi l'auteur de ton agression, il ne faudra pas longtemps pour obtenir le nom de son commanditaire.

Il s'en assurerait. Et si ses soupçons se confirmaient…

Kayla se sentait anéantie.

Tant de haine à son encontre ! Pourquoi ? Parce que Duardo avait fait d'elle son épouse ? Cela n'avait aucun sens.

Elle se tourna vers lui.

— Il fallait que je voie par moi-même.

— Ce ne sont que des dégâts matériels, quelques briques, du ciment, des poutres. C'est réparable.

— Mais c'était ma boutique !

Son rêve, le fruit de son travail… et tout était anéanti.

De retour à la maison, Duardo l'attira dans ses bras et la berça jusqu'à ce qu'elle s'endorme.

13

Kayla grommela lorsque son portable se mit à sonner. Machinalement, elle décrocha.

Deux jours plus tôt, sa boutique avait été ravagée par les flammes. Depuis, elle restait cloîtrée dans son bureau à la maison, constituant un dossier pour les assurances et dessinant de nouveaux plans. L'accès au cottage étant interdit, elle ne pouvait se rendre sur place.

Toute cette paperasserie avait au moins pour avantage de lui occuper l'esprit et de l'empêcher de ressasser les événements.

— Kayla ?

La voix terriblement formelle de Duardo l'interpella.

— Spence vient te chercher pour te conduire à mon bureau.

— Maintenant ?

— Oui, maintenant.

Il avait déjà raccroché.

Pas de bonjour, ni d'au revoir. Elle l'aurait presque rappelé pour le prier d'être poli.

Au même instant, Spence frappa à sa porte.

— La voiture vous attend, annonça-t-il. Duardo a dit que c'était urgent.

— C'est ce que j'ai cru comprendre, en effet.

Elle lui décocha un regard exaspéré.

— J'espère que ça en vaut la peine.

La circulation, plutôt fluide à cette heure, leur permit d'arriver très vite. Spence gara la voiture dans le parking souterrain et accompagna Kayla jusqu'au dernier étage.

L'assistante personnelle de Duardo les accueillit.

— Ils vous attendent, annonça-t-elle.

Ils ? De qui s'agissait-il ?

Lorsqu'ils entrèrent dans le bureau de Duardo, Kayla écarquilla les yeux en découvrant la femme qui s'y trouvait déjà.

Marlena.

Kayla regarda Duardo se lever et venir vers elle. Il l'embrassa.

Une excuse silencieuse pour la sécheresse de sa convocation ?

Spence se posta devant la porte fermée, comme pour en barrer l'accès. Toute la scène semblait incongrue.

— Sincèrement, Duardo, bougonna l'actrice, nos petites affaires ne requièrent nullement la présence de ta...

Elle esquissa une moue dédaigneuse.

— ... femme. Ni de ton homme à tout faire.

Duardo noua ses doigts à ceux de Kayla et porta sa main à ses lèvres.

— Détrompe-toi, répondit-il, la voix suave.

— J'aimerais en finir, trésor, reprit-elle. Cela fait presque une demi-heure que tu me fais attendre. Laisse-moi donc signer ce nouveau contrat et je pourrai m'en aller.

Sans un mot, Duardo lâcha la main de Kayla, s'empara d'un document posé sur son bureau, déchira les pages en deux, puis encore en deux, avant de les jeter à la poubelle.

— Aurais-tu perdu la tête ? s'exclama Marlena.

— Pas du tout. Je dénonce simplement ce contrat et le déclare nul et non avenu.

Interloquée, Kayla ne perdait pas une miette de la scène qui se jouait sous ses yeux.

Que diable se passait-il ici ?

— Creuse ta petite cervelle ! ordonna Duardo. Bryan McIntyre. Deux mille dollars. Ordre de ta part d'agresser ma femme.

L'actrice ne broncha pas. Il fallait bien lui rendre cette justice : elle avait une parfaite maîtrise d'elle-même.

— J'ignore de quoi tu parles.

— Cinq mille dollars. Pour incendier la boutique de ma femme au beau milieu de la nuit.

— Bonté divine ! Tu ne crois tout de même pas que…

Elle posa la main sur son cœur, son visage exprimant un effroi tragique.

— Nous sommes *amies* ! Plus que des amies. Jamais je ne…

La voix de Duardo, pleine d'une douceur implacable, l'interrompit.

— Quant à Max, il a orchestré l'agression de Jacob et ordonné qu'on lui brise une jambe.

Chaque parole était assenée avec calme.

— Max ne ferait jamais ça !

— Il est en garde à vue en ce moment.

— Non ! Je m'insurge…

Marlena bondit sur ses pieds.

— Ce sont des calomnies !

Elle se tourna vers la porte.

— Je m'en vais et je ne veux plus jamais te voir.

Spence ne bougea pas d'un pouce. Kayla regarda l'actrice se tourner vers Duardo.

— Dis à ton chien de garde de s'écarter de mon chemin.

Or, Duardo n'en avait pas terminé.

— Le jeune Bryan McIntyre a été arrêté sur les lieux de l'incendie. Ses empreintes ont été trouvées sur une bouteille de liquide inflammable abandonnée sur place. Il a craché le morceau pour sauver sa peau. Ses aveux suffisent à vous impliquer, Max et toi. La police examine vos comptes en banque et vos relevés téléphoniques.

— Max a fait ça pour moi, et j'ai fait ça pour nous ! avoua enfin Marlena en bafouillant. Nous sommes faits l'un pour l'autre. Nous aurions pu être si heureux ensemble !

— Il n'y a jamais rien eu entre nous, Marlena.

La voix de Duardo avait une intonation que Kayla n'avait encore jamais entendue.

— J'avais une dette envers ton père. Je lui ai fait une promesse, et je l'ai tenue.

Marlena éclata en sanglots.

— Personne, tonna Duardo, je dis bien *personne* ne s'attaque impunément à la femme que j'aime ! C'est clair ?

Sur un signe de tête de sa part, Spence ouvrit la porte, et deux policiers entrèrent dans la pièce.

— Mais qu'est-ce que vous faites ? s'égosilla Marlena quand ils lui passèrent les menottes.

— Vous êtes en état d'arrestation, madame. Veuillez garder votre calme.

Pétrifiée, Kayla les regarda s'éloigner, suivis de Spence qui referma doucement la porte derrière lui.

Un instant, elle resta immobile puis, lentement, elle se tourna vers Duardo.

— Qu'as-tu dit ?

Sa voix semblait incroyablement voilée, même à ses propres oreilles.

— Tu as parfaitement entendu.

Sa gorge se serra.

— J'aimerais que tu le dises encore.

Il ne fit pas semblant de ne pas comprendre.

— La femme que j'aime, répéta-t-il enfin en la regardant lutter pour trouver les mots.

Il avait envie de la prendre dans ses bras et de l'embrasser jusqu'à ce que tous ses doutes, toutes ses incertitudes s'évanouissent. Il le ferait très bientôt.

Mais, avant, il devait préciser certaines choses.

— Marlena et moi avions une relation professionnelle. Rien de plus. Malgré tout ce qu'elle préférait croire.

Il s'absorba dans la contemplation des magnifiques yeux bleus, de la bouche douce et tremblante de Kayla, avant de reprendre :

— J'admire ses talents d'actrice, mais pas les intrigues auxquelles elle se prête dès qu'elle n'est plus sur scène.

Cette révélation expliquait tant de choses…

— Tu es revenue dans ma vie après de longues années d'absence, ajouta-t-il. Personne ne me privera de toi une nouvelle fois.

Kayla sentit les larmes lui monter aux yeux et cligna des paupières pour les en chasser. C'était l'heure de vérité. À son tour d'être honnête.

— J'ai commis la plus grave erreur de ma vie en te laissant partir.

— Ton père…

— … était un foutu orgueilleux.

Elle leva une main et la laissa retomber.

— C'est Jacob qui le dit.

Une juste description que Duardo choisit de ne pas relever.

Une question la taraudait depuis toujours. Elle se décida à la poser.

— As-tu délibérément cherché à te venger ?

— En te regardant te noyer inexorablement dans un océan de dettes dont tu ne serais jamais venue à bout ?

— Oui.

— Aurais-tu accepté mon aide, si je te l'avais offerte ?

Une fierté obstinée l'aurait forcée à refuser. L'honnêteté la contraignit à admettre l'évidence.

— Non.

— Tu aurais pourtant pu me la demander à n'importe quel moment. Je te l'aurais volontiers accordée.

Elle ne l'avait pas fait. Au lieu de cela, elle avait lutté seule, travaillant dur pour tenter de survivre. Jusqu'à ce qu'elle n'ait plus aucune issue.

Duardo vit le voile des larmes brouiller ses yeux et sentit son cœur chavirer.

— Approche.

Sa douceur acheva de l'anéantir. Les larmes inondèrent les joues de Kayla alors qu'elle s'avançait vers lui.

— Je t'aime tellement ! Je crois que je n'ai jamais cessé de t'aimer. Même lorsque je te détestais.

Duardo sourit en entendant sa contradiction et lui fit relever la tête.

— Tu es l'amour de ma vie, dit-il doucement. Tu es mon cœur et mon âme. Tu es mon oxygène.

Il posa les lèvres sur le bout de son nez.

— Tu es tout pour moi, pour toujours.

Il devina son sourire lorsque ses lèvres se posèrent sur les siennes pour un baiser qui enflamma son corps et submergea son âme.

Une main posée au creux de ses reins, il l'attira contre lui et glissa les doigts dans sa chevelure, immobilisant sa nuque alors qu'il l'embrassait plus intensément.

Si intensément qu'elle eut besoin de reprendre son souffle.

— Rentreras-tu de bonne heure, ce soir ? murmura-t-elle à son oreille.

Duardo tendit la main derrière lui, pressa un bouton de l'interphone et s'adressa à son assistante :

— Veuillez annuler mes rendez-vous pour le reste de la journée, je vous prie. Je dois m'absenter.

Puis il prit la main de Kayla.

Elle attendit qu'ils soient en voiture pour demander :

— Une chose encore…

Il lui adressa un bref regard, surprit son sourire malicieux… et attendit.

— Ça te dirait d'être papa ?

Imaginer Kayla portant son enfant lui coupa le souffle.

Vivement, il changea de voie et s'arrêta le long du trottoir.

— Mais qu'est-ce que tu fais ?

— Ça.

Il saisit son visage entre ses mains et lui donna un baiser si plein de promesses qu'elle fondit littéralement.

— Je suppose que cela veut dire oui ?

L'expression qu'elle lut dans le regard de Duardo resterait à jamais gravée dans sa mémoire.